AF280600

Gisela Bohnstedt-Hannon

Das Kind mit der rosa Schleife
eine Auswanderergeschichte

Bibliografische Information der Deutschen Nationalbibliothek: Die Deutsche Nationalbibliothek verzeichnet diese Publikation in der Deutschen Nationalbibliografie; detaillierte bibliografische Daten sind im Internet über dnb.dnb.de abrufbar.

Die automatisierte Analyse des Werkes, um daraus Informationen insbesondere über Muster, Trends und Korrelationen gemäß §44b UrhG („Text und Data Mining") zu gewinnen, ist untersagt.

Herstellung und Verlag: BoD – Books on Demand, Norderstedt

ISBN 978-3-75976-186-6

Ausstattung: Peter Hannon mit VivaDesigner®
Typeset in Palatino Linotype
Titelbild: Karten von USA, 18. Jahrhundert
Titelbild 2: Das Kind mit der rosa Schleife ©Olena Oliinyk 2024
Fotomodell: Daria Cherniaieva, ukrainisches Flüchtlingskind
Autorenportrait: Arne Houben

Damit die kulturelle Vielfalt erhalten und für die Leser bezahlbar bleibt, gibt es die gesetzliche Buchpreisbindung. Deshalb kostet ein verlagsneues Buch in Deutschland und Österreich jeweils immer und überall dasselbe. Ob im Internet, in der Großbuchhandlung, beim lokalen Buchhändler, im Dorf oder in der Großstadt – überall bekommen Sie Ihre Bücher zum selben Preis.

Verstehen kann man das Leben rückwärts,
leben muss man es vorwärts.

Johann Wolfgang von Goethe

1953 bis 1995

Königsaue, Sommer 1953

Zu Hause an der Küchenwand hing ein Bild von einem kleinen Mädchen mit dunkelblonden Zöpfen und einer großen rosa Schleife auf dem Kopf. Einmal stand der sechsjährige Ingo fasziniert davor und fragte seine Mutter, wer das sei. Da erzählte sie ihm die Geschichte:

„Das kleine Mädchen da, das war die Inge. Ich habe sie sehr lieb gehabt, so lieb wie ich dich habe. Wenn du ein Mädchen geworden wärest, hätte ich dich auch Inge genannt, aber ein Junge heißt nun einmal Ingo."

„Und wo ist die Inge jetzt?" Der Mutter standen die Tränen in den Augen, aber sie erzählte ihrem Sohn die Geschichte: „Die kleine Inge musste leider schon mit vier Jahren sterben. Sie war ein großartiges tapferes Mädchen. Sie hatte Tiere sehr gern und streichelte alle, die Kaninchen, die Hühner, die Katze, die Pferde. Am liebsten aber hatte sie den großen Schäferhund Benni. Einmal war Fliegeralarm und die kleine Inge war im ganzen Haus nicht zu finden. Alle suchten nach ihr. Draußen waren Schüsse zu hören. Schließlich fanden wir sie im Garten. Sie hatte ihre Ärmchen um den Hals des Hundes gelegt und beide schliefen ganz fest. Sie wachten nie wieder auf. Das werde ich nie vergessen."

Die Mutter drückte ihren Sohn fest an sich. Wenn die kleine Inge noch leben würde, dann wäre sie jetzt fünfzehn Jahre alt, so alt wie dein großer Bruder Heinz. Aber der Krieg hatte sie umgebracht."

Ingo fing an zu weinen und es dauerte eine ganze Weile, bis er sich beruhigt hatte. Immer, wenn er das Bild anschaute, sagte er: „Arme kleine Inge", als hätte er seine Zwillingsschwester verloren.

In der Villa Traut

Die Mutter musste Ingo manchmal zur Arbeit in die Villa Traut mitnehmen. Schon als junge Frau während der Kriegsjahre hatte sie dort im Haushalt gearbeitet. Für Ingo war die Villa fast ein zweites Zuhause; er kannte sich in dem großen Haus, auf dem Grundstück und im Majoranwerk gut aus, auch weil der Vater und der Großvater bei den Trauts beschäftigt waren; der Vater als Landarbeiter und der Großvater, der ein Bein im 1. Weltkrieg verloren hatte, als Pförtner im Majoranwerk.

Ingo war ein sensibler Junge mit rotbraunen Haaren und Sommersprossen auf der Nase.

Dass er ein kleiner Abenteurer war, sah man ihm nicht gleich an.

Tatsächlich aber musste die Mutter immer gut auf ihn aufpassen, damit er keinen Unsinn machte.

Als sie einmal in der Traut-Villa waren, drückte die Mutter dem Söhnchen ein altes Schulheft und einen Bleistift in die Hand, die beide auf dem Telefontischchen im Flur lagen. „Geh in die Küche, setz dich an den Tisch und male etwas, damit ich in Ruhe arbeiten kann!" Aber Ingo blieb plötzlich stehen und zeigte auf eine kleine hölzerne Figur neben dem Telefontisch. „Was ist das?", fragte er. So etwas hatte er noch nie gesehen, ein Hahn mit einem Mädchenkopf. Die Mutter zog ihn gewaltsam davon weg.

„Komm schon, Ingo! Ich habe zu tun!"

Aber Ingo war nicht zu bewegen.

„Was ist das, Mama?"

„Ach, das ist schon ein sehr altes Stück. Es ist so etwas wie eine Fee."

„Ist die gut oder böse?"

„Das weiß ich nicht. Jetzt komm schon, Ingo!"

Sie schob den Jungen in die herrschaftliche Küche.

Widerwillig nahm Ingo den Stift in die Hand und begann, ein paar Tiere zu zeichnen, oder was er dafür hielt, Katzen, Hunde, Pferde, Kühe, Hühner, eben alles, was er aus seinem Dorf kannte. Die Mutter schwenkte einen sauberen Wischlappen im Eimer, wrang ihn aus und zog ihn über einen Schrubber. Dann fuhr sie damit emsig von oben nach unten über die weißen Fliesen, sodass sie im Sonnenlicht glänzten. Vom Flur her kamen Trippelschritte näher und plötzlich stand die Frau des Hauses in der Küchentür:

„Ich habe es sehr eilig, Frau Töpfer, mein Mann wartet schon unten im Auto auf mich. Wir müssen schnell noch die Ilse von der Schule abholen und dann in die Stadt fahren. Sie braucht unbedingt neue Schuhe. Ich möchte Sie bitten, noch ein paar Dinge für die Geburtstagsfeier morgen vorzubereiten."

Während Frau Traut redete, arbeitete die Mutter weiter, antwortete nur „Ja" oder „Nein" oder „geht klar." Ingo hörte auf zu zeichnen und betrachtete aufmerksam die beiden Frauen.

Frau Traut sah recht vornehm aus. Sie hatte ein gleichmäßig schönes Gesicht und einen kirschroten Mund. Ihr lockiges blondes Haar wurde durch eine goldglänzende Spange zusammengehalten. Ihr heller Sommermantel war nicht zugeknöpft. Darunter trug sie eine weiße Seidenbluse mit einer goldenen Kette und einen dunklen Faltenrock. Ihre Schuhe hatten hohe Absätze. Die Mutter war nicht so gut angezogen. Sie trug eine blau-weiß gemusterte Kittelschürze und flache braune Schnürschuhe. Ihre dunkelblonden Haare waren mit Haarnadeln zu einem geflochtenen Knoten im Nacken zusammengesteckt. Zu Hause zog sie manchmal eine Haarnadel heraus, um damit Kirschen zu entkernen. Frau Traut überragte die Mutter mit ihren Absatzschuhen fast um eine ganze Kopflänge, sodass diese zwangsläufig zu ihr aufschauen musste. Ingo zeichnete zwei Strichmännchen, ein sehr großes mit einer Krone auf dem Kopf und daneben ein sehr kleines, so groß wie ein Zwerg. Er war noch nicht fertig damit, da winkte Frau Traut dem Jungen zu und warf schnell noch einen Blick auf seine Zeichnungen:

„Das machst du aber gut, Ingo."

Der Sechsjährige war etwas verwirrt. Er wusste nicht, ob sie die Zeichnungen meinte oder die Fähigkeit, so lange am Tisch stillzusitzen. Aber er nutzte die Gelegenheit und fragte: „Ist das da im Flur eine Fee?"

Frau Traut lachte: „Na, ja, so was Ähnliches. Es heißt wohl Elwetritsche. Sie gehört Herrn Traut. Die ersten Trauts, die nach Königsaue kamen, haben sie aus der Pfalz mitgebracht. Das ist zweihundert Jahre her."

Jemand kam die Treppe herauf gepoltert. „Wo bleibst du denn so lange, Elise?", klang es etwas unwirsch. Bald darauf steckte Herr Traut seinen Kopf mit der großen Nase unter dem grauen Hut durch die Küchentür. „Ich komme ja schon." Ingo hätte gern mehr über diese Elwetritsche erfahren, aber Frau Traut folgte schnell ihrem Mann, drehte sich noch einmal zur Mutter um und machte ein seltsames Gesicht. „Männer", murmelte sie. Die Mutter machte sich wieder an die Arbeit.

Als die Trauts gegangen waren, beklagte sich Ingo: „Mama, ich möchte lieber draußen spielen."

„Dann geh in den Garten und spiele im Sandkasten!"

Erlöst verstaute Ingo Stift und Papier in seine Hosentasche und lief die große herrschaftliche Treppe hinunter durch den Hinterausgang in den Garten.

Der Sandkasten befand sich neben dem Gartenhaus. Eine Weile lang baute Ingo mit kleinen Spielzeugschippen Tunnel und Burgen und war dabei ganz zufrieden.

Es dauerte jedoch nicht lange, da verschwand die Sonne und dicke dunkle Wolken zogen heran, ein starker Wind kam auf und es begann zu regnen.

„Lauf ins Gartenhäuschen, bis es aufhört!", rief die Mutter von oben aus dem Fenster. Dann schüttete es auch schon wie aus vollen Eimern.

Im Gartenhaus gab es eigentlich nichts Besonderes, einen runden Tisch, ein Schubladenschränkchen, etliche Gartenstühle und ein altes Sofa. Nur in der Ecke neben dem Schränkchen gab es ein recht geheimnisvoll aussehendes Möbelstück. Etwas Ähnliches hatte Ingo schon einmal in einem Buch seines großen Bruders gesehen. Er ging näher und betrachtete neugierig die braune, eisenbeschlagene Holzkiste, die einen Griff und ein Schloss mit einem Riegel hatte. War das etwa eine alte Schatzkiste? Auf der Oberseite stand etwas geschrieben. Aber da er noch nicht lesen und schreiben konnte, verstand er es nicht. Er nahm Stift und Papier aus der Hosentasche, kniete sich davor und kritzelte, so gut er konnte, die Buchstaben ab. Einen kannte er allerdings schon, das T, mit dem sein Familienname anfing. Vielleicht konnte Heinz ihm sagen, wie das Wort hieß. Aber in ein paar Tagen kam er ja zur Schule, dann würde er selbst lesen und schreiben lernen und es schon herausfinden.

Die Eltern hatten ihm streng verboten, in fremden Sachen herumzuschnüffeln, Schubkästen herauszuziehen und Schranktüren bei anderen Leuten zu öffnen. So etwas gehörte sich nicht, schon gar nicht etwas davon wegzunehmen.

Der Riegel ging leicht zurückzuschieben, und Ingo konnte die Kiste problemlos öffnen.

Bauklötze aus Holz, Bälle, Kreisel, ein Teddy und verschiedene kleine Puppen befanden sich darin. Ganz unten am Boden lag noch eine grüne Blechbüchse. Darauf war eine Frau mit weißem Hut und weißem Kleid abgebildet. Das war eine Persil-Büchse, wie sie auch die Mutter besaß. Vorsichtig öffnete er den Deckel, um im Falle, dass Waschpulver drin war, nichts zu verschütten.

Aber in der Büchse war kein Waschmittel. Erstaunt holte er den Inhalt heraus, einen alten vergilbten Brief, seltsame Zeichnungen, einen Plan aus Strichen und Buchstaben und eine Lederschnur mit einer rosa verblichenen Feder. Ingo verstand nicht, was er da entdeckt hatte. Die Zeichnungen fand er sehr interessant. Auf einer war ein Mann abgebildet, mit einem bemalten Gesicht und Federn auf dem Kopf und auf einer anderen komischen Hütten, die um ein Feuer herum standen.

Die Mutter rief nach ihm. Es hatte aufgehört, zu regnen, und sie wollten nach Hause gehen. Schnell versuchte Ingo, alles wieder in die große Holzkiste zu packen. Plötzlich aber wurde die Türklinke des Gartenhäuschens so abrupt heruntergedrückt, dass er vor Schreck die herumliegenden Papiere mit den Füßen unter das Sofa stieß. Ein langer Schatten verdunkelte den Raum. In der Tür stand der große Herr Traut, stemmte die Arme in die Seiten und fragte vorwurfsvoll: „Was machst du denn hier?" Jetzt erschien auch die Mutter. Als sie sah, dass die Kiste geöffnet und der ganze Inhalt auf dem Boden verstreut war, gab sie dem ungehorsamen Sohn eine Ohrfeige, sodass er anfing zu weinen. Dann entschuldigte sie sich bei Herrn

Traut und versuchte zu erklären, warum der Junge im Gartenhaus war. Sie hätte doch nie gedacht, dass er dort herumschnüffelte und alles
auspackte. Beinahe hätte es noch eine Ohrfeige gesetzt.
Aber da hielt Herr Traut die Mutter zurück: „Frau Töpfer, lassen Sie es gut sein!" Seine Stimme wirkte plötzlich gebrochen, als er sagte: „Das sind alles Spielsachen, die unserer Inge gehörten."
„Ich weiß", antwortete die Mutter. „Ich sehe die Kleine immer noch, wie sie mit dem Hund spielte und lachte. Sie war ein so hübsches und fröhliches Kind."
Herr Traut ging auf den kleinen Ingo zu und sagte in ruhigem Ton: „Hör schon auf zu weinen!"
„Entschuldigung", stammelte Ingo und schaute zu Boden. Da schob der große Mann seine Hand unter sein Kinn, sodass er ihm in die Augen sehen musste:
„Gefällt dir etwas von dem Spielzeug?", fragte er. „Ich glaube, die Inge hätte nichts dagegen, wenn du dir etwas davon aussuchst."
Ingo zeigte auf die geöffnete leere Persilbüchse. Herr Traut schaute etwas ungläubig und musste dann schmunzeln:
„Aber warum willst du denn keine Bauklötze haben oder einen Ball?"
Dass in der Büchse etwas drin gewesen war, schien er gar nicht zu wissen. Jetzt musste auch die Mutter lachen: „So eine Büchse haben wir doch schon zu Hause!"
„Ja", sagte Ingo, „ aber die gehört nicht mir!"
„Na gut, dann räume alles wieder ein", sagte die Mutter versöhnlich und ging mit Herrn Traut zurück in die Villa, um noch etwas für den kommenden Tag zu besprechen. Ingo kroch schnell unter das Sofa, sammelte die Papiere wieder ein und packte sie in die Persilbüchse, wo sie zuvor gewesen waren. Den Zettel mit dem mysteriösen
Wortlaut, den er vom Kistendeckel abgeschrieben hatte, legte er dazu. Weder die Mutter noch die Trauts schauten noch einmal in die Persilbüchse. Nur Ingo ahnte, dass er darin etwas Besonderes nach Hause trug, wahrscheinlich einen wirklichen Schatz.

Ingo war zur Schule gekommen und lernte fleißig lesen und schreiben. Schließlich wollte er wissen, was auf der Kiste und in dem Brief geschrieben stand. Aber solche Art von Buchstaben lernte er nicht. Dass er von den Trauts etwas gestohlen hatte, machte ihm ein schlechtes Gewissen, aber er konnte sein Geheimnis auch nicht seinem Bruder Heinz anvertrauen. Sicherlich hätte der es den Eltern erzählt. Erst neulich hatte der Vater ihm den Hosenboden versohlt, weil er Mutters neuen Regenschirm zerbrochen hatte. Dabei hatte er laut geschimpft: „Merke dir das endlich, man darf nicht heimlich etwas wegnehmen und dann kaputtmachen! Man muss immer vorher fragen!" Nur wenn er vorher gefragt hätte, ob er mit dem Schirm Fallschirmspringen spielen darf, hätte er den Schirm gar nicht erst bekommen. Er hatte es doch heimlich machen müssen. Dass der Wind dann kräftig unter den Schirm gefahren war, ihn umgestülpt und dabei die Stäbe zerbrochen hatte, das konnte er nicht voraussehen. Am liebsten hätte Ingo jetzt die Persilbüchse samt Inhalt wieder in das Gartenhaus der Trauts gebracht, so als wäre nichts geschehen. Aber das ging leider nicht mehr. Plötzlich wurde alles anders. Im Majoranwerk hatte es einen großen Brand gegeben. Danach arbeiteten die Eltern nicht mehr bei den Trauts. Sie hatten eine Arbeit im Braunkohlenwerk angenommen. Sein großer Bruder erklärte ihm: „Das Majoranwerk gehört nicht mehr den Trauts. Es heißt jetzt VEB Majoranwerk Aschersleben und gehört dem Staat. Und der Acker gehört jetzt zur LPG."

Da Ingo nun die Persilbüchse nicht zurückbringen konnte, blieb ihm nichts weiter übrig, als sie so zu verstecken, dass niemand sie finden konnte. In einem unbeobachteten Augenblick kletterte er die Leiter zum Dachboden hinauf, die für den Schornsteinfeger an der Wand stand, balancierte über das Dachgebälk und schob die Büchse in eine Nische im Mauerwerk.

So geriet sie in Vergessenheit. Keiner vermisste sie. Die Mutter konnte sich wahrscheinlich gar nicht mehr daran erinnern, denn sie fragte nie danach. Ingo war darüber froh. Manches ging im Leben einfach verloren.

1953, 200-Jahrfeier von Königsaue

Aber so einfach war es dann doch nicht. Immer wieder erfuhr Ingo etwas über die Geschichte der Trauts und musste dann an die Persilbüchse denken.

Es half auch nicht, dass das Bild der kleinen Inge nach wie vor an der Küchenwand hing und ihn manchmal vorwurfsvoll anschaute.

Als Gründungstag von Königsaue wurde der 27. Juli 1753 festgelegt. 200 Jahre waren jetzt vergangen. Die 1.500 Einwohner des Dorfes freuten sich auf ein umfangreiches Jubiläumsprogramm, das drei Tage dauern sollte, und bereiteten sich intensiv auf die Feierlichkeiten vor. Alle waren stolz auf ihre Heimatgeschichte. Nach einem abendlichen Fackelzug gab es am nächsten Tag einen großen Umzug durch das ganze Dorf. Am alten Rathaus in der Poststraße ging es los. Das Rathaus hatte extra ein neues Wappen über der Eingangstür erhalten, ein Stadttor, hinter dem ein zweiblättriger

Eichenbaum stand, mit einem schwarzen Raben oder Milan darüber. Es ähnelte dem Stadtwappen von Aschersleben, nur dass jenes drei Raben, einen mehrblättrigen Eichenbaum und ein Schachbrett enthielt. Ein Dorfbewohner meinte: „Auf jeden Fall ist der Wappenvogel kein Brachvogel." Die Umstehenden lachten: „Das hätte Bäcker Brachvogel wohl gern gehabt, was?" Das Dorf hatte sich nach dem Krieg um viele Einwohner aus Schlesien und dem Sudetenland erweitert, die sich inzwischen gut eingelebt hatten und Königsaue als ihre neue Heimat annahmen. Über die Neuen verbreiteten sich besonders viele Geschichten durch den Buschfunk, wovon viele in die Dorfgeschichte eingingen, z.B.: „R. ging zum Doktor und sagte: „Mein Frau sein krank." Fragte der Arzt: „Was hat denn Ihre Frau? Hat sie Stuhlgang?" Antwortete R: „Ach, hat sich Stuhl, hat sich Bank, kann sich sitzen iberall." Auf die Frage, wie viele Gänse er habe, antwortete R. voller Stolz: „Ich haben drei Gänse und einen Gänsebock." Daraufhin wurde der R. im Dorf nur noch mit seinem Spitznamen genannt, den er auch seinen Nachkommen vererbte. Damals kannte niemand das Wort „mobbing" oder „Integration". Späße gehörten zum Dorf und brachten das Lachen mit sich. Die Einwohner der benachbarten Dörfer gaben einander ebenfalls typische Spitznamen: Die Königsauer nannte man „Graubeine"wegen des Kohleabbaus, die Wilsleber „Kibitze", die Schadeleber „Bären" oder Winningen hieß „Hunde-Winningen".

Der Umzug mit Wagen, Plakaten und tanzenden Gruppen nahm den Weg durch die Breite Straße mit den Rot- und Weißdornbäumen, die Pfälzer Straße, vorbei am Wasserturm bis zum Sportplatz bei der alten Mühle, wo im Winter der Rodelberg war. Wer nicht mitmarschierte, stand am Straßenrand und winkte oder klatschte Beifall. Allen voran zog die Bergmannskapelle mit Pauken und Trompeten. „Glück auf, Glück auf, der Steiger kommt ... !" hallte es durch die Straßen. Ingo, Heinz und die Mutter standen mit vielen anderen am Straßenrand und winkten dem Vater zu, der in der Kapelle Trompete spielte. Danach schlossen sich tanzende Frauen in Trachtenkleidern und Männer mit seltsamen Kniebundhosen und Hüten an. Es folgten die Gruppen der ersten Siedler in ihren typischen Trachten. Eine Person mit einem Plakat ging jeweils voran. Heinz las laut von den Tafeln ab: „Grafschaft Glatz, Bayreuth, Lipper Land, Lüneburger Heide, Thüringen, Anhalt, Harz und Sachsen."

„Warum wollten sie denn alle in unser Dorf?", wollte Ingo wissen.

„Na, weil sie besser leben wollten, du Schlaumeier!", antwortete Heinz, „und weil die Franzosen damals in der Pfalz und anderswo oft Krieg geführt haben. Es war eigentlich egal, ob sie nach Königsaue kommen wollten oder sonst wohin, Hauptsache weg vom Krieg oder von schlechten Zeiten. Und König Friedrich II. hat hier neue Dörfer gegründet und ihnen viel versprochen. Aber Kriege hat er dann auch geführt."

Die Mutter nickte: „Kriege hat es immer gegeben. Euer Großvater und euer Vater mussten ja auch in den 1. und 2. Weltkrieg. Aber eigentlich wollen alle Menschen in Frieden leben. Alle, die damals aus den verschiedensten Orten oder sogar Ländern nach Königsaue kamen, haben unser schönes Dorf aufgebaut und sich gut vertragen. Darauf können wir wirklich stolz sein."

Ein Raunen ging durch die Zuschauerreihen. Starke Ackerpferde zogen große Planwagen hinter sich her. „Schaut mal, jetzt kommen die Pfälzer", sagte die Mutter: „So ähnlich müssen die Vorfahren der Trauts ausgesehen haben, als sie vor 200 Jahren hier herkamen. Ihre Wagen waren natürlich damals voll mit Mobiliar und allem möglichen Kram." Auf dem Kutschbock saßen Männer mit Kniebundhosen, weißen Kniestrümpfen und langen Rockschößen, die viele Knöpfe hatten. Sie trugen breite Dreieckshüte. Hinten auf dem Wagen winkten Frauen in weißen Blusen, grauen langen Röcken und weißen Hauben. Sie hielten Blumensträuße in den Händen.

„Komisch", sagte die Mutter, „eigentlich dachte ich, dass die Trauts beim Umzug dabei sind. Sie gehören doch zu den ersten Pfälzer Familien."

„Na ja", meinte Heinz: „Aber sie sind doch Kapitalisten und im Sozialismus wollen wir so etwas nicht mehr."

„Du verstehst noch nichts vom Leben, mein Sohn! Ohne die Trauts hätte unsere Familie vielleicht den Krieg und die Nachkriegszeit nicht überlebt. Sie haben uns Arbeit gegeben. Ich finde es nicht richtig, wenn sie jetzt ausgegrenzt werden oder sich selbst ausgrenzen."

„Aber Papa und du, ihr seid doch auch von ihnen weggegangen und arbeitet jetzt im Schacht", entgegnete Heinz.

„Das hat andere Gründe! Du verstehst das nicht!"

Zum Glück beendete Ingo die angehende Auseinandersetzung, indem er dazwischen plapperte. „War König Friedrich eigentlich ein guter oder ein böser König, und warum gibt es jetzt keinen König mehr?" Aber er bekam keine Antwort darauf. Die Reihen der Zuschauer lichteten sich und die Mutter hatte es plötzlich auch sehr eilig: „Jetzt komm schon etwas schneller, Ingo! Gleich fängt das Sackhüpfen an, das Eierlaufen und Tauziehen. Und es gibt viele Stände, wo es gutes Essen gibt. Später gehen wir zum Feuerwehrraum. Da gibt es eine Ausstellung und jemand hält einen Vortrag über Friedrich den Großen und wie es zur Gründung von Königsaue kam. Da kannst du bestimmt eine Antwort kriegen!"

Die Ausstellung war gut besucht. Man konnte sich alte Funde aus der umliegenden Feldflur anschauen, Faustkeile vom Bruchsberg, eine Hausurne und historische Aufzeichnungen, Karten und Fotografien. An einer Wand hing ein Bild des Alten Fritz, wie man den König später nannte. Mit weit geöffneten großen blauen Augen schaute er streng auf Ingo herab. An der anderen Wand hing das Bild des ersten Präsidenten der DDR, Wilhelm Pieck, der ihm freundlich zulächelte.

„So viel Zeit ist vergangen", meinte die Mutter. Ingo wusste das nicht zu deuten, aber der 15-jährige Bruder meinte: „Von der Aufklärung bis zum Sozialismus", womit Ingo ebenfalls nichts anfangen konnte.

Der Vortrag: Friedrich II. und Gründung von Königsaue

Ein pensionierter Lehrer hatte sich bereit erklärt, einen Vortrag zu halten. Zu Beginn schaute er über seine Brille hinweg durch die Zuschauerreihen, um Aufmerksamkeit zu erreichen. Heinz musste Ingo anstupsen: „Sei endlich still!" Friedrich der Große interessierte den großen Bruder sehr. Ohne ihn hätte es ja nicht Königsaue gegeben, den Ort, der ihre Heimat, ihr Zuhause war.

Der Redner räusperte sich und begann: „Es ist bekannt, dass Friedrich II. niemals Königsaue besucht hat, allerdings befand er sich 1744 tatsächlich in unserer Umgebung. Davon will ich berichten. Aber zuerst einiges zu seiner Abstammung:

Friedrich II., auch Friedrich der Große und später der alte Fritz genannt, gehörte zur Dynastie der Hohenzollern, die ursprünglich aus Schwaben kam und ab 1061 nachweisbar ist. Ihr Stammsitz war die Hohenzollernburg bei Hechingen. Im Laufe der Geschichte teilten sich die Hohenzollern in eine schwäbische und eine brandenburgische Linie auf.

Friedrich II. war der bedeutendste Vertreter der brandenburgischen Linie, denn er war alles in einer Person: König, Feldherr, Philosoph, Schriftsteller, Freimaurer, Komponist und Flötensolist.

Er wurde am 24. Januar 1712 in Berlin geboren und starb am 17. August 1786 in Potsdam, auf seinem Schloss Sanssouci, drei Jahre vor der Französischen Revolution 1789. Friedrichs Vater, der Soldatenkönig Friedrich Wilhelm I. machte seinem Sohn das Leben sehr schwer. Er hätte ihn fast umbringen lassen, weil er versucht hatte, sich ihm zu entziehen und nach England zu fliehen. In den Augen des Vaters war das Hochverrat. Er ließ Friedrich in die Festung Küstrin einsperren, wo er zusehen musste, wie sein Verbündeter und Freund, Katte[1], enthauptet wurde. Die Hohenzollern waren im Laufe der Geschichte bis zu den Kurfürsten aufgestiegen, weil sie immer kaisertreu gewesen waren. Um dem Tod zu entgehen, musste Friedrich auf Befehl des Vaters 1732 Elisabeth Christine von Braunschweig Bevern, heiraten. Sie war eine Nichte der österreichischen Kaiserin. Kurz nach der Heirat, 1733, nahm der Kronprinz Friedrich zusammen mit seinem Vater und dem Generalfeldmarschall Fürst Leopold von Anhalt-Dessau, während des polnischen Thronfolgekrieges als Zuschauer an der Belagerung von Philippsburg teil. Er wurde dort auch von dem berühmtesten Kriegsführer seiner Zeit, Prinz Eugen von Savoyen, in die Kriegskunst eingeweiht. Nach dem Tod des Vaters, 1740, lebte er getrennt von seiner Frau, denn von einer Liebesheirat konnte nicht die Rede sein.

Der Vater hatte Friedrich eine Aufgabenliste hinterlassen, die er nun weiter abarbeiten wollte. Dabei ging es hauptsächlich um Neulandgewinnung und Peuplierung[2]. Als König wollte Friedrich der erste Diener seines Volkes sein. Am wichtigsten war ihm die Sicherheit des Landes. Ein schwaches Land konnte leicht angegriffen werden. Er musste sich also in Europa behaupten.

Friedrich hatte bei Regierungsantritt sofort die Folter abgeschafft und Krieg gegen das österreichische Kaiserreich mit Maria Theresia geführt. Aus dem 1. schlesischen Krieg war er siegreich hervorgegangen. Man nannte ihn bereits den Großen und die Bevölkerung hoffte auf bessere Zeiten.

Als Friedrich II. im März 1744 nach Aschersleben kam, war er 32 Jahre alt und seit 4 Jahren König in Preußen. Er hatte sich zwei wichtige Aufgaben vorgenommen, die Sicherung des Landes und die Gründung neuer Orte. An Lösungen hatte er bereits gedacht, aber dazu bedurfte es noch der Zustimmung seines Generalfeldmarschalls und des Regimentsinhabers des 6. Kürassierregiments, Generalmajor Christoph Ludwig von Stille.

Er wusste, dass es weitere Kriege geben musste, denn Maria Theresia würde Schlesien zurückerobern wollen. Sie hatte sich bereits Verbündete gesucht. Er musste ihr zuvorkommen.

Er wollte aber auch die Kolonisierung vorantreiben. Menschen waren der Reichtum des Landes. Sie zahlten Steuern und als Soldaten wurden sie immer gebraucht. Friedrich II. war es egal, woher die Menschen kamen. Von ihm aus konnte jeder nach seiner Fasson selig werden. Hauptsache, er war ehrlich.

---

1   Hans Hermann von Katte (28.02.1704 Berlin–06.11.1730 Küstrin), war Leutnant der preuß. Armee und Jugendfreund Friedrichs II., wurde auf Anordnung von Friedrich Wilhelm I. hingerichtet.
2   Neuansiedlung von Menschen

Schon Friedrichs Vorfahren hatten die Einwanderung erfolgreich betrieben.

Sein Urgroßvater, der große Kurfürst, hatte nach dem 30-jährigen Krieg 20.000 verfolgte Hugenotten ansiedeln lassen. Der Großvater, Friedrich I., hatte in Magdeburg eine französische und eine Pfälzer Kolonie aufgenommen und sein Vater, Friedrich Wilhelm I., mehr als 15.000 Salzburger Exulanten in Brandenburg angesiedelt. Das alles hatte Preußen einen großen wirtschaftlichen Aufschwung gebracht. Viele Handwerker waren ins Land gekommen und die Seidenindustrie entwickelte sich.

Auch Friedrich II. wollte nun seinen Beitrag leisten, im Oderbruch und auch an wüsten Orten des abgelassenen Aschersleber Sees. Agenten des Königs warben bereits im ganzen Kaiserreich für die Ansiedlung von Bauern und Kossaten[3].

In Aschersleben hatte man aus dem Besuch des Königs ein Volksfest gemacht. In der ganzen Stadt waren Festzelte aufgestellt worden.

Dem jungen König ging es aber nicht ums Feiern. Er begrüßte die Aschersleber Bevölkerung, die ihm zujubelte, nahm die Parade der Kürassiere ab und sprach mit dem Bürgermeister über zukünftige Aufgaben bei der Ansiedlung. Den Feldmarschall und den Regimentskommandeur konnte er davon überzeugen, dass noch im Juli der 2. Schlesische Krieg[4] als Präventivkrieg begonnen werden musste.

Auf dem Weg zu den wüsten Orten lag das Vorwerk Tiefenbrunn. Es ist anzunehmen, dass Friedrich II. dort halt gemacht hat. Vielleicht hat er sich dort umgesehen und erlebt, wie die Esel durch ihre Arbeit Wasser empor förderten, und hat auch über den Kartoffelanbau gesprochen. Wahrscheinlich hat er sich zusammen mit dem alten Dessauer die wüsten Orte am abgelassenen See angesehen und entschieden, dass eine neue Kirche auf den Grundmauern der alten Kirche von Hargisdorf errichtet werden sollte. Der neu zu gründende Ort sollte dann Neu Hargisdorf heißen. Er lag in einer weiten Aue, gegenüber von Frose, unterhalb von Wilsleben und Winningen und zwischen den Vorwerken Tiefenbrunn[5] auf der Hakelhöhe und Victorseck in der Nähe von Frose. 1709 ließ Fürst Victor Amadeus von Anhalt-Bernburg das Vorwerk dort im

---

3 Bewohner eines kleinen Hauses auf dem Lande, der Kleinbauer, Landarbeiter oder Ähnliches war.
4 2. schlesischer Krieg: von Juli 1744 bis 25.12.1745.
5 Das Vorwerk Tiefenbrunn (auch Bau oder „wo die Esel Wasser treten"genannt) gehörte zum Gut Schneidlingen, es war ein Mustergut, das 1613 fertiggestellt wurde. Gründer war der Halberstädter Domdechant Oppen. Es gab einen 79 m tiefen Brunnen, aus dem Wasser über ein Eseltretrad gefördert wurde. Das Vorwerk diente als Kulisse zum Film Polizeiruf 110 und wurde nach 1960 gesprengt.

abgelassenen See erbauen.

1753 kam es endlich zur Gründung von zwei neuen Dörfern, die nach König Friedrich II. benannt wurden. Aus dem wüsten Ort Brunsdorp wurde Friedrichsaue und aus Neu-Hargisdorf Königsaue. Bereits drei Jahre später, im August 1756, löste Friedrich II. den siebenjährigen Krieg aus. In Nordamerika,Indien und Afrika gab es zur gleichen Zeit Kriege zwischen den Kolonialmächten Großbritannien und Frankreich. Preußen konnte sich nach dem Krieg als 5. Großmacht in Europa behaupten, neben Russland, Frankreich, Österreich und Großbritannien.

Die Meinungen über Friedrich II. sind geteilt, manche verteufeln ihn, andere bewundern ihn für sein Durchhaltevermögen.

Während seiner Regierungszeit von 1740 bis 1786 gründete Friedrich II. ca. 12 000 neue Orte. Dadurch kamen 300.000 Einwanderer ins Land. Aber 500 000 Menschen verloren ihr Leben in den Kriegen, die er führte.

Zum Abschluss seines Vortrags wies der Redner darauf hin, dass im Heimatbuch von Pfarrer Becker[6] aus dem Jahre 1883 auch die Reise Friedrich II. 1744 nach Aschersleben erwähnt wurde. Wer interessiert sei, könne sich dieses Buch in der Schulbibliothek ausleihen, zu kaufen gäbe es das Buch leider nicht mehr. Ingo hatte versucht, dem Vortrag des alten Lehrers zu folgen, aber er war noch zu klein, um alles zu verstehen. Immerhin hatte er sich einige Dinge gemerkt und gab nicht auf, Fragen zu stellen. Um ihn zu besänftigen, sagte die Mutter: „Ingo, wir werden demnächst einmal alle zusammen zum Vorwerk Tiefenbrunn wandern und auch zum Vorwerk Victorseck. Dann kannst du alles an Ort und Stelle sehen."

Sein großer Bruder Heinz, der selbst daran interessiert war, mehr über Friedrich den Großen zu erfahren, versprach, das Buch von der Bibliothek auszuleihen und ihm abends etwas daraus vorzulesen.

1954 Der große Bruder Heinz liest Ingo oft etwas vor

Tatsächlich hatte Heinz das alte Buch aus der Schulbibliothek ausborgen können. Obwohl Heinz nun schon in die Lehre ging, machte es ihm Spaß, dem kleinen Bruder abends daraus etwas vorzulesen.

Ingo fragte viel und sie redeten miteinander. Das führte dazu, dass Ingo sich mehr und mehr für seine Heimatgeschichte interessierte, die im Zusammenhang mit Friedrich dem Großen stand. Es war auch sehr interessant für ihn, die im Buch erwähnten Orte mit den Eltern und Heinz zu besuchen.

---

6   H. Becker war Pastor in Wilsleben, schrieb heimatkundliche Geschichten und trug 1883 zahlreiche Daten zur Dorfgeschichte zusammen.

Heinz liest vor

Anfang März 1744 fuhr der 32-jährige Friedrich II., Markgraf von Brandenburg und seit vier Jahren König in Preußen, in seiner vierspännigen Reisekutsche mit der Krone auf dem Dach über die Heerstraße nach Aschersleben. Sein Gefolge begleitete ihn. Er wollte sich in Aschersleben mit dem Regimentsinhaber des 6. Kürassierregiments, Generalmajor Christoph Ludwig von Stille und seinem Generalfeldmarschall, Fürst Leopold von Anhalt Dessau, treffen. Kriegswichtige Entscheidungen mussten getroffen werden. Bei dieser Gelegenheit wollte er aber auch gleichzeitig die wüsten Orte am abgelassenen Aschersleber See besichtigen und festlegen, wo neue Dörfer gegründet werden sollten.

Er saß allein in der Kutsche. Neben ihm lagen ein Fernrohr, ein paar Akten, Papier und Stifte. Der Kutscher vorn auf dem Bock knallte mit der Peitsche. Die Heerstraße Berlin-Magdeburg war gut befahrbar. Zur Sicherheit des Königs standen zwei bewaffnete Leibhusaren in rot-blauen Uniformen hinten auf dem Tritt. Friedrich II. fuhr nicht zum ersten Mal auf der Heerstraße. Seit seiner Kindheit kannte er die Landschaft mit den weiten Kiefernwäldern, die brandenburgische Streusandbüchse, die Heide und die flachen Wiesen und Äcker.

Da es eine lange Reise war, hatte er geplant, auf halber Strecke in Pietzpuhl im Schloss der Wulffens zu übernachten. Er wollte dort Absprachen über künftige Manöver führen, so wie es auch schon sein Vater getan hatte.

Ab und zu erhaschte er durch das Kutschenfenster einen Blick von seinen Untertanen.

Ein Bauer mit einem Ochsengespann war beim Eggen. Kinder warfen Samen auf das vorbereitete Feld. Alles war friedlich. „Aber wie lange wohl noch?", dachte der junge König. Die Ereignisse der letzten Tage gingen ihm durch den Kopf. Sein Onkel Georg II., König von England und Kurfürst von Hannover, der Bruder seiner Mutter, führte jetzt in seinen nordamerikanischen Kolonien Krieg gegen Frankreich. 1730 wollte Friedrich noch zusammen mit seinem Freund Katte zu ihm fliehen, um sich vor seinem gewalttätigen Vater in Sicherheit zu bringen. Wenn es nach dem Wunsch der Mutter gegangen wäre, hätte er seine englische Cousine Amelia Sophie geheiratet und sein Onkel, King Georg II., wäre gleichzeitig sein Schwiegervater geworden. Aber alles war anders gekommen. Seine Flucht nach England war missglückt und sein Vater ließ ihn in die Festung Küstrin einsperren, wo er zusehen musste, wie sein Freund Katte enthauptet wurde. Um dem gleichen Schicksal zu entgehen, sah er keine andere Möglichkeit, als die vom Vater ausgesuchte Braut, Elisabeth Christine von Braunschweig-Wolfenbüttel-Bevern, zu heiraten. Seit der Vater verstorben und er nun selbst König geworden war, hatte er allerdings seine ungeliebte Gemahlin aus seinem Leben verbannt und ein neues Kapitel in seinem Leben aufgeschlagen.

Ihm war zu Ohren gekommen, dass Österreich bereits zu Beginn des Jahres ein Bündnis mit Sachsen, England und Sardinien geschlossen hatte. Mit seinem englischen Onkel Georg II. konnte er also nicht mehr rechnen, der war bereits eingekauft worden. Friedrich II. brauchte jetzt schnellstens neue starke Bündnispartner. Deshalb war es dringend, sich mit seinen besten Kriegsführern zu beraten. Er musste Maria Theresia mit einem Präventivkrieg zuvorkommen.

In Pietzpuhl[7] wurde Friedrich II. im 1730 neu erbauten Barockschloss der Familie Wulffen[8] wie ein enger Verwandter aufgenommen, wenngleich sich sein Interesse hauptsächlich auf die Truppen-übungsplätze bezog. Hier in der flachen Landschaft des Jerichower Landes hatte bereits Friedrichs Vater seit 1715 Generalrevuen durchgeführt, an denen die Infanterie und Kavallerie des Herzogtums Magdeburg, des Fürstentums Halberstadt und der Altmark teilnahmen. Die Felder durften zu dieser Zeit nicht bestellt sein, die Bauern erhielten dafür eine Entschädigung. Auch Friedrich II. konnte den Wulffens wieder die Zustimmung und Unterstützung abringen, jährlich im Mai eine Heerschau mit Revuen und Manövern abzuhalten.

Bereits im Morgengrauen des nächsten Tages fuhr der König über Körbelitz und Magdeburg weiter. Er musste auch die Festungsbauten irgendwann auf einer anderen Reise inspizieren. Es galt, eins nach dem anderen abzuarbeiten.

Dunkles fettes Ackerland, die Magdeburger Börde, breitete sich links und rechts der Heerstraße aus. Es ging langsam bergauf.

Aschersleben

Die über tausendjährige Stadt Aschersleben wurde das Tor zum Harz genannt und war ursprünglich anhaltinischer Besitz.

Die königliche Kutsche wurde am Johannistor von Reitern des 6. Kürassierregiments erwartet und zur Regimentskommandantur am Tie geleitet. Sobald die Kutsche dort in den Innenhof fuhr, kam

---

7   Ab 1748 ließ Fr.II. jährlich zwischen dem 25. und 28. Mai auf dem Gelände zwischen Pietzpuhl und Körbelitz Revuen abhalten, eine Art Heerschau und Manöver der Preußischen Armee.
8   Werner von Wulffen, Domherr von Halberstadt ließ das Barockschloss in Pietzpuhl 1730 erbauen.

der etwa 50-jährige Regimentsinhaber Christoph Ludwig von Stille[9] in seiner roten Uniform dem König freudig und ehrerbietig entgegen. Er führte ihn in den Empfangsraum, in dem bereits der alte Generalfeldmarschall Fürst Leopold I.[10] von Anhalt Dessau wartete. Friedrich hatte erst vor Kurzem dessen Sohn Eugen als Regimentsinhaber abgesetzt und in Unehren aus der Armee entlassen. Ihm waren zu viele Klagen der Bevölkerung zu Ohren gekommen. Außerdem konnte er Eugens Fehlverhalten im schlesischen Krieg, im Gefecht bei Kranowitz[11] nicht durchgehen lassen. Seine Kavallerie hatte auf den viel zu behäbigen Pferden die Flucht ergriffen. Der erste schlesische Krieg wäre verloren gewesen, wenn nicht General Schwerin[12] mit seinen Fußtruppen in der Schlacht bei Mollwitz gegen die Kaiserlichen gesiegt hätte. Friedrich brauchte einen zuverlässigeren Regimentsinhaber für die Ascherslebener Kürassiere. Mit Generalmajor Christoph Ludwig von Stille, der ihn im Krieg hilfreich zur Seite gestanden hatte, war der Nachfolger gefunden. Stille war hoch gebildet und literarisch sehr interessiert. Daher hatte Friedrich ihn auch bald in seine Tafelrunde aufgenommen, zu dem auch der berühmte französische Philosoph Voltaire gehörte. Seit der Übernahme des 6. Kürassierregimentes kam Stille einmal im Jahr für längere Zeit nach Berlin.

Der alte Dessauer erhob sich von seinem Stuhl, verbeugte sich und sagte untertänigst:„Majestät." Friedrich erwiderte: „Euer Durchlaucht." Man hätte annehmen können, dass die Entlassung des Eugen von Anhalt Dessau der Grund für die unterkühlte Begrüßung gewesen wäre. Aber tatsächlich lag die Abneigung Friedrichs gegen den alten Dessauer bereits in seiner Kindheit. Für ihn war sein Generalfeldmarschall nichts weiter als ein Intrigant und ungebildeter Drillmeister. Friedrich hasste ihn abgrundtief, genauso wie er das gesamte Tabakskollegium des Vaters verachtet hatte. Der Tabakgestank, das Gefluche, der Biergeruch und vor allem die derben Späße der Männer hatten immer wieder seine kindliche Seele verletzt. Seine zwei Jahre ältere Schwester Wilhelmine musste ihn

---

9   Christoph Ludwig von Stille (14.09. 1696 Berlin-19.10.1752 Aschersleben) war ein königlich-preußischer Generalmajor und Kurator der königlichen Akademie der Wissenschaften zu Berlin, gehörte zu Friedrichs Tafelrunde in Sanssouci, genau wie Voltaire.

10 Leopold I., Fürst von Anhalt-Dessau, genannt „Der Alte Dessauer"(03.07.1676 Dessau-07.04.1747 ebenda), war ein deutscher Fürst, Landesherr von Anhalt-Dessau, Reichsgeneralfeldmarschall des Heiligen Römischen Reiches, preußischer Heeresreformer.

11 1. Schlesischer Krieg: (20.10.1740-28.07.1742), Gefecht bei Kranowitz: 20.05.1742.

12 Kurt Christoph von Schwerin (26.10.1684 Löwitz/Anklam-06.05.1757 Prag), preußischer Generalfeldmarschall, einer der bedeutendsten Generäle Friedrichs II., fiel in der Schlacht bei Prag.

oft trösten. Gemeinsam wehrten sie sich gegen die Gemeinheiten, indem sie sich heimlich über den Vater und seine qualmende Männertruppe lustig machten. Ob der alte Dessauer ihn im Komplott mit Marschall Grumbkow[13] und Graf Seckendorf[14] hatte umbringen wollen, war nicht ganz klar, zum Glück wurde das vereitelt. Später, als der Vater für seinen Kronprinzen das Todesurteil gefordert hatte, sprach sich der Dessauer allerdings dagegen aus. Aber das mag daran gelegen haben, dass klar war, dass der Kaiser nicht zugestimmt hätte. Gleich nach dem Tod des Vaters hatte sich der Dessauer ihm zu Füßen geworfen und ihm die Treue geschworen. Er musste nämlich um seine eigene Stellung bangen.

Nach seiner Thronbesteigung hatte Friedrich das Tabakskollegium sofort aufgelöst. Rauchen war verboten. Allerdings war Schnupftabak erlaubt und Friedrich hatte stets seine Tabakdose bei sich. Jetzt gab es geistreiche Zusammenkünfte und oft spielte Friedrich dabei eigene Kompositionen auf seiner Flöte.

Nach allem, was geschehen war, konnte Friedrich dennoch nicht auf seinen alten Generalfeldmarschall verzichten, der noch dazu um drei Ecken mit dem Königshaus verwandt[15] war.

Zweifellos hatte sich der Dessauer bereits unter Friedrichs Groß-vater und Vater große Verdienste erworben, als Exerziermeister und Entwickler des eisernen Ladestocks.

Durch diese Erfindung konnten preußische Gewehre drei Kugeln pro Minute abfeuern, die österreichischen nur zwei. So war es möglich geworden, gegen eine Überzahl feindlicher Truppen den Sieg davon zu tragen. Der alte Dessauer hatte viele Schlachten gewonnen und besaß große Kriegserfahrung. Er war mit dem berühmtesten Feldherrn seiner Zeit, Prinz Eugen von Savoyen, in die Schlachten gezogen und gut mit jenem befreundet. Außerdem war er in alle Vorhaben des verstorbenen Soldatenkönigs eingeweiht und kannte sich in der Ascherslebener Umgebung aus. Friedrich brauchte ihn noch. Aber auf gleiche Augenhöhe mit ihm würde er sich nie herablassen.

Man setzte sich an den Tisch. Ein uniformierter Mundschenk brachte eine Flasche Champagner und Gläser. Der König ließ sein Glas nur halb füllen, goss Wasser hinzu und erhob es: „A la santé et

---

13 Friedrich Wilhelm von Grumbkow (04.10.1678 Berlin-18.03.1739 ebenda) preußischer Generalfeldmarschall und Staatsmann.
14 Friedrich Heinrich Reichsgraf von Seckendorff (05.07.1673 Königsberg in Unterfranken–23.11.1763 Meuselwitz) kaiserlicher Feldmarschall und Diplomat.
15 Die Frau des großen Kurfürsten von Brandenburg (Friedrichs Urgroßmutter) und die Mutter des alten Dessauers waren Schwestern aus dem Hause Oranien.

progrès du pays[16]“. Der Tagesablauf wurde noch einmal durchgesprochen: Treffen mit dem Oberbürgermeister, 11 Uhr Parade abnehmen, Mittagessen in der Kommandantur, Besuch des Stammsitzes der Anhaltiner auf der Burg, Ritt zu den wüsten Orten am abgelassenen Aschersleber See, Rückfahrt zur Übernachtung nach Pietzpuhl.

Während sie den Wein genossen, teilte seine Majestät mit, dass er vorhabe, zur Sicherheit von Preußen einen Präventivkrieg gegen Österreich zu führen. Es sei offensichtlich, dass Maria Theresia aufrüste und man ihr zuvorkommen müsse.

Generalmajor Stille unterstützte die Meinung des Königs. Der Generalfeldmarschall dagegen, der im ersten schlesischen Krieg nur eine Nebenrolle spielen durfte, hatte Bedenken und meinte, dass der Zeitpunkt ungünstig wäre. Eigentlich wollte er sich nach neunundvierzig Jahren Armeelaufbahn auf sein Dessauer Schloss zurückziehen.

Am Ende einigte man sich dennoch im Sinne des Königs. Als Bündnispartner sollten Frankreich, Bayern, Spanien, Sachsen, Schweden, Königreich Neapel, Kurpfalz und Kurköln gewonnen werden. Nach Abschluss der Verteidigungspakte könnte der Krieg gegen Österreich dann Anfang August 1744 beginnen.

Die Stadt hatte sich gründlich auf den Besuch des Königs vorbereitet und überall waren Festzelte aufgestellt worden, sodass der Besuch zu einem Volksfest gemacht wurde. Eine große Menschenmenge wartete gespannt auf dem Marktplatz, gegenüber dem Rathaus, um den König und seinen Generalfeldmarschall zu begrüßen. An der linken Rathausecke war ein Podest aufgestellt worden. Zur vollen Stunde prallten die vergoldeten Ziegenböcke oben im gotischen Rathausturm mit den Hörnern aufeinander und alle Kirchenglocken der Stadt begannen zu läuten. Das war für die versammelten Einwohner das Signal, dass das große Ereignis jeden Moment stattfand. Vom Tie her war Marschmusik zu vernehmen. Ein Orchester mit Pauken und Trompeten näherte sich und hoch zu Ross folgte das Regiment der Kürassiere, insgesamt zehn Kompanien zu je fünfzig Mann. Im Takt der Musik trappelten die Pferde über das Straßenpflaster. Die bewaffneten Reitereinheiten in den rot und golden abgesetzten schwarzen Brustpanzern und den weißen Hosen, mit den hohen schwarzen Dreispitzen, den Säbeln und Pistolen, machten Eindruck auf die Bevölkerung. Generalmajor Stille, der die Vorlieben des Königs kannte, hatte den Mollwitzer Marsch einstudieren lassen, den Friedrich II. selbst komponiert hatte. Aber er kam nicht so gut an wie der Lieblingsmarsch des alten Dessauers. „So leben wir, so

---

16 Auf Gesundheit und Fortschritt des Landes.

leben wir alle Tage ...", sangen einige der Versammelten beim Klang des Dessauer Marsches mit.

Die Kürassiere mit ihren schmucken Pferden formierten sich neben dem Orchester am Rathaus. Friedrich II. und Fürst Leopold von Anhalt-Dessau betraten nun zusammen mit dem Oberbürgermeister, mit dem sie zuvor eine Unterredung gehabt hatten, unter dem Jubel der Aschersleber Bevölkerung das Podest. Der Bürgermeister im schwarzen Ornat mit weißem Kragen ließ standesgemäß den hohen Herrschaften den Vortritt. Der junge König im blauen Mantel mit den rot abgesetzten Kragen und Stulpen und dem Stern des schwarzen Adlerordens auf der Brust schwenkte seinen Dreispitz. Seine großen blauen Augen versuchten, die Menschenmenge zu überschauen. Der etwas größere alte Generalfeldmarschall im schwarzen Überrock mit rotem Kragen schwenkte seinen Dreispitz mit der Feder.

Nach der kurzen Begrüßung durch den Bürgermeister jubelte die Bevölkerung: „Hoch lebe der König!" Als der König einige Worte an seine Untertanen richtete, standen sie ehrerbietig mit entblößtem Haupt vor ihm. Für sie war er schon ein Held, denn er hatte sofort nach der Amtsübernahme die Todesstrafe und die Folter abgeschafft, setzte sich für Gerechtigkeit und Glaubensfreiheit ein und er war siegreich aus dem schlesischen Krieg gegen Österreich hervorgegangen. Viele von ihnen kannten noch seinen Vater, den dicken Soldatenkönig Friedrich Wilhelm I., der mehrmals die Kürassiere in Aschersleben besucht hatte, aber keineswegs beliebt war. Wenn dem irgendetwas nicht gepasst hatte, schlug er schon einmal mit seinem Stock auf jemanden ein. Dem jungen König aber brachte man Respekt und Sympathie entgegen. Auf ihm lagen jetzt alle Hoffnungen.

Der König nahm die Parade ab, schritt an den Reihen der Kürassiere auf dem Marktplatz entlang und verabschiedete sich schon bald von der Aschersleber Bevölkerung. Danach unterhielt er sich noch mit Generalmajor Stille in der Kommandantur über die Sorgen der Soldaten. Aber den Bau einer Kaserne wollte Friedrich gegen den Willen des Aschersleber Stadtrates nicht durchsetzen. Die Soldaten mussten auch weiterhin privat untergebracht werden. Der alte Dessauer pflichtete dem bei, hatten sie es in der Garnisonsstadt doch schon immer so gehalten. Die Soldaten lebten auf engstem Raum mit der Stadtbevölkerung zusammen, hatten in den privaten Unterkünften ihren Pferdestall und profitierten gegenseitig voneinander. Die Kürassiere verdienten sich bei der Feldarbeit etwas dazu und die Bevölkerung stellte den Kürassieren die Brache zum Exerzieren zur Verfügung. So wurden keine Felder mehr niedergetrampelt.

Seit 1722 gab es allerdings schon den Exerzierplatz vor den Toren der Stadt, die Herrenbreite.

Nach dem ausgiebigen 2-Gänge-Menü mit verschiedenen Suppen, Fisch, Braten und Napfkuchen führte der alte Dessauer den König unter Begleitung einer Reiterescorte entlang des Eine-Flusses zur alten Burgruine auf den Wolfsberg hinauf, dem einstigen Stammsitz der Anhaltiner, von dem nur noch eine Ruine des Bergfrieds und einige Wallanlagen übrig geblieben waren. Von hier aus hatten sie eine gute Sicht über die Stadt, durch die sich die Eine schlängelte. Die Stadtmauer mit den zahlreichen Wachtürmen und dem Wassergraben schützte die Stadt, die kleinen Fachwerkhäuschen, herrschaftlichen Villen und den gewaltigen Turm der St.-Stephanie-Kirche[17]. Mit Stolz erzählte der alte Dessauer von seinem großen Vorfahren, dem Askanier Albrecht der Bär, der von hier und vom Schloss Ballenstedt aus das Fürstentum Anhalt regiert hatte und der auch der erste Kurfürst von Brandenburg gewesen war. Aber die Glanzzeit der Askanier war bereits im 12. Jahrhundert zu Ende gegangen. Der Grund dafür war die Zerstörung des Stammsitzes durch den Welfen Heinrich der Löwe, einem Vetter von Kaiser Barbarossa.

Nach dem 30-jährigen Krieg waren weitere Ländereien für Anhalt verloren gegangen und die Machtverhältnisse hatten sich zugunsten Brandenburg-Preußens entwickelt. Dass 1680 Halberstadt, Magdeburg, Quedlinburg und Aschersleben durch eine Sonderregelung an Brandenburg-Preußen fielen, behielt der alte Dessauer lieber für sich, auch dass die Anhaltiner trotz Klagen zur Zurückgewinnung ihrer Ländereien keinen Erfolg gehabt hatten. Das einst große Fürstentum war immer kleiner geworden und jetzt unter drei Herrschaften aufgeteilt: Anhalt Bernburg, Anhalt Dessau und Anhalt Zerbst. Die Anhaltiner waren im Laufe der Geschichte mehr und mehr zu Vasallen Preußens geworden, insbesondere er selbst als Generalfeldmarschall.

Friedrich II gähnte mehrmals und zeigte sich erst wieder interessiert, als der Dessauer daran erinnerte, dass es Zeit war, jetzt die wüsten Orte am abgelassenen See aufzusuchen, wo Friedrich Kolonisten ansiedeln wollte.

Sie waren schon eine Weile wortlos nebeneinander her geritten. Die Stadt und der Exerzierplatz waren schon weit entfernt. Nur der hohe Turm der Stephanie-Kirche ragte noch lange aus der hügligen Landschaft heraus. Der alte Dessauer betrachtete seinen König vorsichtig aus dem Augenwinkel, um abzuschätzen, ob es genehm sei, ihn anzusprechen. Der junge König konnte nämlich recht

---

17 Mit 82 m ist der Kirchturm der höchste in Sachsen-Anhalt.

zynisch reagieren, wenn ihm etwas nicht passte. Leopold war zwar einiges gewöhnt und nicht gerade zimperlich, aber er entschied, sich vorerst zurückzuhalten. Das weite Ackerland des Harzvorlandes, das in die Magdeburger Börde überging, breitete sich in grünen und braunen Streifen entlang des Weges aus. Auf manchen Ackerstücken wuchs schon das im Herbst ausgebrachte Wintergetreide, auf anderen weideten die Schafe. Leibeigene Bauern pflügten oder eggten mit Ochsen oder Pferden den dunklen Ackerboden oder streuten Samen in die vorbereiteten Furchen. Wenn sie den König und seine Begleiter erkannten, nahmen sie ihre Kopfbedeckung ab und verbeugten sich tief. Friedrich nahm dann seinen Hut ab und nickte ihnen zu. Einen Bauern, der dicht an der Straße stand und sich verbeugte, fragte er: „Baut ihr hier auch pommes de terre, Erdäpfel an?" „Verzeihung, Majestät. Wir tun das, was unsere Herrschaft uns aufträgt." Friedrich II. nickte: „Ah bon. „Und was ist das?"

„Wir sähen hier gerade Möhren."

„Ah, Möhren, merci!" Friedrich lächelte, bedankte sich, setzte seinen Dreispitz wieder auf und ritt weiter.

Der alte Dessauer meinte etwas Spaßiges sagen zu müssen: „Majestät, die Aschersleber werden wegen des Möhrenanbaus auch Möhrenköppe genannt."

Ärgerlich erwiderte Friedrich: „Sie sollten endlich auch pommes de terre anbauen, diese Canaillen! Schon mein Großvater wollte das! Wann werden sie endlich begreifen, dass es dann kein la faim, keinen Hunger mehr geben wird! Mais probablement muss erst der König ein Dekret anordnen!"

Der alte Dessauer nickte: „Sie tun sich mit den Tartuffeln schwer, Majestät. Viele wissen nicht, dass man sie kochen muss, um sie zu essen."

„Das muss man ihnen doch explizieren können! Petetre soll ich Soldaten zur Bewachung um ein Kartoffelfeld aufstellen. Dann denken die Canaillien, so kostbare Sachen müssen sie unbedingt stehlen und bauen sie an?"

Der alte Dessauer musste grinsen: „Das ist eine gute Idee, Majestät." Er hatte sich oft unter sein Volk gemischt und wusste, wie es dachte. Friedrich dagegen, der von einem französischen Kindermädchen aufgezogen worden war, sprach nur unvollständig Deutsch und hatte bei der Verständigung mit seinen Untertanen so seine Probleme.

Sie waren inzwischen bergauf bei einem kleinen Ort namens Winningen angekommen, in dem es bis zum Bauernkrieg ein großes Klostergut gegeben hatte. Friedrich fragte: „Wem gehören die Ländereien hier?"

Der alte Dessauer, dessen Fürstentum östlich an die Stadt Aschersleben grenzte, kannte die meisten Besitzverhältnisse sehr wohl und holte zu einer umfangreichen Antwort aus:

„Majestät hat gewiss Kenntnis davon, dass ich des Öfteren mit Ihrem Vater, Gott hab ihn selig, diese Gegend hier wegen der Peuplierung ins Visier genommen habe.

Die Ländereien zwischen Aschersleben und Winningen bis hin zu den Wüstungen am abgelassenen See gehörten ursprünglich größtenteils dem Kloster Michaelstein bei Blankenburg, das in Aschersleben eine große Hofstelle unterhält, den Grauen Hof[18]. Möglicherweise gehört heute aber auch ein Teil des Landes dem Herzog von Braunschweig."

„Ich werde das sondieren", unterbrach der König, „wenn neue Kolonistendörfer gegründet werden, muss die Decision bei der Stadt Aschersleben sein. Von dort aus muss alles arrangiert werden."

Der alte Dessauer stimmte ihm zu und sprach weiter:

„Außerdem besitzt Euer Fürstentum Halberstadt noch Land zwischen Winningen und Schneidlingen. Dazu gehören auch das Vorwerk Tiefenbrunn und die Wasserburg Schneidlingen." Dass diese Gebiete ursprünglich zu Anhalt gehörten und nach dem 30-jährigen Krieg an Preußen gingen, ärgerte den alten Dessauer noch immer. Das anhaltinische Land zwischen Aschersleben und Halberstadt war 1315 durch eine ungerechte Erbteilung an Bischof Burchard zum Bistum Halberstadt gelangt. Seitdem gab es Auseinandersetzungen und Fehden, wobei man sich gegenseitig im 14. und 15. Jahrhundert großen Schaden zufügte und Städte und Dörfer vernichtete, deren Namen man heute kaum noch kannte, wie: Badenstede, Nuwelitz, Daldorp, Erxleve, Hargsdorf, Vallersleben oder Zornitz. Jetzt versuchte der König, die wüsten Orte wiederzubeleben und Nutzen aus der anhaltinischen Geschichte zu ziehen.

„Das große Vorwerk Tiefenbrunn, das von Halberstadt belehnt wird, können Majestät jetzt auf der linken Seite, oben auf dem Hügel, erblicken. Es ist ein Mustergut, das vor 150 Jahren durch den Halberstädter Domdechanten Matthias von Oppen gegründet wurde. Oppen hat sich auch viel mit der Trockenlegung von Sümpfen beschäftigt. Sie sollten es sich ansehen. Es liegt auf unserem Weg."

„Wenn Sie meinen, Durchlaucht." Friedrich II. stimmte zu.

---

18 Friedrich II. bewirkte am 29.04.1747 in Übereinstimmung mit dem Herzog von Braunschweig (Karl I.,sein Schwager und Bruder seiner Ehefrau Elisabeth Christine) durch einen Gerichtsbeschluss, dass der graue Hof und die Ländereien des Klosters Michaelstein an die Stadt Aschersleben übergingen. Die Ländereien wurden u.a.später an die Kolonisten des neu gegründeten Ortes Königsaue verteilt.

Daraufhin beauftragte der Generalfeldmarschall zwei der Kürassiere, zum Vorwerk vorzureiten und den König und seine Begleitung anzukündigen.

Friedrich II. ritt nun in seiner blauen Uniform mit dem Umhang und dem Dreispitz durch das Hofportal auf den weitläufigen Hof, der von hohen Mauern umgeben war. Er ließ seinen Blick über seine Untertanen schweifen, die sich ehrerbietig verneigten.

Ein Knecht bemühte sich, den großen bellenden Wachhund an der Kette zum Schweigen zu bringen. Auf der rechten Hofseite stand ein geräumiges zweistöckiges Wohnhaus, vor dem einige roh gezimmerte lange Tische und Bänke aufgestellt waren. Wahrscheinlich nahmen die Arbeiter dort ihr Essen ein. Gegenüber gab es Ställe mit Kühen, Pferden, Eseln, Schafen, Ziegen, Schweinen sowie einige Scheunen mit Heu und Stroh. In der Hofmitte standen ein bemerkenswertes ziegelgedecktes Brunnenhaus und ein Taubenturm mit einer Kegelspitze, in der bestimmt mehr als 100 Vögel unterkamen. Einige Hühner und Gänse liefen schnatternd und gackernd über den Hof. Ein Pferdegespann mit einem Ackerwagen stand zur Abfahrt bereit.

Der Hofmeister fühlte sich geehrt, Besuch von so hohen Gästen zu bekommen. Die Hausfrau hatte gerade frisches Brot gebacken. Es duftete köstlich. Sie hatte davon einige Scheiben abgeschnitten und zusammen mit Stücken von selbst gemachten Ziegen- und Schafskäse auf einen Teller gelegt, die sie einem hübschen größeren Mädchen übergab.

Das Mädchen knickste und reichte dem König, der jetzt vom Pferd stieg, die bereiteten Gaben. Als er das Mädchen ansah, erinnerte ihn dessen Gesicht an jemanden, der ihm einmal sehr nahegestanden hatte. Verwirrt fragte er das Kind nach seinem Namen. „Doris? So so. Ein sehr schöner Name." Für einen Moment sah er in ihr seine Jugendfreundin Doris Ritter vor sich, die damals vierzehnjährige Tochter des Potsdamer Kantors. Die Vergangenheit holte ihn immer wieder ein. Doris und er hatten heimlich zusammen musiziert. Es war eine ganz harmlose Sache. Aber Friedrichs Vater hatte geglaubt, sie sei seine Mätresse und Verschworene bei der misslungenen Flucht in Oberwesel. Obwohl ihre Unschuld nachgewiesen wurde, ordnete der Vater an, sie an allen vier Ecken der Stadt fürchterlich auszupeitschen. Anschließend verurteilte er sie noch zu lebenslanger Arbeit im Spinnhaus. Friedrich konnte ihr nicht helfen, denn ihn steckte der Vater zur gleichen Zeit in die Festung Küstrin. Nach dem Tod des Vaters zahlte er Doris jährlich eine kleine Entschädigung. Inzwischen war sie verheiratet mit dem Gewürzhändler Schommer aus Berlin, mit dem sie einige Kinder hatte.

Friedrich II. zog seinen Hut und bedankte sich freundlich bei dem Mädchen. Als König durfte er nicht zurückblicken, musste sich zukünftigen bedeutenderen Aufgaben widmen.

Der alte Dessauer, der neben ihm stand, mochte sich wohl seinen Teil gedacht haben, denn was auch immer Friedrich im Leben geschehen war, nichts war jenem entgangen.

Alle Augen waren auf den König gerichtet, der jung, frisch und wohlgenährt aussah, fast wie ein König aus dem Märchenbuch, mit blonden Locken unter dem Dreispitz und großen blauen, aufmerksamen Augen. Aber der gesunde Anblick täuschte. Schon in dieser Zeit hatte er einige Wehwehchen, litt an Gicht und Verdauungsproblemen. Da sein Gesicht glatt rasiert war wie das eines Knaben, war es kaum vorstellbar, dass dieser junge König so ein Haudegen sein sollte, der im schlesischen Krieg gegen Maria Theresias Truppen gesiegt hatte. Und in Wahrheit sah das auch anders aus. Hätte General Schwerin ihn nicht aus dem Kriegsgeschehen verbannt und ihn in Sicherheit gebracht, wäre er wahrscheinlich elendig umgekommen. Aber das wussten seine Untertanen nicht. Er besaß ihre ganze Sympathie. Neben seinem Feldmarschall wirkte er klein. Dem alten Dessauer sah man den Haudegen sofort an, mit seinen grauen langen Haaren, dem Schnauzer unter der Nase und den funkelnden Augen im faltenreichen Gesicht.

Man konnte sich vorstellen, dass der gut mit dem Degen, den er im Gürtel trug, umgehen konnte. Er war es auch, der die Sprache des gemeinen Volkes beherrschte und lachend Befehle erteilen konnte. „Zeigt doch eurem König einmal, wie ihr das Wasser aus dem Brunnen fördert!"

Der Hofmann dienerte und geleitete die hohen Gäste zum Brunnenhaus. Am Taubenhaus flatterten die Vögel auf, drehten ein paar Runden und kehrten zu ihrem angestammten Platz zurück. „Sind das Brieftauben?", wollte der König wissen. Er hatte bereits ihren großen Nutzen im Krieg erfahren. Der Hofmeister bejahte. „Oh ja. Wenn man sie mitnimmt und irgendwo fliegen lässt, kommen sie auf dem schnellsten Weg hierher zurück. Sie liefern uns aber auch guten Dünger." Friedrich lächelte verständnisvoll und betrat das Brunnenhaus.

Der Hofmeister erklärte dem König die Wirkungsweise der Wasserförderanlage, die bereits über einhundertundfünfzig Jahre genutzt wurde. Ein Gutsarbeiter führte zwei Esel durch den Bock in das große Tretrad, zog die Feststellbremse nach oben, womit er das Tretrad und die Seilwinde löste. Die beiden Esel fingen sogleich an zu laufen, ähnlich weißen Mäusen, die sich spielend im Rad bewegen. Nur waren diese Esel hier großartige Nutztiere. Sie versorgten mit ihrer Arbeit das gesamte Vorwerk mit Wasser. Der Eimer bewegte sich an dem Seil langsam in den neunundsiebzig Meter tiefen Schacht hinunter. Als er auf dem Wasser auftraf, war oben ein klatschendes Geräusch zu hören. Sogleich drehten sich die Esel im Rad in die entgegengesetzte Richtung und liefen weiter. Dadurch beförderten sie jetzt den gefüllten Eimer nach oben. Nach insgesamt 15 Minuten hatte der Eimer die richtige Höhe erreicht. Der Arbeiter betätigte wieder die Fußbremse und bewegte den Eimer mit einer speziellen Stange zu einem großen Holztrog, wo er umgekippt und ausgegossen wurde.

Friedrich II. zeigte sich sichtlich beeindruckt und fragte: „Combien de l' èau ist im Eimer und combien extrahiert ihr täglich, guter Mann?"

„In einen Eimer passen 100 Liter und wir müssen 40 bis 50 Eimer am Tag fördern, Euer Majestät. Wir brauchen das Wasser zum Bewässern der Felder, zur Versorgung der Tiere und zum Waschen, Essen und Trinken für die Menschen."

„Habt Ihr denn immer beaucoup de gens für die Arbeit hier?", wollte der König wissen. Der kräftige Hofmann wurde etwas unsicher und schaute zu Boden: „Das hängt von der Saison ab, Majestät. Besonders in der Erntezeit kommen etwa hundert zusätzliche Tagelöhner aus anderen Gebieten. Sie schlafen dann in der Kaserne, also hier in den Scheunen und müssen zusätzlich versorgt werden."

„Gibt es manchmal auch l'impasse?", wollte der König wissen. Der Hofmann schien nicht zu verstehen. Der König erweiterte seine Frage: „Ich meine, ob das Wasser bei so vielen Menschen encore ausreicht, oder hat er vielleicht detektiert, ob das déverser vom Aschersleber See die Wasserförderung empetiert?" Friedrich schaute dem Hofmann, der etwas größer war als er, fest in die Augen, als wolle er ihn auf Herz und Nieren prüfen.

„Nein, nein, Majestät." Der Hofmann schüttelte den Kopf: „Wir kommen mit dem Wasser gut zurecht, auch wenn hundert Leute hier untergebracht sind. Man muss nur alles vernünftig einteilen."

Der alte Dessauer, der sich bisher zurückgehalten und keine Fragen gestellt hatte, schaute auf seine Taschenuhr und dann zu seinem König. Ihre Blicke trafen sich und waren das Zeichen zum Aufbruch. Friedrich verabschiedete und bedankte sich. Die Untertanen verbeugten sich so lange, bis der König und seine Eskorte aus dem Tor geritten waren.

Hinter dem Vorwerk Tiefenbrunn führte die Heerstraße in westlicher Richtung zur Hakelhochfläche, vorbei an Feldern, Wiesen und Brachland. Am Horizont war das Gebirge des Harzes mit dem grauen Brockendreieck zu erkennen. Hin und wieder flatterte ein erschrecktes Rebhuhn vor ihnen auf oder ein Hase rannte im Zick-zack davon. Greifvögel kreisten über den Himmel und das „Kiwitt, kiwitt"von Kiebitzen war zu vernehmen. Sonst war alles still. Der alte Dessauer brachte seinen Rappen zum Stehen und Friedrich II. seinen Schimmel. „Schauen Sie dort, Majestät!" Der alte Dessauer streckte seinen Arm aus und zeigte auf einen Ort, der etwa drei Meilen Luftlinie entfernt auf einem Plateau gegenüber lag: „Dort drüben liegt Wilsleben, ein Ort, der einmal dicht am Aschersleber See lag. Ein Herr Gue[19] ließ sich dort 1705 ein Schloss erbauen. Aber da der See verlandete und er nur noch auf schmuddeligen sumpfigen Boden schauen musste, schlug er Eurem Großvater vor, den See zu entwässern, um fruchtbares Ackerland daraus zu gewinnen. Euer Großvater beherzigte das und dachte sogleich an die Neubesiedlung von wüsten Orten rund um das Seegebiet. Im Herbst 1709 wurde der See dann abgelassen und ein Jahr später das neu gewonnene Land aufgeteilt und verkauft."

„Je le sais", meinte der König. „Ich werde das Vermächtnis meines Großvaters und Vaters erfüllen und hier, wie auch im Oderbruch Neuland[20] installieren und Kolonisten ansiedeln. Ich möchte nur erst die lieux déserts, die wüsten Orte sehen."

„Gewiss, Majestät. Es ist nicht mehr weit."

Der Tross setzte sich wieder in Bewegung. Friedrich ließ seinen Blick über die Gegend schweifen. Nach Süden zu begann das Land abschüssig zu werden und in eine flache weite Aue überzugehen, die an eine Steppengegend erinnerte, an die sich modderiger grauer Boden und Schilfbulte anschlossen. Dahinter waren ein paar kleine Ortschaften zu erkennen, die einst am See lagen. Aus ihrer Mitte ragten spitze Kirchtürme hervor. Dahinter erhoben sich die Harz-berge wie eine schützende, lange Mauer. Friedrich konnte sich gut vorstellen, dass es einst einen schönen Binnensee dort unten im Tal gegeben hatte, umgeben von Schilf und Steppengras und dass Fischer mit ihren Booten über den See fuhren und ihre Netze auswarfen. Jetzt aber trieb ein Schäfer vom Tal her eine Herde Schafe über den Hang gen Winningen.

Der alte Dessauer erklärte: „Majestät schauen von hier direkt auf den Ort Frose, der zu Anhalt Bernburg gehört. Davor liegt das Vorwerk Victorseck mit Gutshaus und Häusern für die Arbeiter, das jetzt

---

19 David Friedrich Gue erbaute ab 1705 ein kleines, aber wunderschönes Schloss in Willsleben und bekam nach dem Entwässern des Sees 1710 24 Hufen und 26 ½ Morgen Ackerland für sein Rittergut, das Dorf selbst nur 9 Hufen und 17 ¾ Morgen.

20 Zwischen 1740 und 1786 wurden in ganz Preußen ca. 12.000 neue Plandörfer besiedelt. Etwa 300.000 Einwanderer kamen so durch Friedrich II. ins Land.

den Nachfahren von Fürst Victor Amadeus gehört. Weiter hinten, rechts, seht Ihr den Kirchturm von Nachterstedt und fast außer Sicht den von Gatersleben. Diese Orte gehören zu Eurem Halberstädtischen Gebiet.

„Liegt hier in der Nähe auch Quedlinburg", fragte der König, worüber sich der Dessauer wunderte, aber nicht nachfragte. „Ganz recht, Majestät. Man kann von Frose über Hoym nach Quedlinburg gelangen. Von hier aus sind das etwa zwölf Meilen, drei bis vier Stunden zu Fuß."

Einem anderen Begleiter hätte Friedrich vielleicht von der jungen Frau erzählt, die sich vor zwei Jahren an ihn gewandt hatte, mit der Bitte, ihr seine königliche Zustimmung für ein Medizinstudium zu gewähren. Dorothea Leporin hieß sie. Sie war die erste deutsche Frau, die Ärztin werden wollte. Ihm war klar, dass das weibliche Geschlecht nicht dümmer war als das männliche und dass Frauen auf dem Gebiet des Wissens benachteiligt wurden. Er musste darüber nachdenken, wie die Schulbildung auch für das weibliche Geschlecht verbessert werden konnte. Er hatte ihr den Zugang zur Universität Halle gewährt. Ob sie das Studium zusammen mit ihren Brüdern angetreten hatte, war ihm nicht bekannt, natürlich auch nicht, dass sie inzwischen verheiratet war, Dorothea Erxleben hieß und bald ihr erstes Kind erwartete.

Fürst Leopold unterbrach seine Gedanken: „Majestät, wir werden gleich bei dem ersten wüsten Ort ankommen. Die Kirchtürme von Frose und dem untergegangenen Ort Hargisdorf sollen einst genau gegenüber gelegen haben."

Der alte Dessauer setzte sich an die Spitze der Reiterei und dirigierte sein Pferd entlang eines Trampelpfades durch hohes Steppengras hangabwärts bis zu einem auffälligen Buschwerk.

„Hier habt Ihr die Reste von Hargisdorf, Majestät", sagte der Generalfeldmarschall und es klang, als habe er soeben den Ort nach einer erfolgreichen Schlacht für seinen König eingenommen.

Sie sahen sich in dem wüsten Ort am Rande des einstigen Sees um. Nur noch wenige von Moos oder Gras überwachsene Steine und ein paar Schutthaufen erinnerten daran, dass hier einmal Häuser gestanden hatten und Menschen lebten. Ein paar Mäuse huschten in ihre Löcher. „Y a-t-il un ruisseau ou une source dans les environs?[21]", wollte der König wissen. Der alte Dessauer zuckte ahnungslos die Schultern. Die Reiter schwärmten aus und suchten die Umgebung nach Wasser ab. Tatsächlich fanden sie zwei brauchbare Quellen, aber keinen Bach. Zum großen Erstaunen des Königs entdeckte

---

21 Gibt es in der Nähe einen Bach oder eine Quelle?

einer der Reiter unter einem Steinhaufen sogar das Fundament einer alten Kirche.

Friedrich war begeistert und entschied: „Das neue Dorf doit être construit ici, soll hier entstehen und Neu-Hargisdorf heißen. Eine neue Kirche soll wieder auf den Grundmauern der Alten erbaut werden."

1752 trafen die ersten Siedler des Königs in Neu-Hargisdorf ein und bauten ihre Häuser. Aber als 1753 noch weitere Kolonisten hinzukamen, wurde der Ort zu Ehren von König Friedrich II. umbenannt. Aus Neu-Hargisdorf wurde Königsaue.

Königsaue 1954

Später, an einem Wochenende im Sommer 1954, wanderte die ganze Familie tatsächlich zum Vorwerk Tiefenbrunn. Ingo konnte noch die alten Gebäude und das Taubenhaus betrachten und miterleben, wie die „Esel Wasser treten."

Die Mutter meinte: „Wenn ich mich recht erinnere, hatten die Trauts auch irgendwas mit Tiefenbrunn zu tun. Ich glaube, einer von ihnen kam aus Magdeburg, von der Pfälzer Kolonie hierher als Hofmeister."

Aber Heinz entgegnete: „Ich weiß nur von der Ilse, dass ihr Großvater dort Hofmeister war, aber der hieß nicht Traut, sondern Herzog."

Die gegenwärtigen Hofleute spendierten den Besuchern selbst gebackene Amerikaner und eine Tasse Malzkaffee.

„Na egal", beendete der Vater die Diskussion. „Was in der Vergangenheit genau passierte, werden wir sowieso nicht mehr erfahren."

Danach spazierte die ganze Familie auf der alten Heerstraße zurück durch eine weite Landschaft, die nach Thymian, Bohnenkraut und Majoran duftete. Unten im Tal dehnten sich die schwarze Tagebaugrube und das Dorf aus, wo es noch Jahrhunderte zuvor den See gegeben hatte.

Einige Tage später fuhr Heinz mit seinem Fahrrad und Ingo auf dem Gepäckträger entlang des Tagebaus in Richtung Frose durch die See zum Vorwerk Victorseck, oder was davon noch übrig geblieben war.

Nicht weit vom Hauptgraben, der das abgepumpte Wasser aus dem Tagebau in die Selke leitete, fanden sie mitten im Feld ein unbearbeitetes Stück Land, auf dem wuchtige Steine eines alten Gebäudes aus dem Boden ragten. Einige größere Steinplatten waren kunstvoll bearbeitete Reliefs mit Motiven von den Jahreszeiten. Auf einem war eine dralle Frau abgebildet, umgeben von Früchten und Weinreben.

Enttäuscht sagte Ingo: „Das war bestimmt mal ein schönes Schloss."
„Unsinn, nur ein ziemlich großer Bauernhof", erwiderte Heinz.
„Wem hat der denn gehört?", wollte Ingo wissen.
Das weiß ich doch nicht! Vielleicht diesem Victor[22] Dingsda! Frag doch mal deine Lehrerin in Heimatkunde. Vielleicht erzählt sie dir etwas darüber.

1954 bis 1963

Ingo verbrachte eine glückliche Kindheit in seinem Geburtsort. Er hatte viele Schulfreunde und war auch sonst ein „Hans Dampf in allen Gassen." Man mochte ihn. Er konnte Spielkamerad für jeden sein. Seine Eltern hatten es jedoch nicht immer leicht mit ihm. Da sie im Tagebau in Schichten arbeiteten, wussten sie oft nicht, wo er sich aufhielt, wenn sie am Nachmittag nach Hause kamen. Fast täglich mussten sie ihn suchen gehen, denn er hatte Freunde im ganzen Ort. Manchmal spielte er Fußball am Wasserturm, ein andermal zog er mit den Nachbarskindern und einem Handwagen durchs Dorf und sammelte Holz und alte Reifen für das Osterfeuer am Osterberg. Er konnte am Klink sein und im weißen Sand spielen oder am Mühlberg Schlitten fahren.

Ingos Schulklasse war oft mit der Kleinbahn nach Cochstedt ins Schwimmbad gefahren. Dort hatte er die Zeugnisse für Frei- und Fahrtenschwimmen abgelegt. Deshalb lief er im Sommer auch oft zur Tonkuhle Diederichs, anfangs mit seinem großen Bruder, später allein oder mit anderen Spielkameraden. Ingo war ein Junge, der frei war. Niemand setzte ihm Grenzen und er genoss das sehr. Er wurde nicht beaufsichtigt wie andere Kinder, die entweder nachmittags Nachhilfestunden nehmen mussten oder in einen Verein gehen, wo sie unter Aufsicht Fußball spielten oder Radball, Briefmarken tauschten oder Akkordeon spielten. Natürlich gab es auch Pioniernachmittage mit Schnitzeljagd und andere organisierte Schulveranstaltungen, wie Wanderungen durch die Hasselgrund zum Hakel, wo sie zur Ruine Domburg gingen und Maiglöckchen suchten.

Ingo konnte sich einordnen, aber er bevorzugte es, sein eigenes Ding zu machen.

Er liebte die Freiheit. Seine Mutter sagte einmal: „Du bist wie der Wind, der um alle Ecken fegt. Man kann dich nicht aufhalten."

Um die Heimatgeschichte und den Alten Fritz, der sich gerühmt hatte, mit zahlreichen neuen Ortsgründungen eine Provinz im Frieden

---

22 Victor I.Amadeus, Fürst von Anhalt Bernburg (06.10.1634 Harzgerode-14.02.1718) gründete Victorseck 1709 im abgelassenen Aschersleber See.Es bestand ca. 100 Jahre.

gewonnen zu haben, wurde es langsam still. Viele seiner Neugründungen, wie z.B. Königsaue, würden nun bald wieder im Frieden verloren gehen. Die Zeiten änderten sich rapide. Bald kursierten Gerüchte, dass unter dem Ort Kohle lag, die wichtig war für die Volkswirtschaft und dass die Grubenarbeiter dabei waren, sich ihr eigenes Grab zu schaufeln. Die Vergangenheit war vorbei. Jetzt wurde die Zukunft geplant. „Alles, was entsteht, ist wert, dass es zugrunde geht", ließ Goethe in seinem Faust sagen. Ingo war ein fleißiger Schüler und hatte viele gute Ideen, wenn sie in der Schule über das Thema sprachen: „Wie wird es in der Zukunft aussehen?"

„Wenn es den Tagebau nicht mehr gab, würde vielleicht der alte Aschersleber See wieder da sein. Ein riesiges Urlaubsgebiet mit Booten und Wasserrutschen würde entstehen. So sah die Zukunft aus." Aber Ingo würde zu alt sein, um überhaupt noch in dem geplanten See baden gehen zu können.

Die Zukunft setzte sehr schnell einen Fuß in die Gegenwart. Es wurde beschlossen, das Dorf abzubaggern. Viele Einwohner, besonders aber die Bauern, setzten sich nach Westdeutschland ab. Die LPGen brauchten im ganzen Land dringend Hilfe. Ingos großer Bruder Heinz fuhr mit einer FDJ-Gruppe zur Neulandgewinnung in die Altmark. Sie entwässerten dort die Wische, das Überschwemmungsland der Elbe, indem sie in schwerer körperlicher Arbeit viele Gräben ausschaufelten und Ackerland zurückgewannen. Das war ziemlich heldenhaft. Auch die kleineren Schulklassen, in die Ingo ging, halfen im Herbst zu Hause bei der Kartoffelernte oder sammelten die Kartoffelkäfer von den Blättern. Heinz entschied sich für eine Lehre als Schlosser in der Landwirtschaft, lernte Traktorfahren und landwirtschaftliche Geräte bedienen.

Bald danach wurden Pläne für ein neues Dorf gemacht, wenige Kilometer von Königsaue entfernt. Es sollte Neu-Königsaue heißen und man wollte dort Häuser für die Bauern der LPG errichten. Die restliche Bevölkerung sollte in die Kreisstadt umgesiedelt werden, wo ein ganzes Stadtviertel neu erbaut wurde.

Die Abraumbagger standen bereit, das Dorf von Friedrich II. für alle Zeiten vergessen zu machen. Braunkohle wurde im ganzen Land dringend für die Stromerzeugung und zum Heizen gebraucht.

Ingos Bruder machte den Umzug in die Kreisstadt nicht mehr mit. Er wollte etwas von der Welt sehen und vielleicht sogar nach Kanada auswandern. Er flüchtete ein paar Tage vor dem Bau des „antifaschistischen Schutzwalls"[23] in den Westen und lebte jetzt in

---

23 Die Mauer (= antifaschistischer Schutzwall) wurde am 13. August 1961 in Ostberlin gebaut und trennte Berlin bis zum Abriss am 30.11.1990.

Rheinland-Pfalz. Der Mutter brach es das Herz. Der Vater war froh, dass sein Sohn diese Entscheidung getroffen hatte. Ingo war inzwischen ein Teenager und akzeptierte die Veränderungen. Vor ihm lag das ganze Leben und er hatte seine eigenen Vorstellungen davon. Irgendwann war er erwachsen und konnte machen, was er wollte.

Erst einmal freute er sich auf den Umzug in die Stadt, auf die neue Schule, dass er ins Kino gehen konnte, den Moped-Führerschein machen und am Wochenende durch den Harz fahren.

So fiel es ihm nicht schwer, seine Sachen für den Umzug zu packen. An die geheimnisvolle Persilbüchse, die er vor vielen Jahren von den Trauts mit nach Hause genommen hatte, hatte er gar nicht mehr gedacht. Sie war ein Relikt aus der Kindheit. Aber als er sah, wie die Mutter das Bild der kleinen Inge von der Küchenwand nahm, es vorsichtig einwickelte und in eine Umzugskiste legte, glaubte er plötzlich leise Worte zu vernehmen: „Du musst noch etwas vom Dachboden holen!" Er erschrak zuerst, dann stieg er tatsächlich heimlich auf den Dachboden und holte die Persilbüchse aus der Nische. Er verstaute sie samt Inhalt in einen Umzugskarton mit der Aufschrift „wichtige Schulsachen".

1963

Alle Wohnhäuser und Gebäude des Ortes wurden nach und nach gesprengt. Zehn Jahre nach der 200-Jahrfeier war Königsaue so gut wie vom Erdboden verschwunden, die Schule, die Kirchen, der Wasserturm, die breite Straße mit den Rot- und Weißdornbäumen, die Bäckereien Rust, Brachvogel, Ketzer und Gersching, die Gaststätte Eimler, mit dem Verkaufsraum und dem Kinosaal, die Gaststätte „Zum goldenen Stern", das Landwarenhaus, Kaufhaus Bremer und nicht zuletzt das Majoranwerk. Nur ein paar Schwarzweißfotos in den Alben erinnerten daran, dass es das alles wirklich einmal gegeben hatte.

Ingo und seine Eltern bekamen eine Neubauwohnung in der Stadt. Viele zogen in benachbarte Dörfer oder zerstreuten sich in alle Winde. Für Ingo hatten sich die Namen der Straßen, Häuser und der Bewohner des Ortes wie eine Landkarte tief ins Gedächtnis gebrannt. Ein Leben lang würde er sie dort wie in einem Computer abrufen können. Zum ersten Mal konnte er nachvollziehen, wie es den Menschen ging, die im Krieg ihre Heimat verloren hatten und nie wieder zurückkommen konnten. Aber wie schwer der Verlust der Heimat später sein würde, konnte er noch nicht einschätzen. In dieser Zeit war er eher neugierig darauf, was das neue Leben für ihn bereithalten würde.

1966 bis 1989

Ingo wollte Lehrer werden und studierte Polytechnik und Sport in Rostock, wo er auch seiner ersten großen Liebe begegnete. In dieser Zeit starb die Mutter an Nierenversagen. Eigentlich wollten Rita und er heiraten und Kinder haben. Aber sie schoben das immer hinaus. Einige Jahre waren sie glücklich und unternahmen viele Reisen ins sozialistische Ausland, vor allem aber liebten sie Ungarn und den Plattensee. Zur Hochzeit kam es nicht mehr. Nach sieben Jahren verließ sie ihn und zog aus der Wohnung aus. Sie schrieb in einem Abschiedsbrief, dass sie sich in einen anderen verliebt habe. Seine Enttäuschung war groß. Später erfuhr er, dass sie in Dresden lebte, geheiratet und eine Familie gegründet hatte. Er zog von Rostock nach Halle-Neustadt, um wenigstens in der Nähe seines Vaters zu sein. Im längsten Wohnblock der DDR, mit einer Länge von 380 Metern und zehn Stockwerken, bekam er im 8. Stock eine Einraumwohnung mit einer Küchennische. Er nahm eine Stellung als Lehrer für Polytechnik an, stürzte sich in seine Lehrtätigkeit und machte ausgiebige Unterrichtsvorbereitungen. Aber er war unglücklich dabei. Der Vater lebte schon bald mit einer anderen Frau zusammen. Die elterliche Wohnung war jetzt nicht mehr das Zuhause, das er gern besuchte. Er spürte die Verluste. Ihm fehlte der Ort, in dem er aufgewachsen war, der Bruder, der im Westen lebte, die verlorene große Liebe, die Mutter, die gestorben war. Er war wie entwurzelt. Irgendwie schien alles zur bloßen Erinnerung zu werden. Sein Leben schien zu entgleisen, obwohl er alles tat, um in seinem Beruf Erfolg zu haben. Um sich besser zu fühlen, gönnte er sich ab und zu eine gute Flasche Tokajer Wein. Aber das war nur der Anfang, um mehr zu trinken.

Sein großer Bruder in Westdeutschland hatte das alles nicht erlebt. Er hatte dort eine Familie gegründet und konnte mit Frau und Kindern durch die Welt reisen. Hin und wieder schrieb er eine bunte Ansichtskarte aus Italien oder Griechenland, einmal sogar aus Jugoslawien. Ingo fühlte sich dann noch mehr verlassen. Er hätte Rita heiraten sollen, dann hätten sie jetzt Kinder und alles wäre gut geworden. Er hatte die rechte Zeit verpasst. Inzwischen war er beziehungsresistent geworden. In den Ferien reiste er einmal im Jahr nach Ungarn an den Balaton, nach Balatonfüred oder Keszthely, wo er sich mit seinem westdeutschen Bruder und seiner Familie traf. Der Bruder konnte es sich erlauben, den Urlaub für alle zu bezahlen. Das waren die einzigen zwei Wochen im Jahr, auf die er sich freute. Da fühlte er wieder die Familienverbundenheit. Aber Kontakte zu Bürgern des kapitalistischen Auslandes waren von Staats wegen nicht erwünscht. Das konnte ihm seine Lehrerstelle kosten. Er hätte glücklich sein können, er sah gut aus, war gesund und erfolgreich, aber da das Wichtigste fehlte, konnte er es nicht.

Juli 1989 Ungarn

In den Schulferien 1989 fuhr Ingo wieder mit seinem Trabi nach Ungarn und machte Urlaub in Budapest, auf dem internationalen Campingplatz. Diesmal traf er sich dort aber nicht mit seinem Bruder. Der erfüllte sich gerade seinen großen Traum von Kanada, von den Niagarafällen und dem Eriesee. Ingo erlebte die große Flüchtlingswelle und sah die zurückgelassenen Autos in den Straßen. Seit fast dreißig Jahren lebte sein großer Bruder nun schon mit seiner Familie im Rheinland und ebenso einige Cousins und Cousinen, an die er sich nicht einmal mehr erinnern konnte. Er spürte, dass er ein Stück Familienanhang brauchte und einen Neuanfang. Es geschah dann ganz spontan. Er nahm seine Papiere und ein paar Sachen, die in den Rucksack passten, und ließ sein Auto in irgendeiner Straße stehen. Seinem Vater schickte er eine Karte, dass er nicht zurückkommen würde.

In der westdeutschen Botschaft in Budapest bekam er einen vorläufigen Pass und musste ein paar Wochen im Flüchtlingslager Zanka, am Balaton, auf die Ausreise in die BRD warten. Am 12. September 1989 gehörte er dann zu den ersten 20.000 DDR-Flüchtlingen, die in Bussen über Sopron in die BRD nach Grafenau gebracht wurden.

In Westdeutschland

Der Bruder holte ihn nach seiner Rückkehr aus Kanada aus der Flüchtlingsunterkunft in Deggendorf ab und nahm ihn vorerst bei sich auf, in einem kleinen Dorf in der Nähe von Landau.

Sie hatten eine gute Zeit miteinander, wohl die beste ihres Lebens. Er hatte seinen Bruder zurückgewonnen und eine Schwägerin und zwei jugendliche Neffen dazu.

Ein Lehrer für Polytechnik wurde im westdeutschen Landesteil nicht gebraucht. Aber das Arbeitsamt in Landau bot Ingo eine Umschulung zum Bürokaufmann an. Er hatte ja durchaus einen Neuanfang gewollt. Bald fand er eine kleine Wohnung in der Stadt und eine Anstellung im Reisebüro. Ewig konnte er seinem Bruder nicht zur Last fallen. Nur an den Wochenenden besuchte er ihn öfters. Dann aber hatte Heinz oft etwas anderes zu tun. Er hatte sich einen Zusatzjob schaffen müssen, denn die vielen Reisen in andere Länder waren kostspielig und Schule und Studium für die Kinder kosteten auch Geld. Er reparierte Autos für Bekannte oder Nachbarn. Allmählich hatte es sich herumgesprochen und die Arbeit nahm zu. Dem Bruder gefiel das durchaus, aber Ingo hatte wenig Spaß am

Reparieren von Autos.

Ihm gefiel seine Arbeit, Leute beraten, Reiserouten ausarbeiten, Übernachtungen in Hotels buchen, Kostenangebote machen. Als er dann auch noch Paul, einen Kollegen, besser kennenlernte, fühlte er sich in seinem neuen Leben angekommen. Paul war Reiseleiter und Anfang vierzig, also in seinem Alter. Sie stellten bald einige Gemeinsamkeiten fest. Paul war gerade frisch geschieden und hatte zwei Kinder. Die Frau lebte schon bei einem anderen Mann und war nach Saarbrücken gezogen. Obwohl Paul sehr belesen war, war er dennoch kein Stubenhocker. Er interessierte sich sehr für die Geschichte seines Landes und die Heimatgeschichte. Er konnte interessant erzählen und Ingo lernte dadurch seine Wahlheimat besser kennen. Ab und zu holte Paul die Söhne, die im Schulalter waren, zu sich. Sie wanderten viel in der Umgebung und Ingo schloss sich ihnen häufig an.

1990, Tod des Vaters

Am 3. Oktober 1990 kam es zur deutschen Wiedervereinigung. Ingo und sein Bruder hatten oft darüber gesprochen, wieder in die Heimat zurückzugehen, damit der alte Vater nicht länger allein war.

Aber dann starb der Vater plötzlich an einem Herzinfarkt. Ingo und Heinz mussten die Beerdigung abwickeln und anschließend die Wohnung auflösen. Viel Zeit hatten sie dafür nicht, denn noch lebten sie in Rheinland-Pfalz und mussten zurück zu ihren Arbeitsstellen. Im Osten sah es mit Wohnung und Arbeit nicht gut aus. Der Gedanke, zurückzukehren, wurde schon bald verworfen. Die Treuhandanstalt war dabei, volkseigenes Vermögen in privaten Besitz zurückzuführen. Dabei wurden viele Betriebe geschlossen und Arbeitsplätze gingen verloren. Sie blieben jetzt besser, wo sie waren.

Reichtümer gab es nicht zu erben. Die Eltern hatten sich immer nur leidlich durchs Leben gebracht. Die meisten Dinge aus dem Nachlass, wie Möbel oder Haushaltsgegenstände, verschenkten sie an Bekannte und Nachbarn. Für die unbrauchbaren Sachen hatten sie einen Container bestellt.

Als Ingo mit dem Bruder zusammen den Dachboden ausräumte, fand Heinz eine Kiste mit der Aufschrift „Wichtige Schulsachen".

„Das kann bestimmt entsorgt werden", meinte er, „in die Schule werden wir beide wohl nicht mehr gehen, oder?" Er hielt gerade die Persilbüchse in der Hand. Sichtlich erfreut öffnete er sie, schüttete den Inhalt auf den Fußboden und stellte fest: „Nur alter Kram drin. Aber so eine Büchse hatte unsere Mutter immer. Die würde ich gerne behalten. Hast du etwas dagegen?"

Ingo erschrak: „Die Persilbüchse?" Er riss sie seinem Bruder aus der Hand. „Nein, die gehört mir."

„Du meine Güte, hab dich doch nicht so. Du hast so viel Zeit mit unserer Mutter verbracht. Ich habe immer noch in Erinnerung, wie sie in Königsaue im Waschhaus stand und die Wäsche auf dem Waschbrett schrubbte. Die Persilbüchse war immer dabei."

„Da war doch etwas drin! Wo ist der Inhalt?", fragte Ingo verärgert.

„Meinst du das da?" Er zeigte auf die alten Briefe und Zeichnungen. Ingo suchte alles wieder zusammen und steckte es erneut in die Büchse. Der Bruder war fassungslos und fragte: „Was willst du denn mit dem alten vergilbten Zeug?"

„Das ist wichtig für mich", sagte er entschieden.

„Und warum?"

Ingo hätte am liebsten geantwortet: „Das geht dich nichts an", aber er wollte ihm nach so vielen Jahren der deutsch-deutschen Trennung auch nicht erzählen, dass er die Sachen als Kind heimlich von den Trauts mitgenommen und eigentlich immer noch ein schlechtes Gewissen deswegen hatte.

„Das habe ich von den Trauts bekommen und für mich ist das auch eine Erinnerung", antwortete er kurz angebunden.

„Das verstehe ich nicht", erwiderte der Bruder. „Wir waren doch gar nicht mit denen verwandt oder befreundet."

„Das verstehst du tatsächlich nicht!", entgegnete Ingo. Wie sollte er das aber auch, wenn er die Hintergründe nicht kannte?

Als er das enttäuschte Gesicht von Heinz sah, tat er ihm leid. Er wollte sich jetzt, wo sie sich gerade erst wiedergefunden hatten, nicht mit ihm entzweien. Um die Persilbüchse war es ihm eigentlich auch nicht gegangen, wohl aber um den Inhalt. Er nahm die alten Papiere wieder heraus, steckte sie in einen Umschlag und überreichte ihm die leere Büchse: „Tut mir leid, dass ich so reagiert habe. Du kannst die Persilbüchse gerne haben."

In einem Karton entdeckte Heinz mehrere gerahmte Bilder. Er glaubte, seinen Augen nicht zu trauen. „Das ist doch das Bild von der kleinen Inge Traut! Sie war so alt wie ich. Manchmal habe ich mit ihr gespielt, wenn mich die Mutter mitgenommen hat in die Villa, weißt du das?"

„Ja, die Mutter hatte es mir erzählt." Ingo nahm ihm das Bild von dem kleinen Mädchen mit der rosa Schleife aus der Hand. Die kleine Inge, die nur vier Jahre alt geworden war, schaute ihm direkt in die Augen, fast ein wenig vorwurfsvoll. „Ich weiß", dachte Ingo, Die Geschichte des kleinen Mädchens hatte er nie vergessen.

Er legte das Bild zu den Dingen, die er mitnehmen würde. Heinz hatte nichts dagegen.

1991

Später, als Ingo wieder in seiner Wohnung in Landau angekommen war und die wenigen Mitbringsel aus dem Elternhaus verstaut hatte, hängte er das Bild von der kleinen Inge an der Küchenwand auf, so wie es damals in der elterlichen Wohnung gewesen war. Dann nahm er sich zum ersten Mal Zeit, mit dem Blick des erwachsenen Mannes die alten Unterlagen aus der Persilbüchse anzuschauen. Wahrscheinlich lag da wirklich ein Schatz vor ihm auf dem Wohnzimmertisch: Ein alter Brief, dessen Schrift er nicht lesen konnte, Zeichnungen von einem Indianer mit Federn auf dem Kopf, andere Indianer, die um ein Feuer tanzten, lange runde Hütten, eine Lederschnur mit einer roten Feder und ein alter Zettel mit einem Namen, den er als Kind selbst vom Deckel der vermeintlichen Schatztruhe abgekritzelt hatte. Das alles war noch immer ein riesiges Geheimnis.

Er hätte alles im Müll entsorgen können und das alles hätte es niemals gegeben. Niemand hätte davon erfahren. Aber irgendwie konnte er das nicht. Es war nicht richtig gewesen, was er als Sechsjähriger getan hatte, und es war für ihn auch nicht verjährt. Die Trauts waren schon lange gestorben und wenn diese Dinge wichtig waren, würde er die Nachkommen ausfindig machen müssen.

Aber um zu wissen, ob das alles überhaupt von Bedeutung war, wollte er erst einmal herausfinden, was in dem Brief stand.

Er ging ins Stadtarchiv, um nachzufragen, ob jemand diese alte Schrift lesen könne.

Der alte Archivar hatte zwar keine Zeit, die Schriftstücke zu übersetzen, aber er schenkte ihm ein Buchstabenblatt: „Versuchen Sie es doch einmal damit, Sütterlinschrift." Er legte ihm auch ein altes Buch[24] vor, das sich mit der Geschichte der Pfalz befasste. Darin fand Ingo einen Abschnitt, der ihn aufhorchen ließ und den er mehrmals las:

„Damals lebten schon Trauthe in der Gemeinde Queichheim, denn ein Valentin Trauth wird in dem Umgangsprotokoll der alte Schultheiß genannt. Diese Familie ist demnach eine der ältesten und vielleicht die älteste des Ortes. An einem steinernen Brückchen oberhalb des Dorfes, in der zweiten Hälfte des sechzehnten Jahrhunderts, unter dem Schultheißen Valentin Trauth erbauet, das aber vermutlich nicht mehr bestehet, habe ich denselben sogar „Quichum" eingehauen gefunden."

Darüber musste Ingo unbedingt mit Paul reden. Vielleicht konnten sie einmal zu dieser Brücke gehen. Vielleicht existierte sie doch noch?

---

24 Geschichte der Stadt Landau und der Dörfer Queichheim, Dammheim und Nußdorf (von Johann von Birnbaum, 06.07.1763 Queichheim)

Zu Hause fing Ingo gleich an, sich in die Schrift einzulesen und ein paar Schreibübungen zu machen. Aber es war nicht die Sütterlinschrift, sondern eine noch ältere, sehr ähnliche Schrift. Es dauerte etwas, bis er herausfand, was auf dem Deckel der vermeintlichen Schatztruhe gestanden hatte: Christoph Traut.

Aber den alten Brief zu entziffern, dazu brauchte es wesentlich länger. Er musste ein paar Wochen Geduld aufbringen.

So viel aber hatte er herausfinden können: Ein Mädchen namens Anna Maria Stentz hatte den Brief 1733 an Christoph Traut geschrieben. Ingo fragte sich: „Wer waren diese beiden? War Christoph der erste pfälzische Kolonist in Königsaue? Und wer war Anna Maria Stentz? Wie kam der alte Brief in die Persilbüchse?"

Ingo rief Paul an und erzählte ihm aufgeregt, was er entdeckt hatte. Paul war ebenso überrascht: „Wir müssen uns unbedingt treffen."

Auch Paul hatte ein großes Geheimnis, das er jetzt Ingo anvertrauen wollte. Es schien, als müssten sie nun zwei Puzzleteile derselben Geschichte zusammensetzen.

Paul hatte vor ein paar Jahren seine Eltern bei einem Autounfall verloren und lebte jetzt nach der Scheidung wieder allein im Elternhaus. Zu Lebzeiten der Eltern hatte er immer die Hobbies des Vaters geteilt, die vor allem Autos und Formel-1-Rennen betrafen. Ihr größter Fan war Michael Schumacher. Oft war er mit dem Vater zum Nürburgring gefahren und sogar einmal nach Spa.

Wenn sie Rennen im Fernsehen anschauten, zog sich die Mutter meist in einen anderen Raum zurück. Was sie da eigentlich machte, blieb Paul immer ein Geheimnis.

Nach dem Tod der Eltern hatte er irgendwann begonnen, sich mit den alten Unterlagen zu beschäftigen. Er war erstaunt, als er herausfand, dass die Mutter eine umfangreiche Sammlung an Stammbäumen, Adressen, altes Kartenmaterial, Fotos, Zeitungsausschnitte und Zeichnungen gesammelt hatte. Fast alles betraf die Familien Traut und Stentz aus Impflingen, die vor nun fast 300 Jahren nach Amerika ausgewandert waren. Pauls Mutter war eine geborene Traut. Paul interessierte sich eigentlich nicht besonders für seine Familiengeschichte und wusste mit den Sammlungen seiner Mutter nichts anzufangen.

Als Ingo ihn aber nach dem Anruf aufsuchte und ihm den alten Brief zeigte, änderte sich das urplötzlich. Als wäre ein Schalter in seinem Kopf umgelegt worden.

„Sieh mal, was meine Mutter alles gesammelt hat." Stolz zeigte er Ingo einen alten Familienstammbaum, der mit dem Namen Balthasar Traut, geb. 1570, begann und viele Generationen umfasste.

„Kaum zu glauben!", rief Ingo, „irgendwo muss doch auch dieser

Christoph Traut darin enthalten sein!" Und tatsächlich war er zu finden, allerdings nur mit dem Geburtsdatum 20. Februar 1722 Impflingen. Wahrscheinlich hatte Pauls Mutter nicht herausfinden können, wo er abgeblieben und gestorben war.

„Wo hast du denn den Brief von 1733 gefunden?", wollte Paul wissen.

Ingo erzählte die Geschichte von den Majoran-Trauts aus Königsaue und dass deren Vorfahren Pfälzer gewesen waren.

„Dann ist der Christoph also irgendwann von hier nach Preußen ausgewandert, und du kommst sozusagen von Preußens Nachfolgeland in die Pfalz und bringst mir Nachricht von ihm."

„So kann man das auch sehen."

Paul bereute sehr, dass er nie mit seiner Mutter über ihre Genealogie-Sammlungen gesprochen hatte. Eigentlich hatte er sie nie richtig gekannt.

Impflingen, Mörzheim, kleine Kalmit

Paul hatte vorgeschlagen, von Landau aus mit dem Auto nach Impflingen und Mörzheim zu fahren und von dort aus zur kleinen Kalmit zu wandern. Ingo war begeistert. Dann würde er den Ort und die Umgebung kennenlernen, in dem Christoph und einige andere Auswanderer lebten.

Paul fuhr mit seinem BMW unterhalb des Ebenberges in Richtung Impflingen. Im Ort stellte er das Auto an der Hauptstraße ab, in der Nähe einer Gasse, die „Im Saumarkt" hieß.

Ingo musste lachen: „Das lässt ja tief blicken!"

„Ach komm schon! Lach nicht! Der Saumarkt war und ist eine gute Adresse. Hier wurden früher tatsächlich Schweine verkauft. Einige von den Trauts waren Metzger und ihnen gehörten hier fast alle Häuser."

„Du weißt ja doch etwas über deine Vorfahren."

„Na ja, meine Mutter hat mir das einmal erzählt, als ich noch ein Kind war."

Am Haus an der Straßenecke war ein Schild angebracht. Es war die alte Schule. Rechter Hand stand ein sehr interessantes großes Backsteingebäude.

„Ich kenne es noch als Winzerwirtschaft und davor war es eine Schreinerei", sagte Paul. „Aber demnächst wird dort eine Musikschule eingerichtet, der Klanghof[25], in dem es auch Konzerte geben soll."

Ein älterer Mann mit einem Krückstock kam zufällig die Gasse entlang und musste wohl einen Teil des Gesprächs gehört haben. Er

---

25 Der Klanghof entstand 2001

grüßte freundlich und erzählte dann: „Vor ein paar Tagen waren Leute vom Denkmalschutz aus Mainz hier, die sich das alte Traut-Haus dort hinten in der Ecke angesehen haben. Es ist zwar etwas demoliert, aber es ist immerhin der Nachfolgebau vom alten Hans-Leonhard-Haus." Er schaute Ingo und Paul über seine Hornbrille an und erklärte bedeutungsvoll: „Leonhard Traut war der berühmte Bürgermeister, der nach dem Dreißigjährigen Krieg viel für den Wiederaufbau des Ortes getan hatte. Damals hatten nur noch eine Handvoll Leute überlebt. Viele Schweizer siedelten in Impflingen an. Vielleicht wollten die Wissenschaftler aus Mainz etwas aus dieser Zeit finden, oder sie haben vor, das alte Haus wieder herzurichten, Denkmalschutz oder so. Wer hätte gedacht, dass sich irgendwann einmal jemand für die Trauts interessiert? Bis jetzt sind ja immer alle Untertanen ausgenutzt worden. In jedem Krieg hat man ihnen ein Stück Land mehr weggenommen, zuletzt für den Bau der Hitler-Steine und die Bunker. Kein Wunder, dass so viele von ihnen ausgewandert sind."

Schließlich verabschiedete sich der alte Mann: „Muss weiter."

Paul und Ingo machten noch einen kurzen Spaziergang durch den Weinbauort, gingen an der Kirche vorbei, am Rathaus, dem Dorfbrunnen, sahen den Quodbach, einige Winzerwirtschaften an der Hauptstraße und fuhren dann weiter in Richtung Mörzheim.

Sie fuhren eine Straße entlang, die von Weingärten umgeben war. In der Ferne waren die Höhenzüge des Pfälzer Waldes zu erkennen. Dick und saftig sahen die blauen und hellen Trauben aus und noch hatte die Weinlese nicht begonnen. „Es ist gut für die Trauben, wenn sie noch ein wenig Herbstsonne tanken", meinte Paul.

„Welche Trauben wachsen denn hier?", wollte Inge wissen.

„Weiße Rebsorten wie Riesling, Weißburgunder oder Chardonnay, aber auch rote, wie Grauburgunder oder Gewürztraminer. Ich kenne nicht alle Sorten, aber alle Weine schmecken sehr gut. Die meisten Weingärten hier haben bereits die Römer angelegt. „Wir werden in einer Winzerwirtschaft einen guten Wein genießen", schlug er vor. „Von mir aus darfst du gern alle durchprobieren."

Ingo hatte das Autofenster heruntergelassen und meinte plötzlich überrascht: „Was sind das dort für hässliche spitze Betonbrocken links am Weg?"

Paul hielt an und sagte: „Das sind die Hitler-Steine oder Höckerlinien, die der alte Mann gerade erwähnte. Sie waren Teile des Westwalls im Zweiten Weltkrieg. Hast du nie davon gehört?" Als Ingo ein ratloses Gesicht machte, erklärte Paul: „Die Steine sollten als Panzersperren entlang der gesamten Westgrenze dienen. Der Westwall zog sich mit Bunkern, Stollen und Gräben von Basel bis zur Nordsee hoch. Der größte Teil des Westwalls wurde in den Sechzigerjahren gesprengt, nur ein paar Mahnmale blieben zurück. Die Briten nannten übrigens den Westwall Siegfried Line und machten sich darüber lustig, als sie ihn einnehmen mussten". Paul sang: *„We' re Gonna Hang Out The Washing On The Siegfried Line"*[26] und fragte dann: „Hast du es nie gehört?"

„Nein. Ehrlich gesagt, ich habe mich nie für Kriegsgeschichte oder Kriegslieder interessiert."

„Ich kann mir auch etwas Besseres vorstellen als Krieg", meinte Paul.

„Aber erzähl ruhig weiter", sagte Ingo. „Ich höre dir gern zu. Dann kann ich bestimmt wieder eine meiner vielen Bildungslücken schließen."

„Ach, mach doch kein Drama daraus! Wenn ich in deiner Heimat wäre, ginge es mir bestimmt genauso. Bis jetzt war ich ja auch noch nie in den neuen Bundesländern. Vor Kurzem habe ich noch geglaubt, dass dort alle nur Sächsisch sprechen."

Ingo lachte: „Wir müssen das unbedingt nachholen."

„Auf jeden Fall!"

Dann erzählte Paul weiter: „Nach dem Krieg war dieses Gebiet hier französische Besatzungszone; du musst wissen, dass die Landauer Umgebung von jeher wegen der Grenze zu Frankreich ein umkämpftes Gebiet war; mal gehörten die Pfälzer zum deutschen Kaiserreich, dann wieder zu Frankreich. Es ist gut, dass wir jetzt EU-Bürger sind."

„Da hast du recht."

Ingo ließ seine Blicke über die Weingärten schweifen, die sich bis zu den blaugrauen Bergen des Pfälzer Waldes ausdehnten.

„Weißt du, Paul, diese Aussicht erinnert mich an meine Heimat, obwohl es dort gar keine Weinberge gibt. Es ist einfach dieser Eindruck, eine leicht hüglige, weite und grüne Landschaft, die plötzlich von einer langen grauen Bergkette begrenzt wird. Hier ist es der Pfälzer Wald und in meiner Heimat der Harz. Wie lange Reptilien erstrecken sie sich in der Landschaft. Vielleicht hat unser Christoph das ähnlich gesehen. Ist das nicht komisch, dass ich immer wieder auf ihn zurückkomme?"

„Mir geht es jetzt genauso", entgegnete Paul. „Es ist ja auch nicht verwunderlich. Immerhin haben wir einige Berührungspunkte zu ihm."

Eine Kirchturmspitze schob sich in einiger Entfernung vor die welligen Berge des Pfälzer Waldes und wuchs in die Höhe, je näher sie kamen.

---

26 Übersetzung: „Wir werden die Wäsche an der Siegfried-Linie (Leine) aufhängen".

Sie hatten Mörzheim erreicht, das Tausendseelen-Dörfchen mit den Fachwerkhäusern und roten Dächern, in denen es zahlreiche Winzerwirtschaften gab und auch einige Touristen.

„Wir sollten irgendwo einkehren, ist ja gleich Mittag", meinte Paul und bog von der Impflinger Hauptstraße rechts in eine Nebenstraße ab.

Sie gingen in den mit Wein umrankten Innenhof einer Weinstube und hatten sich kaum an den einzigen noch freien Tisch gesetzt, als bereits eine männliche Bedienung mit Lederschürze an ihren Tisch trat.

„Was darf ich euch bringen?"

Mit einem Glas Spätburgunder, den die Sonne im Glas wie einen rubinroten Kristall funkeln ließ, stießen sie an. Der Wein schmeckte vorzüglich. Sie aßen beide ein Rumpsteak mit Salat.

„Möchtest du vielleicht noch eine kleine Weinprobe als Dessert?", fragte Paul etwas übermütig, hatte aber ohnehin nicht mit einer Zustimmung gerechnet, denn er hielt bereits das Portemonnaie in der Hand.

Die Mittagssonne wärmte gut. Sie ließen das Auto bei der Weinstube stehen, setzten ihre kleinen Rucksäcke auf, in denen sich Wasserflaschen, Äpfel und belegte Schnitten befanden.

Sie waren nun bereit, den Weg anzutreten, den Paul als seinen Lieblingswanderweg bezeichnet hatte.

„Bestimmt ist unser Christoph auch einmal von Impflingen über Mörzheim zur kleinen Kalmit unterwegs gewesen", meinte Paul. „Aber könnte er jetzt noch einmal mit uns wandern, würde er wohl kaum noch etwas wiedererkennen. Das Rathaus wurde erst im 19. Jahrhundert gebaut und die schöne protestantische Kirche gab es damals auch noch nicht. Sie ist ein Nachfolgebau."

Als sie bei einem alten Bauerngehöft ankamen, in dessen Innenhof es eine Pizzeria gab, versperrte eine Reisegruppe ihnen den Weg. Alle schauten mit hocherhobenen Köpfen auf eine Gedenktafel, die am Hausgiebel angebracht war.

Paul und Ingo blieben zwangsläufig einen Moment stehen und taten das Gleiche. Sie lasen:

Johann Thomas Schley
geboren am 31. August 1712
Gründer d. Stadt Frederick
in Maryland USA
hat hier gelebt u. als Lehrer gewirkt.

Der amerikanisch sprechende Reiseleiter übersetzte seinen Landsleuten die Worte auf der Tafel. Als einige Leute bemerkten, dass sie im Wege standen, traten sie freundlich beiseite, unter anderem eine junge Frau mit schulterlangen schwarzen Haaren. Ingo kam nicht umhin, diese Frau genauer zu betrachten. Sie trug ein geblümtes

Sommerkleid und hatte eine gute Figur, musste um die 30 sein und hatte etwas fremdländisches, ja exotisches an sich. Als sie bemerkte, dass er sie betrachtete, drehte sie sich zu ihm um. Sie hatte dunkle Augen und weiche, weibliche Gesichtszüge. Einen Moment lang sahen sie sich in die Augen. Er fand sie sehr anziehend und nickte ihr zu. Sie lächelte. Es war nur ein flüchtiger Blick, aber er bedauerte, dass sie Amerikanerin war und es keine Gelegenheit gab, sie kennenzulernen. Sie hatte sich schon wieder dem Reiseleiter zugewandt, der weiter redete:

„Auf der Tafel steht leider nicht, dass der Schullehrer Thomas Schley etwa 1744 mit 100 Pfälzern, darunter seine Frau und 4 oder 5 Kindern, von hier nach Amerika auswanderte. Eigentlich sollte das Schiff von Rotterdam nach Philadelphia segeln, aber es musste nach Baltimore in Maryland umgeleitet werden. Dort gab es am Fluss Monocacy bereits verschiedene kleine Ansiedlungen, auf denen deutsche Siedler lebten. Das war dann auch der Grund, weshalb in der Nähe eine Stadt gegründet werden sollte. Das erste Haus baute Johann Thomas Schley, womit er als Gründer der Stadt Frederick in die Geschichte einging. Er starb am 24. November 1790 mit 78 Jahren. Seinetwegen sind Frederick und Mörzheim jetzt Partnerstädte. Und wir sind hier."

Paul erklärte seinem amerikanischen Berufsgenossen, dass er auch Reiseleiter sei. Der klopfte ihm kameradschaftlich auf die Schulter: „Good guy!"

Paul und Ingo bedankten sich: „Thank you very much und danke schön."

Die Amerikaner winkten ihnen nach und Ingo und Paul gingen weiter.

„Ich wünschte, ich könnte so gut Englisch sprechen wie du, Paul."

„Das lässt sich nachholen, wenn du willst."

Hinter Mörzheim gingen sie auf einer kurvenreichen Landstraße weiter. Weingärten unterschiedlichster Färbungen reihten sich scheinbar endlos aneinander. Viele Wanderer, Spaziergänger und Radfahrer jeden Alters waren unterwegs, Einheimische und Urlauber, Familien mit Kindern und Hunden. Einmal wurden sie sogar von zwei jungen Mädchen mit Rollschuhen überholt.

Da sagte Paul: „Ich habe vorhin gesehen, dass du am Schley-Haus die Frau mit den schwarzen Haaren intensiv beobachtet hast."

„Warum auch nicht? Ich fand sie interessant."

„Dann weiß ich jetzt, auf welchen Typ du stehst", lachte Paul.

„Ich hätte noch eine ähnliche Cousine. Sie versucht krampfhaft, jemanden zu finden."

„Ich bin gegen Kuppelei, Paul! Ich finde schon selbst was, wenn ich will."

„Wie du willst. Ich wollte nur behilflich sein."

Die Herbstsonne meinte es gut und sie kamen gut voran. Kurz vor Ilbesheim fiel Ingo am Wegesrand eine seltsame Bank unter einem Nussbaum auf. Sie war ganz aus Stein und hatte eine Überdachung mit einem schwer lesbaren Schriftzug. Nur die Jahreszahl 1811 war gut zu erkennen.

„Ich werde dir deine noch nicht gestellte Frage beantworten", scherzte Paul. „Das ist die Napoleons-Bank. Unter Napoleon gehörte die Pfalz zu Frankreich und diese Bank hier wurde anlässlich der Geburt von Napoleon II. errichtet."

„Napoleon II.?", fragte Ingo.

„Ja, du Geschichtsproll. Das war der einzige legitime Sohn des großen Napoleons, den er in zweiter Ehe mit Marie-Louise von Österreich hatte. Damals wurden viele solche Bänke aufgestellt. Leider ist dieser Sohn schon mit 21 Jahren an Tuberkulose gestorben."

„Mein Gott, was du alles weißt!", bemerkte Ingo.

Paul musste grinsen: „Na, bin ich Reiseleiter oder nicht? Das gehört doch zu meinem Job."

Sie setzten sich einen Moment auf die Bank und nahmen jeder einen Schluck Wasser aus der Flasche. Paul zeigte auf einen Hügel, der sich deutlich aus der Weinberglandschaft heraushob und auf dem eine kleine Kapelle stand. „Da steigen wir gleich hoch. Das ist die kleine Kalmit[27]."

Sie hatten den Winzerort Ilbesheim erreicht und spazierten erst einmal kreuz und quer durch die Straßen, vorbei an den zahlreichen alten Fachwerkhäusern und einigen Winzerwirtschaften mit den hohen Torbögen. Seltsamerweise stand die weiß getünchte Barockkirche mit dem Schieferturm nicht wie üblich in der Ortsmitte, sondern direkt unterhalb der Kalmit. Paul las das Schild laut vor: „Diese Kirche ließ der Herzog von Pfalz-Zweibrücken Anfang des 18. Jhd. erbauen."

„Aha, unser Christoph müsste also diese Kirche schon gekannt haben", meinte Ingo.

„Sofern er überhaupt hier entlang gekommen ist."

„Das ist die Frage! Impflingen gehörte ja seinerzeit zur Kurpfalz und Ilbesheim zu Pfalz-Zweibrücken."

Ein ansehnliches Ensemble von Fachwerkhäusern reihte sich um das Rathaus. Auf Ingo wirkte die große Uhr und die abwechslungsreiche Fachwerkstruktur aus Kreuzen und Strichen wie ein Rätsel aus römischer Zeit.

„Nein, das ist es nicht", sagte Paul. „Lies mal die Tafel!"

„Oh, vor 300 Jahren wurde hier Weltgeschichte geschrieben. Von

---

27 Die kleine Kalmit ist 270 m hoch und ca. 15 km entfernt von der großen Kalmit (672, 6 m hoch) in der Haardt.

einem Ilbesheimer Vertrag[28] habe ich noch nie gehört. Aber ich denke, heutzutage weiß das ohnehin kaum noch jemand. Höchstens so ein Reiseführer wie du!" Paul erwiderte etwas selbstverliebt: „Es gibt genügend Denkmäler und Erinnerungstafeln. Man sollte sie durchaus lesen. Man wird davon nicht dümmer."

„Was soll das?", fragte Ingo ein wenig angriffslustig, was Paul amüsierte: „Das hier ist meine Heimatgeschichte. In unserer Gegend wird oft an Kaiser Josef I. erinnert und an die Belagerungen von Landau. Das Rathaus war das Hauptquartier von Josef I. und das gegenüberliegende Haus seine Wohnung. Spürst du nicht die Geschichte unter deinen Füßen?"

Ingo zuckte mit den Schultern: „Du hattest mir doch einmal erzählt, dass der Josef in Impflingen sein Hauptquartier hatte?", entgegnete er.

„Na ja, Joseph I. musste Landau zweimal von den Franzosen zurückerobern und darum war 1702 das Hauptquartier in Impflingen und 1704 in Ilbesheim. Aber nachdem Joseph I. 1711 gestorben war, wurde Landau 1713 wieder französisch", erwiderte Paul. „Aber egal, ich glaube, mich zu erinnern, dass wir auf die kleine Kalmit wollten."

Sie folgten nun einigen Wanderern, die ebenfalls durch die Weinberge zur Kapelle aufstiegen. Das Ziel war in kaum zwanzig Minuten erreicht. Oben waren allerdings schon alle Bänke um den Berg und um die Kapelle „Zum Troste der Armen" besetzt. Um die beeindruckende Aussicht zu genießen, hielten Paul und Ingo sich am Geländer fest und schauten auf den direkt unter ihnen liegenden Ort. Fast jedes einzelne Haus war gut zu erkennen, auch die Kirche und die Katzenscheune. Besonders eindrucksvoll fand Ingo eine Gruppe stattlicher hoher Fachwerkhäuser auf der linken Seite.

„Hat dieser Berg außer der schönen Aussicht auf den Ort noch irgendeine andere Bedeutung?", wollte Ingo wissen.

„Na ja, heute ist hier ein Naturschutzgebiet. Da wächst z. B. die seltene Kuhschelle. Auch Safran wird hier angebaut. Der Kalk wurde unter Ludwig XIV. für die Festung Landau abgebaut. Sonst noch Fragen?"

Paul zog Ingo mit sich: „Schau, dort drüben auf den Haardt-Bergen ist die Madenburg zu sehen und weiter links auch der Trifels, wo einst Richard Löwenherz gefangen gehalten wurde. Aber da fahren

---

28 1704 hatte der röm. König Josef I. im Rathaus zu Ilbesheim sein Hauptquartier (während der 2. Belagerung von Landau durch die deutschen Reichstruppen). Hier wurde auch am 7. Nov.1704 der Ilbesheimer-Vertrag zwischen Josef I. und der Kurfürstin, Regentin von Bayern, Therese Kunigunde, abgeschlossen, welcher die Verhältnisse zwischen Bayern und Österreich festlegte. Ilbesheim gehörte ca. 400 Jahre zum Fürstentum Pfalz-Zweibrücken, war von 1793 bis 1813 unter frz. Herrschaft, 1816-1945 bayrisch.

wir später einmal mit dem Auto hin, nicht heute."

Nachdem schließlich doch noch eine Bank frei geworden war, nahmen sie ihr Picknick ein. Bald danach traten sie wieder den Rückweg an. Eine knappe Stunde später waren sie zurück in Mörzheim bei ihrem Auto.

Am Abend, als sie wieder in Landau ankamen, meinte Paul: „Komm, trinken wir zum Abschluss noch ein Bierchen bei mir, bevor du nach Hause gehst." Als ihm der Flaschenöffner aus der Hand glitt und in einem dicken Ordner landete, glaubten sie beide ihren Augen nicht zu trauen. Der Ordner trug die Überschrift: „Kurpfalz 1722-1740, Christoph und Anna Maria". Das waren doch die Namen aus dem alten Brief!

Als Paul den Ordner aufschlug, schien ihm ein ganzes Buch entgegenzukommen.

„Oh Gott, dafür braucht es Zeit zum Lesen! Heute schaffen wir das nicht mehr."

Kurpfalz 1722-1733
Christoph und Anna Maria

20. Februar 1722, Impflingen/ Kurpfalz

Es war eine jener dunklen Winternächte, in denen Mond und Sterne sich hinter einer Nebeldecke verstecken und kaum ein mildes Licht hindurchdringt. In dem kleinen kurpfälzischen Weinbauerndorf Impflingen schien alles in tiefem Schlaf zu liegen. Keine Öllampe, kein Kerzenlicht erleuchtete die Fenster der Bauernhäuser, die sich vom französischen Landau her an einer leicht abfallenden Dorfstraße in Richtung Mörzheim entlanghangelten. Nur ab und zu bellte ein Hofhund oder schrie ein Kauz. Sonst war alles still. Die Bewohner hatten die Fensterläden gegen die Kälte geschlossen. Ein aufkommender Wind ließ dünne Schneeflocken über den Ort rieseln, brachte einige Läden zum Klappern und drehte den quietschenden Wetterhahn auf der Kirchturmspitze mal in die eine, mal in die andere Richtung.

Katharina, die Frau des Bauern und Gerichtsmannes Johannes Traut, war davon aufgewacht und spürte, wie der kalte Wind zwischen Mauerwerk und Fensterrahmen ins Zimmer pustete. Johannes schlief neben ihr den Schlaf des Gerechten und auch von den drei Söhnen oben in der Dachkammer konnte sie Schlafgeräusche vernehmen. Sie zog die Decke über das Gesicht. Johannes hätte längst den Schaden am Fenster beheben müssen, aber da das Dach des Armenhauses eingefallen war, hatte das den Vorrang genommen. Man konnte die Armen und Alten ja nicht draußen erfrieren lassen.

Sie war müde, aber an Einschlafen war jetzt nicht mehr zu denken. Sie spürte Kindesbewegungen und legte ihre Hand auf die pochende Ausbuchtung ihres Leibes: „Bist du diesmal ein Mädchen?" Ach, sie wünschte, dass es so wäre. Sie war jetzt 38 und hatte immer nur Jungen geboren. Schweißperlen sammelten sich trotz der Kälte im Raum auf ihrer Stirn. Sie begann zu zittern, versuchte, sich wieder zu beruhigen. Aber die Angst kroch wie ein eisiges Rinnsal unaufhaltsam durch ihren Körper und gewann die Oberhand über ihre Gedanken. Bilder der Vergangenheit tauchten auf. Sie war ein kleines Mädchen, als französische Truppen durch das Dorf marschierten. „Brulet le Palatinat!", schrien die Soldaten. „Nach Landau! Nach Landau!" Die Häuser brannten. An der Hand der Mutter wurde sie mitgerissen. Sie stolperten über Leichen. Es ging um ihr Leben. Sie hatte Glück und überlebte, wenn man das Glück nennen kann: Krieg zwischen Franzosen und Kaiserlichen, Hunger und Kälte, Krankheit und Aussichtslosigkeit, Tod von Freunden und Verwandten.

Dann das Jahr 1708. Eiskristalle glitzerten an den Wänden, die Fensterscheiben waren mit dicken Eisblumen zugewachsen. Im Garten klirrten die Obstbäume im Wind. Alle Weinstöcke waren erfroren, Vögel fielen tot vom Himmel. Zitternd vor Kälte und Hunger musste sie alles anziehen, was sie besaß. Würde sie den nächsten Tag überleben?

Und das waren nur ihre Kinder- und Jugendjahre.

Etwas polterte auf dem Boden. Katharina erschrak, setzte sich auf und lauschte angestrengt in die Dunkelheit. Kam da etwa eine Gestalt ganz langsam auf sie zu? „Hanna! Ach, Hanna!" Aber da löste sich das Traumbild in nichts auf.

Katharina schluchzte. Der Tag, an dem sie Hanna Zenger (geborene Wagner) mit ihrem Mann Nicolaus und dem Sohn Peter[29] auf dem Wochenmarkt getroffen hatte, war wieder gegenwärtig. Hanna und Nicolaus hatten ein paar Jahre in Impflingen in Hannas Elternhaus gewohnt und Johannes und sie waren gut miteinander befreundet. Dann aber war der Kontakt abgebrochen, weil sie nach Rumbach, ins Zweibrückische gezogen waren. Nicolaus hatte dort eine Stelle als Lehrer angenommen. Die Wiedersehensfreude in Landau war

---

29 Johann Peter Zenger (26.10.1697 Impflingen-28.07.1746 New York) emigrierte 1710 mit seinen Eltern auf dem Schiff Queen Ann. Der Vater, Nicolaus Eberhard Zenger, verstarb auf dem Schiff. 1735 trug Peter Zenger zur Begründung der Pressefreiheit in den USA bei, die 1767 in der Unabhängigkeitserklärung der USA als Menschenrecht festgelegt wurde. Seit 1954 wird am Institut für Journalistik der University of Arizona jährlich zum Gedächtnis der John Peter and Anna Catherine Zenger Award for Freedom of the Press and the People's Right to Know vergeben. (dtsch.:John Peter undAnna Catherine Zenger-Preis für Pressefreiheit und das Recht des Volkes auf Information).

dann groß. Hanna und Nicolaus sprachen begeistert davon, dass sie bald auswandern würden. Ein Pastor Kochertal wollte eine Gruppe Pfälzer nach England führen: „Stellt euch vor, die gute Königin Anne sucht Leute für ihre Kolonien in Amerika. Sie übernimmt sogar die Kosten für den Transport über den Ozean. In Amerika kann man ein gutes Stück Land erwerben und braucht keinen Zehnt mehr an die Herrschaften zu zahlen. Kommt doch mit! Mme Warenbuer Ferré[30] und ihre Kinder sind auch dabei."

Katharina und Johannes ließen sich überzeugen. Sie würden frei sein, genügend eigenes Land besitzen, benachbart mit den Zengers wohnen und ihre Kinder gemeinsam aufwachsen sehen. Welch ein Abenteuer lag vor ihnen! Ach, welch törichte Gedanken waren das! Immer und immer wieder lief die Vergangenheit vor Katharinas Augen ab. Nichts war vergessen.

Im Frühjahr 1709 schlossen sie sich dann zusammen mit den Zengers der Gruppe Kochertal an, zu denen auch Mme Ferré mit ihren erwachsenen Kindern und die Familie Weiser[31] gehörten. Auf Schiffen und Flössen ging es wochenlang den Rhein hinunter. Die vierzehnjährigen Jungen, Conrad Weiser und Peter Zenger schienen beste Freunde zu werden. In Rotterdam warteten bereits Tausende auf die Überfahrt nach England.

Ende April setzten vier Schiffe nach London über. Die See war stürmisch und die Fahrt dauerte eine ganze Woche. Viele wurden seekrank. Ein entsetzlicher Gestank nach Schweiß und Erbrochenem füllte den engen Schiffsraum. Zahlreiche Auswanderer starben bereits bei der Überfahrt nach England an einem bösartigen Fieber.

Wochenlang mussten sie dann in dem überfüllten Barackenlager bei London[32] ausharren. Aber es ging nicht voran. Es regnete pausenlos, der Boden war aufgeweicht und immer mehr Menschen kamen hinzu. Ein englischer Reporter namens Daniel Defoe ging ständig durch das Lager, berichtete in Zeitungen über die schlimmen Verhältnisse und versuchte etwas zu ändern. Aber die anfängliche Hilfsbereitschaft der englischen Bevölkerung ließ bald nach. Die Lebensmittelrationen wurden von Tag zu Tag knapper und die ansteckenden Krankheiten breiteten sich mit rasantem Tempo aus. Nachts wurden die Toten aus dem Zeltlager Blackheath auf den

---

30 Mme Ferré war die Witwe eines Seidenfabrikanten aus Landau Die Ferrees waren hugenottischer Abstammung und einst aus Frankreich geflohen, um den Exekutionen durch Ludwig XIV. zu entgehe

31 Conrad Weiser (02.11.1696 Affstätt-13.07.1760 bei Womelsdorf/ Pennsylvania, Siedler, Dolmetscher, Diplomat zwischen Kolonisten und Irokesen (im Franzosen-und Indianerkrieg (1754-1763) und im Siebenjährigen Krieg (1756-1763.

32 10.000 Ausländer waren 1709 (lt. Daniel Defoe) in den Lagern Blackheath und Camberwell untergebracht.

Friedhof gekarrt. Auch Hanna und Nicolaus Zenger wurden krank. Mme Ferré suchte inzwischen William Penn in London auf, dem die Kolonie Pennsylvania gehörte. Er arrangierte für sie eine Audienz bei der Königin Anne. Danach sahen sie Mme Ferré nicht mehr und auch nicht die Zengers und Weisers. Vielleicht waren sie schon an der grassierenden Krankheit gestorben. Unter Zehntausenden, die sich in den Lagern befanden, konnten sie diese nicht mehr ausfindig machen. Auf der Krankenstation waren sie jedenfalls nicht mehr. Johannes und Katharina hatten kein Geld mehr, sie verstanden die fremde Sprache nicht und aus eigener Kraft kamen sie nicht weiter.

Die gute Königin Anne hatte zu viel versprochen. Nur 3.000 Auswanderer ließ sie schließlich kostenlos nach New York verschiffen. Die Katholiken wurden zur Rückkehr bewegt und die königlichen Beamten gaben Reisegeld aus. Katharina und Johannes zogen es vor, nach Hause zurückzukehren, denn Katharina war schwanger und sie nahmen an, dass die Zengers im Lager gestorben waren.

Nach acht Wochen kamen sie wieder in Impflingen an. Nichts hatte sich geändert. Die Ernten waren miserabel, Viehseuchen ließen die Tiere verenden. Der Hunger blieb.

Sie mussten Vorwürfe oder Mitleid hinnehmen, doch sie waren froh, wieder in der Heimat zu sein. „Bleib zu Hause und ernähre dich redlich!", war seitdem ihre Lebenseinstellung. Ihr erstes Kind, Johannes, kam zu früh zur Welt, wurde getauft, aber starb bereits nach einem Monat.

1713 mussten sie noch einmal die Belagerung der Festung Landau miterleben und Einquartierungen erdulden. Die kaiserlichen Truppen wurden besiegt und Landau gehörte von nun an und wohl für alle Zeiten zu Frankreich.

Seit dem Tod von Ludwig XIV. im Jahre 1715, gab es zwar Hoffnung auf friedlichere Zeiten, aber der ab 1716 regierende pfälzische Kurfürst Carl III. Philipp drückte ihnen mehr Steuern auf als je zuvor und benachteiligte die Reformierten.

Der Wind heulte und wollte einfach nicht aufhören. Hoffentlich richtete er im Haardtwald bei den Verwandten im zweibrückischen Albersweiler nicht wieder großen Schaden an.

Plötzlich musste Katharina laut aufschreien. Unter ihr wurde es nass und ein messerscharfer Schmerz bohrte sich in ihre Leistengegend.

Johannes sprang aus dem Bett. „Ruhig, Kathi, bleib ganz ruhig." Das Kind kam zu früh. Er rannte in die Küche, füllte Wasser aus dem Krug in ein Trinkglas und zündete mit der Glut im Herd eine Kerze an. Eigentlich war das alles Weibersache! Aber jetzt war er in der Pflicht. Es war ja keine Frau im Hause. Er stellte die Kerze und das Wasserglas auf den Nachttisch neben dem Bett. Dann weckte er den Dreizehnjährigen auf dem Dachboden.

„Jacob, lauf schnell zu Großmutter Ursula! Es ist so weit!" Der Junge stürzte die Treppen hinunter und schlug knallend die Hoftür zu, sodass der Hund anfing zu bellen und die Schafe zu blöken. Die zwei kleineren Jungen polterten schlaftrunken ins Gebärzimmer. Der dreijährige Michael weinte: „Mama, Mama! Warum schreist du denn so?" Der Vater nahm ihn auf den Arm: „Es ist nicht so schlimm, Michel! Wir bekommen nur ein neues Baby!"

Katharina schrie, bäumte sich auf und warf sich zurück in die Kissen. Die Wehen fingen nicht, wie sonst, langsam und gleichmäßig an, sondern in voller Stärke.

Der Vater gab dem neunjährigen Friedrich ein Zeichen, sich um den kleinen Michael zu kümmern und wieder nach oben ins Bett zu gehen.

Dann rannte er erneut in die Küche, tunkte einen Leinenlappen in eine Schüssel mit kaltem Wasser, wrang ihn aus und legte ihn Katharina auf die glühende Stirn. „Die Mutter kommt gleich", beruhigte er sie. „Sie hat dir ja auch letztens geholfen." Das stimmte zwar, aber der kleine Nicolaus war gleich nach der Nottaufe gestorben. Nicht jede Geburt ging glücklich aus.

Katharina presste und schrie. Eine so schmerzhafte Geburt hatte sie bisher noch nie erlebt. Sie hatte das Gefühl, dass sie an beiden Körperseiten aufgerissen wurde.

Großmutter Ursula, Katharinas Schwiegermutter, war seit sieben Jahren Witwe. Sie hatte sich frühzeitig ins Bett gelegt, damit sie am kommenden Tag gut ausgeruht war. Ihr jüngster Sohn, Christophel, wurde nämlich an Scholastica (11. Februar) volljährig. Sie hatte deshalb schon alle Kinder und Enkel am Sonntag nach der Kirche eingeladen. Ihre Gedanken kreisten um die Feier. Welchen Kuchen sollte sie backen? Reichten die Stühle und Bänke oder musste sie welche ausborgen?

Es hämmerte plötzlich laut an der Hoftür und Ursula wurde jäh aus ihren Gedanken gerissen.

Sie öffnete das Fenster und drehte die Fensterläden beiseite: „Jacob?", fragte sie erschreckt. Der Enkel sprang nervös von einem Bein auf das andere. „Großmutter, das Baby kommt! Schnell, kommt rüber!"

„Ach Gott! Ich bin gleich da. Geh schnell nach Hause, eh du dir noch was abfrierst, Junge!"

„Das auch noch!" So schnell sie konnte, schlüpfte sie in ihre Holzpantinen, zog Rock, Bluse, Schürze und Mieder über das

Nachthemd, setzte die Haube auf den Kopf und rannte aus dem Haus. Der kalte Wind auf der Straße hängte ihr einen Tropfen an die Nase. Sie schnäuzte in ihre Schürze. Dass Katharina ihre Lieblingsschwiegertochter war, konnte sie nicht gerade behaupten. Das mit Amerika hatte sie ihr immer noch nicht verziehen. Aber sie wohnten nun einmal benachbart und natürlich musste man seiner Schwiegertochter beistehen. Katharina war keine richtige Bauersfrau, sie hatte immer die Schultheißentochter herausgekehrt. Klar, zu Lebzeiten ihres Mannes, als sie noch die Fleischerei in Landau hatten, hatte sie oft ausgeholfen. Aber in letzter Zeit benahm sie sich, als wäre sie eine feine Dame aus dem Landauer Salon, besorgte sich von Schulmeister le Beau oder von dem jungen Schley aus Mörzheim Bücher und setzte ihren Söhnen damit Flausen in den Kopf. „Aber was sollten diese Gedanken jetzt?" Sie betrat aufgeregt das Haus ihres ältesten Sohnes.

Als sie in das Gebärzimmer kam, standen da schon zwei Nachbarsfrauen, die Hartmannsche und die Beithelsche zu beiden Seiten des Bettes, schoben Katharina saubere Leinenfetzen unter das Hinterteil und unterstützten die Gebärende: „Pressen! Pressen!"

„Wie lange geht das schon so?", fragte Ursula und schaute besorgt auf das vor Schmerz verzogene Gesicht ihrer Schwiegertochter.

„Ich weiß es nicht. Vielleicht eine halbe Stunde?", antwortete die Hartmannsche. „Wir sind auch gerade erst gekommen. Jakob hat uns geholt."

Ursula, die selbst neun Kinder geboren hatte und bei vielen Entbindungen dabei war, tastete vorsichtig über den Leib der Schwiegertochter. Der Kindskopf lag nicht in Geburtsrichtung und das Kind würde sich jetzt nicht mehr in die richtige Lage bewegen. Sie bekreuzigte sich. Da half auch noch so starkes Pressen nicht.

Ursula rief nach ihrem Sohn: „Johannes! Wir brauchen schnellstens eine Hebamme oder einen Arzt!"

Katharinas Augen lagen in dunklen Höhlen und schienen langsam zu erlöschen. Ein Arzt musste her, der mit seinen Instrumenten das Kind im Mutterleib zerstückelte und dadurch wenigstens das Leben der Mutter retten konnte.

Der Hartmannschen fiel plötzlich etwas ein: „Johannes! Frag doch mal bei der Maria nach, der Frau von Henrich Stentz aus der Bruchgasse. Die hat doch vor Kurzem ein Mädchen entbunden. Die Geburt soll schwierig gewesen sein. Aber eine junge Hebamme aus Mörzheim hat ihr geholfen. Die soll einen sehr guten Ruf haben. Die Stentzen kann dir bestimmt sagen, wie sie heißt und wo sie wohnt."

Johannes stürzte aus dem Haus, holte das Pferd aus dem Stall und schwang sich auf das verstörte Tier. „Hüh! Brauner! Hüh!" Der kalte Winterwind pfiff ihm um die Ohren. Am Horizont wurde es langsam hell.

Die junge Hebamme Anna aus Mörzheim erschien eine Stunde später am Bett der Gebärenden. Sie tastete den Leib der gemarterten Frau ab, die keine Kraft mehr zum Schreien hatte. „Nicht aufgeben, alles wird gut!" Die Hebamme wusch sich die Hände in der Schüssel, die Ursula für sie bereitgestellt hatte, und ertastete die Lage des Kindes. Sie hatte ein einziges Mal bei einer Hebamme in Landau zugesehen, wie diese eine Querlage mithilfe einer Schlinge drehte und die Geburt des Kindes mit dem Kopf zuerst einleitete. Sie hatte von ihr auch das Buch der Siegemundin ausgeliehen und sich das Wissen über die Geburtshilfe mit dem gedoppelten Handgriff angeeignet. Bis jetzt hatte sie allerdings diese Möglichkeit noch nicht selbst ausprobieren können. Sie stellte fest, dass sich das Köpfchen auf der rechten Seite des Leibes befand, ziemlich weit oben. Die Füße lagen günstiger. Wenn sie kein Risiko eingehen wollte, musste sie das Kind vorsichtig mit den Füßen zuerst herausziehen. Sie nickte Großmutter Ursula zu: „Ich brauche jetzt leicht vorgewärmte Wäschestücke. Die Beine werden zuerst herauskommen und müssen sofort eingewickelt werden. Das Kind darf nicht unterkühlt werden." Sie entnahm ihrem Köfferchen eine Art Lederschlinge. Zur Beithelschen und Hartmannschen sagte sie: „Haltet sie an den Armen fest! Es geht los!" Die Hebamme führte die Schlinge in den Geburtskanal, so als hätte sie das schon 100 Mal gemacht. Ursula brachte vorgewärmte Tücher aus der Küche, wo Johannes das Badewasser bereitstellte. Er schaute auf das Kruzifix an der Wand.

Die Hebamme nickte der Gebärenden aufmunternd zu. „Alles wird gut gehen, Frau." Sie hatte herausgefunden, dass das Kind den rechten Arm hochhielt und die Nabelschnur längs des Körpers verlief. „Wenigstens konnte so die Blutzufuhr nicht abgedrückt werden. Behutsam gelang es ihr, die Schlinge um die Füßchen zu legen und im gedoppelten Griff in die Geburtsrichtung zu ziehen. Katharina fiel vor Schmerzen in Ohnmacht. Wahrscheinlich war es trotz aller Behutsamkeit zu einer inneren Verletzung gekommen. Aber das war jetzt nicht mehr zu ändern. „Einwickeln! Schnell!", rief die Hebamme. Ursula umschlang den glitschigen Körper so schnell, wie es ging. Sie sah als Erste, dass es wieder ein Junge war.

Noch war der Neugeborene mit der Mutter durch die pulsierende Nabelschnur verbunden. Gekonnt durchschnitt die Hebamme die Verbindung nach einer Länge von vier Fingern, nabelte den Neuling ab und klatschte mit ihren langen dünnen Fingern so lange auf den kleinen Po, bis ein lautes Weinen anfing, das gar nicht aufhören wollte. „Gut für die Lunge", sagte die Hebamme zufrieden. Katharina schlug die Augen auf. „Alles ist gut gegangen, Frau, das Kind hat keinen Schaden erlitten." Katharina flüsterte: „Danke". Sie wusste, ohne die Hebamme hätte sie nicht überlebt. Klar, sie hätte so gern ein Mädchen gehabt. Aber das Schicksal wollte es einfach nicht. Nun waren es eben vier Jungen.

Die Hebamme Anna nahm ihren Lohn entgegen. Sie war stolz und glücklich, dass ihr erster Versuch gelungen war. Es würde sich herumsprechen und sie würde mehr Kunden bekommen.

Johannes bekreuzigte sich. „Gott sei Dank! Was würde er ohne seine Frau anfangen?" Die Nachbarinnen waren froh, dass sie nach dieser durchwachten Nacht beruhigt nach Hause gehen konnten.

Großmutter Ursula wischte dem neuen Enkel mit sauberen Lumpen das meiste Blut und den Schleim ab, dann prüfte sie das warme, leicht salzige Wasser in der Wanne mit dem Ellenbogen, legte den Neugeborenen auf ihren Arm so ins Wasser, dass der Kopf herausschaute, und wusch ihn vorsichtig sauber. Eingewickelt in vorgewärmte Tücher, drückte sie das Bündel dem Vater in den Arm. „Danke für die Hilfe, Mutter!"

Johannes betrachtete den Neugeborenen und dachte: „Wenn du hier Glück im Leben haben willst und einen gewissen Wohlstand, dann musst du einmal eine reiche Bauerntochter finden."

Noch besaßen sie zwar ein Stück Land, das gerade so ausreichte, aber wenn man davon ausging, dass es einmal an alle gleichmäßig aufgeteilt werden musste, wurde es knapp.

Aber so war das Erbgesetz nun einmal. Das Ackerland wurde mit jedem weiteren Kind in immer kleinere Stücke zerrissen. Es konnte passieren, dass die Ernte eines Tages die Familie nicht mehr ernährte.

Bisher war es ihrer Sippe aber immer noch einigermaßen gut gegangen und sie hatten stets ehrbare Ämter und Berufe ausgeübt. Unter ihnen gab es Bürgermeister, Schultheißen, Müller und Fleischhauer, aber keine Gerber oder gar Gaukler und Bänkelsänger.

Erst einmal aber war Johannes froh, dass alles überstanden war. Alles Weitere würde sich finden. Und es gab ja auch noch Großeltern, Onkel, Tanten und Paten, die das Kind auf dem Weg ins Leben unterstützen würden.

Vielleicht erreichte der Neugeborene aber auch gar nicht das Erwachsenenalter. Zuerst brauchte der Junge allerdings einen Namen und den göttlichen Segen durch die Taufe.

Johannes legte den neuen Sohn neben die erschöpfte, aber glückliche Kindsmutter ins Bett. So wurde das neue Bündel Mensch zwar nicht himmelhoch jauchzend, aber doch fürsorglich in die Familie aufgenommen. Es bekam gleich drei Brüder im Alter von 12, 9, und

3 Jahren und hatte damit gute Aussichten, sich kräftig durchboxen zu müssen.

Da Großmutter Ursula zum Sonntag ohnehin schon die Verwandtschaft eingeladen hatte, konnte man alles in einem Abwasch erledigen, Volljährigkeitsfeier des Sohnes und Taufe des neuen Enkels.

„Schlaf nun ein wenig, Kathi". Johannes küsste sie auf die Stirn. Es war früh am Morgen. Er musste die Tiere füttern, deren Schreien in den Ställen nicht zu überhören waren.

Da beide Paten, der Bruder mütterlicher und der Bruder väterlicherseits Christophel hießen, war auch die Namensfrage schnell gelöst. Der Einfachheit halber wurde der Neugeborene dann Christoph genannt.

Christoph und Anna Maria werden Spielkameraden

Inzwischen hatten Johannes und Katharina fünf Kinder, vier Söhne und eine dreijährige Tochter, Barbara. Seit der Geburt von Christoph war die Mutter eng befreundet mit Maria, der Frau des Schuhmachers Henrich Stentz. Henrich hatte seine Maria aus dem Thüringischen mitgebracht, als er auf Wanderschaft gewesen war. Katharina verstand sich bestens mit ihr. Sie hatten einige Gemeinsamkeiten und zwei gleichaltrige Kinder, Christoph und Anna Maria, die noch dazu von der gleichen Hebamme zur Welt gebracht worden waren. Die Mütter trafen sich oft, weil sie gern zusammen ihre kleinen Kinder beaufsichtigten, wobei sie Zeitungen und Bücher austauschten und ihren Zöglingen Geschichten erzählten oder vorlasen. Die Zeitungen brachte Johannes aus Landau mit, wenn er die Post abholte, und die Bücher liehen sie bei Schulmeister le Beau oder Schulmeister Schley aus Mörzheim aus. Zwischen Christoph und Anna Maria entwickelte sich eine Art geschwisterliches Verhältnis; und da nach Anna Maria noch deren Schwesterchen Catharina geboren wurde und Christophs Schwester Barbara, wuchs Christoph zusammen mit Mädchen auf. Christophs Brüder kamen für ihn als Spielgefährten nicht infrage, da sie entweder viel älter waren oder völlig ungeeignet. Der nur drei Jahre ältere Michael spielte lieber mit den Dorfjungen. Er war ein richtiger Raufbold.

Leider starb die Freundin der Mutter bald nach der Geburt des dritten Kindes, Töchterchen Dorothea. Da war die Älteste, Anna Maria, acht Jahre alt. Das war ein einschneidendes Ereignis. Für ein paar Monate nahm Katharina die Kinder zu sich, bis der Vater, Henrich, wieder heiratete.

Die neue Frau, Dorothea Bossert, war sehr resolut und wesentlich jünger als Christophs Mutter. Sie konnten sich nicht anfreunden und die Spielgemeinschaft der Kinder schien damit zu zerbrechen.

Aber Christoph und Anna Maria waren nicht zu trennen. Für Christoph war Anna Maria der beste Spielkamerad, den er sich vorstellen konnte. Sie war nicht das typische Mädchen, das nur mit Puppen spielte, sie war immer fröhlich und abenteuerlich, konnte auf Bäume und über Zäune klettern und sorgte immer für eine Überraschung.

Christoph, Anna Maria und die Schule

Christoph und Anna Maria gingen zusammen in die Dorfschule am Saumarkt. Anna Maria lernte leicht und konnte sogar dem Schulmeister le Beau manch knifflige Frage stellen. Einmal fragte sie im Religionsunterricht: „Warum fällt der Mond eigentlich nicht auf die Erde? Es fällt doch sonst alles nach unten." Der Schulmeister konnte oder wollte das nicht sogleich erklären. Er sagte: „Das hat Gott so erschaffen. Die Erde hat so viel Kraft, dass sie den Mond von sich fernhalten kann."

„Und wie genau macht sie das?", frage Anna Maria weiter.

„Es ist so ähnlich, als wenn du einen Stein an ein langes Seil bindest und schnell über deinen Kopf drehst. Du bist dann die Erde und der Stein der Mond."

Nach der Schule sagte Christoph: „Das mit dem Stein müssen wir unbedingt ausprobieren!" Anna Maria war begeistert.

In einer Ecke des Trautschen Hofes lag ein kleiner Haufen Feldsteine. Sie holten sich aus der Scheune ein langes Band und befestigten einen etwa handgroßen Stein daran. Dann drehten sie so schnell, wie sie konnten das Seil mit dem Stein über ihre Köpfe, was nicht so einfach war, denn man brauchte viel Kraft. Wenn man sich selbst um die eigene Achse mitdrehte, ging es besser, aber dann wurde einem bald schwindlig. Als Erde hatte man es gar nicht so leicht, den Mond von sich fernzuhalten. Eigentlich durfte man nie aufhören, seinen Arm zu bewegen. Anna Maria musste plötzlich lachen, als sie sah, wie Christoph das Seil drehte. Es sah irgendwie ungeschickt aus. Während sie das Seil in der rechten Hand hielt, hatte Christoph es in der linken und die Monde drehten sich in entgegengesetzten Kreisen über ihre Köpfe. „Was passiert eigentlich, wenn die Erde keine Kraft mehr hat, sich zu drehen, und du das Seil loslässt?", fragte Anna Maria. „Ich denke, wir müssen den Stein von uns wegschleudern, sonst kriegen wir ihn auf den Kopf." Das taten sie und stellten fest, dass die Monde dann im hohen Bogen davonflogen und in etlicher Entfernung zu Boden gingen, aber nicht senkrecht, sondern nachdem sie noch einen gewissen Bogen gemacht hatten. Anna Marias Mond landete in der linken Hofecke und Christophs in der rechten. Die Hühner stoben auseinander und retteten sich schnellstens in den Stall. Jetzt hatten sie freie Bahn. Sie mussten nur höllisch aufpassen, dass sie sich die Steine nicht gegenseitig an die Köpfe schleuderten. Man konnte auch nie genau wissen, ob die Monde vielleicht zusammenstießen, wenn sich ihre Flugbahnen kreuzten. Allerdings ging plötzlich das Hoftor auf und Christophs Vater setzte den Versuchen abrupt ein Ende: „Was soll der Blödsinn?" Christoph bekam eine Ohrfeige. „Wollt ihr etwa die Scheiben einschmeißen?" Wer ist denn auf solch eine dumme Idee gekommen? Anna Maria wollte das erklären: „Der Schulmeister ..." Weiter kam sie nicht. Der Vater machte einen langen Arm und zeigte ihr die Hoftür. Christoph durfte den Stall ausmisten, das Pferd striegeln und den Hof kehren.

Als Maria den Schulmeister am nächsten Tag fragte, ob man denn glauben solle, dass der Mond mit einem Seil an die Erde gebunden ist, lachte der Schulmeister: „Natürlich nicht, aber es ist so ähnlich und schwer zu verstehen. Darüber zerbrachen sich schon die Gelehrten Kepler und Galilei die Köpfe. Aber das alles wurde ja von Gott erschaffen und das war auch gut so. Denn wie heißt es im Alten Testament?" Dann sprachen sie dem Lehrer Satz für Satz nach:

„...Gott machte den Himmel und die Erde .... Am vierten Tag schuf Gott die Lichter am Himmel: Sonne, Mond und Sterne. Sie sollten über die Erde leuchten und Tag und Nacht anzeigen. Nachdem Gott alles geschaffen hatte, ruhte er sich aus. Und er machte diesen Tag besonders wertvoll. Er sagte: Dieser Tag ist heilig, an ihm soll niemand arbeiten. Und Gott freute sich über alles, was er geschaffen hatte. Es war sehr gut."

Worüber sich die Gelehrten, Kepler und Galilei den Kopf zerbrachen, darüber sprach der Schulmeister jedoch nicht mehr. Sie wagten auch nicht, nachzufragen. Mit Schulmeister Le Beau war nämlich nicht immer zu spaßen. Wenn er glaubte, dass man sich über ihn lustig machen wollte, konnte er einem schon einmal den Hosenboden durchprügeln oder mit dem Rohrstock auf die Finger hauen. Aber Gott sei Dank passierte das eher selten und es war immer noch besser, nicht auf die Lateinschule nach Landau zu müssen, wo nur Jungen hingehen durften. In der Franzosenstadt musste man dafür aber auch noch katholisch sein. Reformierte und Lutheraner hatten dort keinen Zutritt zu höheren Schulen. Da war es sicher nicht so lustig wie in Impflingen. Hier ging man sechs Jahre in die Winterschule und lernte Rechnen, Schreiben, Lesen, Religion und Obstbau, und alle Kinder, Jungen und Mädchen, lernten zusammen in einem Schulraum. Die Winterschule dauerte von Oktober bis Mai. Im Sommer und Herbst war schulfrei, da mussten die Kinder den

Eltern auf den Feldern oder im Weingarten bei der Ernte helfen. Wenn Schulzeit war, hatten sie allerdings vormittags und nachmittags Unterricht, außer dienstags und sonnabends. Da ging es nur bis zum Mittag.

An diesem Samstag war überhaupt ein Ausnahmetag. Sie hatten ganz schulfrei, weil viele zum Wochenmarkt fahren wollten. Vielleicht aber wollte der Schulmeister selbst dorthin.

Hans Martin , Christoph und Anna Maria

Christoph und Anna Maria waren unzertrennlich und wurden darin auch von Hans Martin und dessen Frau Juditha bestärkt. Sie hatten schon erwachsene Kinder, doch sahen es gern, wenn die beiden Kinder sie besuchen kamen. Juditha hatte ihr letztes Kind kurz nach der Geburt verloren. Es wäre so alt wie Christoph gewesen und war sogar auf den gleichen Namen getauft worden. Vielleicht war das auch der Grund, weshalb sie den Christoph so gern hatten, als wäre es der eigene Sohn. Hans Martin, von den Kindern liebevoll Onkel Marten genannt, war ein rechter Spaßvogel und Kinderfreund; und wäre er kein Bauer gewesen, hätte er sich wohl gut als Lehrer geeignet. Er besaß an die zehn Flöten, die er alle selbst gebaut hatte, meist im Winter, wenn es die Zeit zuließ. Er konnte schöne Lieder darauf spielen. Manchmal sang Juditha dazu und Christoph und Anna Maria sangen mit. Als Hans Martin sie einmal fragte: „Na, soll ich euch die Flötentöne beibringen?", lachten sie zwar zuerst, dann aber drängten sie ihn dazu, sein Angebot einzuhalten. „Oh ja, Onkel Marten, bitte bring uns das Flötespielen bei! Du hast doch so viele Flöten!"

So kam es, dass sich Marten nach dem Tod von Anna Marias Mutter viel um die beiden befreundeten Kinder kümmerte. Mehrmals in der Woche trafen sie sich bei ihm und lernten das Flötespielen. Zuerst mussten sie die Töne kennenlernen und sich merken, welche Löcher sie auf oder zuhalten mussten.

Wenn Marten sagte: „A", schlossen sie das Loch auf der Rückseite mit dem linken Daumen und auf der Vorderseite die ersten beiden Löcher mit Zeige-und Mittelfinger und pusteten di di di hinein. Wenn er sagte: „ B", war das schon schwieriger, dann brauchten sie beide Hände, links Zeige-und Ringfinger, rechts den Zeigefinger.

Es dauerte einige Zeit, bis die Fingerbewegungen in Fleisch und Blut übergegangen waren und sie kleine Lieder spielen konnten, aber sie gaben nicht auf und machten gute Fortschritte.

Einmal fragte Christoph: „Wo hast du eigentlich Flöte spielen gelernt, Onkel Marten? Hier im Dorf kenne ich niemanden, der so etwas kann."

„Na ja", Marten überlegte eine Weile und erzählte dann: „Meine Mutter, die ihr nicht mehr kennt, war im Schwarzwald geboren, da wird viel geschnitzt. Sie besaß bereits eine Flöte, als sie nach Albersweiler kam und meinen Vater heiratete. Als wir Kinder waren, hat sie uns gezeigt, wie man aus Holunderstecken selber Flöten schnitzt. Mein Bruder Christophel und ich haben das dann auch gemacht. Aber jetzt stellt Christoffel lieber Figuren her, Elwetritschen und so was. Ich habe mehr Spaß daran, Flöten herzustellen."

„Und warum hast du so viele Flöten?"

„Jede Flöte klingt anders, wisst ihr. Das hängt vom Holz ab. Ich habe Flöten von verschiedenen Baumarten. Manches Holz lässt auch mit den Jahren nach. Dann klingt es nicht mehr so gut."

„Und welche Flöte findest du am besten?", fragte Anna Maria.

„Die vom Buchsbaum klingt für mich am besten." Er spielte die Elslein-Melodie auf den verschiedenen Instrumenten. „Hört ihr den Unterschied?"

Einmal gingen sie mit Marten den Quodbach Richtung Insheim entlang und schnitten von den Holunderbüschen die dicksten Äste ab. Danach zeigte er ihnen, wie sie daraus ihre eigenen Flöten machen konnten. So kam es, dass Marten für Anna Maria und Christoph ein enger Vertrauter wurde.

Das Elternhaus, Herbst 1732

Johannes wurde mitten in der Nacht durch einen Stoß in den Rücken aus dem Schlaf gerissen. Kurz danach hörte er einen dumpfen Knall, der sich wie ein Schuss anhörte. Er lauschte in die Dunkelheit, aber alles blieb still. Katharina und das dreijährige Töchterchen Barbara lagen neben ihm und schliefen fest. Wahrscheinlich hatte die Kleine geträumt und nach ihm getreten, um sich Platz zu verschaffen. Sie hatte nämlich die Besucherritze einnehmen müssen, weil ihre große Cousine Elisa aus Gleishorbach zum Übernachten gekommen war und nun oben im Dachgeschoss auf Barbaras Schlafplatz lag.

Johannes rieb sich den Rücken. Die Kreuzschmerzen ließen nicht nach und in seinem Kopf hämmerte es. Letzteres war jedoch eher auf den gestrigen Abend in der Schenke und die Auseinandersetzung mit seinem Cousin Hans Martin sowie den Problemen seiner Nichte Elisa zurückzuführen. Da es bald dämmern musste, entschloss sich Johannes, aufzustehen. Vielleicht half etwas Bewegung an der frischen Luft, und da sie zum Markt wollten, konnte es auch nicht schaden, schon einmal die Tiere zu füttern, obwohl das eigentlich die Aufgabe seines Ältesten, Jacob, war.

Johannes trat auf den vom Mondlicht erhellten Hof. Sofort zeigte der alte Hofhund Rasmus, dass er sein Gnadenbrot verdiente.

Johannes gebot ihm energisch Einhalt. Die strubblige Promenadenmischung zog sich knurrend in die Hundehütte zurück. Langsam drehte Johannes ein paar Runden um den Mistberg in der Mitte des Hofes. Die Sache mit seiner Nichte Elisa ging ihm nicht aus dem Kopf. Warum nur hatte Johann Jung, der Sohn seiner verstorbenen Cousine Appolonia, sie nach Impflingen mitbringen müssen!

Er hatte ihm da ein Problem ins Haus gebracht, das wahrscheinlich zu Auseinandersetzungen mit seiner Schwester führen würde. Angeblich wollte Elisa zum Wochenmarkt nach Landau und deswegen bei ihnen übernachten. Es stellte sich jedoch bald heraus, dass sie Hilfe bei ihrem Onkel suchte. Ihre Mutter hatte für sie einen heiratswilligen betuchten Ehemann gefunden, den Böttchermeister Hartmann, einen Witwer aus Neustadt. Aber Elisa hatte eine Abneigung gegen den fast zwanzig Jahre älteren, griesgrämigen Mann und fürchtete, dass sie keine Chance hatte, ihn abzulehnen. Schließlich hatte Johannes sich erweichen lassen und ihr versprochen, auf die Eltern Einfluss zu nehmen. Elisa bot sich dafür an, auf dem Stand am Wochenmarkt mitzuhelfen.

Die frische Luft und die Bewegung taten gut und nach ein paar Minuten kam Johannes auf bessere Gedanken. Er war stolz auf seinen Bauernhof, denn er hatte rundum alles ordentlich erhalten, das Wohnhaus, die Scheunen und Ställe, den Abtritt mit Herzchen und die hohe Feldsteinmauer mit dem großen Tor. Im letzten Herbst, nach der Traubenernte, hatte er noch mit den erwachsenen Söhnen Jakob und Friedrich das große Holztor erneuert und einen Stall für die Schafe angebaut. Manchmal fragte er sich allerdings, wie lange er das alles noch schaffen konnte. Nicht dass er alt war, noch keine fünfzig, aber er hatte es in den Knochen. Sein verstorbener Vater, der Fleischer gewesen war, hatte ihm wohl die Gicht vererbt.

Es wurde langsam hell. Er bemerkte, dass die Scheunentür auf war. Irgendetwas stimmte nicht. Am Abend war zugeschlossen worden. Er ging in die Scheune, griff nach der Mistforke, die hinter der Tür stand und fragte mit kräftiger Stimme „Ist da jemand?" Er schaute sich eine Weile um, aber er konnte nichts Verdächtiges entdecken. Als er die Forke kräftig in den Heuhaufen stieß, hätte er beinahe die getigerte Katze getroffen, die sich tief ins Stroh verkrochen hatte. Wie eine zischende Kanonenkugel schoss sie durch die offene Scheunentür davon. Johannes atmete erleichtert auf und warf dem Wallach seine Ration Heu in die Bucht. Das Pferd hatte es sich auf dem Stallboden bequem gemacht, erhob sich aber sogleich, um sein Futter entgegenzunehmen. Da entdeckte Johannes im Stroh einen Gegenstand. Er hob ihn auf. Es war eine alte Geldbörse, aber sie war vollkommen leer. Vielleicht war doch jemand hier gewesen, aber wenn, dann war er jetzt auch längst über alle Berge. Er tätschelte den Wallach und flüsterte: „Ruhig, ganz ruhig, Brauner!" Das Pferd mampfte dabei genüsslich sein Futter.

Die Sonne schaffte es noch nicht durch den Nebel. Johannes ging in die Futterküche und stampfte die gekochten und matschigen Kartoffeln vom Vortag als Schweinefutter zurecht. Plötzlich hörte er die Hühner gackern und kreuz und quer über den Hof laufen. Wurde er langsam verrückt? Er hatte den Hühnerstall nicht geöffnet und normalerweise war es Michaels Aufgabe, ihn abends abzuschließen. Er schaute sich im Hühnerhaus um, konnte aber auch dort nichts Verdächtiges feststellen. Im Nest lagen drei Eier. Nicht viel, aber die Hühner legten jetzt im Herbst auch weniger. Als er die Eier ins Haus tragen wollte, lief ihm das weiße mausrige Huhn, das kaum noch Federn an Hals und Hinterteil hatte, vor die Füße, sodass er stolperte: „Dummes Tier!", rief er erschreckt und trat es mit dem Holzschuh von sich, wobei er direkt auf dessen nacktes rotes Hinterteil schauen musste. Das erinnerte ihn an die Geschichte, die man sich über die Queichheimer Frauen erzählte. Im letzten Jahr hatten sie angeblich den Herrschaften in Landau Fastnachtshühner geliefert, deren Hinterteil sie zugenäht hatten. So mussten die Tiere verenden und konnten nicht mehr als Braten auf die Tafel kommen. Aber dieses Huhn, das jetzt auf dem Mistberg spektakelte, konnte noch ein gutes Suppenhuhn werden. Er warf den Hühnern ein paar Körner aus dem Futtereimer hin und ging zurück ins Haus.

Katharina war schon aufgestanden und huschte im langen weißen Nachtkleid durch die rußgeschwärzte Küche, die nur spärlich von einem Kienspan beleuchtet wurde. Mit den zerzausten langen Haaren und so dünn und blass wie sie aussah, wirkte sie auf Johannes wie ein Hausgeist.

Er legte die Eier in ein Körbchen, das auf dem Wandbord stand und umarmte seine Frau: „Kathi, du hättest doch noch ein bisschen schlafen können." Sie wand sich aus seinen Armen: „Lass mich, Johannes, ich muss Feuer machen, ihr wollt doch auf den Markt."

Ihre dunklen Augen, die früher so leuchteten, sahen traurig aus und waren von dunklen Schatten umringt. Sie kniete sich vor den Herd. Zum Glück war noch etwas Glut da, sodass sie nicht das Feuereisen und den Zunder nehmen musste. Sie legte ein paar Zweige und Holzstücke auf und pustete in die Glut. „Ich will Grütze für alle ..." Ein starker Hustenanfall ließ sie nicht zu Ende sprechen. „Mach dir keine Umstände, wir müssen jetzt keine Grütze essen. Mach einfach einen Tee. Ein Korb mit Brot und Schinken, vielleicht noch ein bisschen Käse reicht doch. Ich nehme nur Michael, Christoph und Elisa mit. Jakob und Friedrich sollen aufs Feld gehen und den Kohl ernten."

Die Rauchgase breiteten sich im Raum aus. Der Nebel schien auf den Schornstein zu drücken. Johannes riss Tür und Fenster auf und klopfte ihr auf den Rücken. Sie war so schrecklich dünn geworden. Er wusste, dass der Husten nicht allein vom Rauch herkam. Sie brauchte Medizin, die sie vom Bader oder Apotheker in Landau besorgen musste. Nachdem der Rauch sich etwas verzogen hatte und die Flamme im Herd aufgelodert war, stellte Katharina den Dreifuß mit dem Wassertopf darüber. Johannes meinte: „Wenn alle fort sind, hast du bestimmt auch etwas Ruhe und kannst in dem Buch lesen, das der Lehrer Schley neulich vorbeigebracht hat."

Sie erwiderte nichts darauf, denn sie ahnte, sie würde keine Ruhe finden. Über ihre Ängste konnte sie mit niemandem sprechen. Dass sie an Auszehrung litt, wusste sie, aber auch, dass sie stark sein und einfach weiter machen musste. Dass ihre Freundin und Vertraute, Maria Stentz, vor einem halben Jahr im Kindbett gestorben war, machte alles nur noch schlimmer. Sie vermisste die Zusammenkünfte mit ihr und den Kindern, die schönen Stunden, als sie ihnen noch Geschichten erzählt hatten.

Oben in der Bodenkammer waren jetzt alle wach geworden. Johannes hörte, wie sie laut miteinander stritten, und ging die Treppe hinauf. Im Vorbeigehen schlug er hart mit der Faust gegen die Tür: „Ein bisschen Beeilung!" Dann ging er zur Räucherkammer weiter, an deren Decke Würste und Schinken hingen.

Der zehnjährige Christoph steckte seinen rotblonden Haarschopf durch die Tür. Seine grünen Augen blitzten ärgerlich: „Vater, ich halte es nicht mehr aus mit Michael!"

„Aber wirklich", pflichtete ihm die Nichte Elisa bei: „Er hat kein Benehmen. Ich muss jetzt das Fenster aufreißen, nur weil er zu faul ist,…" „Lass mich vorbei!", plärrte der Dreizehnjährige und schob seinen jüngeren Bruder, der einen Kopf kleiner war, auf den Flur. Dann trampelte er grinsend im langen grauen Nachthemd, mit einem Nachtgeschirr an seinen Vater vorbei, die knarrende Treppe hinunter. Johannes, der gerade einen Schinken aus der Räucherkammer geholt hatte, hätte ihm am liebsten eine Ohrfeige verpasst, aber er hatte die Hände nicht frei. Verärgert rief er hinterher: „Kannst du großer Bengel nicht frühmorgens aufs Häuschen gehen?" Zu Christoph und Elisa sagte er etwas freundlicher: „Seht zu, dass ihr fertig werdet!" Den Ältesten nahm er beiseite und legte ihm ans Herz: „Jacob, du musst ein bisschen mehr Verantwortung zeigen. Wenn du den Hof einmal übernehmen willst, musst du dich um alles kümmern. Sieh zu, dass du heute mit Friedrich den Kohl am Kirchwesen erntest und wenn die Mutter Hilfe braucht, dann geht ihr tüchtig zur Hand!" Jacob zuckte mit den Achseln: „Was hast du nur immer an mir auszusetzen? Ich tue doch schon mein Bestes." Er ging zurück in die Kammer, wo Friedrich noch immer auf dem Strohsack lag, riss ihm die Decke weg und brüllte, so laut er konnte: „Steh endlich auf, du Canaille!" Das ganze Haus schien davon zu beben. Johannes spürte, wie seine Kopfschmerzen zurückkamen. Wie sollte er diesen Kerlen nur Manieren beibringen?"

Katharina und Elisa bereiteten in der Küche den Korb vor, den sie mitnehmen wollten. Sie unterhielten sich dabei. Während Katharina einige Scheiben Schinken abschnitt, füllte Elisa Tee in die Kanne. Johannes hörte nur mit halbem Ohr zu. Er schaute auf seine Taschenuhr, ein Erbstück seines verstorbenen Vaters. Dann rief er ungehalten zur Treppe hinauf: „Wo bleibt ihr denn, Jungs! Wir haben doch Standgebühr bezahlt! Der Wagen muss noch beladen werden! Und die Post muss ich auch noch abholen!"

„Bevor ich es vergesse, Johannes", sagte Katharina und reichte ihm ein Stück Papier: „Das ist der Einkaufszettel." Währenddessen kamen Jacob und Christoph die Treppe herunter und hörten zu, wie der Vater laut vorlas: „Schmierseife, Kienspäne, Talglichter, Aachener Nadeln, Salz, Erbsen, Krammetsvögel, Stockfische, Waschzuber, Safran." Er holte tief Luft und brabbelte: „Den Waschzuber kann ich ja noch einsehen, weil der alte leck geworden ist, aber warum den teuren Safran?"

Jacob feixte und warf dabei einen unmissverständlichen Blick auf Elisa: „Man könnte damit einen Brautschleier färben."

Johannes schaute seinen Ältesten kopfschüttelnd an und entgegnete barsch: „Und für wen? Etwa für eine Braut, die du erst noch finden musst?"

„Wer spricht denn von mir?" Elisa drehte sich beleidigt weg.

„Lass doch Elisa in Ruhe, verdammt noch mal, Jacob!", forderte seine Mutter, „als wenn sie nicht schon genug Sorgen hat!"

Jacob hob die Arme in die Luft: „Oh Gott, oh Gott, man wird doch noch etwas sagen dürfen, oder nicht?"

„Geh lieber schon mal das Pferd einspannen", entschied der Vater und wandte sich wieder seiner Ehefrau zu, die sich verteidigte: „Ich brauche Safran, weil ich Lussekatter für deinen Cousin Christophel backen will. Von Safran sehen sie so schön gelb aus. Du weißt doch, Christophel mag sie so gern."

„Aber Lussekatter isst man am Lucia-Fest, kurz vor Weihnachten, nicht jetzt!"

„Ja, aber ob Christophel das noch erleben wird, ist fraglich. Wir sollten zu seinem Geburtstag nach Albersweiler fahren."

Johannes gab nach: „Wenn es dann unbedingt sein muss." Er ging auf den Hof, um den Wagen zusammen mit den Söhnen zu beladen.

Während Jacob den braunen Wallach mit der hellen Mähne vor den Wagen spannte, holte Christoph das Zaumzeug aus der Pferdebucht. Da sah er plötzlich etwas Glänzendes auf dem Boden liegen. Er hob es auf und staunte nicht schlecht. Es war ein altes silbernes Geldstück mit dem Bildnis Ludwig XIV. Auf der Rückseite las er: *benedictum 1682 sitnomen domini 6*". Er wollte es gerade dem Vater zeigen, aber da der damit beschäftigt war, eine schwere Gemüsekiste auf den Wagen zu heben, und plötzlich laut aufschrie, unterließ er es und steckte die Münze in die Hosentasche. „Was ist los, Vater?", fragte Christoph. Der Vater hielt sich den Rücken.

„Ach, nichts weiter, geht schon vorbei." Jacob grinste und erklärte seinem kleinen Bruder: „Das sind die Zipperlein im Alter, weißt du, der Anfang vom Ende!" Der Vater reagierte nicht darauf, sondern kramte nach dem Fläschchen mit der schmerzstillenden Tinktur in seiner Hosentasche. „Ich brauche unbedingt neues Laudanum", dachte er, „ein Grund mehr, den Bader aufzusuchen."

Er nahm einen Schluck, atmete tief durch und reagierte seinen Ärger ab: „Jacob, ich mag es nicht, wenn du so dumm daherredest. Und wo bleiben eigentlich Friedrich und Michael? Du solltest dich doch darum kümmern!"

Johannes glaubte, seinen Augen nicht zu trauen, als ihm Michael noch immer in Schlafsachen, mit seinem Nachtgeschirr vom Abtritt her entgegenkam. Das brachte das Fass zum Überlaufen. Er ließ es nicht zu, dass seine Autorität derart untergraben wurde. „Ich glaube, ich muss euch öfter mal die Leviten lesen, insbesondere wo es heißt: „Werdet ihr aber mir nicht gehorchen und nicht tun diese Gebote ..."

Als Michael an ihm vorbeigehen wollte, holte der Vater kräftig aus und gab ihm eine Ohrfeige. Michael standen die Tränen in den Augen, aber er ertrug den Schmerz und ging stolz und aufrecht ins Haus. Schließlich war er ein Mann und keine Memme.

Gemeinsam beeilten sich nun alle Brüder, die restlichen Sachen auf den Marktwagen zu laden.

„Michael, hast du gestern vergessen, den Hühnerstall und die Scheune zu schließen?, fragte der Vater in vorwurfsvollem Ton. „Ich habe alles abgeschlossen, ganz bestimmt", war die Antwort.

„Und warum laufen die Hühner dann jetzt schon auf dem Hof herum? Es hat sie heute früh doch noch keiner aus dem Stall gelassen, oder?"

„Ich habe wirklich keine Ahnung", stotterte Michael.

„Irgendetwas stimmt da nicht, ich weiß nicht, was ich glauben soll", sagte der Vater halb ratlos, halb ärgerlich. „Wo bleibt übrigens eure Cousine?"

„Ist noch in der Küche, spricht noch mit Mutter, ich hole sie", antwortete Christoph und rannte los. Von dem Fund der Münze im Stall sagte er jetzt lieber nichts.

Elisa kam mit der Tagesverpflegung im Korb aus dem Haus. Unter dem Tuch lagen Äpfel, Käse, Schinken und Brot, ein Krug mit Pfefferminztee und eine Flasche Rotwein für Johannes. Sie stieg auf den Kutschbock und schob den Korb unter den Sitz.

Elisa war mit ihren dunklen Haaren und dem ebenmäßigen Engelsgesicht eine wahre Schönheit und in der traditionellen Kleidung ein Hingucker. Die weiße Bluse mit Schultertuch, der graue Rock mit schwarzer Bordüre und bordeauxroter Schürze passten sehr gut zu ihr. Vor allem aber das eng anliegende schwarze Mieder sorgte dafür, dass man ihr nachschaute. Ihren Kopf zierte eine weiße Spitzenhaube und ihre Bein- und Fußbekleidung bestand aus weißen Kniestrümpfen und schwarzen Halbschuhen. Michael und Christoph betrachteten sie und begannen, sie zu necken: „Du sitzt da oben wie die Königin Maria von Frankreich auf ihrem Thron", sagte Michael. „Aber du bist natürlich viel schöner!", fügte Christoph hinzu und meinte es wohl auch so. Ihre großen braunen Kulleraugen leuchteten und kleine Grübchen erschienen auf ihren rosa Wangen. Hinter ihren wohlgeformten Lippen zeigten sich ebenmäßige weiße Zähne wie aneinandergereihte Perlen. Lachend erwiderte sie: „Danke, sehr freundlich, so etwas von euch Plagen zu hören!"

Auch Johannes wusste, dass er sich mit seiner schönen Nichte sehen lassen konnte. Er war froh, dass sie beim Verkauf dabei war; bestimmt lief das Geschäft dann viel besser. „Christoph und Michael!", sagte der Vater, setzt euch hinten auf den Wagen!" Michael hatte es sich schon bequem gemacht und ließ die Beine herunterbaumeln.

„Ich öffne und schließe das Tor!", rief Christoph. Jakob und Friedrich holten sich Hacken und Handkarren aus dem Schuppen, machten den Hund von der Kette los und gingen aufs Feld. Johannes nahm Elisa die Zügel ab. „Hü, Brauner!" Er ließ die Peitsche knallen und sie wollten gerade durch das Hoftor fahren. Da fingen die Schafe im Stall zu blöken an.

Der alte Schäfer Bossert

„Das auch noch!", brummte Johannes. „Jetzt versperrt er mit seiner Herde den ganzen Weg." Er stieg wieder vom Kutschbock und öffnete die Stalltür. Der alte Schäfer Bossert trat hinter dem Tor beiseite, damit die Trautschen Schafe ihn nicht umrammeln konnten. Die aufgeregten Tiere rannten schnurstracks zum Tor. Dabei hinterließen sie Spuren, die aussahen wie große fette Rosinen. Bosserts wolfsähnlicher Hütehund zwickte die letzten beiden in die Hinterbeine. „Aus, Mélac, verdammter Köter!", schrie er den Hund an und spuckte seinen braunen Tabakspeichel auf das Hofpflaster. Dann lehnte er den knorrigen Hirtenstock an die Hauswand, klopfte die Tabakspfeife aus und ließ sie in der schmuddeligen Manteltasche verschwinden.

Bossert bemerkte zwar den beladenen Marktwagen, die zwei Söhne und die junge Frau, aber ein Schwätzchen musste nun einmal sein. Mit seinem breiten zahnlosen Grinsen fragte er: „Na, wie ist es so, Johannes?" Der winkte nur ab: „Könnte besser sein, Hans!"

In dem abgewetzten Mantel, der ihm viel zu groß war, sah Bossert wie ein alter Landstreicher aus. Die Ärmel waren so lang, dass er seine Hände darunter verstecken konnte. Johannes vermutete, dass er das einst gute Stück vom verstorbenen Pfarrer Hosemann geerbt hatte. Bei diesem warmen Herbstwetter war der Mantel eigentlich viel zu dick.

Bossert war nur wenig älter als Johannes, aber bereits schwerhörig, was ein Gespräch schwierig machte. Da ihre verstorbenen Väter jedoch gut befreundet waren, brachte es Johannes nicht übers Herz, ihn abzuwimmeln. Bosserts Vater war in den 1660er Jahren mit seiner Ehefrau aus der Schweiz nach Impflingen gekommen, vielleicht weil sie ihres Glaubens wegen verfolgt wurden oder um Geld beim Kanalbau in Landau zu verdienen. Hans Bossert und alle seine Geschwister wurden in Impflingen geboren. Leider starb die Mutter bei der Geburt des achten Kindes. Einfach hatte er es jedenfalls nicht in seiner Kindheit gehabt.

Bossert wiegte seinen Kopf: „Manchmal denke ich, es wäre besser gewesen, zusammen mit meinem Bruder Jakob auszuwandern. Du weißt doch, der nach Lambsheim gezogen war. Soll wohl mit einer Gruppe, die sich Täufer nennt, nach Pennsylvanien gegangen sein." Johannes nickte. Von seinem verstorbenen Vater hatte er einmal gehört, dass es auch entfernte Verwandte gab, die während der Belagerungen von Landau nach Lambsheim geflüchtet waren. Aber Genaueres wusste er darüber nicht und meinte: „Wer weiß, ob das besser gewesen wäre, die Welt ist doch nirgendwo in Ordnung."

„Vielleicht hast du recht, Johannes, aber dann wäre wenigstens die Familie zusammen. Wir haben uns früher oft besucht. Und die Kinder haben sich auch gut verstanden, besonders Jakobs Tochter Lisbeth und unsere Dorothea, die waren ein Herz und eine Seele." Bossert musste niesen, wischte seine Nase an dem langen Ärmel ab und setzte die Unterhaltung fort: „Das bisschen Acker hier kann die Familie kaum noch ernähren. Nur gut, dass meine Dorothea den Henrich Stentz geheiratet hat. Er hat zwar noch drei Mädchen mit in die Ehe gebracht, was es nicht leicht macht, aber er ist ein guter Schuhmacher und kann in Landau bei den Franzosen sein Geld verdienen. Na ja, unsere Dorothea hat ihm noch den kleinen Jakob geboren, unseren ersten Enkelsohn. Aber man weiß wirklich nicht, wie unsere Kinder in Zukunft leben sollen. Die Zeiten werden schlechter und das Bettelpack in unserer Gemeinde nimmt auch zu. Nicht alle im Armenhaus sind alt und krank. Einige haben Haus und Hof verloren und bemühen sich auch nicht mehr, als Tagelöhner eine Arbeit zu finden. Sie betteln lieber. Und wenn die Eltern das erst einmal tun, machen das meistens auch die Kinder."

Johannes hatte das Gespräch über sich ergehen lassen. Aber er wollte jetzt endlich losfahren.

„Nichts für ungut, Hans", meinte er schließlich und zeigte auf sein Fuhrwerk.

„Ach ja, ich sehe, dass du Arbeit hast, Johannes." Bossert stützte sich wieder auf seinen Stock und zog mit der blökenden Schafherde weiter in Richtung Insheim. Wahrscheinlich nahm er den Weg um das Dorf herum zu den Kirchwiesen und dann zum Schafgarten.

Auf dem Weg nach Landau

„Komm schon, du Träumer!", rief Michael. Christoph hatte das Tor geschlossen und rannte hinter dem Wagen her. Sein Bruder streckte ihm die Hand entgegen, damit er besser auf den Wagen springen konnte.

Sie fuhren die Kirchgasse hinunter, vorbei an der Kirche. Aus der Schmiede beim herrschaftlichen Haus war lautes Gehämmer zu vernehmen und vom Backhaus her roch es nach frischem Brot. „Ich habe Hunger", sagte Michael. „Ich auch", fügte Christoph hinzu. An der Ecke zur Hauptstraße mussten sie warten. Elisa reichte den beiden ein Stück Brot und Schinken aus dem Korb und die Jungen bissen kräftig hinein. Ein Bauer aus Rohrbach fuhr gerade vorüber. Auf seinem Karch hatte er Käfige mit Hühnern und Enten geladen. Er hob die Hand an die Stirn und grüßte Johannes, währenddessen sein Pferd den Schwanz hob und sich tüchtig entleerte. Die dampfenden Exkremente zeigten, dass es noch kühl und früh am Tage war.

Gerade wollte der Vater den Wagen nach rechts auf die Hauptstraße lenken, da raste erneut ein Karch heran, den er vorher gar nicht bemerkt hatte. Der Braune stieg sofort auf die Hinterbeine und der Wagen ruckte so gewaltig, dass Elisa vor Schreck aufschrie und Christoph und Michael hinten vom Wagen sprangen. „Bist du noch bei Sinnen? Verdammter Crétin!", schrie der Vater. Es war Henrich Stentz, der Schuhmacher, Schwiegersohn vom alten Bossert.

Er lachte, als hätte er eine Wette gewonnen, lüpfte seinen Filzhut zum Gruß und fuhr nun gemächlich vor ihnen her. Auf seinem Wagen saßen seine drei Mädchen. Sie winkten ebenso übermütig und riefen: „Salut, Onkel Johannes!" „Salut, Elisa!", rief Anna Maria. Dann erst bemerkte sie Christoph hinten auf dem Wagen. Sie winkten einander zu. Christoph freute sich: „Mit Anna Maria würde es wenigstens auf dem Markt nicht langweilig."

Auf Stentzens Karren lagen etliche verschnürte Säcke, wahrscheinlich mit reparierten Schuhen und Stiefeln fürs Militär. Aber er hatte bestimmt auch noch seine Werkzeuge dabei, Dreifuß, Zangen, Hammer, Ahle und was er sonst noch brauchte, um an Ort und Stelle etwas reparieren zu können. Wenn Christoph genau wusste, was er einmal nicht werden wollte, dann war es Schuhmacher. Den ganzen Tag auf einem Platz am Fenster zu hocken und dabei zu hämmern oder zu nähen, wie Anna Marias Vater, das hielte er nicht aus. Werkeln und Bauen an der frischen Luft, das gefiel ihm schon besser. Am liebsten aber würde er immer nur Musik machen.

„Das sind ja niedliche Mädchen", bemerkte Elisa. Da konnte auch ihr Onkel Johannes nicht länger böse sein und ließ die Sache auf sich beruhen.

„Na, hast du deine Freundin, diese alberne Zopffliese begrüßt?", provozierte Michael seinen Bruder. Christoph schaute ihn verächtlich an: „Du kannst nicht mal eine Freundin finden, weil du so ein Idiot bist!" Der dreizehnjährige Michael packte seinen zehnjährigen Bruder am Schlafittchen. Der steckte frech die Zunge raus. Doch plötzlich ließ Michael von ihm ab und grinste nur überlegen. Etwas anderes hatte Michaels Aufmerksamkeit auf sich gezogen.

Vom Dorfbrunnen her kam lautes Gekreische von Kindern, die dort in der Nähe über den Quodbach sprangen. Michael hatte es beobachtet und klatschte sich lachend auf die Schenkel.

„Was lachst du denn wie besessen?", fragte der Vater.

„Ach, der Schorsch, der blöde Bastard ist gerade in den Quodbach gefallen. Geschieht ihm ganz recht!" Der Vater drehte sich verärgert um und wies seinen Sohn zurecht: „Ich möchte nicht noch einmal hören, dass du den Schorsch so nennst. Du kannst froh sein, dass du einen Vater hast, sonst wärst du nämlich auch ein blöder Bastard!"

Johann Jung

Hinter dem herrschaftlichen Haus, das dem Kurfürsten Carl Philipp gehörte, und in dem sich auch die Amtsräume des Schultheißen, sowie eine Wohnung, die Gastwirtschaft zur Krone und die herrschaftliche Herberge befanden, stand ein junger Bursche mit einem schweren Sack über der Schulter und machte gestikulierend auf sich aufmerksam. Johannes hielt an. Es war Johann Jung, der Sohn seiner verstorbenen Cousine Appolonia. Er wohnte noch mit seinem Vater, Theodor Jung und seinen Brüdern im Haus am Saumarkt. Theodor suchte kaum noch Kontakt zu seiner Verwandtschaft in Impflingen. Sein Lebensmittelpunkt schien inzwischen Landau zu sein. „Kannst du mich mitnehmen?", fragte Johann und nickte dabei Elisa freundlich zu. Johannes ließ ihn aufsteigen: „Kannst dich zu den Jungen hinten setzen."

Michael musste gleich wieder herumfrotzeln: „Ach, sieht man den hohen Herrn Jung auch mal wieder?" Johann drohte ihm freundschaftlich mit der Faust, gab ihm einen Schubs und verschaffte sich Platz zwischen ihm und Christoph. Michael hatte zwar ein kräftiges Mundwerk, aber er hätte es nicht mit dem Neunzehnjährigen aufnehmen können, der schon ein kräftiger junger Mann war. Er hatte bei Henrich Stentz das Schuhmacherhandwerk gelernt und verdiente bereits Geld, hauptsächlich mit Stiefel reparieren, genau wie sein Lehrmeister. Die französischen Soldaten in Landau brauchten viele Stiefel.

Sie fuhren aus dem Dorf hinaus, vorbei an Weingärten, Wiesen und erntereifen Kornfeldern. Zu beiden Seiten der Straße wuchsen Kastanien- und Obstbäume. Es wehte eine frische Brise und die Sonne kam heraus. Johannes`Kopfschmerzen waren wie weggeblasen. Wohlwollend betrachtete er die schöne hüglige Landschaft mit den Weinbergen, die nach Abend hin allmählich anstieg, ab und zu unterbrochen von einigen Baumreihen, Gehöften, Windmühlen oder kleineren Wäldchen, bis der Pfälzer Wald die weitere Sicht in die Ferne versperrte. Irgendwo dahinter lag Frankreich.

Ein paar aufgescheuchte Rebhühner und Fasane flatterten über die Straße und versteckten sich schnell wieder im Buschwerk oder unter den Reben. Einige Tagelöhner und Knechte arbeiteten sich mit Sensen durch Dinkel- und Haferfelder. Frauen banden die Garben zusammen und stellten sie wie kleine Hütten senkrecht zum Trocknen auf.

Auf der Landstraße vor ihnen waren mehrere Fuhrwerke unterwegs. Direkt vor ihnen fuhr noch immer der Karch mit Anna Maria. Christoph konnte sie nicht sehen, weil er auf dem hinteren Teil des Wagens saß und rückwärts schauen musste. Aber in Landau, auf dem Markt, würde er sie schon finden. Marten hatte einmal gesagt: „Ihr zwei passt wie Deckel auf Eimer. Es würde mich nicht wundern, wenn ihr beide Mal heiratet." Darüber hatten sie zwar herzlich gelacht, denn es war ja noch viel Zeit bis dahin. Aber Christoph und Anna Maria konnten sich das beide lebhaft vorstellen. Christoph wurde aus seinen Gedanken gerissen, als der Vater mit Johann ins

Gespräch kam: „Was machst du denn so zurzeit, Junge?"

„Momentan besohle ich noch die Stiefel für die Landauer Soldaten. Aber im Frühjahr werde ich auf Wanderschaft gehen. Ich habe mein Gesellenstück schon vorgelegt, ein Paar schöne schwarze Soldatenstiefel. Mit der Schusterzunft ist alles geregelt, die Gebühr bezahlt und meinen Lehrbrief habe ich in der Tasche. Jetzt bin ich ein zünftiger Gesell." Mehrmals drehte er sich zu Elisa um, als erzähle er das alles nur ihretwegen. Christoph und Michael grinsten sich verstohlen an.

„Nach drei Wanderjahren will ich zurückkommen und meine Meisterprüfung machen. Vielleicht kann ich später Bürger von Landau werden und einen Laden erwerben."

„Wohin willst du denn in den drei Jahren gehen?", fragte Elisa in einer Art, als habe sie vor, ihn zu begleiten.

„Auf jeden Fall nach Norden, über Mannheim nach Mainz, Koblenz, Köln. Vielleicht nach Magdeburg, in Preußen und nach Berlin. Ich werde es wohl erst genauer wissen, wenn wir unterwegs sind."

„Ach, du gehst nicht allein?"

„Nein, mit Stentzens Cousin aus Alsenborn. Es ist besser, zu zweit zu gehen, schon wegen der Landstreicher."

„Und wie kommt man anderswo an Arbeit?"

„In den Städten sucht man die Zunft auf und ein Schaumeister hilft einem dann mit einer Liste von Werkstätten, die man aufsuchen kann. Wenn man nicht gleich Arbeit findet, geben die Zünfte auch ein Zehrgeld. Wenn du länger bei einem Meister bist, bekommst du eine Kundschaft, also ein Arbeitszeugnis."

„Aha. Welche Papiere musst du denn bei dir haben?", fragte jetzt der Vater.

„Den Lehrbrief, den Geburtsnachweis, das Wanderbuch."

„Ich sehe, du hast dich gut vorbereitet."

„Wie sieht denn so ein Wanderbuch aus?", wollte Christoph wissen.

„Nun, ich habe es jetzt nicht bei mir, steht ja auch noch nichts weiter drin als der Stempel vom Stadthauptmann mit der Erlaubnis zur Reise und eine Beschreibung meiner Person." Michael kicherte: „Also steht drin: katholisch, bucklig, Adlernase!" Johann nahm das nicht übel und lachte: „Na ja, so ähnlich."

„Und was steht wirklich drin?", wollte Christoph wissen.

Elisa drehte sich um, als Johannes die Beschreibung über sich gab und verglich sie auf ihrem Wahrheitsgehalt.

„Vorname: Johann, Zuname: Jung, Geburtsort: Impflingen, Land: Kurpfalz, Alter: 19, Religion: reformiert, Stand: ledig, Profession: Schuhmacher, Statur: mittlere, Gesicht: länglich, Haare: braun. Augen: grau, Nase gerade, besondere Kennzeichen: keine."

„Also, keine besonderen Kennzeichen, stimmt wohl nicht", alberte

Michael. „Du musst unbedingt nachtragen lassen: riesige abstehende Ohren!"

„Und bei dir müssen sie wohl einmal hineinschreiben: Großes Schandmaul!", konterte Johann.

Christoph, Elisa und der Vater stimmten Johann lachend zu.

Nach Sonnenaufgang hin erhob sich in nicht allzu weiter Entfernung der Ebenberg, ein breiter bewaldeter Berg, eher ein Hügel zu nennen. Greifvögel segelten gemächlich darüber hinweg. Als sie näher kamen, sahen sie mehrere Schäfer, die mit vier oder fünf Hunden die Herde am Fuße des Berges entlangtrieben. Wahrscheinlich kamen sie von Queichheim oder Nußdorf. Einer der Schäfer hatte einen zotteligen Hütehund, der ununterbrochen kläffte und versuchte, die Herde zusammenzuhalten. „Viens ici, Mélac!", schrie der Schäfer lauthals.

Da fragte Christoph: „Warum nennen nur alle ihre Hunde Mélac[33], Vater?"

„Ja, weißt du denn nicht, wer Mélac war?"

Michael sah seinen kleinen Bruder triumphierend von der Seite an und antwortete: „Mein Gott, Mélac war der schlimmste Mordbrenner aller Zeiten, das weiß doch jeder!"

Der Vater holte tief Luft: „Also, Jungs! Gebt Ruhe da hinten! Bis Landau haben wir noch etwas Zeit. Ich werde euch eine Geschichte über Mélac und Kaiser Joseph I. erzählen, die ich noch selbst miterlebt habe, einverstanden?"

Die Kinder und auch Elisa und Johann stimmten zu.

„Also, die Franzosen hatten Landau nach dem Dreißigjährigen Krieg eingenommen, obwohl die Stadt eine Reichsstadt war und dem Kaiser Leopold in Wien gehörte. Joseph I. war der Sohn des Kaisers und Thronfolger und damals, 1702, als er hier war, etwa zwanzig Jahre alt. Mélac war zu dieser Zeit Festungskommandant in Landau, ein sehr brutaler und bösartiger Mensch. Auf Befehl von Ludwig XIV. hatte er viele Dörfer, Städte und Burgen niedergebrannt und viele Menschen umgebracht. Er besaß zwei große Doggen und wenn jemand nicht seinen Befehlen gehorchte, ließ er ihn von seinen Hunden zerfleischen. Joseph I. hatte sich vorgenommen, Mélac aus Landau zu vertreiben und die ehemalige Reichsstadt für seinen Vater, den Kaiser, zurückzuerobern.

„Aber er hat es ja nicht geschafft", wandte Christoph ein, „Landau

---

33 Hesekiel, Graf de Mélac war Feldmarschall unter Ludwig XIV. Er ist als Mordbrenner in die Geschichte eingegangen. Er brannte im Auftrag Ludwig XIV. viele süddeutsche Städte nieder, z.B. Donauwörth, Marbach, Schorndorf, Mannheim, Frankenthal, Worms, Speyer und zahlreiche Dörfer westlich des Rheins, östlich des Rheins: Bretten, Maulbronn, Pforzheim, Baden-Baden u.v.a.

ist ja immer noch französisch."

„Das ist komplizierter, mein Junge! Aber hör einfach zu!"

„Also, leicht war das nicht. Joseph I. musste sich mit den besten Feldherren verbünden, mit Prinz Eugen von Savoyen, dem „Edlen Ritter", und dem Baden-Badener Markgrafen Ludwig Wilhelm, dem „Türkenlouis". Die beiden waren Cousins und hatten schon gemeinsam die Türken vor Wien geschlagen. Joseph I. verstand sich mit den beiden Haudegen, als wären sie seine Brüder."

„Haha!", unterbrach Michael. „Wie Brüder, ja? Mit meinen Brüdern gibt es nur Ärger."

Christoph entgegnete: „Das ist nur so, weil du immer stänkerst!"

Johann Jung stieß beide mit den Köpfen aneinander: „Schluss jetzt! Wollt ihr die Geschichte zu Ende hören oder lieber zu Fuß laufen?"

Der Vater erzählte weiter: „Joseph I. war übrigens sehr beliebt, ein schöner Mann mit rotbraunen Haaren. Mit uns Kindern hat er immer viel Spaß gemacht. Aber auch die Frauen mochten ihn und umgekehrt. Stellt euch vor, er kam mit mehr als zwanzig Landauer Kutschen von Wien hier her und brachte eine Menge hübscher Hofdamen mit."

Michael kicherte: „Wir haben zum Glück nur eine einzige Hofdame dabei."

Elisa drehte sich erbost zu ihrem frechen Cousin um. Aber ihr fehlten plötzlich die Worte, als sich ihre und Johanns Blicke trafen. Sie winkte nur mit der Hand ab und drehte sich wieder in Fahrtrichtung um.

„Erzähl weiter, Vater!", forderte Christoph.

„Um die Franzosen zu vertreiben, hatte Joseph I. den Angriff auf die Festung Landau mit dem Türkenlouis geplant. Wochenlang donnerten die Kanonen gegen die Festungsmauern. Ich weiß nicht, wie weit der Kriegslärm zu hören war. In Impflingen war es jedenfalls schrecklich laut und in allen Häusern und Scheunen waren die Soldaten der Reichsarmee einquartiert. Joseph I. und der Türkenlouis übernachteten im herrschaftlichen Haus, hier in Impflingen, seitdem gibt es auch einen geheimen Zugang zwischen der herrschaftlichen Herberge und dem Gemeindehaus. Einmal erzählte Joseph I uns Kindern, dass Mélac ihn gefragt habe, wo sein Hauptquartier liege, damit er ihn vor den Kanonenkugeln verschonen konnte. Aber da hat Joseph I. nur gelacht: „Macht euch keine Sorgen um mich, Mélac. Schießt nur munter drauflos." Na ja, er saß ja auch gut geschützt hinter dem Ebenberg. Da konnten die Franzosen von Landau aus Kanonen schießen, wie sie wollten. Irgendwann ging ihnen der Proviant aus und sie mussten sich ergeben. Ich kann euch sagen, das war eine Freude, als Mélac und seine Soldaten die Festung verlassen mussten. Tagelang wurde gefeiert. Es gab sogar

Feuerwerk. Eigentlich hätte Mélac den Tod verdient, nach all den schrecklichen Dingen, die er der Kurpfalz angetan hatte. Viele Orte existierten seitdem nicht mehr, weil alle Einwohner niedergemetzelt wurden.

Und dennoch musste Joseph I. Mélac wie einen Ehrenmann behandeln, denn er hatte ja im Auftrag des Sonnenkönigs gehandelt. Er ließ ihn sogar etliche Wagenladungen mit sich führen und gab ihm noch bis Straßburg das Geleit.

Beim Sonnenkönig aber fiel Mélac in Ungnade und starb zwei Jahre später. Insgesamt viermal wurde die Festung Landau erobert und große Teile der Stadt zerstört. Zweimal kam die Stadt zurück ins Kaiserreich. Zuletzt aber eroberte sie der Marschall Bezons 1713. Und seitdem sind die Franzosen noch immer hier und wohl für alle Zeiten.

„Und was ist mit Joseph I. passiert?", wollte Christoph wissen.

„Er wurde noch Kaiser, aber er starb leider schon in jungen Jahren an Pocken. Ich glaube, das war 1711. Jetzt ist sein Bruder, Karl VI., Kaiser. Aber der scheint Landau für alle Zeiten aufgegeben zu haben. Vielleicht hat er jetzt auch Wichtigeres zu tun, muss sich um Ungarn kümmern und um einen Thronfolger. Er hat mit seiner Frau Dorothea Christine schon vier Kinder gehabt, der einzige Sohn aber ist gestorben. Jetzt möchte er, dass seine Tochter, Maria Theresia, nach ihm einmal Kaiserin wird. Sie ist jetzt etwa 15 Jahre alt. Aber die Kurfürsten machen es ihm schwer. Sie wollen keine Frau auf dem Thron."

„Und was ist aus Prinz Eugen geworden und dem Türkenlouis? Leben die noch?"

„Der Türkenlouis ist auch schon gestorben und Prinz Eugen sitzt wohl in seinem Schloss Belvedere in Wien."

„Und warum kommt Prinz Eugen nicht einfach her und vertreibt die Franzosen?"

Michael tippte seinen Bruder an die Stirn: „Bist du blöd? Er ist doch nur ein Feldherr! Nur der Kaiser kann eine Schlacht anordnen!"

Der Vater drehte sich ärgerlich um: „Kannst du deinem Bruder nicht vernünftig antworten?" Michael verdrehte die Augen. Immer hatte der Vater etwas an ihm auszusetzen. Von jetzt ab sagte er keinen Ton mehr.

Der Vater erzählte weiter: „Inzwischen ist Prinz Eugen auch schon ein alter Mann. Er hat viele siegreiche Schlachten geschlagen, aber ob er das jetzt noch könnte? Wer weiß."

„Magst du eigentlich die Franzosen, Vater?", wollte Christoph wissen.

„Ach, weißt du, es gibt überall gute und böse Menschen. Manche Franzosen mag ich, manche nicht. Man muss das Beste daraus machen. Wir sind ja nur kleine Untertanen oder Leibeigene und müssen unserem Kurfürsten, dem Kaiser oder dem König von Frankreich dienen, je nachdem, wo wir gerade leben. Wir können nur immer hoffen, dass unsere hohen Herrschaften so bald keinen Krieg wieder anfangen. Wenn die Franzosen nur Frieden halten, sind sie mir recht."

„Mir auch, und wenn sie mir gutes Geld fürs Besohlen ihrer Stiefel geben", fügte Johann, hinzu.

Landau, die achteckig angelegte Stadt mit ihren gewaltigen Festungsmauern, bastionierten Türmen und davor liegenden Schanzen, kam jetzt in Sicht. Die beiden Kirchtürme der Marienkirche und der Trutzturm der Stiftskirche schauten über die Mauern hinweg. In der Ferne, hinter der Stadt, oben in den Bergen des Haardtgebirges, war eine Burgruine zu erkennen. Sie war nur eine von vielen Burgen, die zerstört worden waren, die meisten Ruinen gab es entlang des Rheins. Jetzt reckten sich ihre Turmreste wie mahnende Zeigefinger in den Himmel. Sie würden wohl nie wieder aufgebaut werden.

„Wir sind gleich am französischen Tor", meinte der Vater.

Landau, am Französischen Tor

Vor dem gewaltigen Französischen Tor aus rotem Stein stauten sich die Fuhrwerke. Vom dreieckigen Giebel strahlte die Sonnenkorona mit dem Ebenbild Ludwig XIV. auf seine Untertanen herab, obwohl inzwischen sein Urenkel Ludwig XV. König von Frankreich war. Zwischen den bourbonischen Lilien war zu lesen: *„Nec pluribus impar"* (Auch Vielen gewachsen). Bevor die Franzosen die Stadt besetzt hatten, war das Stadtwappen Landaus eine getürmte Pforte mit einem darauf liegenden Löwen gewesen, auf jeder Seite ein bewaffneter Wächter und im Schild der zweiköpfige Reichsadler. Der Reichsadler war durch die drei bourbonischen Lilien ersetzt worden.

Inzwischen war Ludwig XV.[34] zwar König von Frankreich, aber er regierte noch nicht. Als sein Urgroßvater 1715 starb, war er gerade einmal fünf Jahre alt. Da musste Philippe II. d`Orleans die Regierung übernehmen. Jetzt war Kardinal Fleury regierender Minister.

Der Stadtschreiber und die Zöllner waren eifrig beim Kontrollieren der Marktwagen. Während der Stadtschreiber die Papiere jeder einzelnen Person prüfte, erhoben die Zöllner auf alle Waren den Stadtzoll, der letztlich der Stadtkasse und der französischen Besatzung zugutekam.

Verzollt wurde bei Einlass und Auslass. Niemand gelangte unkontrolliert

---

34 Ludwig XV. (15.02.1710 Versailles-10.05.1774), Urenkel des Sonnenkönigs, heiratete mit 15 Jahren die polnische Königstochter Maria Leszczynskaja.

durchs Stadttor. Da hieß es, sich gedulden. Die Zöllner begutachteten Früchte, Obst, Stoffballen, Backwerk, Wein, Wurst, Korbwaren, Gewürze, alles, was auf Wagen oder Karche, in Säcken, Kisten oder Körben auf den Wochenmarkt kommen sollte. Der Zoll war für alle Waren gleich, aber es gab einige Ausnahmen. Wein und Brennholz und ausländische Waren wurden höher versteuert als inländische. Ein Jude zahlte mehr als ein Pfälzer. Bei Fuhrwerken wurde der Zoll nach der Anzahl der Pferde berechnet. Die Dörfer Queichheim, Nußdorf und Dammheim gehörten zum Inland, also zur französischen Stadt Landau. Alle anderen Händler kamen aus dem Ausland; die aus Frankweiler aus dem Herzogtum Zweibrücken, die aus Albersweiler gehörten sogar zwei Herrschaften an, der Herrschaft Löwenstein-Scharfeneck oder dem Herzogtum Zweibrücken. Sie mussten Bescheinigungen von ihren jeweiligen Unterämtern vorweisen, die Impflinger vom Amt Billigheim, die Albersweiler vom Amt Bad Bergzabern, sofern sie zum Zweibrückischen gehörten. Für jede Fuhre Holz war ein halber oder ganzer Batzen zu zahlen und ein Scheit am Tor zurückzulassen. Wein und Holz gingen direkt an die Privatkundschaft weiter, Salz und Korn kam in die Lagerhäuser. Alle anderen Waren gehörten in das Kaufhaus, wo es eine Waage gab. Sie wurden nochmals besteuert, ehe sie verkauft wurden oder weitergeschickt werden durften. Am Ende der Prozedur kassierte einer der Zöllner und ein anderer schrieb den vereinnahmten Zollbetrag in ein Buch.

Johanns Vater, der Zöllner Theobald Jung

Einer der Zöllner war Theobald Jung, der Vater von Johann. Gewöhnlich saß er im Impflinger Gemeindehaus, führte dort die Lagerbücher, schrieb auf, wie viele Kinder, Pferde, Ochsen, Knechte und Mägde jeder Bauer hatte und füllte alle Unterlagen aus, die vom Unteramt Billigheim oder dem Oberamt Germersheim angefordert wurden. Er überwachte die Abgaben an die Frohnherren der Güter Weißenburg, dem Domstift Mainz und dem Eußerthaler Gut. Er unterhielt sich mit den Bauern, die zum Rathaus kamen, um ihr Getreide abzuwiegen, hörte sich die Klagen seiner Mitmenschen über die schlechte Ernte und die zu hohen Abgaben an. Als zweiter Ortsvorsteher informierte er auch die Einwohner in Impflingen über Erlasse des Kurfürsten, über Einberufungsbefehle und was immer notwendig war. Sein Vorgesetzter war Schultheiß Merckert. Wenngleich sie nicht die allerengsten Vertrauten waren, so arbeiteten sie doch Hand in Hand. Kam hoher Besuch in die herrschaftliche Herberge, zeigten sich beide als recht geschickte Respektspersonen. Sie kannten die guten Umgangsformen und fanden die rechten

Worte. An Wochenmärkten, wie heute, übernahm Theobald Jung aber auch hin und wieder die Zollkontrollen, meist am französischen, seltener am deutschen Tor. Der Kurfürst der Pfalz, Karl III. Philipp hatte Überprüfungen gefordert. Es hatte Ärger über die Zöllner gegeben. Sie sollten angeblich korrupt sein und Unterschlagungen machen. Oft hatten die Leute auch nicht den Wegezoll bezahlt, der für die Benutzung der Straßen zu zahlen war, Zahlungen, auf die der Kurfürst nicht verzichten wollte. Die Vorschriften der kurfürstlichen Hofkammer in Mannheim mussten strengstens befolgt und Missstände angezeigt werden.

Als Theobald Jung seinen Sohn bemerkte, winkte er ihn zu sich, damit er eher in die Stadt kommen konnte. Johann nahm den Sack mit den Stiefeln über die Schulter, sprang vom Wagen und verabschiedete sich.

Einen kurzen Moment blieb Johann noch bei Stentzens Karch stehen, zog der kecken Anna Maria die Zöpfe lang und meinte: „Wartets nur ab, Annemie, Catrine und Dorchen! Wenn ihr erst mal verheiratet seid, geht's andersherum!" Die Mädchen hielten sich kichernd den Mund zu.

Ihr Vater meinte: „Willst du etwa eine von denen da heiraten, Johann?"

„Mal sehen, wie sie in zehn Jahren aussehen."

„Na gut, bis später am Schusterstand!"

Die Mädchen schauten ihm verschämt hinterher. Johann Jung ging an der Reihe der Fuhrwerke vorbei.

Theobald Jung kontrollierte seinen Sohn: „Hast du deinen Passierschein dabei? Etliche von der Reiterkaserne haben mich schon gefragt, ob du heute kommst. Und vergiss nicht! Wir sind am Abend beim Stadtschreiber eingeladen und übernachten bei ihm." Johann nickte nur. Sein Vater hatte keine Zeit für weitere Gespräche, er war viel zu beschäftigt.

Gleich hinter dem französischen Tor war Johann nicht mehr zu sehen. Entlang der Festungsmauer nahm er rechts den Weg zur Reiterkaserne. Er wollte zuerst die reparierten Sachen loswerden, bevor er zu den Kolonnaden am Marktplatz ging.

Theobald Jung kontrollierte nun auch den Wagen von Johannes und machte sich ein paar Notizen. Er war dabei so konzentriert, dass er nicht einmal einen Blick auf Elisa warf. „Onkel Theo, kennst du mich denn nicht mehr?", fragte sie deshalb. Da schaute er sie ganz überrascht an: „Ach Gott, natürlich, Elisa! Habe dich lange nicht mehr gesehen. Bist ja erwachsen geworden! Grüße deine Eltern von mir."

„Lass dich doch mal bei uns sehen", verabschiedete sich Johannes.

Theobald nickte: „Wenn es die Zeit erlaubt." Ihr Verhältnis war seit dem Tod seiner Frau sehr unterkühlt. Er war jetzt mit den erwachsenen Söhnen allein. Die Mutter und Hausfrau fehlte sehr, aber er war keiner, der seine Trauer offen zur Schau trug.

Johannes zahlte seinen Zoll und sie durften in die Stadt fahren.

Johannes erinnert sich an das Landau seiner Kindheit.

Der Marktwagen rumpelte über das Stadtpflaster. Rechts und links erhoben sich ansehnliche zwei- oder dreistöckige Geschäftshäuser, Gasthöfe, Herbergen oder kleine Handwerksläden. Sie waren fast alle erst in den letzten Jahren entstanden.

Nichts erinnerte Johannes mehr daran, wie es noch vor fünfzig Jahren, in seiner Kindheit, ausgesehen hatte. Das einst mittelalterliche verwinkelte Landau mit seinen hübschen Fachwerkhäuschen in der Queichaue, seinen Tümpeln und Froschteichen und der Stadtmauer mit den fünfundzwanzig Türmen lebte nur noch in seiner Erinnerung.

Die Großeltern wohnten damals in der Froschaue und einige seiner Onkel und Tanten waren in Landau und Queichheim geboren. Sie mussten hier die Belagerungen der Stadt miterleben und waren genau wie die Soldaten verpflichtet, Kriegsdienste zu leisten.

Den Tag im Juni 1689 würde er nie vergessen, als er als kleiner Junge mit seiner Mutter die Großeltern besuchte und nachts die ganze Stadt in Flammen stand, Wohnhäuser, Gärten und Hofstätten, das Rathaus, das alte Hospital, der Eußerthaler Klosterhof. Die Bewohner liefen entsetzlich schreiend durch die Gassen, um den Flammen zu entkommen. Aber die Stadt war nicht zu retten. Das Haus der Großeltern war zu Schutt und Asche zerfallen und sie mussten noch froh sein, dass sie am Leben geblieben waren. Andere Bewohner waren ums Leben gekommen oder verarmt, weil sie alles verloren hatten, Häuser, Gärten, Wiesen und Weinberge. Entschädigt wurde niemand. Noch zehn Jahre nach dem Brand mussten die Großeltern mit anderen Familien zusammen in Behelfsbauten leben, während das Rathaus mit dem Paradeplatz, das Schlachthaus und das Hospital schon neu erbaut worden waren. Man vermutete später, dass der Brand absichtlich gelegt worden war, vielleicht sogar von Mélac, dem Mordbrenner. Der Sonnenkönig beauftragte bald nach dem Brand den Festungsbaumeister Vauban, die größte und modernste Festung zu errichten, ein nicht einzunehmendes Bollwerk und der Ingenieuroberst Tarade musste lange gerade Straßen um quadratische Stadtviertel anlegen. Die Queich wurde an vielen Stellen überbaut, um Platz für moderne militärische Einrichtungen zu schaffen. Selbst der Kirchhof der Lutheraner wurde mehrmals verlegt. 1688 kam er auf den Kaffenberg, musste aber dort schon 1700 wieder dem Bau des Forts weichen. Die Soldaten wurden, wo immer es möglich war, in den Häusern der Bewohner einquartiert.

Landau war jetzt, 1732, eine streng kontrollierte französische Stadt und erholte sich langsam. Die Baulücken wurden geschlossen und aus den Resten der Stadtmauer und den Ruinen der Häuser wuchsen mit der Zeit wieder neue Häuser empor. In den Amtsstuben hingen die Bildnisse des französischen Königs, Ludwig XV. und seines regierenden Ministers Fleury.

Zwei Stadttore, das Deutsche und das Französische Tor, machten es möglich, dass niemand unbemerkt in die Stadt herein oder herauskam. Bei Dunkelheit wurden die Tore geschlossen. Während des Winters oft schon gegen halb sechs. Dann kamen nur noch Personen mit einer Sondergenehmigung hinein, vielleicht eine Hebamme oder der Postreiter. Mehrere Tausend Soldaten lebten hier, mehr als Einwohner, in Kriegszeiten bis zu 12.000. Die umliegenden Dörfer, Nussdorf, Queichheim und Dammheim waren ebenfalls französisch geworden und zinsten der Stadt Landau.

Entlang der Festungsmauern rund um die Stadt, dort, wo sich die meisten militärischen Einrichtungen, die Pferdeställe und das Munitionslager befanden, patrouillierten hoch zu Ross französische Soldaten in roten Uniformröcken, weißen Hosen, schwarzen langen Stiefeln und schwarzem Dreispitz. Westlich des Walls, dort, wo die Queich in die Stadt fließt, stand die rote Kaserne, im ehemaligen Eußerthaler Klosterhof. Die Magazinbauten befanden sich östlich, bei der Auslaufschleuse der Queich. Im Nordosten lag der Paradeplatz, der sonnabends als Marktplatz diente. Eine weitere Kaserne gab es ganz in der Nähe des deutschen Tores. Von dort her kamen auch die Händler und Marktbesucher aus den Haardt-Bergen, aus Frankweiler, Annweiler oder Albersweiler, oftmals auch noch von entfernteren Orten. Die kleinen Händler trugen stundenlang schwer beladene Kiepen auf dem Rücken oder Körbe auf dem Kopf, mit Dingen, die sie verkaufen wollten. Sie mussten beschwerliche Wald- und Feldwege zurücklegen. Meist waren sie in kleinen Gruppen unterwegs und vertrieben sich die Zeit mit Erzählungen oder Gesang. Auf ihrem Weg zum deutschen Tor kamen sie an künstlich gefluteten Seen vorbei, die angelegt worden waren, um Feinden die Eroberung der Festung unmöglich zu machen. In der kalten Jahreszeit war es besonders anstrengend, nach einem Markttag im Dunkeln über die vereisten Höhen wieder nach Hause zu gelangen. Viele banden sich dann alte Strümpfe oder Lumpen um die Schuhe, um nicht auszurutschen.

An einem so warmen Spätherbsttag wie heute aber war das nicht nötig. Da zogen sie trällernd und frohen Mutes der Stadt entgegen.

Johannes lenkte sein Fuhrwerk in die lange Marktstraße, die schnurgerade vom französischen bis zum deutschen Tor durch die Innenstadt führte. In der rechts davon gelegenen Parallelstraße standen das neue Bürgerhospital und das Hotel „Hördter Hof", wo der französische Kommandant und der Gouverneur wohnten und es den beeindruckenden Kommandantengarten gab mit wunderschönen Blumen und Büschen. Der Bau einer Kommandantur ließ noch immer auf sich warten.

Hinter Johannes`Fuhrwerk ertönte plötzlich mehrmals das Posthorn. Es war die Karriolpost der Route Straßburg, Landau, Neustadt. Sie kam dreimal wöchentlich. Johannes fuhr so weit wie möglich beiseite und ließ den Postillion, der hoch auf dem Kutschbock des zweirädrigen Karrens saß und mit Muskete und Degen bewaffnet war, vorbeifahren. Unter seinem Sitz war das lederne Briefpaket, das Felleisen, durch Ketten und Schloss am Wagen gesichert. Der Postillion hatte eine auffallend große, wohl vom Wetter gerötete Nase. Johannes kannte ihn gut und schwenkte seine Mütze, aber der Postillion hatte ihn nicht bemerkt. Er hatte andere Sorgen. Vor ihm stauten sich die Marktwagen und hatten die ganze Straßenbreite eingenommen. Er blies nochmals ins Horn, da sich aber nichts änderte, fing er an, zu fluchen, teils auf Pfälzisch, teils auf Französisch: „Geht beiseite! S`écarter! Ihr Arschgeigen! Grandes cones!" Einer rief hinter ihm her: „Schnapsnase ", ein anderer: „Morveux!", was zu allgemeinem Gelächter führte, denn Letzteres hieß so viel wie Rotznase. Michael und Christoph lachten natürlich mit. „Hört auf, zu lachen!", forderte Johannes seine Söhne auf. „Meint ihr etwa, es ist einfach, von Straßburg bis hierher zu reiten? Es gibt genug Wegelagerer und Räuber und ein Postillion muss ein tapferer Mann sein." Elisa stimmte ihrem Onkel zu: „Habt ihr noch nie gehört, dass Postkutschen von Banden überfallen werden, die Reisende bis aufs Hemd ausrauben? Besonders im Schwarzwald passiert so etwas, wo sie guten Unterschlupf finden. Aber ich habe gehört, dass sie auch bis zum Rhein und in die Pfalz kommen."

„Du musst es ja wissen", brummte Michael.

Michael und Christoph waren begeistert von den Soldaten, die durch die Stadt ritten. Sie sahen gut aus in ihren adretten Uniformen. „Vielleicht werde ich auch mal Soldat", meinte Michael. „Untersteh dich", entgegnete der Vater, „wir sind Bauern!"

Hin und wieder, wenn ihr Onkel gerade nicht darauf achtete, schaute auch Elisa den gut aussehenden Soldaten hinterher. Die Franzosen waren sehr unterschiedlich von den Pfälzer Bauern.

Allein der melodische Klang ihrer Sprache war etwas Besonderes. Wenn Elisa in Landau war, sprach sie bevorzugt Französisch. Sie war ja wie alle anderen damit aufgewachsen. Die bösen Franzosen kannte sie nur von den Erzählungen aus der Vergangenheit. Hier in Landau veränderte sich viel. Zu Hause auf ihrem Bauernhof sah es dagegen immer noch aus wie zu Großmutters Zeiten.

Die Stadt schien bald aus den Nähten zu platzen. Die Festungswälle verhinderten allerdings eine weitere Ausdehnung. Dafür wuchs die Stadt in die Höhe. Aus zweistöckigen Häusern wurden dreistöckige.

Der Wochenmarkt in Landau war sehr beliebt, und Jahr um Jahr wurde es voller. Rund um den Marktplatz entstanden immer mehr Häuser mit Kolonnaden und kleinen Läden, wie Schneidereien, Schusterwerkstätten, Bäckereien, Fleischereien, Apotheken oder Kaffeestuben und Wirtshäuser. Wer sich einen Laden leisten konnte, hatte es natürlich besser als jemand, der auf dem Marktplatz stehen musste.

Westlich der Stadt hatten nur wenige alte Häuser die vielen Bombardements überstanden, waren jedoch inzwischen ausgebessert und verändert worden. Auf der linken Seite der Marktstraße gab es noch den einstigen Hof des Klosters Klingenmünster, der jetzt ein Gasthaus mit Herberge und etlichen Pferdeställen war. Gegenüber stand wie ein Trutzturm die hohe Stiftskirche, die der Stadt gehörte und in der es einen Turmwächter gab. Elisa mochte Landau. Hier war viel Volk und Trubel. Oft traf man Bekannte, die man längere Zeit nicht gesehen hatte. Dann gab es viel zu erzählen. Man konnte sich in Landau gut amüsieren. Am Nachmittag gab es auch Tanz im Saal des Kaufhauses.

Sie waren am Marktplatz beim großen Kaufhaus mit dem treppenartigen Giebel angekommen, der eigentlich der Truppenübungsplatz war. Der Kommandant hatte es erlaubt, den Platz an Markttagen freizugeben. Der Stadtrat hatte in Absprache mit den Zünften die ganze Stadt sauber fegen lassen, bevor die Stände aufgestellt wurden. Nirgendwo sah man die sonst üblichen Kothaufen der Pferde. Nach Marktende wurden die Stände wieder abgebaut und in Gebäuden untergebracht, die die verschiedenen Zünfte entweder mieteten oder selbst besaßen, und der Platz wurde noch einmal gesäubert. Die Metzgerzunft besaß neben einer großen Verkaufshalle im Schlachthaus weitere Lagermöglichkeiten. Hier war auch der Stand von Johannes schon seit den Tagen seines Vaters untergebracht.

Alle Marktwagen mussten am äußeren Rand des Platzes abgestellt und die Pferde zu den Unterstellplätzen gebracht werden. Es gab ein paar Händler, die direkt vom Wagen herunter verkauften, es waren meist Bauern der umliegenden Dörfer, die Obst und Gemüse verkauften, so wie Johannes. Aber sein Stand war eine kleine einfache Holzhütte mit einem Ladentisch und einer schräg nach hinten abfallenden Überdachung. Viele Stände sahen ebenso aus. Sie waren in Reihen angeordnet und befanden sich in der Platzmitte. Im Allgemeinen boten die Metzger Fleisch und Wurst im Schlachthaus an. Da Johannes jedoch hauptsächlich Obst und Gemüse verkaufte und nur wenig Gepökeltes und Geräuchertes, durfte er auch einen Stand in der Mitte des Platzes nutzen. Der Stand gehörte eigentlich seinem Cousin Johannes, dem Fleischer, von dem er ihn ab und zu ausborgte. Jakob und Friedrich hatten ihn am Tag zuvor aufgebaut. Jetzt brauchten Elisa, Michael und Christoph nur noch die Ware in die Regale zu legen.

Johannes führte indessen das Pferd am Zügel zu seinem Stall in der Posthalterei. Er kam an den Handwerkerständen vorbei, grüßte diesen und jenen und nahm im Vorübergehen wahr, was alles angeboten wurde. Für ihn war es nicht sonderlich aufregend. Es war fast immer das Gleiche: Messer, Töpfe, Holzbottiche, Garn, Wolle, Stricknadeln, Bänder, Kerzen, Schnaps- und Wein. Auf den Bauernwagen lagen Äpfel, Kastanien, Kohlköpfe, Getreidekörner und Grumbieren. Hinter dem Marktplatz, in den Nebengassen, waren die Händler mit Glas- und Porzellan noch dabei, ihre Stände aufzubauen. Meist waren es einfache Händler, Hökerinnen und Höker aus der Haardt-Gegend, die an einfachen Tischen saßen, unter denen sie Körbe mit der eingepackten Ware geschoben hatten. In anderen Gassen wurden auch Nahrungsmittel angeboten: Butter, Käse, Speck, Heringe, Fische, Küchengewächse, Hülsenfrüchte, Mehl, Eier, Salz, Brennöl, Essig und Branntwein.

Johannes und die Posthalterei

Fast alle Wirtschaften der Stadt hielten Pferdeställe für den Markttag bereit. Johannes brachte seinen Wallach immer in der Posthalterei unter, einem der stattlichsten Häuser Landaus, einem dreigeschossigen Vierflügelbau, in dem sich außer der Post noch die Wohnung des Posthalters, eine Herberge und das Gasthaus befanden. Das Gebäude hatte im geräumigen Innenhof reich verzierte rundum laufende Holzgalerien, hinter denen sich zum Teil Gästezimmer befanden, von denen man auf den Hof hinunterblicken konnte sowie auf die Kutschenremise und die Pferdeställe. Im Sommer wurden Tische und Bänke im Innenhof aufgestellt und man konnte abgetrennt vom Stadttrubel sein Glas Bier oder Wein genießen. In den kalten Monaten zogen die Gäste natürlich den Gastraum vor. Die Posthalterei war besonders bei vornehmen Reisenden beliebt. In der Post und im Gasthaus war Johannes bekannt. Er war hier nicht nur an Markttagen, sondern holte auch schon seit Jahren die Post für Impflingen ab. Normalerweise taten das die Metzger seit jeher. Sie leisteten damit entweder ihre Frondienste ab oder hatten einen kleinen Zuverdienst. Johannes hatte seit dem Tod seines Vaters das Postabholen übernommen. Damit hatte er auch seiner Ehefrau, Katharina, einen Gefallen getan, denn sie interessierte sich sehr für Zeitungen und Bücher. In Landau hatten gebildete Damen gehobenen Standes längst Salons und Lesegemeinschaften gegründet, so wie es in Frankreich üblich war. Da Johannes verschiedene Postreiter kannte, kam er günstig an Zeitungen. Vom Postreiter der Route Speyer-Landau bekam er das „Wiener Diarium"und die „Frankfurter Zeitung" umsonst, die jener wiederum vom Turn- und Taxisschen Postillion der Route Wien- Speyer-Frankfurt erhalten hatte. Ein guter Freund war ihm mit den Jahren der Postreiter Baltzer der Route Straßburg-Landau-Neustadt geworden. Die Zeitung hatte nun auch in Impflingen Einzug gehalten. Seine Frau Katharina und Maria Stentz hatten Freude am gemeinsamen Zeitungslesen gefunden. Irgendwann hatte Johannes die Zeitungen auch ins „Wirtshaus zur Krone"mitgenommen und dann war es zur Tradition geworden, sich einmal wöchentlich mit interessierten Männern bei einem Glas Wein oder Bier zum Stammtisch zu treffen und sich über Gott und die Neuigkeiten aus aller Welt zu unterhalten. Johannes mochte diesen Männertreffpunkt nicht mehr missen.

Er war dem Postreiter Baltzer sehr verbunden und hoffte, ihn hier noch anzutreffen.

Der geräumige, bis zum dunklen Deckengebälk weiß getünchte Stall der Posthalterei war bis auf den letzten Platz gefüllt, links mit Kutschen und rechts mit Pferden, die in einzeln abgetrennten Buchten standen. Im Obergeschoss des Stalles gab es Heu- und Strohböden mit Türen zum Scheunenraum. Ein Tagelöhner oder Postarbeiter warf gerade zielsicher einige Forken voll Heu von oben herab in die Pferdekrippen. Zwei weitere Postangestellte, die Johannes flüchtig begrüßten, indem sie ihre Hand kurz erhoben, beluden eine Post-kutsche mit schweren Reisetruhen. Einer stöhnte: „Was schleppt dieser Neuländer da nur alles mit sich herum?" Der andere erwiderte: „Waffen werden es wohl nicht sein, die hätten ihm die Zöllner schon abgenommen. Aber Papier kann auch schwer sein." Johannes hatte recht vermutet. Er entdeckte auch den zweirädrigen Karch des Straßburger Postillions. Er führte seinen braunen Wallach mit der hellen Mähne zu einer freien Bucht. Dort fing das geduldige Pferd auch gleich an, sich das von oben herabgeworfene Heu einzuverleiben. Johannes betrat das Wirtshaus durch den Haupteingang. Es roch nach Kaffee und Süßkram. Die Tür zum Gastraum war zufällig geöffnet und er konnte einen kurzen Blick hineinwerfen. An den Tischen saßen Gäste besserer Gesellschaft, meist gekleidet in Robe à la française. Wahrscheinlich waren es auch Franzosen, die ihre Verwandten bei der Garnison in Landau besuchten. Die noblen Damen trugen kostbare Reifkleider aus Seide oder Brokat, mit Rüschen an den Ärmeln, Spitzen über dem Dekolleté und hübschen gekräuselten Halsbändern aus feinstem Tüll. Die Messieurs waren ebenfalls nach der neuesten Mode des Versailler Hofes gekleidet, mit Rüschenhemden und taillierten knielangen Herrenröcken, worunter sie Westen trugen, aus deren Taschen goldene Uhrketten hervorlugten. Er ging weiter zur Tür mit dem Schild „Dienstboten", die vom übrigen Gastraum getrennt war. Der Postillion saß wie erwartet am runden Tisch für Stammgäste. Sein gelber Filzhut mit der breiten Krempe lag auf dem Tisch. In seiner blauen Uniform und den gelben Hosen wirkte er wie ein französischer Soldat, nur dass er die falschen Farben hatte. Zu seiner Rechten hatte er einen Degen am Gürtel, zur linken eine Messertasche und ein Posthorn. Seine dünnen, schwarzgrau melierten, zotteligen Haare hingen offen bis über den Kragen. Vor ihm, auf dem Tisch, stand ein Krug mit Bier.

Er unterhielt sich mit zwei jungen Caserniers, angestellte Handwerker der Stadt, die für die Garnison arbeiteten. Johannes verharrte eine Weile an der Tür und hörte der lustigen Unterhaltung zu. „Wäre ich Postillion bei Thurn und Taxis und würde die Reichspost befördern, müsste ich eine rote Uniform tragen und einen schwarzen Dreispitz. Mon Dieu! Ich sähe aus wie eine Tomate, mit Chapeau!" Die Männer lachten und spöttelten. „Nach Landau trauen sich die roten Postillione ja gar nicht. Da gibt es zu viele Franzosen!" „Das stimmt. Sie gehen den Franzosen lieber aus dem Weg. Ihre Route war zuerst Wien- Brüssel, über Basel und Speyer, jetzt aber geht's auch dorthin, wo der Kaiser ..." Der Postillion musste gerade niesen. „Zu Fuß hingeht ...", beendete der Hufschmied den Satz." „Nee, nee, mein Freund", nahm der Postillion wieder das Wort: „Ich meinte, wo der Kaiser gekrönt wird, nach Frankfurt begeben sie sich. Da ist die neue Zentrale der Thurn und Taxis. Die würden gewiss gern noch viel weiter liefern. Aber noch gibt es eine Menge anderer privater Routen, durch alle möglichen Länder und Herzogtümer, quer durch Europa. Die Preußen haben zum Beispiel eine Route von Danzig nach Berlin." Johannes musste sich räuspern, um die Aufmerksamkeit auf sich zu lenken: „Ist`s erlaubt, Baltzer?" Der Postillion drehte sich sichtlich erfreut um: „Ach, Johannes! Setz dich!" Er schob ihm einen Schemel zu. „Danke, Baltzer, auf ein kleines Bier, muss gleich wieder zum Markt." Der rundliche Schankwirt, der aufmerksam das Geschehen im Wirtshaus verfolgte und ab und zu seinen Kopf durch die Tür steckte, brachte sogleich vier Krüge, die er wortlos auf den sauber gescheuerten Tisch stellte. Baltzer und Johannes stießen ihre Krüge aneinander, dass es schepperte: „Prosit!" „Santé!" Der Postillion wischte sich den Schaum von seinem Schnauzbart mit dem Handrücken ab. „Das tut gut", murmelte er zufrieden.

„Wie lange bist du schon unterwegs, Baltzer?", wollte Johannes wissen. „Bin halber Nacht von Straßburg weg. Hab zweimal das Pferd auf der Poststation gewechselt, in Niederotterbach und in Rohrbach. Muss so an die acht Stunden unterwegs gewesen sein. Mein Allerwertester weiß ein Lied davon zu singen. Jetzt muss ich noch bis Neustadt weiter. Ich habe ein paar Briefe für dich im Postamt abgelegt und auch die Zeitungen." Johannes nickte. „Aber sag, wie sieht es in Straßburg aus?" Baltzer machte ein verdrießliches Gesicht und kniff seine Fuchsaugen zusammen: „Es gibt zurzeit auffallend viele Truppenbewegungen und eine Menge neuer Einquartierungen. Die Bürger sind nicht gerade erfreut darüber. Die Kasernen sind voll und fast jedes Haus muss noch Soldaten aufnehmen. Ich weiß nicht, ob die Franzosen nur mit den Säbeln rasseln, oder ob sie die auch gebrauchen wollen. Man muss abwarten, was soll man sonst tun? Weglaufen etwa? An so etwas habe ich, ehrlich gesagt, schon manchmal gedacht. Aber wohin? Und wenn sie dich schnappen und an deinen Herrn ausliefern, ich mag nicht daran denken. Ich kenne einige mit abgehackten Fingern und zerschundenen Rücken, manche wurden auch schon gehängt oder erschossen."

Die Caserniers mischten sich ins Gespräch und erzählten, dass in der Nacht zwei Franzosen von der Festung desertierten. Der Alarm war mit einem Kanonenschuss ausgelöst worden. Einen sollen sie kurz danach in den Reduiten geschnappt haben, der andere war wohl entkommen. Als Untertan konnte man immer nur von der Freiheit träumen, egal ob man Leibeigener oder Soldat war, Bürger oder Bauer. Wer nicht folgte, wurde bestraft, wenn es sein musste, auch mit dem Tode."

Johannes musste an die Geldbörse denken, die er in der Nacht im Pferdestall gefunden hatte. Aber er wollte es besser nicht erwähnen, trank sein Bier aus und verabschiedete sich: „Ich muss, das Geschäft ruft. Ist ja gleich zehn!"

Auf dem Wochenmarkt

Elisa hatte in einem Beutel im Regal ein paar bunte Bänder und Wimpel gefunden und sie inzwischen rings um die Verkaufstheke und oben am Dach befestigt. Michael und Christoph hatten den

Wagen geleert und die Regale mit leckerer Räucherware gefüllt, die von Johann dem Fleischer geliefert worden war, einen halben Kalbskopf, roten und fetten Schinken, Griebenwurst, Bratwurst. Dazu kamen verschiedene Gemüsesorten aus eigenem Anbau. Sie waren gerade fertig geworden, als Johannes zurückkam. Er hatte nichts auszusetzen. Als Punkt zehn Uhr die Kirchenglocken der Stadt läuteten, wurde der Markt für den Verkauf geöffnet. Sofort begann ein Schieben und Drängeln. Der Marktplatz füllte sich. Französische Soldaten kamen ebenso zum Kaufen, wie die Bewohner der Stadt und des Umlandes. Bald zeigten sich auch die Gaukler und Musiker und der Mann mit den Guckkastenbildern, der besonders bei den Kindern sehr beliebt war.

In Fässern aus Blech brannten Feuer, an denen man sich die Hände wärmen konnte.

Die Männer von der Zunftpolizei schritten den Marktplatz ab und sahen überall nach dem Rechten. Es roch nach gebratener Wurst und Fleisch, nach Zuckerwerk, frischem Brot und Kaffee. Weit weg vernahm man das Spiel einer Drehorgel. Jemand sang dazu. Wahrscheinlich irgendein Bänkelsänger. Das Stimmengewirr ließ es nicht zu, der Musik zuzuhören. Es verstärkte sich nun noch durch das Rufen der Marktschreier. Es floss reichlich Bier, Wein und Schnaps. Viele Tagelöhner zogen laut lachend und zotige Witze reißend von Wirtshaus zu Wirtshaus und rund um den Platz. Mütter mit Kopftüchern oder Hauben, in langen Kleidern, vor denen Schürzen gebunden waren, suchten nach Bettwäsche oder Handtüchern für die Aussteuer ihrer Töchter. Rotznäsige Kinder tobten um die Buden der Zuckerbäcker oder rannten zum Guckkastenmann, wo sie, ob der schönen Bilder, die sie durch das Guckloch sehen konnten, vor Freude laut aufkreischten. Einige französische Soldaten standen an den Handwerksständen und prüften Solinger Messerklingen.

Michael und Elisa übernehmen den Verkauf.
Elisa hatte seitlich der Verkaufstheke eine Tafel angebracht, worauf sie mit Kreide die Preise der Räucherware geschrieben hatte.

1 Pfund 1 a Ochsenfleisch 1 Batzen 1 Pfennig
1 Pfund geringer Ochsenfleisch 1 Batzen 4 Pfennig
1 Pfund Kuhfleisch 1 Batzen 4 Pfennig
1 Pfund jg. Rindfleisch 1 Batzen 2 Pfennig
1 Pfund Kalbfleisch 1 Batzen 6 Pfennig
1 Pfund Hammelfleisch 1 Batzen 4 Pfennig
1 Pfund Schafffleisch 1 Batzen 2 Pfennig
1 Pfund Schweinefleisch 1 Batzen 4 Pfennig

Michael schrie unterdessen: „Beste Räucherware, gute Preise! Frisches Gemüse, beste Qualität!" Sein Vater war überrascht und dachte: „Als Marktschreier macht er sich recht gut."

Dann übernahm Elisa den Verkauf und Johannes wog die gewünschte Ware ab.

Christoph und Michael sollten das Fleisch und Gemüse zureichen, aber das wurde Christoph bald langweilig. Er dachte an Anna Maria und wollte sie auf dem Marktplatz finden. Er konnte sich auch schon denken, wo sie war.

Michael schob ihn bald aus dem Weg und meinte: „Bis du das Gemüse bringst, laufen ja die Käufer weg!"

Johannes konnte sich nur wundern. Das Verkaufen schien Michael tatsächlich Spaß zu machen. Als Elisa mit dem Bedienen nicht nachkam, verkaufte er einfach mit und bald stellten sich die Leute in zwei Reihen an. So kannte er seinen Sohn gar nicht. Er war Marktschreier und Verkäufer in einem. Sogar rechnen konnte er gut. Er bediente einen vornehmen, in feinem Wolltuch gekleideten Herrn mit Zylinder, der ein reicher Stadtbürger sein musste: „Das Pfund Schafffleisch kostet einen Batzen und 2 Pfennige, mein Herr. Ihr möchtet 4 Pfund? Das macht dann au total 4 Batzen und 8 Pfennige oder 4 Batzen und 1 Albus, s'il vous plaît. Hat der Herr es vielleicht adaptable? Nein? Pas de souci! Macht nichts." Er wechselte den Florentiner, gab 11 Batzen und einen Albus zurück und bedankte sich freundlich. Johannes grinste in sich hinein und fragte dann ernsthaft: „Und was machst du, mein Sohn, wenn einer mit einer Währung kommt, die du nicht kennst?" Michael wedelte lachend mit einem Stück Papier, auf der eine Art Zahlenübersicht zu sehen war: „Schau, Vater! Und sollte einer mit Münzen kommen, die ich nicht kenne, dann schicke ich ihn zum Juden in die Wechselstube!"

Er sollte ruhig so weitermachen. Da der Verkauf mit Michael so gut lief, konnte Johannes Elisa und Christoph nach einiger Zeit sogar beruhigt Besorgungen machen lassen. Er hielt sich beim Verkauf im Hintergrund, schnitt die gewünschte Menge Wurst, Fleisch oder Schinken ab, wog die Ware und wickelte sie in eine alte „Frankfurter Postzeitung." Michael nahm das Gemüse selbst aus den Kisten, verkaufte und machte den Marktschreier.

Elisa und Christoph kaufen auf dem Wochenmarkt ein.

Elisa schlenderte auffallend langsam an den vielen Ständen entlang, nahm Dinge in die Hand und legte sie wieder fort, fragte und ging weiter. Sie wollte erst einmal die Preise ringsum erkunden. Christoph aber wollte nur schnell zum Schusterstand. „Das geht nicht, du musst mir doch beim Tragen helfen", sagte Elisa, aber noch hatte sie gar nichts gekauft. Sie gingen an den einheimischen Ständen mit Gemüse, Obst, Nüssen, Butter und Käse vorbei und an Ständen mit Erzeugnissen aus der Ferne, wie Reis, Zucker und seltenen Gewürzen. Dann kamen die Handwerkerstände mit Beilen, Messern, Bohrern, Fässern, Sielen, Sattelzeug, Holzpantinen und sogar Möbeln. Sie blieb bei den Gauklern und Jongleuren stehen oder kramte in den Schubkarren der Nürnberger Tandhändler zwischen Fastnachts-kram, Larven, Dockenwerk und Papierzeug herum. Fast an jeder Ecke traf sie auch noch wie zufällig irgendeine Freundin. Christoph konnte sich nur wundern, woher sie die alle kannte. Christina aus Frankweiler, Dorothea aus Albersweiler, Sybilla aus Ilbesheim, Appolonia aus Queichhambach. Sie schwatzten miteinander und verabredeten sich später zum Tanz in der oberen Etage des Kaufhauses, das sie Douane oder Redoute nannten. Schließlich unterhielt sie sich noch ausgiebig mit einem jungen Wanderhändler aus Thüringen und kaufte von ihm eine bunte Schachtel für ihr Nähzeug, die gar nicht auf der Einkaufsliste stand.

Überall gab es Geschubse und Gedränge. Besonders die französischen Soldaten schauten sich oft nach Elisa um. Manche machten sogar anrüchige Bemerkungen: „Voulez vous coucher avec moi?" Elisa zeigte Letzterem den Vogel und ging verärgert weiter. „Was hat er denn gesagt?", wollte Christoph wissen. „Das weiß ich nicht", log sie und schaute sich inzwischen ein paar schöne bunte Hutbänder an. „Ach Gottchen, die rosa Schleife hier ist so hübsch, ich nehme sie mit für deine kleine Freundin Anna Maria." Christoph ärgerte sich. „Anna Maria braucht keine rosa Schleife! Können wir nicht endlich mal kaufen, was auf dem Zettel steht?"

„Mein Gott! Es ist wirklich schlimm, so einen kleinen nervigen Cousin zu haben!", tönte Elisas Stimme überlaut in sein Ohr. „Und ich finde es nervig, hier durch das Gedrängel zu laufen", erwiderte Christoph. Elisa meinte: „Ach komm, ist doch schön, wenn mal was los ist. Du musst nur immer gut aufpassen. Eine Menge Diebsgesindel treibt sich auf dem Markt herum. Einmal bin ich schon von einer Kinderbande beklaut worden. Sogar ordentlich aussehende Frauen stehlen. Sie haben doppelt genähte Röcke an, mit seitlichen Schlitzen, wo sie das Diebesgut schnell verschwinden lassen. Manchen wurden dafür schon die Nasen abgeschnitten, aber das schreckt sie nicht ab." Beim Kurzwarenladen Rebstock mussten sie wegen der Aachener Nadeln lange anstehen. Schließlich fragte der Krämer: „Et vous? Mademoiselle?" Als er ihr die Nadeln und das Wechselgeld reichte, berührte er wie zufällig Elisas Fingerspitzen. Christoph, der bemerkt hatte, dass sie ganz rot im Gesicht wurde, fragte: „Ist dir nicht gut?" „Mir ist plötzlich etwas übel. Vielleicht muss ich etwas essen", behauptete Elisa. Sie kauften noch Stockfische bei einem Fischer aus Germersheim und Laudanum in der Adler-Apotheke. Dann erreichten sie endlich den Stand des Küfermeisters Sturr aus Mörzheim, wo es Gegenstände aus Holz gab, die mit Eisenringen beschlagen waren, Bottiche, Fässer und auch Waschzuber. Einen passenden Zuber wählte Elisa mit Bedacht aus. Als der alte Meister aber anfing, über sein Handwerk zu reden, hatte es Elisa plötzlich sehr eilig: „Meister Sturr, ich habe leider keine Zeit mehr. Ich muss meinen Onkel am Stand ablösen." Zu Christoph sagte sie etwas harsch: „Pack schon richtig an!" Als Christoph nicht recht verstand, meinte sie: „Ach Gott, du bist ja eine Linkspfote. Kein Wunder!"

Sie wechselten die Seiten und trugen den Einkauf zu ihrem Stand. Schon von Weitem hörten sie Jakob schreien: „Schmackhafte Räucherware! Kalbfleisch! Das Pfund ein Batzen sechs Pfennige!"

Christoph und Anna-Maria auf dem Markt

Der Vater erlaubte Christoph schließlich, zu den Schusterständen zu gehen, mit der Bemerkung: „Sei rechtzeitig zurück! Wie ich sehe, wird aus dir sowieso mal kein guter Verkäufer." Das war Christoph ziemlich egal. Er rannte fröhlich durch die Menschenmenge davon, quer über den Platz. Als er am Stand eines Metallhändlers vorbeikam, hielt er plötzlich interessiert inne. Er beobachtete, wie der Händler ein Stück Draht über eine Flamme hielt und es zu einer Öse bog, die er mit Lötzinn an eine Kette befestigte. Da hatte Christoph plötzlich eine Idee, holte die Münze, die er am Morgen im Stall gefunden hatte, aus der Hosentasche und fragte: „Können sie da auch eine Öse anlöten?" Als der Mann nickte und die Münze entgegennahm, sagte Christoph erschreckt: „Aber ich habe kein Geld zum Bezahlen." Da hatte der Handwerker die Öse schon befestigt und tauchte sie in kaltes Wasser, dass es zischte. „Oh, dann war ich wohl zu voreilig." Der Mann reichte ihm die Münze und meinte: „Hau schon ab damit!" Froh gelaunt lief Christoph zu den Arkaden, unter deren Bedachung die Schuhmacher gewöhnlich saßen. Da sah er auch schon Anna-Maria mit den langen dunklen Zöpfen an einer der Säulen stehen. Sie beschäftigte sich mit ihren kleinen Schwestern. Sie vertrieben sich die Zeit mit einem Rate- oder Suchspiel. Anna Maria hatte Christoph den Rücken zugewandt. Da hielt er ihr die Augen zu und sprach mit verstellter Stimme: „Wer bin ich?" Die Dreijährige rief sofort: „Du bist Christoph!"

„Und du bist eine Spielverderberin", sagte Anna Maria zu der kleinen Schwester und freute sich, dass Christoph sie gefunden hatte. „Es ist ziemlich anstrengend, auf die beiden hier aufzupassen", sagte sie, „aber die Stiefmutter wollte, dass wir alle mit zum Markt fahren, weil es ihr nicht gut geht."

Johann Jung und Henrich Stentz saßen nicht weit davon auf ihren Schemeln unter dem Dach der Kolonnaden und reparierten Schuhe, wobei sie sich ab und zu unterhielten. Johann hatte gerade einen Schuh auf dem Dreifuß und schlug ein paar Nägel in die Sohle. Eine junge Frau, der dieser Schuh gehörte, wartete neben ihm, aber er hegte keine Ambitionen, sich mit ihr zu unterhalten. Er arbeitete konzentriert, nahm dabei aber wahr, dass Christoph plötzlich aufgetaucht war. „Na, Christoph, wo hast du denn dein Cousinchen gelassen? Solltest du nicht auf sie aufpassen?" Christophs Antwort hörte sich ein wenig verärgert an: „Wenn du willst, kannst du ja auf sie aufpassen! Sie geht später mit ein paar anderen Weibsbildern ins Kaufhaus zum Tanzen." „Aha." Henrich wandte sich an Christoph: „Und du wärst wohl jetzt lieber auf einer Insel, was?" Christoph überlegte kurz und kam dann auf die Idee, dass Anna Maria ihrem Vater von „Robinson Crusoe" erzählt haben musste. Er antwortete: „Alleine auf einer Insel möchte ich nicht sein, aber das Buch von Robinson hätte ich schon gern."

Henrich lachte: „Um eine Antwort scheinst du nicht verlegen zu sein."

Johann übergab der Frau, die neben ihm stand, den besohlten Schuh, kassierte etwas Kleingeld dafür und legte es Anna Maria in die Hand: „Lauf, hole ein paar Zuckerkringel oder was ihr möchtet von dem Stand dort drüben!" Christoph ging mit und sagte dann: „Ich komme gleich wieder". Er rannte zum Stand seines Vaters zurück. Dort fragte er Elisa: „Kannst du dich vielleicht eine Weile um die zwei kleinen Stentz-Mädchen kümmern? Ihr Vater kann schlecht auf sie aufpassen, wenn er arbeitet." Elisa schaute ihren Onkel Johannes an, der nickte und gab damit sein Einverständnis. „Wir schaffen das hier auch alleine", meinte Michael.

Christoph kam mit Elisa zum Schusterstand zurück, worüber Johann und Henrich sichtlich überrascht waren. „Ich nehme euch gern Catharina und Dorothea für eine Weile ab", sagte sie und wandte sich freundlich an Anna Maria: „Darf ich?" Sie steckte Anna Maria die hübsche rosa Schleife ins Haar. Anna Maria schien das zu gefallen: „Danke, Elisa." Zu den kleinen Mädchen sagte Elisa: „Wollt ihr mit mir ein wenig über den Markt spazieren? Da gibt es viel zu sehen, Clowns, Gaukler, Jongleure und noch viel mehr." Sie reichte den kleinen Mädchen ihre Hände und sie hatten nichts dagegen, mit der hübschen und freundlichen Elisa mitzugehen.

Christoph und Anna Maria berieten unterdessen, was sie gemeinsam anstellen konnten. Irgendwie war Christoph irritiert von der rosa Schleife. „Tu sie ab! Das passt nicht zu dir."

„Oh doch, Christoph, ich mag die Schleife." Vor dem Schusterstand rief eine laute Stimme: „Wagenschmer! Wagenschmer!" und etwas leiser: „Brr Condé!" Es war der Harzhannes mit seinem schwer beladenen Esel, der rechts und links zwei Fässer und auf dem Rücken noch einen Sack tragen musste. „Hab ein paar Schuhe zu besohlen, Henrich. Kann ich sie am Nachmittag hier abholen?" Der alte Mann mit den schmierigen Hosen warf Henrich den Sack mit den Schuhen zu. „Alles klar, Hannes!" Der Harzhannes hatte auf einmal selbst Kundschaft gewonnen und zapfte nun seine Wagenschmiere aus dem Fass in eine Blechdose.

Inzwischen war auch noch ein französischer Soldat von der Reiterkaserne zu Johann gekommen. Er hatte am Morgen vergessen, seine Stiefel abzugeben, darum brachte er sie jetzt hierher. Er wollte sie am Nachmittag wieder abholen: „J`ai oublié mes chaussures ce matin." Er reichte ihm die Stiefel, an denen die Sohlen abgelaufen waren. Johann entgegnete: „Il n`a pas de souci, demi-heure?" Johann und Henrich waren jetzt sehr beschäftigt, arbeiteten an den Schuhen und Stiefeln, klopften mit dem Hammer Nägel in die Sohlen oder nähten mit der Ahle fest, was immer lose war.

Jetzt fragte Anna Maria ihren Vater: „Können Christoph und ich schauen, ob es das Buch von Robinson hier irgendwo gibt?"

Henrich ließ sich erweichen. „Gucken kannst du, aber kaufen kann ich nichts."

Da sagte Johann zu Christoph: „Wenn du das Buch findest, frage, was es kostet, und lass es zurücklegen. Ich kaufe es dann und ihr könnt es von mir ausleihen." Henrich schüttelte den Kopf: „Hast du etwa heute die Spendierhosen an?"

Johann winkte ab: „Lass mal gut sein, in der Reiterkaserne haben sie mich gut entlohnt." Henrich blickte Christoph und Anna Maria streng an: „Und ihr beide seid spätestens um vier zurück! Schaut auf die Kirchturmuhr! Und geht mit keinem Fremden mit!"

Als wenn sie das tun würden! Anna Maria und Christoph verschwanden schnellstens in der Menge und liefen über den Marktplatz davon. Johann schmunzelte und meinte zu Henrich: „Ich glaube übrigens nicht, dass ich deine Älteste mal heiraten kann. Die scheint ja schon vergeben zu sein."

Henrich grinste: „Ja, Christoph und Maria sind einfach unzertrennlich. Wie oft habe ich ihr schon gesagt, sie soll mit Mädchen spielen, es gibt ja genügend in Impflingen. Aber sie sagt, dass alle Mädchen langweilig sind." Johann fragte: „Was hält die beiden eigentlich so fest zusammen?" Henrich überlegte kurz: „Meine verstorbene Frau und Christophs Mutter waren eng befreundet. Die Kinder sind fast wie Geschwister aufgewachsen und wie du weißt, wohnen meine jetzigen Schwiegereltern gegenüber von Hans Martin und Juditha.

Christoph und Anna Maria treffen sich oft dort. Marten hat ihnen das Flötespielen beigebracht und ihnen zwei seiner alten Flöten geschenkt. Sie spielen oft zusammen so einfache Volkslieder wie „Ach Elslein, liebes Elselein"[35], das sie von Hans Martin gelernt haben. Es ist nicht immer ein Ohrenschmaus. Ich bin froh, wenn sie andere damit beglücken."

Christoph und Anna Maria rannten über den ganzen Marktplatz, aber es gab dort keinen Stand mit Büchern. In der Marktstraße fanden sie endlich einen Händler. „Der sieht mit seinem spitzen grauen Kinnbart aus wie Schulmeister le Beau wenn er in Pension geht", flüsterte Christoph. „Genau", stimmte Anna Maria belustigt zu. Er verkaufte aus einer Kiste gebrauchte Zeitungen und Bücher. „Den Robinson Crusoe habe ich nicht, aber ein Buch, das genauso abenteuerlich ist." Er holte das Buch aus der Kiste. „Es heißt Insel Felsenburg und ist ein Roman von Johann Gottfried Schnabel." Er betrachtete beide einen Moment und fragte dann: „Könnt ihr denn überhaupt lesen?" Christoph und Anna Maria bewiesen es ihm, indem sie abwechselnd den vollständigen Titel vorlasen:

„Wunderliche Fata einiger See-Fahrer, absonderlich Alberti Julii, eines gebohrnen Sachsens, welcher in seinem 18 den Jahre zu Schiffe gegangen, durch Schiff-Bruch selbste an eine grausame Klippe geworffen worden, nach deren Übersteigung das schönste Land entdeckt, sich daselbst mit seiner Gefährtin verheyrathet ..."

Christoph sah Anna Maria enttäuscht an und sagte dann zu dem Händler: „Insel Felsenburg ist doch nicht Robinson Crusoe. Wir wollten wissen, wie es mit Robinson weiterging, ob er es schafft, von der Insel zu kommen."

„Aber dieses Buch hier ist sehr beliebt, Kinder. Ihr werdet es bereuen, wenn ihr es nicht kauft. Ich kann das Buch zehn Minuten zurücklegen, für einen Florin." Da entgegnete Anna Maria: „Behaltet euer Buch! Von diesem Albertus Julius halten wir gar nichts. Er ist uns schnurzpiepegal." Dann rannten sie lachend die lange Marktstraße hinunter, vorbei an der Stiftskirche, der Kloster-Schenke und der Reiterkaserne.

„Bist du eigentlich gern auf dem Wochenmarkt?", fragte Christoph. Anna Maria schüttelte den Kopf: „Überhaupt nicht. Und du?" „Ich auch nicht."

Kurz vor dem französischen Tor blieb Christoph stehen und fragte: „Willst du ein Geheimnis erfahren?"

Anna Maria lachte: „Ja, was ist es, sag schon."

„Wart es ab, komm schon!"

---

35 Das Elslein-Lied war wahrscheinlich die Vorlage zum Lied „Es waren zwei Königskinder".

Das Geheimnis

„Wo wollt ihr denn hin?", fragte Onkel Theobald Jung, der Zöllner, der noch immer am Stadttor beschäftigt war. „Wir sind gleich zurück, haben vorhin etwas verloren!" Er ließ sie hindurch. „Komm schneller, Annemie, wir müssen uns beeilen." Vor den Toren der Stadt, Richtung Sonnenaufgang, zwischen Queich und Birnbach, lag das Örtchen Queichheim. Dorthin rannten sie. Leider konnten sie die Abkürzung durch die Poternen, den kleinen eisernen Türen in den Festungsmauern, nicht nehmen. Diese durften für die Bevölkerung nur in Kriegszeiten zur Flucht genutzt werden. Sie mussten außen in einem großen Bogen um die Festungsmauern herumlaufen, beobachtet von den Soldaten, die auf den bastionierten Türmen Wache hielten. Christoph rannte voran. Anna Maria konnte in ihren Holzpantinen kaum folgen, denn sie musste auch noch ihre langen Kleider mit beiden Händen hochraffen. Sie beklagte sich: „Wenn ich doch nur ein Junge wäre! Mit Hosen kann man viel schneller laufen!" Christoph drehte sich um. Der Wind war unter ihren Rock gefahren und sie musste sich recht mühen, um ihn nach unten zu halten. „Hör auf zu lachen, Christoph!" „Aber es sieht wirklich zum Lachen aus. Ich verspreche dir, Annemie, dass ich dir eine Hose kaufe, wenn wir mal heiraten, kein Hochzeitskleid!" Annemie sagte er immer zu ihr, wenn er sie neckte. Das kannte sie schon. Lachend fragte sie:

„Meinst du das mit dem Heiraten ernst?"

„Warum nicht? Wenn du willst. Ich glaube, ich kann gar kein anderes Mädchen leiden." „Und ich keinen anderen Jungen", gestand sie ihm.

In einiger Entfernung, nicht weit von der Auslaufschleuse der Queich stand ein Pferdefuhrwerk. Einige Fronarbeiter säuberten den Fluss von Ästen und Unrat und luden alles auf einen Wagen. Sie waren auf ihre Arbeit konzentriert und kümmerten sich nicht um die beiden Kinder.

„Wie weit laufen wir denn noch, Christoph?"

„Wir sind gleich da!"

Vor ihnen lag der Ort, in dessen Mitte die Kirche mit dem Turm stand, der aussah, als habe er einen weißen Helm auf. Er ähnelte ein wenig der Landauer Stiftskirche, nur dass sie viel kleiner war. Sie liefen noch ein paar Minuten über die abgeernteten Felder längs der Queich, gingen jedoch nicht in den Ort hinein, sondern immer weiter entlang der Queich, bis sie am Dorfanger bei einer kleinen steinernen Brücke anlangten.

„Soll die Brücke das Geheimnis sein?", fragte Anna Maria ein wenig enttäuscht. Aber Christoph strahlte über das ganze Gesicht:

„Schau mal hier!" Im Brückenpfeiler waren Worte eingemeißelt, die schon etwas unleserlich waren. Anna Maria fuhr mit den Fingerspitzen darüber und las: *„Quichum"* und *„Schultheiß Valentin T. 1580"*.

„Wer ist denn Valentin T.?", fragte sie und Christoph sagte:

„Das T. heißt Traut. Er war so eine Art Ururururgroßvater, der die Brücke bauen lassen hat. Marten hat mich einmal mit hierher genommen und gesagt: „Hier wohnt der Geist unserer Vorfahren und man kann ihn spüren, wenn man die Augen schließt und ganz leise ist."

„Ist das nicht ein bisschen gruslig mit dem Geist?"

„Nein, überhaupt nicht. Er ist ein guter Geist."

Sie schlossen für eine Weile die Augen und horchten in die Stille. Da war es, als streiche jemand mit warmer Hand über ihre Rücken. Aber als sie die Augen öffneten, war da niemand. Christoph erzählte weiter: „Marten hat auch gesagt, der Geist der Brücke steht dir bei, wenn du Hilfe brauchst und ihn bittest. Du musst nur eine Nachricht unter den Brückenbogen schreiben, damit er es nicht vergisst und weiß, dass es dir wichtig ist. Marten hat das damals in dem Krieg getan, als der schreckliche Mélac noch in Landau war und er Angst hatte, Juditha nicht wiederzufinden."

Sie krabbelten unter den Brückenbogen und fanden tatsächlich noch eine Nachricht eingeritzt: Marten T. sucht Juditha 20/10/1702.

„Und er hat sie zum Glück wiedergefunden", stellte Anna Maria fest.

„Ja, kurz danach, und Marten war ganz sicher, dass der Geist der Brücke ihm geholfen hat."

„Wir müssen Marten unbedingt fragen, wie er Juditha wieder-gefunden hat."

„Wollen wir auch etwas in die Brücke ritzen?" Anna Maria bejahte. Christoph nahm einen spitzen Stein und ritzte die Buchstaben A.M.S + C.T. hinein. Dann nahm Anna Maria ihm den Stein aus der Hand und fügte hinzu: Nov. 1732.

„Das ist jetzt unser Geheimnis, Anna Maria. Niemand weiß es, außer wir beide."

„Und der Geist der Brücke", fügte Anna Maria hinzu.

„Und wenn wir uns einmal suchen, dann kommen wir hierher und schreiben eine Nachricht, damit wir uns wiederfinden können, ja?"

Als sie nickte, legte er ihr die Münze mit der Öse in die Hand. „Das schenke ich dir."

Zum ersten Mal umarmte Christoph seine Freundin und gab ihr schnell einen Kuss auf den Mund. Sie ließ es sich gefallen.

„Wir müssen schnell zurück in die Stadt", sagte Anna Maria seltsam leise. Christoph nickte ihr lächelnd zu.

Sie spürten, dass etwas Außergewöhnliches zwischen ihnen geschehen war. Sie verstanden jedoch noch nicht, dass sie dabei waren, ihre Kindheit hinter sich zu lassen.

Elisa im Kaufhaus

Elisa war ins Kaufhaus gegangen. In der unteren Etage standen die Waagen für Wolle und Früchte und eine ganz besonders feine Waage für die winzigen und leichten Safranfäden. Sybilla aus Ilbesheim hatte auf sie gewartet. Sie war eine dunkelhaarige Schönheit, die Elisa in nichts nachstand, ja unter Umständen zur Konkurrentin werden konnte. Man sah es ihr nicht an, dass sie aus ärmlichsten Verhältnissen stammte. Ihre Eltern waren schon früh verstorben und sie wuchs bei ihrer ältesten Schwester auf, die selbst eine große Schar Kinder hatte, und einen Mann, der das meiste Geld in der Schenke ließ. Sybilla aber hatte ein gutes Gemüt und die Gabe, aus abgetragenen Kleidern ansehnlich neue zu schneidern. Sie drehte das Innere des Stoffes nach außen, wo die Farben größtenteils besser erhalten waren, setzte neue Bänder und Rüschen darauf und sah immer adrett aus. Manchmal verdeckte auch eine neue Schürze den abgewetzten Rockstoff darunter. Man konnte Sybilla für eine reiche Handwerkstochter halten.

Im Kaufhaus war es angenehm warm und von der oberen Etage her klang Musik durch das ganze Gebäude. Elisa und Sybilla freuten sich schon aufs Tanzen. Die anderen Freundinnen waren sicherlich schon oben und amüsierten sich gut. Ein Händler, der noch vor Elisa bedient wurde, kaufte eine größere Menge Safran. Sybilla flüsterte ihrer Freundin zu, dass der Safran in solchen Mengen ziemlich teuer sei. Bei der Ernte auf der kleinen Kalmit musste man aufpassen, dass man Safran nicht mit der giftigen Herbstzeitlosen verwechselte. Beide sahen aus wie zart lila Krokusse. Aber Safran hatte eine dreigeteilte Narbe und drei Staubfäden, die Herbstzeitlose sechs Staubgefäße. Es war eine elende Pusselei, die roten, süß riechenden Safranfäden aus der Blütenmitte mit der Pinzette herauszuziehen.

Der Händler drehte sich plötzlich um und fragte: „Wissen sie auch, Mesdemoiselles, wie wichtig der Safran ist und wozu man ihn verwendet?"

„Ich brauche ihn, damit meine Tante Lussekatter backen kann", erklärte Elisa und wandte sich dem Verkäufer zu, indem sie die winzige Menge angab, die er für sie abwiegen sollte.

Sybilla befand sich derweil in einem intensiven Gespräch mit dem Händler, der nicht schlecht staunte, als sie ihm erzählte: „In Verbindung mit Schildkrötengalle wird daraus Goldfarbe für die Skriptorien hergestellt." Der Händler wusste natürlich nicht, dass Sybilla in der Safran-Manufaktur bei der kleinen Kalmit arbeitete.

„Aha, und woher bekommt man die Schildkrötengalle?"

„Ich nehme an, Monsieur, das können sie selbst beantworten."
Sybilla hatte einen Verehrer gefunden. Als er hörte, dass die
Mesdemoiselles zum Tanzen gehen wollten, versprach er, auch
dorthin zu kommen, nachdem er seinen Einkauf in die Herberge
gebracht hatte.

Vier Musikanten, davon zwei Geiger, ein Querflötenspieler und ein
Dudelsackpfeifer, spielten oben im Saal des Kaufhauses zum Tanz
auf. Hier tanzte man nicht die ballettartigen Hoftänze der hohen
französischen Gesellschaft. Eine feine Dame im geschnürten Korsett
mit einem Reifrock wäre bei solch einem Tanz auch sehr bald in
Atemnot geraten und in Ohnmacht gefallen.

Die feinen Trippelschritte, die einst der Sonnenkönig entwickelt
haben soll und wie sie noch immer am Hofe von Versailles getanzt
wurden, waren hier nicht angebracht. Das junge Volk wollte sich
bei Hopser und Zwiefacher nach elsässischer und süddeutscher
Manier austoben und galoppierte fast wie auf einem Rennpferd
durch den Saal. Die Dielen knarrten und ächzten.

An zwei gegenüberliegenden Wänden standen Bänke, jedoch keine
Tische. Die jungen Frauen nahmen rechts des Saales Platz, die Männer
links. Wenn die Musik anhob, erhoben sich die Männer und gingen
zu einem Mädel ihrer Wahl, verbeugten sich und baten um den Tanz.
Katherine, Dorothea, Appolonia und viele andere amüsierten sich
schon eine ganze Weile, als Sybilla und Elisa im Saal erschienen.
Ihre Gesichter waren gerötet und sie sangen, lachten und sprangen wie
wild, in schnellem Tempo mit ihren Partnern rund um den ganzen
Saal.

Der Safrankäufer hielt sein Versprechen und betrat schon wenige
Minuten später mit einem anderen Mann den Saal. Sie blieben in
der Tür stehen und schauten sich suchend um. Elisa stockte der
Atem. Der andere war der Krämer, bei dem sie Nadeln gekauft
hatte. Als er Elisa erblickte, nickte er ihr zu. „Oh Gott!", entfuhr es
ihr. „Was ist denn?" „Ach nichts, Sybilla, sieh mal zur Tür, dein
Verehrer!" „Und der andere ist wohl deiner?", lachte Sybilla.

Als der Tanz anhob, kamen die beiden Männer direkt auf sie zu.
Der Händler forderte Sybilla auf und der junge Krämer Elisa. Er
verbeugte sich. „Mademoiselle? Voulez vous danser avec moi?" Er
hatte eine angenehme Stimme.

„Lass uns diesen Tag genießen", flüsterte er ihr ins Ohr, „es gibt so
wenige davon". Sie war wie hypnotisiert. Er war ein exzellenter
Tänzer und wusste, sie zu führen. Seine linke Hand bewegte sich
zärtlich über ihren Rücken. Sie spürte seine Wärme. Wohin er auch
immer mit ihr tanzen wollte, rechtsherum und linksherum, sie
folgte seinen Bewegungen ohne Mühe. Sie schwebte gleichsam in

der Luft, stampfte dann wieder mit den Füßen auf den Boden. Er bog ihren schön gebauten Körper weit nach hinten. Sie erwiderte sein Lächeln. Es war ja nur ein Tanz.

Auch alle ihre Freundinnen hatten viel Spaß und amüsierten sich gut. Sie sangen und jauchzten oder jodelten sogar. Der Krämer wich nicht von Elisas Seite. „Dürfte ich deinen Namen wissen? Du kannst mich Heinrich nennen."

„Heinrich der Achte etwa?" Er lachte darüber: „So ein Bösewicht bin ich nicht."

Als „Ach, du lieber Augustin"gespielt wurde, tobte und sang alles mit. Nein, ein Bösewicht war er wohl nicht. Vielleicht hatte er recht. Es gab nicht viele solche schönen Stunden.

Sobald die Tanzpause war, lief Elisa die Treppen hinunter, um sich auf dem Marktplatz etwas abzukühlen. Heinrich folgte ihr kurzerhand und rief ihr hinterher: „Bitte, Elisa, lauf nicht fort!" Er holte sie auf dem Treppenabsatz ein und versuchte, sie zu küssen. Elisa wehrte sich.

Zur gleichen Zeit kam Johann Jung, gleich zwei Stufen nehmend, die Treppe zum Tanzsaal hinauf. Als er die Situation erfasste, stürzte er sich sofort auf den Krämer. „Lass sie in Ruhe, du Canaille!", schrie er und trat ihn mit seinen derben Stiefeln in den Hintern. Der Krämer war zu Boden gegangen. Elisa war entsetzt: „Hör auf, Johann!" Sie zog ihn von hinten an die Jacke. Das verschaffte dem Krämer die Chance, sich wieder aufzurappeln und Johann einen kräftigen Schlag auf die Nase zu hauen, sodass das Blut spritzte. Elisa schrie verzweifelt: „Hört auf, bitte hört auf!" Aber das nützte nichts. Bald waren die beiden Raufbolde umringt von einer Menschentraube, die die beiden Rivalen je nach Sympathie anfeuerte. Bald lag der eine, bald der andere am Boden. Sie schlugen sich mit den Fäusten ins Gesicht, zerrissen sich gegenseitig die Hemden und traten sich mit den Füßen an Knie und Schienbein, wobei sie sich mit unflätigen Bemerkungen beschimpften. Jemand vom unteren Treppenhaus rief endlich: „Ich hole jetzt die Polizei! Dann können sie beide im Arresthaus schmoren!"

Einige beherzte junge Männer brachten die beiden Kampfhähne schließlich auseinander. Der Händler, der mit Sybilla getanzt hatte, nahm sich des Krämers an, indem er ihn unterhakte und nach Hause brachte. Sein weißes, zerrissenes Hemd war voller Blutflecken. Die Weste hatte keine Knöpfe mehr und die Hose war völlig verschmutzt. Er schaute sich noch einmal nach Elisa um. Sein rechtes Auge war zugeschwollen und die Unterlippe aufgeplatzt. Im Tanzsaal hob die Musik wieder an und alle zogen sich zum Tanz zurück. Elisa saß zusammengekauert auf der Treppe, hielt sich beide Hände vors Gesicht und weinte. Sie wäre vor Scham am liebsten im Boden versunken.

„Steh endlich auf und komm weg von hier!", schalt Johann Jung. Er hielt sich ein Tuch vor die blutende Nase. Als er ihren Arm berührte, um sie fortzuziehen, fauchte sie ihn an: „Lass mich in Ruhe, du verdammter Idiot!"

„Elisa, beruhige dich! Weißt du überhaupt, mit wem du dich da eingelassen hast?"

„Was interessiert es dich!"

„Du hast ja keine Ahnung! Der Hurensohn ist verheiratet und was glaubst du, wer der Vater von Schorschi ist? Soll er dir auch einen Bastard machen, ja?"

Elisa erwiderte nichts darauf. Der Vorfall war ihr schrecklich unangenehm. Schließlich folgte sie dem ramponierten Johann und stieg die Treppe des Kaufhauses hinab. Ihre Wege trennten sich auf dem Marktplatz. Elisa schlich weinend zum Stand ihres Onkels zurück. Johann nahm den Weg durch die Marktstraße zum Haus des Stadtschreibers, wo sein Vater bestimmt schon auf ihn wartete.

„Erzähl mir, was im Kaufhaus los war, Elisa!", forderte Johannes seine Nichte auf, die verweint vor sich hinstarrte. „Bitte nicht jetzt, Onkel, später." Er ließ sie in Ruhe.

„Schade, dass Johann nicht mit uns zurückfährt", meinte Christoph.

„Warum sollte er das denn?", entgegnete Michael.

„Wenn er hier wäre, wäre es lustiger."

„Ach, der Schlappenschuster und sein Vater haben heute Abend was Besseres zu tun."

Michael konnte es nicht unterlassen, Christoph zu ärgern.

„Hattest du heute nicht schon genug Spaß mit deiner Zopffliese?"

„Sie heißt übrigens Anna Maria. Und du bist zu doof, sich ihren Namen zu merken!" Michael fing an, ein Lied zu pfeifen, das Christoph nicht kannte, wohl aber Elisa. Gerade noch hatte sie das Lied im Tanzsaal gesungen.

„Kannst du bitte damit aufhören, Michael?", bat sie.

„Warum denn?"

„Ich habe Kopfschmerzen."

Jeder hing seinen Gedanken nach. Der Tag war doch für alle recht anstrengend gewesen.

Der Abend mit dem Stadtschreiber

Es wurde langsam dunkel. Die meisten Marktbesucher waren längst auf dem Nachhauseweg. Sie zogen in kleinen Gruppen entlang der Queich oder des Birnbaches und auf Waldwegen hinauf zum Pfälzer Wald bis nach Frankweiler. Immer leiser wurde das Geholper der sich entfernenden Fuhrwerke und die Stimmen der Menschen, bis sie schließlich ganz verstummten.

Stadtschreiber Wenzeslaus und Zöllner Theobald Jung waren froh, gleich Feierabend zu haben. Den ganzen Tag über hatten sie Respekt einflößend, mit finsterer Miene am französischen Tor gestanden, geprüft und protokolliert. Wenzeslaus war im Vergleich zu Theobald noch ein junger Mann, gerade dreiunddreißig und unverheiratet. Theobald war fünfzehn Jahre älter. Man hätte sie für Vater und Sohn halten können, da auch eine gewisse äußere Ähnlichkeit zwischen ihnen bestand. Beide waren groß und schlank, hatten lange Beine, mit denen sie riesige Schritte machen konnten und hagere schmale Gesichter. Die dunklen Haare hatten sie zu einem Nackenzopf gebunden. Während Wenzeslaus zwar etwas blassgesichtig, jedoch noch jugendlich frisch aussah, sah Theobald schon recht verhärmt aus, mit Falten auf der Stirn und Gramesfalten an den Wangen. Er hatte ein aufreibendes Leben führen und viele Enttäuschungen hinnehmen müssen. Der Grund, dass sich beide befreundet hatten, lag wohl ursprünglich darin, dass Theobald nach dem Tod seiner Ehefrau sehr einsam und Wenzeslaus neu in Landau war. Sie hatten sich vor einem Jahr bei einem Krug Bier im „Weißen Bären" kennengelernt, nicht weit vom Französischen Tor. Wenzeslaus verhielt sich manchmal, trotz seiner unbestreitbaren Intelligenz, noch wie ein Kindskopf. Seine Art, das Leben mit Leichtigkeit zu betrachten, war Theobald abhandengekommen, oder zumindest verschüttet. Aber es war wohl auch der Grund, dass Theobald sich zu ihm hingezogen fühlte. Vielleicht war Wenzeslaus ein wenig lebensfremd, weil er die Sorgen um den Erhalt einer Familie noch nicht kennengelernt hatte. Er war ein Büchernarr und seine Vorliebe galt den Schriften der französischen Philosophen. Er konnte sich kindisch über die Scharfzüngigkeit des großen Voltaire freuen. Wie der den Rousseau in den Urwald zurückschickte! Von wegen „Retoure à la nature!" Nicht zurück auf die Bäume gehörte der Mensch. Er sollte sich seines Verstandes bedienen. Aufklärung tat Not. Der Blick sollte vorwärtsgerichtet sein in eine vernünftigere Zukunft.

Die praktische Seite des Lebens schien Wenzeslaus allerdings ein Buch mit sieben Siegeln zu sein. Er wagte es nicht, sie aufzubrechen. Für Theobald Jung waren philosophische Gedankengänge hingegen anfangs schwierig zu verstehen und ohne Wenzeslaus hätte er sich wohl kaum damit beschäftigt. Er hatte zwar eine gute Auffassungsgabe, aber er hatte weder studiert noch jemals Zeit für andere Dinge als seinen Bauernhof und seine Familie gefunden. Erst nachdem er seine Frau verloren hatte und die Kinder auf eigenen Füßen standen, gab es Zeiten, in denen er die Einsamkeit schmerzlich spürte. Da war Wenzeslaus in sein Leben getreten und hatte ihn aus seinem Tief herausgeholt, ja seine Gedanken auf eine völlig neue Lebenssicht gelenkt. Wenzeslaus konnte geduldig sein und gut erklären, auch wenn er auf den ersten Blick nicht diesen Eindruck machte. Bald fand Theobald großes Interesse daran, sich mit ihm über die Schriften der verschiedenen Philosophen zu unterhalten und manchmal auch darüber zu streiten. Wenzeslaus profitierte von Theobalds Lebenserfahrung, die ihm Einblicke in die praktische Seite des Lebens eröffnete. Jeder hatte im anderen sein Gegenstück, aber auch seinen Seelenverwandten gefunden. Da spielte der Altersunterschied keine Rolle.

Wenzeslaus und Theobald brachten ihre Unterlagen in die Amtsstube und übergaben dem Torwächter den Schlüssel, der das Stadttor schloss und nun mit Hellebarde, Horn und Laterne langsam am Tor hin und her ging. Sein Gesicht wurde vom flackernden Schein der Laterne nur spärlich beleuchtet. Aber jeder hätte allein aufgrund seiner gebeugten Körperhaltung und dem hinkenden rechten Fuß schlussfolgern können, dass es sich um einen alten Kriegsveteranen handelte. Tatsächlich hatte ihm bei der letzten Belagerung 1713 eine französische Granate das Knie zerschmettert. Er war nicht der Einzige in Landau, der mit irgendwelchen Blessuren aus den Kriegen weiterleben musste. Wenn man genauer hinsah, entdeckte man nicht nur alte Granateinschüsse in den Mauern und Hauswänden. Auch die Gesichter vieler Bewohner trugen noch Narben aus der Belagerungszeit. Selbst die beste Kleidung konnte nicht darüber hinwegtäuschen und manches Lachen verschloss nur die Tür der bösen Erinnerungen.

Wer jetzt noch in der Stadt war oder auch außerhalb, musste bleiben, wo er war. Frühestens bei Sonnenaufgang, gegen halb acht Uhr, wurden die Tore wieder geöffnet.

Aber jetzt begann für die Nachtwächter der Dienst und die Soldaten der Garnison hatten Wachablösung an den bastionierten Türmen. Ihre harten Stiefeltritte hallten die Festungsmauer entlang.

Die Festungsstadt umgab sich nun außerhalb der Mauern mit Nacht und Stille und innerhalb der Stadt wurde es ruhiger. In den Wirtschaften und Herbergen war allerdings noch reger Betrieb, denn die Stadt hatte viele Gäste, die über Nacht blieben. Die Vornehmsten logierten im Hotel Hörther Hof, wo auch der französische Kommandant wohnte. Geschäftsleute aus den benachbarten Fürstentümern oder Franzosen, die ihre Verwandten bei der Garnison besuchten, stiegen meist in der Herberge der Poststation ab oder kamen in privaten Häusern unter. Die Landauer Bürger hatten in den letzten Jahren in der Vermietung eine gute Einnahmequelle entdeckt. Manche hatten sich schon ein zweites Haus bauen lassen. Die armen Pilger aus aller Herren Länder, die nach Rom zogen, um für ihr Seelenheil Abbitte zu tun, fanden entweder kostenlose Unterkunft im Gutleutehaus oder in den Scheunen. Obwohl die Stadt gut bewacht war, konnte man vor Raub nicht sicher sein. Zu viele Fremde und manches Gesindel zog es hierher. Deshalb gingen bei Dunkelheit nur wenige Leute, meist zu mehreren, durch die Straßen und Gassen. Wer unbedingt den Weg allein durch die Dunkelheit nehmen musste, wartete lieber, bis der Nachtwächter mit seinem Licht vorbeikam und er sich ihm anschließen konnte.

Die Musiker spielten seit dem Nachmittag im Kaufhaus zum Tanz auf. Dort ging es noch immer lustig her. Aber Punkt 22 Uhr würde die „Lumpenglocke" läuten. Dann war Schluss mit Trubel und Zechereien, dann war Polizeistunde. Manch einer bekam danach eine Schlafgelegenheit in der alten Beginen-Kapelle, die jetzt als Arresthaus diente.

„Lass uns meinem Sohn entgegengehen", meinte Theobald. „Er muss die Marktstraße entlangkommen." Nachtschwarzer Sternenhimmel spannte sich wie ein Schirm über die Stadt. Der Mond war nur eine dünne Sichel. Im zweiten Stock eines Wohnhauses spielte jemand Zither. Kinder sangen dazu. „Das nenne ich Frieden", sagte Wenzeslaus. „Es ist wunderschön anzuhören."

Die Geschichte vom Turmbläser Beuttner

Ganz oben im Turm der Stiftskirche ging ein Licht an. „Aha, der Turmbläser geht wieder an die Arbeit", bemerkte Theobald. „Schade, dass es nicht mehr der gute Beuttner ist."

„Du sagst das mit so einer Traurigkeit? Wer war denn der Beuttner?", fragte Wenzeslaus.

„Mathias Beuttner war ein bemerkenswerter Mann, Hof- und Stadtmusikant aus Heidelberg. Damals, als die Franzosen 1693 das Schloss dort in Schutt und Asche legten, konnte er sich nach Landau retten und war viele Jahre hier Obertürmer und Organist. Oben im Turm hatte er seine Wohnung."

„Und was war so beeindruckend an dem Beuttner?", hakte Wenzeslaus nach.

Sie spazierten langsam die Marktstraße hinunter. Theobald holte tief Luft und begann zu erzählen:

„Es war im Oktober 1703. Ein Jahr zuvor hatte König Joseph I. mit dem Türkenlouis und Prinz Eugen den Mordbrenner Mélac, der Festungskommandant in Landau war, vertrieben. Landau war wieder kaiserlich geworden. Ich war dreizehn und Beuttner damals ein junger Mann. Es war der Tag von Kaiser Leopolds Geburtstag und die hohen Herren der Stadt waren zu diesem Anlass nach Speyer geladen worden. Überall feierten die Leute, tanzten und sangen, auch bei uns in Impflingen. Mitten in diesem ausgelassenen Treiben rannten plötzlich Leute aus den Nachbarorten durch unser Dorf und schrien: „Rettet euch! Die Franzosen kommen wieder!" Ich lief mit meiner Mutter und den Geschwistern hinterher und wir konnten uns durch das Französische Tor und die Reduiten in die Stadt retten. Wir hörten das Stampfen einer riesigen Armee und die Trommeln aus verschiedenen Richtungen näher kommen. Zum einen waren französische Truppen von der Festung Philippsburg losmarschiert, hatten bei Germersheim über den Rhein gesetzt und kamen nun entlang der Queich auf Landau zu. Weitere Truppenverbände kamen von Saarbrücken her durch das Gebirge. Alle glaubten, Mélac würde zurückkommen, aber stattdessen war es der Duc de Tallard, der einige Monate zuvor die Umgebung von Offenburg gründlich gemordet und gebrandschatzt hatte. Der damalige Festungskommandant von Landau, Graf Friesen, versuchte sein Bestes. Aber die Festungswerke waren von der letzten Belagerung noch stark beschädigt und die Mauern nur notdürftig geflickt. Auch fehlte es an Munition und Proviant. Ungefähr 5000 Soldaten lagen in Landau. Das war nicht viel. Tallards Armee war viel stärker. Schon bald war die Festung Landau hoffnungslos eingeschlossen. Rings um die Stadt bauten die Franzosen Zelte auf und schoben Kanonen in Position. Wir rechneten damit, dass jeden Moment das Feuer auf uns eröffnet wurde. Aber sie ließen sich gründlich Zeit. Zuerst brach wenige Meilen von der Stadt, am Speyerbach, eine fürchterliche Schlacht aus. Wir hörten das Kriegsgeschrei und den Einschlag der Kanonen aus Neustadt und Speyer. Meine Mutter, die Geschwister und ich waren in einer Scheune untergebracht, mit vielen anderen. Dann begann plötzlich das Bombardement. Kanonenkugeln und Haubitzen flogen im hohen Bogen über die Stadtmauer. Überall brannte es und die Menschen schrien. Dächer und Mauern wurden zerschlagen und Menschenleiber zerfetzten. Vier Wochen lang wurde die Festung beschossen. Viele waren verletzt, viele gestorben. Wir hungerten und froren, waren übermüdet und entkräftet. Da war es der Turmbläser Beuttner, der uns Mut zum Durchhalten machte. Er spielte die Orgel in der Stiftskirche und wir sangen mit ihm gemeinsam gegen das Kriegsgeschrei an: „Ein feste Burg ist unser Gott, ein gute Wehr und Waffen. Er hilft uns frei aus aller Not, die uns jetzt hat betroffen." Und obwohl es ein lutherisches Lied ist, sangen auch die Katholiken mit. Wir sangen so laut, wie nie ein Kirchenchor gesungen hat, und vergaßen eine Weile lang unsere Angst.

Als dann die Beschießung weiter ging und die Stadt von allen Seiten brannte, zeigte sich der Turmbläser Beuttner furchtlos, selbst noch, als eine Kanonenkugel das Dach der Stiftskirche traf. Er läutete die Feuerglocke und seine Stimme hallte laut von oben durch das Sprechrohr in die Stadt hinunter: „Das Hospital brennt! Das Rathaus brennt!" So wussten die Eingeschlossenen, was zu tun war: Beuttner war kein Mann des Krieges, hatte nie im Feld gekämpft und nie einen Orden erhalten. Aber er hätte ihn wohl in jenen Tagen verdient. Wer nicht gerade Munition für die Festungssoldaten herbeischaffte, musste zum Brandort rennen und helfen. Alle waren unter ständiger Lebensgefahr im Einsatz, Soldaten sowie Bürger der Stadt, Frauen und Kinder. Schlimme Dinge geschahen in diesen Zeiten. Eine Kanonenkugel durchbrach das Dach der Kapelle hinter dem Kaufhaus während einer Messe und schoss einer Frau, die gerade noch gebetet hatte, den Kopf ab. Eine Großmutter war gerade dabei, ihre Enkelkinder ins Bett zu bringen, als eine Kanonenkugel die Wand durchbrach und die Kinder in blutige Stücke riss. Ein Soldat, der an der Festungsmauer gestanden hatte, wurde von einer Haubitze so getroffen, dass ihm die Gedärme aus dem Leib hingen. Eigentlich kann man so etwas nicht mit Worten beschreiben. Nirgendwo war man sicher und Gott konnte nicht alle Gebete erhören. Überall in den Straßen und Gassen lagen Tote und Sterbende.

Die Leichen wurden auf Karren geworfen, hinter die Friedhofsmauer gefahren und dort abgelegt, damit sie abends, wenn die Kampfhandlungen aufgehört hatten, identifiziert und begraben werden konnten. Der Pastor sprach zu Ehren der Toten ein kurzes Gebet und dann wurden sie in schnell ausgehobene Gruben verscharrt, auch meine Mutter und meine jüngste Schwester.

Ich weiß nicht, wie viele Menschen am Speyerbach und in Landau ihr Leben lassen mussten. Es waren wohl Tausende.

Die Scheune, in der wir untergebracht worden waren, war in Flammen aufgegangen. Beuttner brachte mich und ein paar andere Kinder, deren Eltern jetzt auf dem Friedhof lagen, solange bei sich in der Turmwohnung unter, bis die Belagerung zu Ende war. Er hatte uns gesagt: „Ich erlebe es jetzt zum dritten Mal, dass der Kirchturm beschossen wird. Immer hat er gehalten, auch wenn die Kuppel mehrmals einbrach. Ihr braucht also keine Angst zu haben. Hier oben sind wir Gott näher als unten in der Stadt. Er wird uns beschützen." Ich denke noch oft an den guten Beuttner und auch an die Nachricht, die er während der Belagerung schrieb. An den Inhalt kann ich mich nicht genau erinnern, aber daran, dass er sagte: „Diese Zeilen sind für die Nachwelt geschrieben." Dann steckte er das Papier in eine Nische des Turmes, zwischen zwei Steinen, und versiegelte sie. Er hoffte, es würden mindestens 1000 Jahre darüber vergehen, bis jemand seine Botschaft fand. Beuttner vertraute seinem Kirchturm und betete dafür, dass er noch lange halten möge. Noch heute denke ich mit Ehrfurcht an ihn. Jetzt spielt ein anderer die Orgel zu den Messen und läutet die Glocken."

„Ich weiß", meinte Wenzeslaus. 22:00 Uhr wird die Polizeiglocke geläutet und danach jede volle Stunde, bis zur Öffnung der Stadttore. Außerdem blasen noch die Nachtwächter in den Straßen die Viertelstunden ins Horn. Manchmal denke ich, sie stehen direkt unter meinem Fenster. Ich wünschte, sie könnten damit aufhören. Aber übrigens: Deine Geschichte über den Turmbläser hat mich sehr beeindruckt und ich frage mich: „Wie wird sich die Menschheit wohl künftig weiterentwickeln? Wird sie überhaupt noch etwas von der Vergangenheit wissen wollen? Ich hoffe jedenfalls, dass der Kirchturm noch lange hält und eines Tages jemand Beuttners Schreiben findet und es nicht achtlos wegwirft."

„Habe ich dir überhaupt schon gesagt, Theobald, dass heute mitten in der Nacht ein Kanonenschuss fiel? Hört man den Kanonenschuss eigentlich auch in Impflingen?"

„Oh ja. Ich habe ihn auch gehört. Dann ist ein Soldat davongelaufen. Aber weißt du auch, dass alle Einwohner verpflichtet sind, den Deserteur einzufangen, auch du, Wenzeslaus? Die Bauern nennen es „auf Hasenjagd" gehen. Ich habe allerdings noch nie gehört, dass ein Bauer einen Soldaten eingefangen hat."

„Das will ich wohl glauben", meinte Wenzeslaus. „Die Bauern haben nachts bestimmt etwas Besseres zu tun. Und ich mache da, weiß Gott auch nicht mit. Die Deserteure haben bestimmt eine Waffe. Und ich? Ich habe nicht mal eine Mistforke oder einen anständigen Dreschflegel zum Zuhauen."

„Das finde ich allerdings nachlässig von dir. Eine Waffe solltest du schon zu deiner Verteidigung haben."

In der Dunkelheit kam ihnen einer der Nachtwächter entgegen.

„Bonsoir, Monsieur Jung! Hätte sie fast nicht erkannt", sagte der Nachtwächter mit einer tiefen Bassstimme. „Ich glaube, da hinten kommt ihr Sohn. Er sieht heute arg ramponiert aus." Dann erzählte er in Kürze, was er von der Schlägerei im Kaufhaus gehört hatte.

Johann Jung schlich im wahrsten Sinne des Wortes wie ein geprügelter Hund durch die Gassen zum Französischen Tor. Henrich Stentz hatte seine Werkzeuge und einen Sack voller kaputter Schuhe mit nach Impflingen genommen. „Hol deine Sachen morgen bei mir ab", hatte Henrich gesagt. Er blieb nie über Nacht in Landau, er musste schon seiner Kinder wegen nach Hause fahren. Stentz war der Einzige, dem Johann wirklich vertraute und dem er alles erzählen konnte. Er war nicht nur sein Lehrmeister gewesen. Zu ihm konnte er auch mit ganz privaten Angelegenheiten kommen und sicher sein, dass er es nicht weiter schwatzte.

Heute früh hatte die Welt noch so gut ausgesehen und er hatte sich sogar auf den Abend mit seinem Vater und dem Stadtschreiber gefreut, der sie in die Schenke und zum anschließenden Übernachten bei sich zu Hause eingeladen hatte. Er kannte den Freund seines Vaters, diesen Wenzeslaus bisher nicht näher, nur von dem, was sein Vater über ihn erzählt hatte. Am liebsten wäre er jetzt davon gelaufen, um der bevorstehenden peinlichen Begegnung zu entgehen. Aber das würde wohl noch mehr Ärger bringen. Er konnte sich vorstellen, dass sein Vater über seinen Anblick nicht erfreut war. Er sah schlimmer aus als ein Landstreicher. Seine Jacke und die Beinkleider waren mit Blut besudelt und unbrauchbar zerrissen. Sein ganzer Körper tat weh und musste wohl grün und blau aussehen. Am schlimmsten aber schmerzte sein Gesicht. Seine Nase schien zertrümmert zu sein. Noch immer tropfte Blut heraus. Er musste ein Sacktuch vor das Gesicht halten.

„Was ist nur in dich gefahren, Johann?", empfing Theobald Jung seinen Sohn und schaute ihn dabei teils mitleidig, teils vorwurfsvoll an. „Ich verstehe es einfach nicht. Du warst doch bisher kein Raufbold. Aber dass du mit der Schlägerei angefangen hast, ist wohl nicht zu leugnen. Zu viele haben es gesehen, wie ich hörte. Ich darf gar nicht daran denken, was passiert, wenn der Krämer die Sache zur Anzeige bringt!" Johann schluckte. Er wusste, dass die Schuhmacher-Zunft sein Wanderbuch wieder einziehen konnte. Noch schlimmer wäre es, wenn er im Gefängnis landete. Aber hatte er nicht so handeln müssen? Er konnte Elisa doch nicht ins Unglück rennen lassen! Ein starker Hass baute sich erneut gegen den Krämer auf. Er hatte geglaubt, Elisa würde etwas für ihn empfinden, aber sie hatte stattdessen diesem Taugenichts noch beigestanden. Seinem Vater konnte er das nicht erzählen, er würde es nicht verstehen. Und Elisa konnte er wohl aus seinem Gedächtnis streichen.

Der Stadtschreiber beendete die unangenehme Situation. „Kommt, gehen wir erst einmal zu mir nach Hause. Da kannst du dich waschen und umziehen. Ich werde gewiss ein paar Sachen für dich finden." Er klopfte Johann auf die Schultern, der sofort zusammenzuckte und vor Schmerz aufschrie. Wenzeslaus entschuldigte sich: „War nicht meine Absicht. Tut mir leid." Der Stadtschreiber ist ungeschickt und nicht besonders gut aussehend, musste Johann denken. Sein Gesicht war zu blass. Das kam bestimmt vom vielen Lesen und Stubenhocken.

Beim Stadtschreiber zu Hause

Der Stadtschreiber wohnte in einem kleinen Haus, gleich hinter der Festungsmauer, das er ihnen nicht ohne Stolz zeigte. Es gab zu ebener Erde eine gute Stube mit einem Bücherschrank, ein Sofa, Tisch und Stühle und vor dem Fenster einen Schreibtisch mit viel beschriebenen Papieren und einem Tintenfass, in der eine Schreibfeder steckte. In der Küche stand ein backsteinerner Herd, über dem Töpfe und Pfannen hingen, die wie neu aussahen. Bestimmt hatte er eine Dienstmagd, die alles rein und ordentlich hielt und sich auch um das Feuer im Herd kümmerte, denn das Haus war gut gewärmt. Johann versuchte, sich ein Bild von ihm zu machen. Er musste einen guten Verdienst haben, dass er sich das alles leisten konnte. Treppauf befand sich die Kammer, in der sie schlafen sollten. Es gab dort zwei Betten mit frischen Strohsäcken und Federkissen und eine Kommode mit drei Schubladen. An den Wänden hingen Bilder mit Gesichtern aus Scherenschnitten, die er vielleicht selbst gefertigt hatte. Seitlich an der Wand gab es drei Stühle und einen Tisch. Darüber hingen ein Kruzifix und eine Marienfigur. Er war katholisch, wie alle anderen Mitglieder des Magistrats. Lutheraner oder Reformierte hätten ohnehin derartige Ämter in Landau nicht besetzen dürfen.

Nachdem Johann sich in einem Waschzuber, der in der warmen Küche stand, gereinigt und frische Kleider angezogen hatte, die ihm der Stadtschreiber hingelegt hatte, war wenigstens sein äußeres Erscheinungsbild verbessert worden. Allerdings fühlte Johann sich nun in dem weißen Spitzenhemd nicht mehr wie er selbst, sondern wie ein Stadtschreiber.

„Darf ich deine geschwollene Nase ansehen? Mein Vater ist Wundarzt, zwar nicht so berühmt wie der Dr. Eisenbarth, aber ich habe einiges von ihm abgesehen." Um festzustellen, ob das Nasenbein zerschmettert war, fasste Wenzeslaus vorsichtig an die Nasenwurzel und versuchte, sie hin und her zu bewegen. Sofort schrie Johannes: „Au! Aufhören!" „Du hattest Glück" , behauptete Wenzeslaus. „Dein Nasenbein ist nicht gebrochen. Im schlimmsten Fall hat der Knochen einen Riss bekommen, daher die dicke Schwellung. Aber sie wird in ein paar Tagen fort sein, wenn du fleißig kühlst." Er holte eine Schale mit zwei in kaltem Wasser getauchten Tüchern und legte eines auf Johannes Nase, das andere in seinen Nacken."

Dann schaute er auf seine Taschenuhr: „Und was nun? Ich wollte mit euch ins Gasthaus gehen, etwas essen und trinken. Ich habe einen Bärenhunger. Oder willst du lieber hier ausruhen, Johann? Nein? Na dann lasst uns zusammen losgehen."

Im Gasthaus mit Wendel Metzger und dem Neuländer

„Die Gaststätte zur Blum[36]" war ein etwas vornehmeres Gasthaus, wie es jetzt mehr und mehr in Mode kam, mit einer exzellenten französischen Küche. Zu ihr gehörte außerdem die Herberge, Scheunen und Stallungen zur Unterbringung von Pferden sowie die Poststation mit der Pferdewechselstelle. Viele Bedienstete arbeiteten in den Häusern und auf den Höfen.

In dem mit dunklen Deckenbalken und Wandvertäfelungen aus Eiche versehenen Gastraum, der ansonsten weiß getüncht und mit Gemälden und Hirschgeweihen versehen war, gab es kaum noch einen freien Platz. In der Mitte des Raumes hing ein großer runder Leuchter aus Rosenholz, auf dem Kerzen brannten.

An den Tischen mit den nach Barockart geschwungenen Beinen saßen vornehm angezogene, meist französisch sprechende Mesdames et Messieurs in Samt und Seide, Brokat und Spitze. Brennende Öllampen verbreiteten das Licht an den Tischen. Viele der vornehmen Gäste trugen Perücken, die Damen bezaubernde Kreationen eines Hutmachers auf ihren Köpfen. Zwei Mesdames, die an der linken Wand neben dem Kamin saßen, zogen jedermanns Aufmerksamkeit auf sich. Ihre Taillen waren so wespenhaft geschnürt, dass ihre Brüste wie Rosenbouquets daraus hervorquollen. Der helle Puder in ihren Gesichtern und die grellrot geschminkten Lippen sollten wohl ihr tatsächliches Alter verbergen. Sie trugen weiße Handschuhe bis zum Ellenbogen und wedelten sich mit bunten Fächern Luft zu, wobei sie spitzmündig miteinander plauderten. Dabei zitterten die Federn auf ihren Hüten, die sie über der Perücke trugen, als winkten sie ständig jemandem zu. Einer von beiden gehörte der Mopshund, der es sich unter dem Tisch bequem gemacht hatte.

Aber auch weniger auffallende, gut situierte Bürgerliche der Stadt in unauffälligen braunen Gehröcken, sowie französische Offiziere höheren Ranges in blauen Uniformen, hatten sich hier eingefunden. Der Wirt, der Wenzeslaus gut kannte, schaute zwar etwas echauffiert auf Johann, der ein Tuch vor die Nase hielt, wies ihnen dann aber einen freien Tisch in der rechten Wandnische zu, was ihnen sehr entgegenkam. So konnten nur der Stadtschreiber und Johanns Vater dessen zerschundenes Gesicht sehen. Sein Rücken war dem Gastraum zugewandt. Die Nische machte es auch möglich, ein Gespräch zu führen, das nicht für andere Ohren gedacht war. Gute Sicht auf den Gastraum hatte lediglich Wenzeslaus.

---

36 Seit dem 17. Jh. vorhanden, wurde 1870 das Wohnhaus von Zacharias Frank, des Urgroßvaters von Anne Frank (*1929 Frankfurt-1945 KZ Bergen Belsen). Heute ständige Dauerausstellungen über die Geschichte der Juden und der Sinti und Roma.

Hier in der französischen Küche des gehobenen Standes waren mindestens drei Gerichte zu bestellen, Vorspeise, Hauptspeise und Dessert. Das war für Johann neu. Zu Hause hätte es nur einen Teller Suppe und ein Stück Brot dazu gegeben. Aber Wenzeslaus wusste, was gut war. Er bestellte: „Dreimal Zwiebelsuppe, Kalbsbraten mit grünen Bohnen und als Dessert Crème Caramel. Dazu einen guten Beaujolais."

„Du solltest versuchen, dich bei dem Krämer zu entschuldigen. Vielleicht lenkt er ein", sagte Theobald zu seinem Sohn. „Es ist jedenfalls das kleinere Übel. Der Krämer ist katholisch und du reformiert. Du hast schlechte Karten, wenn er dich anzeigt."

„Das stimmt", pflichtete Wenzeslaus bei. „Für das französische Gericht sind Reformierte und Lutherische bekanntlich Menschen zweiter Klasse."

„Das sagst du als Katholik, Wenzeslaus?"

„Ist es nicht die Wahrheit? Ich bin Katholik, ja, aber gerade deshalb finde ich es beschämend, wie sich die Katholiken anderen Religionen gegenüber verhalten. Ich suche mir jedenfalls meine Freunde nicht nach Religion und Herkunft aus, sondern nach Sympathie und Intelligenz. Ist es nicht unverantwortlich, dass im Magistrat nur Katholische sein dürfen? Es ist eine Schande, dass in Nussdorf ein einfältiger bedauernswerter Mensch zum Schultheiß ernannt wurde, nur weil er der einzige Katholik dort ist. Jedermann lacht über ihn. So einer ist völlig nutzlos für die Gemeinde! Ähnlich unsinnig ist es mit dem Schultheißen von Dammheim. Er ist ein katholischer Bürger, den sie aus Queichheim dorthin verpflanzt haben. Es war nicht einmal sein eigener Wunsch. Sämtliche Landauer Schultheiße, die Prätoren, werden vom französischen König eingesetzt. Alles läuft falsch mit dieser katholischen Politik. Wenn es so weitergeht, gibt es bald wieder Hexen- und Ketzerverbrennungen! Alles, aber auch alles soll wieder katholisch werden, selbst die unehelichen Kinder von jüdischen Müttern." Wenzeslaus war immer lauter geworden. Theobald gestikulierte vorsichtig wie ein Dirigent, um ihn wieder zu beruhigen. „Ereifere dich nicht so, Wenzeslaus, sonst kostet es dir noch deine Stellung! Vielleicht haben die Wände hier Ohren! Ich weiß, dass du ein Freigeist bist und dich gern mit Andersdenkenden unterhältst. Aber so laut muss es nicht sein."

Wenzeslaus beruhigte sich und hob sein Glas: „Santé!" Im Schein der Öllampe funkelte der Rotwein. Wenzeslaus nahm einen großen Schluck und fuhr etwas leiser fort: „Wisst ihr, dass das protestantische Preußen viel fortschrittlicher ist? Da genießt jede christliche Konfession gleiche Rechte und gleichen Schutz. Und jedem, ohne Unterschied von Geburt und Religion, steht der Weg zu Staatsämtern offen, wenn er nur klug und fleißig ist. Ich glaube, der Fortschritt liegt beim Protestantismus."

In diesem Moment brachte ein junges Serviermädchen, kaum älter als fünfzehn, die duftenden Schüsseln mit Zwiebelsuppe auf einem Tablett und stellte sie auf den Tisch. Dafür unterbrach Wenzeslaus gern die Unterhaltung. Das Mädchen nickte freundlich. Er fand, dass es sehr hübsch aussah in seinem goldbraunen Kleid, über welches eine einfache weiße Trägerschürze gebunden war. Die hochgesteckten braunen Haare waren von einer weißen Spitzenhaube bedeckt. Nur ein kleines Stirnlöckchen wollte sich dort nicht einzwängen lassen. Seine großen braunen Augen schauten aufmerksam von einem zum anderen, als es die Schüsseln zuordnete. Einen kurzen Moment blieb sein Blick an Johann haften. Sein Aussehen schien es erschreckt zu haben. Es nahm den leeren Weinkrug und beeilte sich, zurück in die Küche zu kommen.

„Bon Appetit, Messieurs!" Wenzeslaus griff nach dem Löffel.

„Hat der Preußenkönig nicht kürzlich auch eine Menge Salzburger Protestanten aufgenommen, die der Erzbischof ausgewiesen hat?", fragte Theobald.

„Oh ja. Das waren meist gut ausgebildete Handwerker, Leineweber und Seidenspinner. Ich denke, wer seine besten Leute vertreibt, stärkt damit nur seine Feinde. Wer allerdings viele Menschen in sein Land holt, stärkt seine Macht. Der Preußenkönig, den sie auch Soldatenkönig nennen, steckt allerdings eine Menge Geld in den Aufbau seiner Armee und rekrutiert aus aller Herren Länder große Kerls für seine Leibgarde. Noch lacht man in europäischen Herrschaftskreisen über seine Marotten. Aber ich glaube, er weiß genau, was er will. Für Kunst und Literatur hat er allerdings nichts übrig. Er soll sogar sein kostbares Bernsteinzimmer aus dem Berliner Schloss, ein Kunstwerk ohnegleichen, an den russischen Zaren Peter I. verschenkt haben, weil der sich so dafür begeistert hatte. Der Zar soll ihm im Gegenzug dafür einen langen Kerl geschenkt haben.

Johann hatte von all diesen Dingen bisher nichts gehört und dachte, dass es gut für ihn wäre, ein bisschen mehr von der Welt zu erfahren. Auf jeden Fall wollte er auf seiner Wanderschaft Preußen aufsuchen. Aber dazu musste er, ob er wollte oder nicht, gleich morgen früh den verhassten Krämer aufsuchen und sich bei ihm entschuldigen.

„Nein, ein Feiner ist der Soldatenkönig trotzdem nicht", hörte er Wenzeslaus weiterreden, „wer sich ihm widersetzt, der muss mit harten Strafen rechnen. Sogar seinen eigenen Sohn, den Thronfolger Friedrich, hat er in Festungshaft gesteckt und er musste aus dem Kerkerfenster zusehen, wie dessen Freund geköpft wurde. Er musste um sein eigenes Leben bangen. Von jedem verlangt der Preußenkönig Unterwerfung und unbedingten Gehorsam."

„Aber tut das nicht jeder Monarch, Wenzeslaus?"

„Ja schon, aber ich habe noch nicht gehört, dass ein anderer Herrscher seine eigene Brut so schrecklich behandelt. Vielleicht weiß ich es auch nur nicht."

„Und wie siehst du das mit den Bastarden, die unsere Majestäten zeugen? Ist das nicht genauso verwerflich? Von August dem Sachsen und Polenkönig sagt man, dass er so viele Kinder gezeugt hat, wie Tage im Jahr. Der kennt bestimmt nicht einmal alle seine Kinder."

„Na ja, Theobald, aber den königlichen Bastarden geht es immerhin finanziell besser als denen aus dem Volk."

„Ganz bestimmt, die aus dem Volk sind bestraft, sobald der Pastor ins Kirchenbuch schreibt: Hurenkind."

Johann musste sofort wieder an den Krämer denken und dessen unehelichen Sohn Schorsch, der selbst von den Spielkameraden in Impflingen als Bastard beschimpft und verspottet wurde. Gerade wollte er etwas zu diesem Gespräch beitragen, als Wenzeslaus fragte: „Sitzt dort drüben am Fenster im dunklen Talar nicht Wendel Metzger[37], der Oberschultheiß von Albersweiler?"

Theobald erhob sich und schaute um die Wandecke. „Ja, es ist Metzger. Den schickt uns der Himmel. Er sitzt zusammen mit einem jungen Mann am Tisch, der aussieht wie ein niederländischer Händler. Vielleicht sollten wir ihn an unseren Tisch bitten. Immerhin hat Metzger ein wenig Ahnung von der Rechtsprechung und kann uns vielleicht weiterhelfen."

Als Theobald Jung mit den beiden Herren zurückkam, glaubte Johann seinen Augen nicht zu trauen. Der angebliche Händler war der Mann, der den Krämer nach der Schlägerei nach Hause gebracht hatte. Wahrscheinlich war er dessen bester Freund und Hauptzeuge und hatte deshalb gerade mit dem Schultheißen über alles gesprochen.

Der Händler stellte sich vor als Friederich, Agent aus Rotterdam. Danach gaben Metzger und er allen die Hand und setzten sich auf die freien Stühle. Metzger löste die Spange seiner dunklen Schultheißenrobe und legte sie hinter sich auf die Stuhllehne. „Ziemlich warm hier", meinte er und warf einen Blick auf das lodernde Kaminfeuer an der gegenüberliegenden Wand, wo ein Hausmädchen gerade neue Holzscheite auflegte. Theobald Jung bestellte einen neuen Krug Beaujolais und zwei weitere Gläser.

---

37 Wendel Metzger -1760), Oberschultheiß in Albersweiler/Pfalz Zweibrücken, „Krösus vom Queichtal", Besitzer von Mühlen und Gerbereien.

Johann betrachtete Metzger ausgiebig, der ihm jetzt gegenübersaß, konnte jedoch keine Abneigung gegen ihn empfinden, wohl aber gegen den Händler, der etwas betreten zu Boden schaute. Metzger war zweifellos ein stattlich aussehender, gut genährter und gekleideter Mann im mittleren Alter, eine beeindruckende Persönlichkeit, der man sofort Achtung entgegenbrachte. Vielleicht war er aber auch ein durchtriebener Fuchs, der wusste, wo der Hase langlief. Sein Ruf war zweifelhaft und die Meinungen über ihn geteilt. Manche nannten ihn den Krösus vom Queichtal. Auf jeden Fall hatte er Geld und Einfluss und konnte es sich leisten, auch Feinde zu haben. Über dem weißen Spitzenhemd trug er eine moosgrüne Weste aus feinstem Wolltuch mit silbernen Knöpfen und an der rechten Hand einen Siegelring. Er war korrekt rasiert, hatte ein leichtes Doppelkinn und dunkles, etwas gewelltes schulterlanges Haar. Seine Nase war ein wenig zu groß geraten, aber das übersah man bald, wenn sein offener klarer Blick auf einem ruhte. Er erhob sein Glas: „Santé, Messieurs!" Nachdem er einen Schluck genommen hatte und alle anderen auch, wandte er sich direkt an Johann:

„Du siehst heute nicht besonders gut aus, Johann. Aber dein Widersacher sieht noch schlimmer aus. Was passiert ist, kann man leider nicht ungeschehen machen. Ich kann dir sagen, dass der Krämer bereits eine Anzeige beim Prätor gemacht hat. Bedauerlicherweise bin ich nicht befugt, mich in diesem Fall einzuschalten. Ich bin nur Oberschultheiß im Herzogtum Zweibrücken und darf Bürger aus Landau oder auch aus der Kurpfalz nicht vertreten. Für Landauer Bürger gilt seit König Rudolphs Zeiten das Sonderrecht einer Reichsstadt, das heißt, Landauer Bürger dürfen nirgendwo anders als in Landau Klage erheben oder verurteilt werden. Die Franzosen haben das so belassen, nur dass jetzt das französische Recht gilt. Hättest du eine Schlägerei in Impflingen mit einem Landsmann gehabt, wäre euer Schultheiß Merckert zuständig und alles wäre einfacher gewesen. Da die Anzeige jedoch in Landau erfolgt ist, wird das Gericht in Landau die Verhandlung führen, verstehst du?" Johann nickte betreten und der Oberschultheiß redete weiter, indem er die Situation noch verschärfte:

„Möglicherweise kann es bis zum obersten Gericht in Colmar gehen. Es wäre natürlich das Beste, wenn du dich mit dem Krämer einigen könntest und er die Klage zurücknimmt. Aber ich fürchte, er wird sich nicht darauf einlassen, da er sicher sein kann, dass er den Prozess gewinnt. Die Sachlage ist leider völlig klar. Es tut mir leid für dich, zumal ich weiß, dass du ansonsten ein rechtschaffener junger Mann bist." Er räusperte sich, nahm einen weiteren Schluck Wein und wies mit einer Handbewegung auf den Händler, um ihm das Wort zu geben.

Der wandte sich nun ebenfalls direkt an Johann, der ihn bisher misstrauisch beäugt hatte. „Tut mir leid für euch. Aber ich kann da auch nicht helfen, habe ja keinerlei Einfluss auf den Krämer Rebstock; bin weder verwandt noch verschwägert mit ihm, noch ist er mein Freund. Ich bin geschäftlich in Landau und kenne ihn nur dadurch, weil ich bei ihm eingekauft habe. Heute Nachmittag wollte ich ins Kaufhaus gehen, weil ich hoffte, dort ein gewisses Mädchen wiederzusehen. Da traf ich den Krämer zufällig auf dem Markt. Wir sprachen ein wenig zusammen und dann entschloss er sich, mit mir zu kommen. Ich bin im Auftrag eines Schiffseigners aus Rotterdam hier in der Rheingegend. Wir werben für das englische Königshaus zur Auswanderung nach Neu-England. Gestern war ich noch in Heilbronn. Nächste Woche werde ich im „Gasthaus zum Hirsch" in Albersweiler sein und einen Vortrag halten. Ich habe auch verschiedene Briefe mitgebracht, einen von Reverend Stoever aus Pennsylvanien, adressiert an Oberschultheiß Metzger. Das ist der eigentliche Grund, weshalb ich den Schultheißen aufsuchte. In einer Stunde werde ich übrigens hier im Hinterzimmer der Gaststube eine Werbeveranstaltung zur Auswanderung durchführen. Ich habe heute früh schon in den Gaststätten und auf dem Markt Flugblätter dazu verteilt und hoffe nun, dass ein paar Interessenten kommen werden."

Er nahm aus einer kleinen Ledertasche, die bisher am Fußboden gestanden hatte, einige Werbeprospekte und legte sie auf den Tisch. „Wenn Sie Interesse haben, Messieurs, nehmen Sie doch bitte teil. Ich würde mich freuen."

Dann entschuldigte er sich: „Ich muss noch einmal in die Herberge, etwas aus meinem Zimmer holen. Vielleicht sehen wir uns nachher wieder."

Jeder griff sofort nach dem Flugblatt, um seinen Inhalt zu erfassen. Aber alle legten es bald wieder auf den Tisch zurück.

Theobald Jung ließ es keine Ruhe mehr. Er wandte sich an Wendel Metzger: „Der Neuländer erwähnte einen Brief von Reverend Stoever?"

„Oh ja, ich weiß, was du fragen willst, Theobald. Es ist tatsächlich unser Johann Caspar Stoever, der in Annweiler Schulmeister war und den wir beide kennen. Er hat mir geschrieben. Er predigt jetzt bei den Kolonisten, hat ja schon immer am liebsten Religion unterrichtet und gern viel geredet."

Theobald fragte nach: „Er war doch ausgewandert, nachdem seine Frau gestorben war, und hat alle Kinder mitgenommen, nicht wahr?" Wendel Metzger nickte und fügte hinzu: „Einige musste er in Annweiler auf dem Friedhof lassen. Aber das erlebt ja fast jeder von uns."

„Ja leider", bestätigte Theobald, „wir haben Stoevers Frau, die Gertraud, recht gut gekannt. Als meine Appolonia noch lebte, haben wir oft am Sonnabendnachmittag das Pferd vor den Wagen gespannt und sind mit unseren Kindern zu ihrem Bruder Christophel nach Albersweiler gefahren. Wir übernachteten dort, gingen sonntags früh in die Bergkirche zur Messe und wanderten dann mit den Kindern und Christophel und Anna durch den Wald nach Annweiler, manchmal bis zum Trifels. Wir trafen dabei häufig die Gertraud Stoever und ihre Kinder. Der Gatte blieb ja viel lieber zu Hause bei seinen Büchern.

Unsere Kinder befreundeten sich mit denen von Stoevers und spielten miteinander, während wir Erwachsenen bei schönem Wetter oft auf unseren Decken saßen und über Gott und die Welt redeten. Christophel schnitzte dabei meistens an irgendeiner Elwetritsche[38]. Christoffels Anna ist ja bekannt für ihre Frohnatur und Unterhaltsamkeit. Aber auch Stoevers Gertraud konnte da gut mithalten. Sie war aber von etwas feinerem Kaliber als Anna, die manchmal ein Schandmaul sein kann. Die Gertraud war eine gute Seele. Sie war eine Pfarrerstochter aus Neu-Wiesen, eine geborene Friese. Meine Appolonia hörte ihr gern zu und meinte, dass an ihr ein Pfarrer verloren gegangen sei. Aber sie war nun einmal als Frau geboren. Theobald schaute seinen Sohn an: „Wie hießen die Stoevers Kinder noch, Johann? Du kanntest sie doch alle."

Johann sprach langsam, mit vor Schmerz verzogenem Gesicht: „Der Älteste heißt auch Johann Caspar, wie sein Vater. Seine Schwester, die so alt ist wie ich, heißt Elisabeth. Wir waren zusammen in der Konfirmandenstunde. Der Caspar hatte eigentlich nie viel Zeit unter der Woche. Sein Vater hat ihn ganz schön getriezt. Er musste bei vier Pastoren Latein, Griechisch, Hebräisch und Französisch lernen. Französisch konnte er sowieso schon, wie wir alle, aber wohl nicht gut genug. Die anderen Geschwister waren viel jünger. An deren Namen erinnere ich mich nicht." Er lehnte sich wieder zurück in seinen Stuhl und hörte weiter zu.

Der Stadtschreiber, der sich nicht am Gespräch beteiligen konnte, weil er weder die Stoevers noch Christophel kannte, ließ das Gespräch an sich vorbeirauschen, nippte an seinem Rotwein und beobachtete unterdessen unauffällig eine hübsche junge Dame mit einer aufgesteckten Lockenfrisur, die sich mit ihrem Tischnachbarn amüsierte, einem völlig unattraktiven älteren französischen Leutnant. Wenzeslaus versuchte, ihre Aufmerksamkeit auf sich zu lenken. Aber sie würdigte ihn keines Blickes. Er fragte sich, was sie wohl an

---

38 Elwetritsche=kleines Feenwesen, meist ein Gemisch aus Vogel und Mensch, typisch in der Pfalz.

diesem alten Franzosen fand? Da wäre er doch die bessere Partie. Er nahm Theobalds Stimme wie eine Hintergrundmusik wahr und achtete nicht auf den Inhalt:

„Ja, damals war Christophel noch gesund und hatte Spaß daran, knorrige Äste zum Schnitzen zu suchen" , meinte Theobald. „Hans Martin, sein älterer Bruder, besucht ihn öfter und hat mir neulich erzählt, dass es wohl bald mit ihm zu Ende geht. Den ganzen Tag hustet er und wird immer dünner.

Johann unterbrach das Gespräch: „Vater, ehe ich es vergesse, ich weiß, dass Johannes, Katharina und die Kinder nächstes Wochenende nach Albersweiler fahren wollen. Es soll so eine Art Familientreff geben. Vielleicht sollten wir beide mitfahren? Johannes hatte dich doch ohnehin gebeten, ihn einmal wieder zu besuchen." Insgeheim hoffte Johann jedoch, auch Elisa dort wiederzusehen, um sich mit ihr auszusprechen. Aber das behielt er lieber für sich.

Sein Vater nickte kurz und Wendel Metzger nutzte die Gelegenheit, das Wort zu übernehmen: „Ja, der gute Christophel, eine traurige Gestalt ist er geworden. Neulich, als ich die Leinpfade entlang des Queichkanals kontrollierte, traf ich ihn zufällig in der Nähe seines Hauses. Er atmete schwer und musste sich auf seinen Stock stützen. Ich unterhielt mich mit ihm über mein neues Gasthaus, das ich gerade an der Hauptstraße bauen lasse, und Christophel erzählte mir von seinem vermissten Bruder, dem Ältesten, der während des pfälzischen Krieges von Landau nach Frankenthal geflohen war. Seitdem hatte niemand mehr von ihm gehört. Er wusste nur, dass Mélac kurz danach auch Frankenthal gebrandschatzt hatte. Die ganze Frankenthaler Gemeinde war daraufhin mit ihrem Pfarrer nach Magdeburg in Preußen ausgewandert. Aber der Bruder soll nicht dabei gewesen sein. Wenn er überhaupt noch lebte, war er vielleicht nach Amerika ausgewandert."

Theobald überlegte kurz: „Ich weiß davon nichts. Aber lassen Sie uns von etwas Erfreulicherem reden, Oberschultheiß. Dürfen wir erfahren, was der Senior Stoever schreibt?"

Wendel Metzgers laute Stimme katapultierte Wenzeslaus von der Betrachtung der schönen jungen Madame und dem alten Franzosenleutnant zurück ins Gespräch und er begann wieder zuzuhören: „Ja, unser Senior Johann Caspar Stoever! Er schreibt, dass er und sein Sohn zurzeit noch an verschiedenen Orten leben, der Senior in Nord Carolina, sein Sohn in Pennsylvanien, 60 Meilen von Philadelphia. Ich muss selbst erst einmal eine passende Weltkarte besorgen, um zu sehen, wo sie hingezogen sind. Der Senior hat zum zweiten Mal geheiratet und bis jetzt noch zwei Kinder in die Welt gesetzt. Er will aber bald in die Nähe seines Sohnes ziehen. So weit muss es ihm also ganz gut gehen. Jedenfalls predigen sie inzwischen beide, aber sie sind noch nicht ordiniert. Es soll vielleicht in den nächsten Monaten geschehen. Danach will der Senior noch einmal zurückkommen in die deutschen Lande, um eine Spenden-sammlung für den Bau einer Schule und einer Kirche durchzuführen. Gepredigt wird noch in Scheunen. An allem soll es in Amerika mangeln, vor allem aber an Wissen. Er wäre sehr dankbar, wenn die Reformierten und Lutherischen unserer Gegend sich an der Sammlung beteiligen würden. Stoever kennt den Neuländer Friederich sehr gut. In Lancaster leben etliche Leute aus der Pfalz. Dafür hatte wohl hauptsächlich Madame Ferré, die Witwe des reichen Seiden-fabrikanten aus Landau gesorgt, die du, Theobald, bestimmt auch noch kennst." Als Theobald den Kopf schüttelte, versuchte Wendel Metzger ihm auf die Sprünge zu helfen: „Als die Franzosen die Hugenotten in Landau verfolgten, konnte die Familie sich zuerst nach Straßburg retten. Wenige Zeit später ließen sie sich in Steinweiler nieder, wo der Ehemann gestorben ist. Madame Ferré , geborene Warenbaur, ist zwar inzwischen auch verstorben, aber ihre Söhne leben dort in Pennsylvanien auf viel fruchtbarem Land und verkaufen jetzt Teile davon an die Ausgewanderten. Na, ja, um auf Senior Stoever zurückzukommen: Er will demnächst in die deutschen Lande kommen und noch ein paar Jahre studieren, bevor er zurückkehrt. Dazu will er auch seinen Schwager aus erster Ehe aufsuchen, den Bruder der Gertraud, der jetzt in Darmstadt lebt und sich statt Friese Fresenius nennt. Der soll der beste lutherische Prediger derzeit im ganzen Kaiserreich sein.

Wenzeslaus wurde plötzlich hellhörig: „Sagtet ihr gerade Fresenius? Ich habe mit einem Johann Philipp Fresenius zusammen in Straßburg studiert, allerdings nicht Theologie wie er, sondern Recht. Ich muss zugeben, dass er ein wahrer Christenmensch ist. Er konnte damals als Student kaum die Studiengebühren aufbringen und lebte nur von Brot und Wasser, um sich durchs Studium zu bringen. Ich weiß noch, dass er immer vorhatte, die Juden zu bekehren, aber ich glaube, das wird ihm nicht gelingen. Er hat vor Kurzem eine Schrift herausgebracht, den Antiweislingerius. Ich habe ihn gelesen. Wirklich nicht schlecht geschrieben. Darinnen hat er dem Jesuiten Weislinger auf dessen Schmähschrift Friß Vogel oder stirb (oder was von dem Protestantismus zu halten sei) eine ganz gehörige Abfuhr erteilt. Wenn Fresenius jetzt in Darmstadt lebt, muss er allerdings Ärger wegen des Buches bekommen haben. Freiwillig lebt er bestimmt nicht dort."

Wendel Metzger bestellte einen weiteren Krug Beaujolais, dann fragte er:

„Besitzt Ihr die Schrift von diesem Fresenius, Stadtschreiber? Ich würde sie mir gern ausleihen, wenn es erlaubt ist. Sie müssen wissen, dass ich bekennender Lutheraner bin und hinsichtlich Stoevers Absichten ein wenig vorbereitet sein möchte."

„Oh ja, Oberschultheiß. Gleich morgen nach der Frühmesse in der Stiftskirche kann ich euch das Buch bringen."

„Danke, das ist sehr großzügig. Ich werde vor der Kirchentür warten und es mir von dort abholen, bevor ich nach Albersweiler zurückkutschiere. Wo seid ihr übrigens gebürtig her, wenn ich fragen darf?"

„Aus dem elsässischen Molsheim. Mein Vater praktiziert allerdings seit Jahren in Straßburg als Wundarzt."

„Molsheim?", fragte Metzger. „Das liegt doch in der Nähe von Klingenthal, dem neuen Ort, wo der französische König die modernsten Wappenschmieden errichten ließ!"

„Ganz recht, ich habe davon gehört", sagte Wenzeslaus. Aber ich war schon lange nicht mehr in dieser Gegend und kenne dieses Klingenthal nicht. Ich weiß nur, dass Ludwig XV. dort Klingen und Schwerter anfertigen lässt, damit sie nicht länger aus Solingen importiert werden müssen."

Wendel Metzger nahm einen kräftigen Zug aus seinem Glas, räusperte sich ein paar Mal und übernahm das Gespräch wieder.

„Die Sache mit Klingenthal hat mich sehr interessiert, insbesondere, weil dort bei der Herstellung von Blankwaffen hervorragende Arbeit geleistet wird und die Wappenschmiede in Albersweiler kaum noch Absatz hat. Ich wollte sehen, ob man sich etwas abschauen kann, und bin im letzten Jahr dort gewesen. Es war sehr interessant, einen Einblick in die Arbeit des Industriellen, Henry Anthés zu erhalten, den Ludwig XV. gerade in den Adelsstand erhoben hat."

„Wie konnte dieser Anthés das so schnell schaffen?", wollte Wenzeslaus wissen.

„Na, ja, soviel ich weiß, wurde Anthés ursprünglich vom königlichen Verwalter im Elsass beauftragt, einen neuen Ort mit Wappenschmieden aufzubauen, in dem ausschließlich Blankwaffen produziert werden. Anthés stand wohl unter Druck. Schon sein Vater war ein guter Schmiedemeister gewesen, musste aber in den 70er-Jahren die Pfalz verlassen, weil er beim Kurfürsten in Ungnade gefallen war. Er war ins französische Mulhouse geflohen und hatte dort wieder eine Schmiede geführt, die sein Sohn Henry Anthés weiterführte. Henry Anthés hatte einen guten Ruf und musste sich etwas einfallen lassen. Bald hatte er alle Waffenschmiede aus Solingen abgeworben, weil er ihnen so hohe Abfindungen anbot, dass sie nicht ablehnen konnten. Die Solinger sind sofort mit ihren Familien ins Elsass ausgewandert. Den neuen Ort haben sie dann Klingenthal genannt. Das einst so berühmte Solingen muss inzwischen wohl eine Geisterstadt sein, mit all den leer stehenden Schmieden und Wohnhäusern."

„Und wie leben sie jetzt dort?", wollte Theodor wissen.

Wendel Metzger überlegte kurz und holte dann weit aus: „Anthès besitzt dort ein ansehnliches Anwesen, fast ein Schloss zu nennen. Ansonsten ist Klingenthal aus meiner Sicht kein schöner Wohnort für die Arbeiter, nichts als eine lange Straße mit Werkstätten und Schmieden. Alle Bewohner arbeiten nur für die Herstellung von Schwertern und Degen. Die Frauen und Kinder verrichten mit Handwagen oder Körben auf dem Kopf Botengänge von einer Werkstatt zur anderen. Es ist äußerst laut von all dem Gehämmer und Geschleife der Männer. Aber sie sind es zufrieden und leisten eine hervorragende Handwerksarbeit. Immerhin werden sie direkt vom Versailler Hof gut bezahlt. Ich habe mir selbst einen Degen dort anfertigen lassen, ein wahres Schmuckstück, gut gehärtet und mit meinem Wappen versehen. Sie suchen jetzt noch immer nach guten Raffineuren, Bajonettschmieden, Schwertfegern und wie immer die Berufe heißen mögen. Ich hoffe nur, dass unsere Wappenschmieden hier im Queichtal der Versuchung widerstehen können. Aber ich fürchte, da es bereits in aller Munde ist, dass selbst die Albersweiler Wappenschmiede verkauft werden wird. Entweder lassen sie sich abwerben oder sie gehen in den Ruin."

Der Händler, der sich als Neuländer herausgestellt hatte, kam zurück in den Gastraum und brachte ein paar interessierte Männer mit. Er hieß sie, am Eingang zu warten. Einer von ihnen hatte ihm eine zusammengerollte Landkarte abgenommen. Das Serviermädchen mit der weißen Spitzenhaube kam ihm mit einem Schlüssel entgegen und wies ihm ein Separee zu, das vom Gastraum getrennt war und nur vom Flur aus zu betreten. Der Neuländer kam noch einmal an den Tisch in der Nische. Über der Schulter trug er eine braune Ledertasche, worin sich Werbematerial, Papier und Stifte befanden.„Nun meine Herren, möchten Sie an meinem Vortrag teilnehmen? Dann folgen Sie mir bitte."

Der Oberschultheiß Wendel Metzger meinte: „Für mich kommt Auswanderung natürlich nicht infrage, aber ich höre mir den Vortrag gern einmal an."

„Der hat es ja auch nicht nötig auszuwandern", musste Johann denken. „Er hat Geld wie Heu. Nicht umsonst nennen sie ihn den Krösus vom Queichtal. Dem kann gar nichts passieren. Wenn es brenzlig wurde, überquert er in Albersweiler einfach die Hauptstraße und schon hat er Zweibrücken hinter sich gelassen und ist bei der

Herrschaft Löwenstein angekommen. Metzger kann je nach seinem Vorteil die Fronten wechseln, wie bei einem Hüpfspiel der Kinder, von einem Kästchen ins andere und wird immer auf der Gewinnerseite stehen. Bei mir ist das ganz anders. Ich bin ein armer Untertan, der versuchen muss, seinen Kopf aus der Schlinge zu ziehen."

Der Stadtschreiber Wenzeslaus, Johann und sein Vater entschlossen sich nach einigem Zögern, dem Neuländer ebenfalls zuzuhören und nahmen neben Wendel Metzger Platz.

Impflingen nach dem Markttag

Am Nachmittag des nächsten Tages ging Johann zu Henrich Stentz, um seine beiden mit kaputten Schuhen und Stiefeln gefüllten Säcke und das Werkzeug abzuholen, das er ihm in Landau mitgegeben hatte. Aber er wollte Henrich auch um Rat in seiner verzwickten Situation fragen.

Dorothea, Stentzens zweite Ehefrau, hielt erschreckt die Hände vor das Gesicht, als sie ihm die Tür öffnete: „Um Gottes willen, Johann! Wie siehst du denn aus! Komm schnell rein!"

Seine Nase war noch ganz geschwollen und das Gesicht voller Kratzer und blauer Flecken. Die Kinder mussten nicht alles mitbekommen, was die Erwachsenen redeten. Deshalb sagte Henrich zu seiner Ältesten: „Anna Maria, nimm deine Schwestern und setzt den Kleinen in den Handwagen. Besucht einmal die Großeltern Bossert. Die werden sich bestimmt freuen. Großmutter hat bestimmt etwas Süßes für euch."

Schon von Weitem hatte Anna Maria gesehen, dass Onkel Marten und Christoph vor dem Hoftor standen, gegenüber dem Haus der Großeltern. Christoph reichte Marten bis zu den Schultern. Die beiden drehten ihr den Rücken zu und unterhielten sich. Sie beeilte sich, zu ihnen zu kommen.

Christoph war froh, dass er Marten endlich wieder angetroffen hatte, und wollte wissen, wann er wieder nach Ottersheim zu seinem Sohn Theo fahren würde. Er wollte nämlich mitfahren, um seinen Freund Heinrich dort wiederzusehen. Marten sagte ihm, dass Juditha und er erst gestern dort waren, aber am Wochenende in vierzehn Tagen wieder hinfahren würden. Christoph war enttäuscht: „Onkel Marten, du wusstest doch, dass ich mitwollte. Warum hast du mir nichts gesagt?" Marten kratzte an seinem Backenbart und schob seine Schirmmütze zurecht, war dann aber um eine Antwort nicht verlegen: „Ich wollte dich ja mitnehmen, aber zuerst hatte ich keine Zeit und dann seid ihr schon fort gewesen nach Landau." Er zog dabei paffend an seiner Tabakspfeife und blies kleine Wolken über Christophs Kopf. „Schade", meinte Christoph enttäuscht. Marten klopfte ihm auf die Schulter: „In vierzehn Tagen kommst du mit, versprochen. Dieses Wochenende geht es erst einmal nach Albersweiler, Christophel besuchen."

Christoph wunderte sich: „Wir wollen auch nach Albersweiler. Aber ich wusste nicht, dass wir alle zusammen hinfahren. Vater hat nichts davon gesagt."

Marten tat erschreckt, schlug sich vor den Mund und schaute Christoph mit großen Augen an. Dann sagte er: „Oh Gott, sag deinem Vater bloß nicht, dass ich es verraten habe, hörst du?" Er erzählte Christoph nichts von der Auseinandersetzung mit dessen Vater in der Dorfschenke. Es würde sich alles wieder einrenken. Schließlich war man Familie. Christoph versprach: „Ich werde schweigen wie ein Grab, Onkel Marten. Mutter will übrigens Lussekatter backen für Christophel."

„Ich hoffe, ich kriege auch einen ab, esse diesen Lausekater nämlich auch sehr gern." Christoph verzog sein Gesicht. Er war noch immer verstimmt und konnte über Martens Versuch, witzig zu sein, nicht lachen: „Onkel Marten, manchmal redest du mit mir, als wäre ich ein kleines Kind."

„Entschuldige, Christoph, aber bist du denn kein Kind mehr?"

„Ja, schon, aber nicht so klein, dass ..." Sie hörten jetzt die Stentzens Kinder und den Handwagen heran rumpeln und drehten sich um. Der kleine Johannes wollte aus dem Wagen klettern, aber Anna Maria befahl ihren jüngeren Schwestern, die hinten am Wagen schoben: „Catharina, pass auf, dass er nicht herausfällt! Halt ihn fest! Dorothea, hilf mit!" Die Schwestern gehorchten und drückten den Einjährigen, der sich mit aller Kraft aufstemmte, gewaltsam nieder, wobei er jämmerlich laut zu weinen anfing.

Marten nahm den kleinen Schreihals aus dem Wagen. Sobald er an seiner Hand laufen durfte, beruhigte er sich. „Na, Annemie, bist du heute zum Kindermädchen verdonnert worden?", fragte Marten. „Wie man es nimmt. Ich bringe die Quälgeister jetzt zu den Großeltern." Christoph strahlte über das ganze Gesicht: „Gute Idee, dann können wir ja am Bach entlanglaufen und nach den Fröschen gucken, willst du?" „Oh ja, ich bringe diese Bagage hier nur unter." Sie nahm Marten das Brüderchen wieder ab und setzte es in den Wagen: „Gleich darfst du wieder laufen. Wir sind gleich da." Sie trottete, den Wagen hinter sich herziehend, auf das schräg gegenüberliegende Hoftor zu. Die Großmutter, die Frau des alten Schäfers, kam ihnen aus dem Haus entgegen. Sie war eigentlich nur die Großmutter des kleinen Jungen, da ihre Tochter Dorothea den verwitweten Stentz mit drei Töchtern geheiratet hatte. „Das ist aber schön, dass ihr Kinder uns besucht. Kommt rein. Ich habe gerade ein paar Kringel gebacken."

„Oh ja!", riefen Catharina und Dorothea und rannten schon ins Haus. „Darf ich noch ein bisschen mit Christoph draußen spielen?", fragte Anna Maria. „Ich hole später alle wieder ab." Sie nahm den kleinen Stiefbruder aus dem Wagen und überreichte ihn seiner Großmutter, die nur den Kopf schütteln konnte über die Keckheit des Mädchens. Was blieb ihr übrig? Sie trabte, mit dem Kleinen auf dem Arm, der recht schwer war, zumal er die Hosen voll hatte, den beiden anderen Kindern hinterher ins Haus.

Anna Maria kam lachend zurück: „Da bin ich wieder. Dann lass uns nach den Fröschen gucken, komm, Christoph!"

„Moment mal, Mademoisellchen! Nicht so schnell!", sagte Marten und hielt sie am Schürzenband fest. „Wieso sind denn deine Eltern nicht mitgekommen? Ist alles in Ordnung zu Hause?" Anna Maria schaute etwas verdutzt und stotterte etwas kleinlaut: „Den Eltern geht es gut, Onkel Marten. Aber den Johann Jung müsstest du sehen. Jemand hat ihn grün und blau geschlagen. Er ist gerade zu meinem Vater gekommen. Deshalb wurden wir wohl auch fortgeschickt." Marten ließ das Schürzenband los. Das Lachen verschwand aus seinem Gesicht: „Gut, dass du mir das gesagt hast."

„Bis morgen Nachmittag zum Flötespielen, Onkel Marten", sagten Christoph und Anna Maria und waren schon dabei, über die Felder zum Quodbach hinunterzurennen.

Marten machte sich direkt auf den Weg zu Henrich Stentz. Er musste unbedingt wissen, was passiert war.

„Was führt dich hierher, Marten? Hattest du eine göttliche Eingebung?", begrüßte ihn Henrich Stentz, als er ihm die Tür öffnete.

Mir ist tatsächlich ein kleiner Engel begegnet und hat mir etwas zugeflüstert", behauptete Marten. Er traute seinen Augen nicht, als er seinen Neffen Johann, den Sohn seiner verstorbenen Schwester und des Schwagers Theobald, anschaute: „Mein Gott, wie ist denn das passiert?"

„Es sieht schlimmer aus, als es ist", murmelte Johann. „Es wird vorbeigehen."

Dorothea Stentz ging zum Wasserfass, tauchte einen schmalen langen Becher hinein und füllte damit Wasser in den Kessel, den sie über das offene Feuer hängte. „Wenn Marten schon mal hier ist, dann setzt euch doch an den Küchentisch", forderte sie die Männer auf, zupfte dabei aus einem an der Wand neben dem Rauchfang hängenden Trockenstrauß ein paar Blätter und streute sie in einen graublauen Westerwälder Krug.

Johann begann von der gestrigen Prügelei im Kaufhaus zu erzählen und dem Abend in der Gaststätte zur Blum, von Wendel Metzger und dem Brief von Reverend Stoever, dem Neuländer und seiner Werbeveranstaltung für Neu-England.

Als Dorothea das kochende Wasser in die Teekanne goss, verbreitete sich ein angenehmer minziger Geruch in dem kleinen Küchenraum. Sie stellte die Kanne und vier Becher auf den blank gescheuerten Holztisch und setzte sich dazu. „Trinkt! Ein heißer Tee tut gut. Es muss ja nicht immer Bier oder Rotwein sein."

Johann erzählte, dass er den Rat von Oberschultheiß Metzger befolgt hatte und heute Morgen schon bei dem Krämer war, um sich zu entschuldigen. Er hatte ihm eine Entschädigungssumme angeboten, damit er seine Klage gegen ihn beim Prätor in Landau zurückzog. Aber der Krämer hatte nicht mit sich reden lassen und über ihn gelacht: „So einfach kommst du nicht davon! Ich mache dich fertig! Sollen sie dich doch an den Galgen bringen!"

Marten war außer sich und schlug mit der Faust auf den Tisch: „Diese elende Krämerseele! Der hat mehr verdient als eine Tracht Prügel. Meine Schwiegertochter, Theos Frau, ist leider entfernt verwandt mit ihm. Sie hat mir erzählt, dass er sich schon bei der ganzen Familie unbeliebt gemacht hat. Keiner will mehr etwas mit ihm zu tun haben. Er behandelt sein schwangeres Eheweib schlimmer als seinen Hund, schlägt sie und die Kinder und treibt sich mit Huren in den Absteigen herum. Und jetzt versucht er auch noch, Unglück über unsere Familie zu bringen. Und du, Johann, sollst jetzt wegen dieses Schweinehundes eine schwere Strafe bekommen? Das darf doch nicht wahr sein!" Er schüttelte den Kopf und trank nachdenklich einen Schluck Tee.

Johann Jung legte ein Stück Papier auf den Tisch und fragte: „Was haltet ihr davon?"

Henrich überflog das Flugblatt kurz und überlegte nicht lange: „Vielleicht ist Amerika sogar eine gute Chance für dich, Johann. An deiner Stelle würde ich schnellstens meine Sachen packen. Etwas schwermütig fügte er hinzu: „Ich würde am liebsten mitsamt der Familie mitkommen. Es ist doch eine ewige Plackerei hier und das bisschen Ertrag vom Acker in den Kirchwiesen reicht schon jetzt kaum. Wenn ich mir vorstelle, wie klein das Land erst sein wird, wenn jedes Kind den gleichen Erbteil bekommt, weiß ich genau, dass keiner mehr davon leben kann. Wer wird unsere Mädchen überhaupt heiraten wollen? Wir kriegen ja nicht einmal die Aussteuer für eines zusammen. Wenn ich nicht Schuhmacher wäre, müssten wir schon jetzt betteln gehen. Für uns wäre es eigentlich auch besser, auszuwandern. Dann hätten wenigstens die Kinder meines Bruders mit einem größeren Stück Land bessere Chancen. Was mich allerdings vom Auswandern abhalten würde, wäre die monatelange Reise mit den Kindern und so vielen fremden Menschen auf dem Meer. Vielleicht werden sie krank oder überleben es sogar nicht."

Marten nickte und stimmte Henrich zu. Dann wandte er sich fast beschwörend an Johann: „An deiner Stelle würde ich ohne Bedenken auswandern. Und wenn ich noch jung genug wäre, würde ich sogar mitkommen. Die Zeiten werden hier eher schlechter als besser. Ich will mir nicht vorstellen, was passiert, wenn der Franzose wieder einen Krieg vom Zaun bricht. Der Bruder meines zukünftigen Schwiegersohns ist übrigens im letzten Jahr ausgewandert. Wo er jetzt lebt, soll das fruchtbarste Ackerland sein, eine herrliche Umgebung mit Wald und Wasser. Wenn ich daran denke, wie viele schlimme Zeiten ich schon erlebt habe! Meine ganze Kindheit und Jugend sind darüber vergangen. Kaum war ein Krieg zu Ende, kam der nächste." Er trank einen Schluck Tee. Dann sprach er weiter: „Du, Henrich, hast in deiner Kindheit noch die Belagerungen von Landau miterlebt und du, Johann, kennst bisher nur Friedenszeiten. Aber die bösen Jahre könnten schon auf dich warten. Vielleicht Gefängnis, vielleicht Krieg oder alles zusammen. Sieh zu, dass du heil davonkommst!"

Dorothea Stentz hatte dem Gespräch aufmerksam zugehört. Sie stellte ein Stück Fladenbrot und ein Schüsselchen Quark auf den Tisch, welche sie aus der Speisekammer hinter der Küche geholt hatte. „Langt zu!", sagte sie; und während die Männer das Brot in den Quark tunkten und aßen, übernahm sie das Wort: „Wisst ihr, worüber ich mich wundere? Wenn ihr schon dem Johann dazu ratet, auszuwandern, und selbst gerne mitgehen würdet, warum fragt ihr nicht eure Frauen, was die dazu sagen?"

Henrich musste grinsen. Dorothea war seine zweite Frau. Die drei Mädchen waren von Maria, die vor drei Jahren gestorben war, aber Doro hatte ihm den kleinen Johann Jakob, den Stammhalter, geschenkt. In sie war er noch immer frisch verliebt. Sie war eine resolute Frau, die genau wusste, was sie wollte. Sie ließ sich nicht die Butter vom Brot nehmen und haute auch schon mal auf den Tisch, wenn die drei Mädels herumbockten. Er schaute sie herausfordernd an: „Ja, gut. Bitte sehr! Was sagt mein Eheweib dazu?"

Doro atmete tief durch: „Ich würde auswandern, Henrich, und zwar zusammen mit einer zuverlässigen Gruppe, wo sich jeder auch einmal um die Kinder kümmern kann. Allein in die Fremde zu gehen, ist ein großes Risiko. Ich muss oft an meine Verwandten aus Lambsheim denken, also die Familie vom Bruder meines Vaters, wozu auch meine Lieblingscousine gehörte. Sie sind damals auch mit einer großen Gruppe fortgezogen. Sie gehörten zu den Neutäufern und hatten deswegen viel Ärger mit der Obrigkeit.

Wann sie genau ausgewandert sind, weiß ich nicht mehr genau. Ich muss meinen Vater fragen."

Dann wandte sich Dorothea an Marten: „Ich glaube übrigens nicht, dass du zu alt bist, Marten. Du bist gesund und kräftig wie ein Vierzigjähriger. Du kannst gut mit Kindern umgehen, unterhältst sie mit deinen Späßen und Liedern und bringst ihnen sogar das Flötespielen bei. Und wenn du schon den Bruder deines zukünftigen Schwiegersohnes in Amerika hast, der euch gewiss aufnehmen würde, was kann euch oder uns allen eigentlich Besseres passieren? Viele Bekannte, Verwandte und Freunde sind schon dort. Wir wären dort drüben nicht allein. Du solltest mit deiner Juditha und den Kindern darüber sprechen! Ich kann mir vorstellen, dass wir alle zusammen fortgehen."

Eine Weile mussten alle erst einmal verdauen, was Henrichs Weib da von sich gegeben hatte. Aber ihr Vortrag war noch nicht zu Ende:

„Und du, Johann, hör auf, dich selbst zu bedauern! Was hast du denn hier zu verlieren? Selbst dein Vater rät dir zum Auswandern. Schau nach vorn! Wolltest doch sowieso auf Wanderschaft gehen! Du hast uns einmal von Schulmeister Stoever erzählt, der jetzt in Pennsylvanien lebt. Du kennst seine Kinder. Auch wenn du allein auswandern müsstest, hast du für den Anfang jemanden, der dir gewiss weiterhelfen würde."

Johann Jung schluckte ob des Angriffes ein wenig, aber er wusste, dass Dorothea Stentz recht hatte. Er sagte: „Kommenden Sonnabend macht der Neuländer in Albersweiler noch eine weitere Werbeveranstaltung. Wir sollten uns alle dorthin begeben und hören, was er zu sagen hat. Ich wäre jedenfalls froh, wenn ihr alle dabei wäret."

„Das kommt mir sehr gelegen", meinte Marten. Juditha und ich wollten ohnehin meinen Bruder Christophel dort besuchen. Dem geht es gesundheitlich nicht gut und er hat außerdem Geburtstag."

Besuch in Albersweiler, Sonnabend, 23. November 1732

Eine Woche später, kurz nach Mittag, kamen Johann und Theobald Jung zu Johannes Traut`s Gehöft, um zusammen mit dessen Familie nach Albersweiler zu Christophel und Anna zu fahren. Sie konnten Johannes davon überzeugen, dass es das Beste wäre, wenn sie das Kutschieren übernehmen würden. Die drei älteren Traut-Kinder hatten sich entschlossen, zu Hause zu bleiben und die Tiere zu versorgen. So konnte der Rest der Familie, nämlich die Eltern, Christoph und die kleine Barbara, bequem in der Bauernkutsche sitzen. Zum Glück sah Johann Jung inzwischen wieder einigermaßen ansehnlich aus. Die Schwellung über der Nase war verschwunden und die Kratzer im Gesicht hatten nur kleine Narben hinterlassen.

Da es schon etwas kühl war, hatte man Decken mitgenommen und umgehängt. Die Fahrt durch die kurpfälzischen Orte Mörzheim, Ilbesheim, Ranschbach und Birkweiler würde bis Albersweiler mehr als zwei Stunden dauern. Johannes und Katharina hatten zwar von der Schlägerei in Landau vor einer Woche gehört, aber sie hielten sich mit Fragen an Johann zurück, worüber der sehr froh war. Hinter Mörzheim fuhren sie fast nur noch durch eine flache Landschaft aus Weingärten, die inzwischen größtenteils abgeerntet waren. Trauben, die jetzt noch hingen, wurden erst beim ersten Frost gepflückt, um Eiswein daraus herzustellen.

Die kleine Barbara, die zum ersten Mal so lange unterwegs war, sah immer wieder etwas Interessantes und die Eltern sahen es als willkommene Abwechslung, ihre Fragen zu beantworten.

„Warum macht der Mann da so einen Krach mit der Klapper?"

„Das ist ein Weinhüter. Er muss die Vögel vertreiben, sonst fressen sie die Beeren auf."

„Warum dürfen die Vögel keine Beeren essen?"

„Aus den Beeren soll Wein gemacht werden."

„Was sollen die Vögel dann essen?"

„Sie sollen wegfliegen und woanders Beeren suchen, von Bäumen und Büschen, aber keine Weintrauben."

Christoph langweilte sich ein wenig, aber er freute sich auch schon auf die Überraschung in Albersweiler. Marten hatte ihm gesagt, er solle unbedingt seine Flöte mitbringen und dass Anna Maria auch da sein würde. Seinen Eltern hatte Christoph nichts verraten.

Johann Jung und sein Vater hielten abwechselnd die Zügel. Auf der Straße zwischen Mörzheim und Ilbesheim waren nur wenige Leute unterwegs, meist Bauern, die noch in ihren Weingärten etwas zu tun hatten. Ein kleiner Hügel mit einer Kapelle ragte deutlich aus der Landschaft heraus, die kleine Kalmit. „Hier wird Safran angepflanzt", sagte die Mutter zu Christoph und strich dabei über das Leinentuch im Korb, unter der die Lussekatter lagen, die sie am Abend zuvor zahlreich gebacken hatte.

„Kann ich ein Stück haben?", fragte die kleine Barbara.

„Du hast doch gerade erst Mittag gegessen", sagte der Vater in ernstem Ton. „Wenn wir in Albersweiler sind, essen wir alle zusammen Kuchen."

Barbara machte ein bockiges Gesicht und schaute dabei ihren Bruder an.

„Sie kann mein Stück haben", entschied Christoph, „ich mag Lussekatter nicht besonders." Das stimmte zwar nicht, aber er wollte verhindern, dass Barbara zu weinen anfing und der Vater dann böse wurde. Und bestimmt war später doch noch ein Lussekatter übrig.

„Na gut, wenn du meinst, Christoph." Die Mutter fingerte einen gelbbraunen Hefekringel unter dem Tuch hervor und reichte ihn der Kleinen, deren Gesicht sofort wieder strahlte. „Schmeckts?", fragte Christoph. Sie hielt ihm den Lussekatter hin, aber Christoph biss nicht ab.

Johann Jung drehte sich um: „Darf ich mal kosten, Barbara?"

Johann bekam von seinem Vater einen Stups auf den Hinterkopf: „Es wird nicht gebettelt! Außerdem bist du schon ein großer Junge!"

Das brachte alle zum Lachen. Die kleine Barbara bekam davon einen solchen Schluckauf, sodass die Mutter ihn auskurieren musste mit: „Luft anhalten und Hände nach oben!"

Kurz vor Ranschbach, am Fuße des Neukasteler Berges mit der Burgruine, sagte die Mutter: „Theobald, kennst du den Weg zur Kaltenbrunn-Quelle?" Als der bejahte, war man sich bald einig, dass es eine gute Idee sei, für den kranken Christophel einen Krug des heiligen Heilwassers mitzubringen.

Vor langer Zeit hatte es bei der Marienwallfahrtsstätte einmal eine Kapelle gegeben, die aber zerstört worden war. Im Sommer zog es dort immer noch viele Wallfahrer hin, die sich vom Wasser der Kaltenbrunn-Quelle Linderung oder Heilung ihrer Krankheiten erhofften. Jetzt aber begegneten sie niemandem.

Theobald Jung bog vom Hauptweg ab und fuhr unterhalb des bewaldeten Berges entlang bis zu einer Wiese, die von hohen Kastanienbäumen umgeben war und auf der vereinzelt noch gelbe Blumen wuchsen. Sie stiegen alle vom Wagen und begaben sich zu dem heiligen Ort. Nicht weit von den überwachsenen Resten der einstigen Kapelle plätscherte die Kaltenbrunn-Quelle.

Christoph kniete sich nieder und schöpfte den Krug voll, den ihm die Mutter gegeben hatte. Alle tranken zuerst einen Schluck des kühlen, wohlschmeckenden Heilwassers. Dann wurde der Krug noch einmal für Christophel gefüllt. Die kleine Barbara pflückte derweil auf der Wiese einen Strauß der gelben Löwenmäulchen, die hier bis in den späten Herbst wuchsen.

Auf Feldwegen umfuhren sie Ranschbach, kamen durch Birkweiler, und trafen dort auf das Flüsschen Queich, das oben in den Bergen seine Quelle hat. Die Landschaft stieg langsam an. Die Haardt-Berge schienen sich in den Weg zu stellen, so dicht bauten sie sich vor ihnen auf. Rechts oben, auf einem Hügel im Gebirge war die Ruine der Madenburg zu erkennen und weiter links auf einem Bergsporn die Burg Trifels, die berühmte Burg, in welcher einst die

Reichsinsignien verwahrt wurden und in der man den englischen König Richard Löwenherz nach einem Kreuzzug 1193 gefangen gehalten hatte. Einst hatten die Mönche vom Eußerthaler Kloster die Reichsinsignien auf der Burg Trifels verwahrt. Aber das war alles schon lange her. Das Kloster war während des Bauernkrieges geplündert worden und die Mönche verschwanden für immer. Wo all die vielen Schätze geblieben waren, blieb ein Rätsel. Sogar eine Orgel war abhandengekommen. Nach dem Dreißigjährigen Krieg hatten sich geflüchtete Hugenotten aus dem Piemont in den stark beschädigten Gebäuden ansiedeln dürfen. Sie betrieben bald eine bemerkenswerte Landwirtschaft, pflanzten Maulbeerbäume und stellten Seide her. Mit ihnen begann wohl die Seidenspinnerei von Monsieur Ferré in Landau.

Aber dann hatte Ludwig XIV. beschlossen, alle Hugenotten umbringen zu lassen. Es sollte nur eine wahre Religion geben, den Katholizismus. Die Hugenotten versuchten erneut, ihr Leben zu retten, und wurden in alle Winde verstreut. Viele nahm der Kurfürst von Brandenburg auf, viele aber kamen auch in die Kurpfalz.

Der Seidenhändler, Monsieur Ferré lag nun schon einige Jahre in Steinweiler begraben und seine Witwe in Lancaster County, Pennsylvania. Bald zeigte sich ein herrlicher Blick auf Albersweiler. Der spitze Turm der Bergkirche, die eine Simultankirche war, ragte linker Hand aus dem Talkessel heraus. Albersweiler war ein Grenzort. Die Hauptstraße trennte das Herzogtum Pfalz-Zweibrücken von der Herrschaft Löwenstein-Scharfeneck. In Richtung Sankt Johann wuchsen kleine Wohnhäuser langsam den Berg hinauf. Die Orte St. Johann, Dernbach, Ramberg und Bindersbach gehörten zur Herrschaft Löwenstein-Scharfeneck.

Bei einer Kurve mitten im Ort überquerten sie die Queichbrücke, die auf Zweibrücker Seite lag. Dort wurde gerade ein neues, großes Haus fertiggestellt.

Die Steine dazu kamen aus dem Gneissteinbruch hoch oben über dem Ort, wo es nach Eußerthal ging.

Jetzt war die Zeit für den Oberschultheißen Wendel Metzger gekommen. Hier in Albersweiler an der Queich ließ er das neue Gasthaus „Zum Hirsch" bauen. Es hatte Platz genug für Stallungen, vor allem aber für die Weinlagerung. Metzger stand gerade vor der Giebelfront und unterhielt sich mit einem Malermeister. Das Gasthaus sollte noch eine Inschrift am Torbogen erhalten, aus dem hervorging, wer der Besitzer war, sowie das Datum der Fertigstellung. Theobald hielt kurz an und rief herüber: „Gott zum Gruß, Oberschultheiß. Ich bin beeindruckt. Ein prachtvolles Haus ist das!" Wendel Metzger schaute sich um: „Ach, ihr seid es, die Junges und die Trauts. Danke für das Kompliment. Aber was treibt denn heute die ganzen Impflinger ins Zweibrückische?"

„Wir wollen zu meinem Onkel Christophel", antwortete Johann Jung.

„Ach ja. Das hätte ich fast vergessen. Grüßt ihn von mir. Und viel Spaß beim Familientreff!"

Wendel Metzger hatte sich schon wieder dem Malermeister zugewandt, der ungeduldig auf Anweisungen wartete.

Christophel und Anna wohnten in einem kleinen Fachwerkhaus, nicht weit von der Schleuse, in einer Gasse am Kanal. Hans Martin öffnete die Tür und begrüßte sie freudestrahlend: „Nur herein in die gute Stube, auf dass das Haus voll werde!" Er reichte seinem Cousin Johannes die Hand, der den Händedruck erwiderte. Christoph war froh. Er hatte schon gedacht, dass die beiden sich schlimm gestritten hatten. Das kam öfter vor, was bedauerlich war, denn Marten war immerhin sein Lieblingsonkel.

Am großen Tisch im Wohnzimmer hatte sich rundum bereits eine illustre Gesellschaft versammelt. Da waren die drei unverheirateten Kinder von Marten: Elisabeth, Appolonia und Heinrich, dann Theo und seine Frau Margaretha mit dem Baby Johannes aus Ottersheim sowie Henrich Stentz mit Töchterchen Anna Maria und Elisa aus Godramstein. Die neu Angekommenen begrüßten alle, wobei sie sich die Hand gaben oder umarmten. Christophel saß am Kopfende zusammengesunken in seinem alten Lehnstuhl, einem Erbstück der verstorbenen Schwiegereltern und den auch schon seine Schwägerin Barbel überlebt hatte. Er sah schmal und blass aus, hatte kaum noch Haare auf dem Kopf und ab und zu musste er husten. Aber er war froh gelaunt: „Ich freue mich, dass ihr auch noch gekommen seid, habe euch ja alle schon lange nicht mehr gesehen."

Theobald Jung stellte den Krug mit dem Heilwasser vor ihn auf den Tisch und sagte: „Alles Gute, Schwager. Möge das Wasser von der Kaltenberg-Quelle dir Linderung verschaffen."

„Gib Onkel Christophel den Korb mit den Lussekattern!", flüsterte die Mutter Christoph zu. Er überreichte Christoffel den Korb und umarmte ihn: „Alles Gute zum Geburtstag." Christophel hob das Leinentuch vom Korb und sofort zeigte sich auf seinem Gesicht ein freudiges breites Grinsen. Aber dann kam seine Frau, Anna und nahm ihm vorsichtig den Korb aus der Hand: „Nicht dass du alles alleine isst, mein Guter!" Sie brachte die Lussekatter vorerst in die Küche. Christophel zog eine traurige Miene.

Da ging die kleine Barbara mit den selbst gepflückten Löwenmäulchen zu ihm und machte einen Knicks. Einige der Pflanzen hatten noch

Wurzeln. Christophel strich über ihren Blondschopf und lachte. „Braves Mädchen, einige der Blumen können wir ja direkt wieder einpflanzen." Anna meinte: „Da hast du recht. Ich sortiere sie später aus."

Dann stellte sie den dicken Strauß in eine Vase auf den Tisch und bemerkte, dass ein paar Stühle fehlten. Da sie aber keine mehr hatten, blieb ihr Blick an Elisa und Johann Jung hängen: „Auf dem Hof steht noch eine Bank, holt sie doch mal rein!"

„Machen wir", sagte Johann und war froh, dass er eine Gelegenheit bekam, mit Elisa unter vier Augen zu sprechen. Allerdings war er nicht erfolgreich. Elisa wollte nicht mit ihm reden. „Lass mich einfach in Ruhe!", fuhr sie ihn an und beeilte sich, so schnell es ging, die Bank mit ihm ins Zimmer zu tragen.

Als Christoph Anna Maria begrüßte, brachte er sie zum Lachen. Es wirkte wie ein Zaubertrick, als er ein Stück seines Ärmels hochschob und sie darunter die Flöte entdeckte. „Meine ist noch in der Manteltasche", kicherte sie.

Juditha hielt den kleinen Johannes, ihr erstes Enkelkind, auf dem Arm und amüsierte sich köstlich über den Kleinen, der gerade anfing zu sprechen. „Sag mal Johannes!" Der Kleine lächelte und sagte: „Jo-Jo-Jo!" Sie kitzelte ihn ein wenig an der Brust und sagte: „Du bist der Johannes! Jo han nes!" Alle Augen der Verwandten waren liebevoll auf das Baby gerichtet. „Jo-Jo-Jo!", kreischte der Kleine.

„Bist du aber niedlich", sagte die kleine Barbara. Sie hatte ihm ihren Zeigefinger hingehalten und er hatte ihn sofort mit seinen dicken Händchen umklammert. Christoph und Anna Maria gesellten sich dazu, zogen lustige Grimassen und sprangen dabei in die Höhe. Da fing der kleine Bub plötzlich ganz laut zu lachen an und konnte sich kaum beruhigen.

Nachdem Johann und Elisa mit der Bank zurückkamen und alle Platz genommen hatten, sagte Anna: „Theo und Margaretha, holt ihr mal noch Bier und Tee aus der Küche und einige Becher und Tassen!"

„Und nun genug mit der Alberei in Albersweiler!" Anna holte selbst zwei Schüsseln aus der Küche, eine mit Fettgebäck und die andere mit den Lussekattern, die sie in die Mitte des Tisches stellte.

Dann faltete Christophel die Hände: „Lasset uns beten." Alle sprachen das Vaterunser.

„Amen", raunte die kleine Gesellschaft.

„Greift zu", sagte Christophel.

„Nein, einen Moment noch, Bruder!", rief Marten: „Christoph und Anna Maria möchten noch ein Lied auf der Flöte spielen."

Anna Maria holte die Flöte aus der Manteltasche und stellte sich gegenüber von Christoph auf. Der nickte ihr zu und sie begannen leise zu spielen: *„All mein' Gedanken, die ich hab ..."*

„Sollen wir noch was spielen?", fragte Christoph. Und da alle klatschten, spielten sie weiter: „Alleweil ein wenig lustig"und „Ach Elslein, liebes Elselein".

Die Verwandten klatschten und lobten die beiden Kinder. Hans Martin war stolz, dass sie es geschafft hatten, die Lieder fehlerfrei zu spielen. Er hatte ja auch lange genug mit ihnen geübt.

Als die anderen bereits nach den leckeren Kuchenteilchen griffen, sagte Marten: „Kinder, macht erst mal eine Pause und esst! Sonst futtern die Erwachsenen euch noch alles weg!"

Der Nachmittag verging wie im Flug. Nachdem Johann Jung seinem Onkel Christophel die besten Grüße von Oberschultheiß Metzger überbracht hatte, unterhielten sich die Männer ausgiebig über diesen, wobei sie sich jedoch nicht einig waren, ob bei dem alles mit rechten Dingen zuging. „Der kauft noch das ganze Queichtal auf", sagte Christophel. „Jetzt will er die Mühle von unserem Friedrich Zeiß auf dem Geiskopf bei Elmstein an sich bringen und auch dessen Sägemühle. Und bei den Gerbern in Annweiler, besonders bei den Pasquays geht er auch ein und aus und wird sich da wohl bald etwas unter den Nagel reißen. Außerdem bescheißt er die Schutzjuden bei den Weinabgaben. Aber das muss man ihm erst noch beweisen."

Er musste husten und sich kräftig in sein Sacktuch schnäuzen, was Theodor Jung die Gelegenheit gab, das Gespräch zu übernehmen: „Metzger ist ein schlauer Fuchs. Er weiß genau, wie er sein Amt nutzen kann, um seine Batzen zu vermehren. Er hat auch bei den Wappenschmieden seine Hände im Spiel und sein Einfluss auf die Herzogin von Zweibrücken ist wahrscheinlich nicht zu unterschätzen in diesen Übergangszeiten, bis der Sohn regieren kann."

„Da hast du recht", meinte Marten. „Auf jeden Fall ist es aber von Vorteil, sich mit Metzger gut zu stellen, wer weiß, wozu man den noch einmal brauchen kann."

Er schaute sich dabei in der Runde um, die sich entschlossen hatte, später zum „Gasthof Hirsch" zu gehen, um den Vortrag des Neuländers anzuhören. Sein Blick blieb bei Johann hängen, der betreten nach unten schaute. Vom Auswandern wollten Johann und Katharina nichts mehr wissen. Die Erinnerungen an die missglückte Ausreise 1709 wogen zu schwer, um wieder daran erinnert zu werden.

Anna hatte die Frauen und Kinder um sich geschart und zeigte ihnen die hübschen, handgroßen Elwetritschen, die Christophel zuletzt geschnitzt hatte, kleine hühnerartige Figuren, mit Menschen-

oder Tiergesichtern.

„Warum schnitzt Onkel Christophel diese Elwetritschen und macht nicht Flöten wie Onkel Marten?", fragte Christoph.

„Na, ja, er hat eben mehr Spaß am Schnitzen und Fantasieren als am Musizieren. Und weil er selbst noch nie eine Elwetritsche gesehen hat, macht er sie so, wie die Leute sie beschreiben."

„Gibt es denn überhaupt solche Lebewesen?", wollte Anna Maria wissen.

Da machte Anna große Augen: „Natürlich. Aber sie sind ja keine rechten Lebewesen, sondern Elfen. Es gibt viele davon, aber man kann sie schwer finden. Sie verstecken sich im dunklen Wald und in den Weinbergen."

„Und warum verstecken sie sich?", wollte die kleine Barbara wissen.

„So etwas machen eben Feenwesen. Manchmal erschrecken sie jemanden, manchmal zeigen sie einem Verirrten den Weg", antwortete ihre Mutter.

„Ihr könntet hier übernachten", meine Anna.

„Nein, danke, das geht nicht", erwiderte Katharina. „Du hast ja bereits den ganzen Heuboden voll mit Johann und Theobald, Henrich und Hans Martins Sippe. Wir haben Henrich auch schon versprochen, seine Anna Maria wieder nach Hause mitzunehmen.

Zum Abschied sagte Christophel zu Christoph und Anna Maria: „Weil ihr so schön für mich Flöte gespielt habt, dürft ihr euch jeder eine Elwetritsche aussuchen. Ich schenke sie euch und passt gut auf. Vielleicht seht ihr eine Richtige, wenn ihr nachher durch die Weinberge nach Hause fahrt. Dann könnt ihr mir beim nächsten Mal erzählen, wie sie aussah."

Albersweiler, abends im Hirsch

Der Neuländer hatte sich gut auf seine Veranstaltung im Hinterzimmer des „Gasthofs zum Hirsch" vorbereitet. Über einen Nagel an der Wand brachte er eine Weltkarte an. Wenn vielleicht auch nicht jeder eine solche Karte verstand, so machte sie doch einen großen Eindruck. Der kleine Gastraum war voll belegt. Mit so viel Nachfrage hatte der Neuländer gar nicht gerechnet. Außer drei oder vier Leuten aus Albersweiler waren viele aus der Umgebung gekommen. Oberschultheiß Wendel Metzger war allerdings nicht zugegen. Johann Jungs Gruppe hatte sich um ihn geschart, sein Vater, Henrich Stentz, Elisa Bauer und Marten Traut mit seinen erwachsenen Kindern Theo, Elisabeth, Appolonia und Heinrich. Der Neuländer Friederich hatte Johann Jung sofort wiedererkannt und ihm freundschaftlich die Hand geschüttelt. Nachdem alle bereit waren, zuzuhören, begann er in fast familiärem Ton zu erzählen:

„Ich bin selbst als junger Bursche mit meinen Eltern und Geschwistern von Durlach nach Amerika ausgewandert. Meine Familie betreibt dort inzwischen ziemlich erfolgreich Landwirtschaft und verkauft Obst und Gemüse auf den Märkten von Philadelphia und Germantown, aber auch weiter westwärts bis Lancaster. Ich selbst bin kein so guter Bauer. Ich bevorzuge das Reisen. Aber wenn ich nur die richtige Frau fände, die mit mir kommen wollte, könnte ich mir auch gut vorstellen, sesshaft zu werden, Kinder zu haben und ein gutes Stück Land zu bearbeiten." Der Neuländer grinste wirkungsvoll in die Menge. Johann dachte sich seinen Teil. So einer hatte es bestimmt nicht schwer bei den Frauen. Er sah gut aus und verdiente gewiss einiges mehr als ein Schuhmacher. Konnte er sich sonst so gut geschneiderte Anzüge aus bestem Wollstoff leisten?

„Gut, Leute, Spaß beiseite!", meinte der Neuländer und begann nun ausführlich zu erzählen, was ein Auswanderer vor seiner Reise bei den Ämtern erledigen musste, was er mitnehmen sollte und wie die Reise ablaufen würde.

Auf der Landkarte zeigte er die Reiseroute, sodass sich jeder eine Vorstellung von der gewaltigen Entfernung machen konnte, vom Rhein hinunter bis Rotterdam, von dort in die englische Hafenstadt Dover und dann über den Atlantik bis nach Philadelphia.

Er umkreiste mit einem Zeigestock die große Landkarte und sagte: „Inzwischen leben die meisten Pfälzer Auswanderer hier. Das ist Pennsylvanien. Von den Engländern werden die Pfälzer „Palatines" oder „Dutch people" genannt. Überhaupt wird alles, was aus Rotterdam kommt, egal ob holländisch oder deutsch, als „Dutch" bezeichnet. Die Pfälzer haben sich in den letzten Jahren verstärkt hier niedergelassen." Er zeigte mit dem Finger auf Philadelphia, den großen Fluss Delaware und dann auf den Schuylkill, einen der westlich verlaufenden Nebenflüsse. „Das hier ist das bevorzugte Siedlungsland der Pfälzer, etwa 40 Meilen von Philadelphia, am Nebenfluss des Schuylkill, dem „Tulpehocken". So nennen die Pfälzer Kolonisten dieses Gebiet. Es hat aber mit Tulpen nichts zu tun, sondern mit Schildkröten. Die Einwanderer haben es irgendwie von den Indianern, die dort wohnen, falsch verstanden. Tulpehocken ist eine fruchtbare, wald- und wasserreiche Gegend. Inzwischen gibt es dort auch Wassermühlen."

Der Neuländer gab sich Mühe, jede Frage, die ihm gestellt wurde, zur Zufriedenheit zu beantworten. „Nein, vor den Ureinwohnern, den Indianern braucht man keine Angst zu haben. Sie leben mit den Auswanderern in gutem Einklang. Sie treiben Handel mit ihnen, verkaufen Pelze von Zobel und Marder und rauchen mit ihnen die Friedenspfeife."

„Und Piraten?" „Das sind doch Märchen aus alten Zeiten, als es noch Francis Drake gab, der für die englische Königin Elizabeth I. Schiffe überfallen hatte. Das war 150 oder mehr Jahre vorher. „Und der Piratenkapitän Blackbeard?" Der wurde 1718 geköpft und im Meer versenkt."

Die Reise sollte am 10. April in Heilbronn losgehen. Der Neuländer selbst würde an Ort und Stelle sein und sie auf der Reise begleiten. Zuerst würden sie den Neckar hinunterfahren. Wer in Mannheim zustieg, musste am Mittwoch, dem 15. April, am Mannheimer Neckarhafen sein. Von dort würde die Fahrt am nächsten Morgen weitergehen, über Mainz, Bingen, Koblenz und Köln. Von dort würden sie in ein niederländisches Schiff wechseln und über Düsseldorf und preußisch Kleve schließlich Holland und das End-ziel, Dordrecht erreichen. Mit Fuhrwerken ging es dann zum Hafen in Rotterdam. Dort würden sie einem großen Frachtschiff zugewiesen, das ungefähr 300 Leute unterbringen konnte. Jeder würde einen Schlafplatz von 6 Fuß Länge und anderthalb Fuß Breite bekommen, in doppelten Bettstellen. Täglich würde es ein Maß Bier und zwei Maß Wasser geben, außerdem sechs Pfund Brot die Woche. Täglich würde es Essen nach einem Speiseplan geben.

Er las vor:

„Sonntags ein Pfund Rindfleisch mit gekochtem Reis,
Montags Gerste oder Reis mit Sirup,
Dienstags ein Pfund Rindfleisch mit Reis oder Gerste,
Mittwochs Gerste oder Reis mit Sirup,
Donnerstags ein halbes Pfund Schweinefleisch mit Erbsen,
Freitags Stockfisch mit einem Pfund Butter,
Samstags ein Pfund Weizenmehl und ein Pfund Käse."

Das hörte sich alles recht gut an. Die große Reise über den Atlantik würde etwa zwei Monate dauern, manchmal wegen schlechter Wetterbedingungen auch etwas länger. Da sie in die englischen Kolonien auswanderten, mussten sie den Eid auf King George II. leisten, der übrigens England und Hannover in Personalunion regierte und der Schwager des Preußenkönigs Friedrich Wilhelm I. war. In Pennsylvanien vertrat ein Gouverneur die Rechte des englischen Königreiches. Der Neuländer sagte ihnen auch, was sie mitnehmen sollten an sonstigen wichtigen Dingen des alltäglichen Bedarfs. Es durfte allerdings nicht mehr Platz einnehmen als vier Schuhe lang und zwei Schuhe hoch, damit man im Schiff noch genug Platz hatte. Es war gut, ein paar eiserne Handwerkszeuge, wie z.B. Axt, Hacke, Säge, Hammer mitzunehmen.

Philadelphia war zwar seit seiner Gründung[39] schon zu einer großen Stadt angewachsen, in der es viele Dinge gab. Werkzeuge waren allerdings noch Mangelware. Auf Leinenballen für Bettwäsche sollte man aber lieber verzichten. So etwas konnte man besser an Ort und Stelle kaufen, denn darauf waren die Zollkosten hoch und das Leinen konnte auch auf der langen Überfahrt wegen des Salzwassers gänzlich verdorben werden. Großen Wert legte der Neuländer auf die Reisepapiere. Man sollte unbedingt vorher die Manumissionsgebühr und das Abfahrtsgeld bei den entsprechenden Ämtern entrichten. Die Impflinger mussten dies beim Unteramt in Billigheim tun. Der Kurfürst Carl III. Philipp bestätigte dann in einem Schriftstück, dass man sich aus der Leibeigenschaft freigekauft hatte und der Amtmann schrieb, dass man ein ehrbarer Mensch war und nirgendwo Schulden hinterlassen hatte. Das war immer ein brauchbarer Nachweis, den man zur Identifikation vorzeigen konnte. Man sollte keinesfalls riskieren, illegal auszuwandern. Der Landesfürst konnte dann die hinterlassenen Häuser und Besitztümer einziehen oder sogar versuchen, den Leibeigenen wieder einzufangen und ihn zu bestrafen. Mit dem Beleg aber war man rechtmäßig aus der Staatsbürgerschaft entlassen, also kein Bürger der Kurpfalz mehr oder im Falle von Albersweiler kein Bürger der Herrschaft Zweibrücken. Die Fahrtkosten, die etwa so hoch waren wie drei Jahresgehälter, konnten sofort bar bezahlt werden gegen Erhalt eines Tickets oder spätestens in Philadelphia. Dort musste man dann einen Redemptioner-Vertrag unterzeichnen. Das bedeutete, dass jemand in Pennsylvanien für ihn die Überfahrt bezahlte und er bei diesem seine Reisekosten abarbeiten musste. So bekam auch ein völlig mittelloser Auswanderer die Chance, in die Freiheit zu gelangen.

Am eindringlichsten blieben Johann Jung die mahnenden Worte im Gedächtnis: „Schaut euch doch um, Leute! Glaubt wirklich noch einer von euch, dass Frankreich keinen Krieg mehr führen wird? Ihr solltet jetzt handeln, euren Mut und Verstand benutzen und nicht warten, bis alles zu spät ist."

Stammtisch in Impflingen, Dienstag, 03. Februar 1733

Als Johannes etwas verspätet die Gaststätte „Zur Kronen" betrat, waren bereits alle Stammtischmitglieder anwesend, Schultheiß Merckert, der alte Michel Vögely, Hans Martin, sein Sohn Theo und sein Bruder Johann der Fleischer.

Johannes legte die Frankfurter Zeitung auf den Tisch und ließ sich erschöpft auf den freien Stuhl plumpsen. Der schon recht alterssichtige

---

39 Philadelphia wurde 1681 von William Penn als Hauptstadt von Pennsylvania gegründet.

Vögely glaubte, seinen Augen nicht zu trauen, als er die Überschrift las. „Was denn, der August von Sachsen und König von Polen, ist am Sonntag gestorben?" Dann fügte er geringschätzig hinzu: „Wahrscheinlich ist seine Majestät an zu fettem Essen oder einem zu üppigen Saufgelage verreckt, vielleicht ist ihm auch die neue Mätresse nicht bekommen."

Alles lachte. Er fügte hinzu: „Aber was geht das uns an? Polen und Sachsen sind weit weg und schließlich muss jeder einmal den Weg in den Himmel oder in die Hölle antreten. Gott sei seiner Seele gnädig."

Der Wirt brachte Johannes einen Krug Bier, der erst einmal einen tiefen Schluck davon nahm. Hans Martin, der ihm gegenübersaß, prostete ihm zu und wandte sich dann kopfschüttelnd an Vögely: „Ne, Michel. Ich denke, dass uns der Tod des Polenkönigs August sehr wohl etwas angeht. Wir haben doch einen Polenkönig im Exil, den Stanislaus Leszczynski, den Schwiegervater von Ludwig XV. Wenn der mal nicht zurückwill auf seinen Thron!"

Schultheiß Merckert erhob Einspruch: „Stanislaus kann nicht so einfach zurück nach Polen und Ludwig XV. hat kein Recht, seinen Schwiegervater auf den Thron zu setzen. Der König von Polen wird nach Recht und Gesetz vom Adel des Landes gewählt. Es sei denn, Stanislaus stellt sich erneut einer Wahl und gewinnt."

Johann der Fleischer pflichtete ihm bei: „Das stimmt. Ich denke, es wird alles durch die Erbfolge geregelt, so wie es nach dem Tod des Schwedenkönigs Karl XII. war. Neuer König von Schweden wurde Friedrich von Hessen-Kassel; das Herzogtum Zweibrücken ging an Gustav Samuel, Herzog von Kleeburg und später an Christian III. Der Stanislaus hatte allerdings stets das Nachsehen; er war wohl ein echter Pechvogel. König Karl XII. hatte ihm den Tschifflik geschenkt, aber als er dann plötzlich gestorben war, nahm ihm Gustav Samuel alles wieder weg."

„Tschifflik? Du meinst wohl Schuhflick, Onkel Johann!", warf Theo ein, der die besondere Gabe besaß, mit seinen seltsamen Witzigkeiten ständig zu unterbrechen.

„Von Schuhflick kann bei dem Schlösschen wohl nicht die Rede sein", warf Schultheiß Merckert ein und drehte dabei wohl wissend an seinem Schnauzbart herum. „Ich würde gern darin wohnen, wenn ich es geschenkt bekäme. Ich kenne den Tschifflik, nicht weit von Zweibrücken, mit der schönen Parkanlage, den Wasserspielen und der Fasanerie. Recht hübsch liegt es, umgeben von Wald."

Johann der Fleischer fügte hinzu: „Ich habe den Stanislaus 1718 in Landau kennengelernt, nachdem er den Tschifflik verlassen musste. Damals trachtete August der Starke nach seinem Leben und er musste sich unter den Schutz der französischen Garnison begeben.

Stanislaus hat oft an meinem Fleischstand auf dem Marktplatz eingekauft und war bei den Leuten sehr beliebt, weil er sich gern mit ihnen unterhielt. Ich habe später erfahren, dass er mit seiner Familie von Landau aus nach Weißenburg ins Exil ging. Dort soll er noch vier Jahre im „Ancien Hopital" gelebt haben und dann im Loire-Schloss Chambord. Er sah aus wie ein Dragoner, lange dunkle Haare und ein nach oben gezwirbelter Schnauzbart. Durch seine auffallend hohe Stirn wirkte er sehr klug."

„Jetzt wird er wohl eine gepuderte Perücke am Hofe tragen müssen, damit man ihm seine Klugheit nicht mehr ansieht", lästerte Theo schon wieder.

Ein paar Bauern am Nachbartisch, die schon etwas angeheitert waren, mischten sich ebenfalls ins Gespräch. Einer meinte: „Ich kenne den Stanislaus auch noch aus Landau. Sein Französisch war das Komischste, was ich je gehört habe. Er sprach es mit einem rollenden R. Es klang immer wie „prout, prout." „Roch es auch so?", rief ein anderer dazwischen. „Ich glaube eher, er roch nach Eau de Cologne, das damals bei den Herrschaften in Mode kam."

Da das Gespräch drohte, ins Lächerliche zu laufen, forderte Johannes seinen Cousin lautstark auf: „Johann, erzähl mehr von Stanislaus, es ist sehr interessant, was du da erlebt hast!"

Johann der Fleischer räusperte sich und sprach weiter: „Stanislaus war etwa 1718/19 in Landau. In seiner Nähe war immer eine französische Leibgarde. Manchmal ging er mit seiner Tochter Maria, die damals etwa 15 Jahre alt war, über den Wochenmarkt. Ich hatte beobachtet, dass sie sich Malfarben und Papier kaufte und einmal sogar eine Gitarre."

„Meinst du mit Maria, die Gemahlin des Franzosenkönigs, Onkel?", wollte Theo wissen, „von der erzählen sich die französischen Soldaten, dass sie einmal als kleines Kind bei einer plötzlichen Flucht vergessen worden sei, und dass man sie später in einem Schweinetrog wiederfand."

„Ach weißt du, Theo", wies Johann der Fleischer seinen Neffen in die Schranken, „ich glaube, die Mätressen am Versailler Hof haben diese Geschichte erfunden, um die Königin lächerlich zu machen. Sie bilden sich wohl ein, dass eine französische Mätresse mehr wert ist als eine Königin von polnischer Herkunft. Mir tut sie leid. Bestimmt ist sie bei all den Intrigen in Versailles recht unglücklich. Ja, die Königin Maria ist vielleicht keine große Schönheit, etwas klein und pummelig. Aber kommt es nicht eher darauf an, ob sie ein gutes Eheweib ist? Jetzt ist sie dreißig Jahre und hat ihrem Gemahl schon sechs Kinder geboren. Ludwig XV. musste sie übrigens schon heiraten, als er erst fünfzehn war."

Dazu fiel Theo auch etwas ein: „Die französischen Soldaten machen sich nicht nur über die Königin lustig, sondern auch über ihren König. Sie fragen dich: „Weißt du, warum Ludwig XV. nicht selbst regiert, sondern sein ehemaliger Hauslehrer Fleury? Nein, nicht weil ein Lehrer alles besser weiß. Der König hat gar keine Zeit fürs Regieren! Er kommt ja nicht einmal aus dem Bett, weil er die Thronfolge der Bourbonen sichern muss! Sie nennen Ludwig XV. auch den viel Geliebten."

„Na, ja", räusperte sich Schultheiß Merckert, dem Theos Beitrag gelegen kam.

„Wenn unser französischer König das Bett dem Schlachtfeld vorzieht, brauchen wir wohl auch nichts zu befürchten."

Johannes hatte die ganze Zeit stillschweigend zugehört. Dann fragte er: „Könnte nicht auch der Sohn von August dem Starken König werden?"

„Könnte er, wenn er sich zur Wahl stellt und gewählt wird", meinte Schultheiß Merckert.

„Und was ist, wenn Frankreich unbedingt Stanislaus auf dem Thron sehen will?"

Merckert dachte ein wenig nach: „Egal ob Stanislaus oder Augusts Sohn oder irgendein anderer adliger Pole gewählt wird, alles wird nach polnischem Recht und Gesetz geregelt."

Hans Martin, der inzwischen zu viel getrunken hatte, schlug bei Merckerts letzten Worten mit der Faust auf den Tisch, dass die Humpen wackelten, und erhob sich: „Ne, Schultheiß! Ich glaube, die Franzosen scheren sich einen Dreck um polnisches Recht und Gesetz. Sie wollen den Stanislaus auf dem Thron haben und wenn er nicht gewählt wird, helfen sie nach. Schon der Sonnenkönig hat gemacht, was er wollte. Warum sollte es sein Urenkel jetzt anders machen?"

Schultheiß Merckert gestikulierte, als könne er damit Hans Martin beruhigen. Aber das brachte den nur noch mehr in Rage: „Die Franzosen haben sich doch längst einen Schlachtplan ausgedacht. Ihr könnt ja mal bei eurem Amtskollegen Wendel Metzger in Albersweiler nachfragen, der weiß bestimmt schon mehr!"

Johannes ärgerte sich über seinen Cousin: „Sag mal, Marten, ist dir etwa das Bier zu Kopf gestiegen? Was hat Wendel Metzger denn mit den Franzosen zu tun?"

„Na, was wohl, Johannes? Der steckt seine Nase doch überall rein, wo es nach Geld riecht, bei den Gerbern in Annweiler, bei den Müllern entlang der Queich, in Queichhambach bei den Weinbauern und in der Wappenschmiede von Albersweiler."

Johannes entgegnete ärgerlich: „Na und? Aber Metzger hat doch nichts mit Politik am Hut! Der ist doch nur ein guter Geschäftsmann und tut eine Menge für Albersweiler und das ganze Queichtal. Hat er nicht die Streitigkeiten um die Bergkirche beendet? Und setzt er sich nicht bei der Herzogin in Zweibrücken für den Bau einer neuen lutherischen Kirche ein? Lässt er sich nicht etwas einfallen, damit die einheimischen Weinbauern und die Schutzjuden ein gutes Auskommen haben?"

„Hast du eine Ahnung, Johannes! Klar, dein Metzger ist ein netter Typ. Er hat schon immer seinen Vorteil gesucht, hat andere beschissen und ist reich geworden!"

„Ja und?", entgegnete Johannes: „Nur wer Geld hat, kann etwas bewirken. Metzger bescheißt übrigens nicht, er denkt ein ganzes Stück weiter! Er hat doch gerade erst auf eigene Kosten ein neues Gasthaus bauen lassen. Das hast du doch selbst gesehen! Glaub mir, wenn der so reich wäre, wie du denkst, dann hätte er und nicht der Hofbankier Schmaltz das neue Schloss in Zweibrücken finanziert. Metzger ist doch auch nur ein Untertan, wenn auch in höherem Rang!"

„Eben! Was meinst du, was Metzger tun wird, wenn die Franzosen Viehfutter oder Brot brauchen? Hast du darauf auch eine gute Antwort?"

Johannes schüttelte den Kopf: „Du, Marten, musst immer alles schlecht machen und alles besser wissen! Du redest gegen die Franzosen, die Landesherren und überhaupt alle Obrigkeiten."

Merckert und der alte Vögely versuchten, wieder Ruhe in die Auseinandersetzung zu bringen, was ihnen jedoch nicht gelang. Immer wieder gerieten Marten und Johannes aneinander und Theo stand natürlich auf der Seite seines Vaters.

Mit Marten hatte man es nicht leicht. Wenn er zu viel getrunken hatte, konnte er recht grob werden. Er war ein starker Mann und obwohl er älter war als Johannes, hielt er ihn mit seiner rechten Faust wie ein Lumpenbündel fest und brüllte: „Entweder bist du bescheuert oder blind, Johannes! Glaubst du etwa, dass du die Franzosen kennst, nur weil du ihnen dein Gemüse auf dem Markt verkaufst?"

Johann der Fleischer, Martens jüngerer Bruder, war dazwischen gegangen: „Lass den Unsinn, Marten! Wollt ihr euch die Köpfe einschlagen wegen der Franzosen? Wir können sowieso an der Politik nichts ändern!" Auch Theo redete auf seinen Vater ein: „Komm, beruhige dich!", was aber das Gegenteil bewirkte. Außer sich schrie er: „Ach, leckt mich doch alle! Ich habe den Erbfolgekrieg erlebt, nicht ihr! Ich kenne die Franzosen besser!"

Schließlich beendete der Wirt den Abend, indem er abrechnete und die Wirtschaft schloss.

15. April 1733 - Die Auswanderer nehmen Abschied von Impflingen.

Am Mittwoch früh gegen 9 Uhr war es so weit. Die drei Wagen mit dem Gepäck der zweiundzwanzig Auswanderer waren beladen und standen bei der Kirche für die große Reise nach Amerika bereit. Die Wagen wurden von Johannes, Johann dem Fleischer (Onkel von Johann Jung) und dem Senior Vögely bereitgestellt und auch gefahren. Der reformierte Pfarrer Satorius hatte die Impflinger Bevölkerung gebeten, zur Kirche zu kommen, um Abschied zu nehmen.

Die Dorfbewohner, Nachbarn, Verwandte und Freunde, ja selbst der alte und der junge Schulmeister Le Beau waren gekommen. Es war ein Abschied für immer von Menschen, mit denen sie viele Jahre zusammengelebt hatten und verwandt, verschwägert oder gut befreundet waren. Hans Martin, mit seinen sechsundfünfzig Jahren war der Älteste, ein Urgestein des Ortes, ein Weinbauer mit Herz und Seele. Mit ihm kamen seine Frau Juditha und vier ihrer erwachsenen, noch unverheirateten Kinder, Heinrich, Appolonia, Barbara und Elisabeth, sowie sein ältester verheirateter Sohn Theo mit Frau Margaretha und dem eineinhalbjährigen Johannes. Zur Familie des neununddreißigjährigen Schuhmachers Henrich Stentz gehörten seine Frau Maria Dorothea, die Töchter Anna Maria, Catharina und Dorothea, im Alter von elf, sieben und vier Jahren sowie das eineinhalbjährige Söhnchen Jacob. Weitere Auswanderer waren: der zwanzigjährige Schuhmacher Johann Jung (Sohn von Hans Martins verstorbener Schwester Appolonia), die angehenden Schwiegersöhne: der Müller Georg Ley, der Bauer Hans Peter Hofmann und der Schmied Franz Weiss. Der dreizehnjährige Heinrich Ley (Bruder von Georg Ley), der achtundzwanzigjährige Weber Johannes Vögely und seine Frau Barbara.

Pfarrer Satorius sprach über den Auszug der Israeliten aus Ägypten und wünschte, dass sie das gelobte Land Kanaan in Amerika fänden. Dann betete er mit der versammelten Gemeinde:

„Gott, der Vater, sei euer Leben.
Gott, der Sohn, euer Weg,
Gott, der Heilige Geist, euer Beistand:
Und der Segen des allmächtigen Gottes,
des Vaters und des Sohnes und des Heiligen Geistes
komme auf euch herab und bleibe bei euch allezeit.
Amen."

Man verabschiedete sich mit Umarmungen und vielen Tränen, aber auch mit Küssen und Glückwünschen für die mutige Entscheidung zum Auswandern. Der alte und der junge Schulmeister le Beau schüttelten jedem zum Abschied die Hand und wünschten Glück und viel Kraft für den Neuanfang.

Viele wären vielleicht gern mitgekommen, aber letztlich fehlte ihnen der Mut. Ja, mutig musste man auch sein, wenn man in eine unbekannte, abenteuerliche Welt ging. Was nahmen diese Auswanderer nicht alles auf sich! Man hörte so viele schlimme Geschichten von Piraten, die die Schiffe überfielen und von Indianern, die den Weißen die Köpfe skalpierten. In den Wäldern lebten viele wilde und gefährliche Tiere. Vielleicht musste man auch den Rest seines Lebens als Sklave verbringen oder ging im großen Ozean mitsamt dem Schiff im Sturm unter. Dann blieb man doch besser zu Hause, wo man alles kannte und alles berechenbar war, auch wenn der Hunger manchmal im Magen zwickte.

Christoph hatte seinen Vater davon überzeugen können, die Verwandten und Freunde mit Pferd und Wagen zum Neckarhafen nach Mannheim zu fahren. Er hatte nur kleinlaut gesagt: „Sie wissen nicht, was sie tun". Trotz vieler Querelen, die der Vater immer mit Hans Martin hatte, tat er jedoch seinem Sohn den Gefallen. Er wusste nur zu gut, dass es besonders für Christoph schwer sein würde, seinen geliebten Onkel Marten und seine engsten Spielgefährten, Anna Maria Stentz und Heinrich Ley zu verlieren. Er würde sie sehr vermissen.

Johann der Fleischer, Hans Martins Bruder, hatte allen noch ein Paket mit Wurst, Speck, Schinken und Schmalz zugesteckt, das wohl bis Rotterdam reichen würde, wenn man es vernünftig einteilte. Er hatte auch das Haus von Marten zu einem Spottpreis abgekauft, aber mit allem Geld, was er überhaupt frei machen konnte. Er hatte damit für seine eigenen Kinder vorgesorgt, aber eigentlich hatte er es getan, damit Marten die Reisekosten zahlen konnte. Hoffentlich verstand Marten es auch so.

Bevor sie zum Dorf hinausfuhren, sangen alle das Auswandererlied und viele winkten mit Tüchern hinterher:

„Jetzt ist die Zeit und Stunde da.
Wir reisen nach Amerika.
Der Wagen steht schon vor der Tür.
Mit Weib und Kindern ziehen wir.
Ihr Freunde all und wohlbekannt,
Reicht mir zum letzten Mal die Hand.
Ihr Freunde, weinet nicht so sehr.
Wir sehen einander nimmermehr."

Einige Dorfkinder liefen eine Weile lachend und johlend neben den Pferdewagen her.

Johannes saß auf dem Kutschbock und führte die kleine Wagenkolonne an, denn er war der Einzige, der diesen Weg schon einmal gefahren war, zuerst in Richtung Landau am Ebenberg vorbei, dann die Straße entlang des Gebirges, über Edenkoben, Neustadt und Mutterstadt in Richtung Mannheim am Rhein.

Es war ein lauer Frühlingstag mit blauem Himmel, weißen Wolken und Sonnenschein. Die Forsythien und Weidenkätzchen blühten ringsum und leuchteten wie Gold und Silber in der Sonne. Die Singvögel waren aus dem Süden zurückgekommen und zwitscherten in den Büschen und Bäumen am Straßenrand. Auf den kleinen Feldern ringsum waren die Bauern mit ihren Ochsen und Pferden geschäftig bei der Frühjahrsbestellung.

Die drei Fuhrwerke fuhren hintereinander. Sie waren nicht nur voll beladen mit Menschen, sondern auch hoch bepackt mit Koffern und Kisten. Die Kinder, Christoph, Anna Maria und Heinrich saßen auf dem ersten Wagen, zusammen mit Anna Marias Eltern, ihren Geschwistern und Johann Jung. Dann folgte der Wagen mit Hans Martin und seiner Familie und den Schluss machte das frisch vermählte Paar Vögely mit den zukünftigen Schwiegersöhnen von Hans Martin.

Christoph war traurig, wenn er daran dachte, dass er alle bald nicht mehr um sich haben konnte. Marten, Juditha, seine Cousins und Cousinen und seine besten Freunde. Nie wieder würde er mit Anna Maria zusammen zur geheimnisvollen Brücke nach Queichheim laufen, nie wieder mit Heinrich Robinson Crusoe spielen.

„Amerika ist doch nicht auf dem Mond", meinte Heinrich, „du kannst ja später nachkommen." Anna Maria ergriff Christophs Hand und schaute ihn lächelnd an: „Heinrich hat recht. Wenn du alt genug bist, kommst du zu uns. Versprichst du das?"

Christoph nickte und antwortete leise: „Ich verspreche es." Johann Jung versuchte auch noch seinen Teil zur Aufmunterung beizutragen: „Na klar, Christoph, Anna Maria und du, ihr wollt doch einmal heiraten, oder? Wenn du alt genug bist, feiern wir alle zusammen Hochzeit in Amerika."

Er schaute dabei Anna Marias Eltern an, die sich darüber ein wenig amüsierten und schließlich meinten: „So Gott will, wird es geschehen."

Christoph verinnerlichte das Gesagte und begriff, dass alles nur eine Zeit der Trennung war, die vorübergehen würde. Trauern nützte nichts. Er musste nur stark sein und immer an sein Ziel denken, dann würde alles gut werden. Amerika war erreichbar, sobald er erwachsen war. Mit diesem Gedanken konnte er leben und er fühlte sogar, wie er ihn stark machte.

Auf dem nachfolgenden Wagen sangen Martens erwachsene Töchter sowie die Schwiegertochter Margaretha noch einmal das Auswandererlied. Es klang eigentlich recht traurig, aber Martens kleiner Enkel Johannes, der auf Judithas Schoß saß, kreischte vor Freude. Sie putzte ihm die Nase mit ihrem Taschentuch. Der Kleine würde es einmal besser haben und in Freiheit auf einem eigenen Stück Land aufwachsen. Es war gut, dass sie jetzt auswanderten, denn viele sprachen davon, dass es in der Pfalz bald wieder einen Krieg geben würde.

Nach etwa vier Stunden Fahrt entlang des Haardt-Waldes hatten sie Edenkoben und Maikammer hinter sich gelassen und fuhren auf Neustadt zu. Auf der Höhe eines Berges war die rußgeschwärzte Ruine der Kästenburg[40] zu sehen, die im Pfälzischen Krieg 1688 durch französische Truppen stark beschädigt worden war. Irgendwie hatte sich Johann Jung daran erinnert, dass Elisa einen Mann aus Neustadt heiraten sollte. Vielleicht war das schon geschehen. Er meinte: „Sollten wir uns und den Pferden hier nicht eine Pause gönnen, Johannes?" Das Schiff geht ja erst morgen früh.

Es war gerade um die Mittagszeit, die Frühlingssonne wärmte ein wenig. Also stiegen alle vom Wagen, vertraten sich die Beine und aßen und tranken eine Kleinigkeit aus dem Paket vom Fleischer Johannes, während die Pferde am Wegesrand grasten.

Christoph gesellte sich zu seinem Onkel Marten, lehnte seinen Kopf an dessen Schulter und sagte: „Ich würde am liebsten mitkommen." Marten strich ihm mit seiner derben Bauernhand über die rotbraunen Locken. Der Junge war ihm ans Herz gewachsen, fast wie sein eigenes Kind. Christoph hatte sich mehr als seine eigenen Kinder fürs Flöte-spielen interessiert. Und wie viel Spaß sie dabei hatten. Wie hatte er gelacht, wenn er zu ihm sagte: „Na, soll ich dir die Flötentöne beibringen?" Er versuchte, ihn und sich zu trösten: „Ach Junge, du gehörst doch zu deinen Eltern und Geschwistern. Nimm es nicht so schwer. Weißt du, Christoph, dein ganzes Leben lang musst du dich von etwas oder jemandem trennen. Das ist nun einmal so. Gott hat uns dieses Schicksal auferlegt. Aber er meint es wohl nur gut damit. Es macht dich stärker, macht einen Mann aus dir. Mit der Zeit bist du nicht mehr traurig, sondern denkst an alle schönen Erlebnisse mit Freude zurück."

„Aber soll ich von jetzt an immer nur schöne Erinnerungen haben, Onkel Marten?", fragte Christoph resigniert.

„Ach, Unsinn! Das Leben geht doch weiter, Junge. Wart mal ab! Es sind doch nur noch ein paar Jahre, bis du erwachsen bist." Marten versuchte, ein fröhliches Gesicht dabei zu machen: „Kopf hoch, Junge! Schlag schon ein, komm!" Sie reichten sich die Hände und Marten nickte ihm vertraulich zu. Da gab es keinen Zweifel mehr.

---

40 Kästenburg ist der frühere Name des Hambacher Schlosses bei Neustadt.

Christoph wusste, dass er sie eines Tages alle wiedersehen würde.
Sie glaubten ja alle daran, Anna Maria, Heinrich und auch Marten.
Nun lag es allein an ihm. Er musste irgendwann dieses Versprechen einlösen.

Henrich Stentz und seine Frau Doro beschäftigten sich mit dem kleinen quirligen Jakob, was nicht einfach war. Er wollte immer laufen. „Komm, Christoph!", meinte Anna Maria. Wir nehmen ihn beide in die Mitte und gehen ein Stück hin und her.

Sie spazierten also mit Anna Marias Stiefbrüderchen an der Hand ein paar Runden um die Wagenkolonne. Am letzten Wagen standen Heinrich und sein Bruder Georg. Sie hatten gerade eine lautstarke Auseinandersetzung. Heinrich zog dabei ein bockiges Gesicht. Christoph vermutete, dass Heinrich eifersüchtig war, weil Georg sich mehr um seine Verlobte Elisabeth kümmerte als um ihn. Das andere Kleinkind, Johannes, der Sohn von Theo, war im gleichen Alter wie Jakob und kreischte laut. Also nahm Juditha ihn auch an die Hand und folgte Christoph und Anna Maria. „Die beiden werden zusammen aufwachsen und immer schön zusammen spielen", meinte sie.

Anna Maria lachte: „Das glaube ich auch."

Nachdem jeder seine kleine Mahlzeit beendet und seinen Platz auf dem Wagen wieder eingenommen hatte, ging die Fahrt weiter.

In Neustadt fuhren sie über den Speyerbach in die Innenstadt. Viele Karren und Fuhrwerke waren unterwegs zu den Läden oder den Feldern, sodass sich der dreiteilige Wagencorso auflösen musste. Man verabredete sich, auf der Mannheimer Schanze bei der Gier-fähre aufeinander zu warten. Das würde voraussichtlich gegen fünf Uhr nachmittags sein. Hinter Neustadt verließen sie die Wein-anbaugebiete und bogen in die flache Ebene des weiten Rheintales ab. Zuerst umfuhren sie ein größeres Wäldchen, kamen durch kleine Ortschaften und Ansiedlungen, fuhren an weiten Feldern vorbei, auf denen Bauern bei der Frühjahrsbestellung waren, sahen Bäche und Windmühlen, Fischweiher und Wiesen, auf denen Schafe oder Rinder weideten und hin und wieder graue Reiher, die wie im Boden verankerte Stöcke wirkten.

Die Kinder hatten sich ein Spiel ausgedacht, flüsterten sich irgend-etwas ins Ohr und lachten. Heinrich flüsterte plötzlich: „Nicht so laut, der Johann schläft doch gerade!"

Johann Jung hatte zwar die Augen geschlossen und schien in der Mittagssonne zu dösen, aber das friedliche Bild täuschte. Gedanken und Bilder stiegen in sein Bewusstsein. Er dachte an den Markttag in Landau, die Schlägerei im Kaufhaus und an die große Enttäuschung mit Elisa, an den Tag in Albersweiler, als er versucht hatte, sich wieder mit ihr zu versöhnen, was ihm aber nicht gelungen war. Und jetzt ging er für immer fort und würde sie nie wieder sehen. Der Neuländer hatte das Leben in Amerika in den schillerndsten Farben beschrieben. „Ein Mann kann dort sein Glück machen, so viel Land bekommen, wie er wollte, und eine Familie gut davon ernähren." Vielleicht war das gut für einen Bauern wie Marten und seine Familie. Aber er war Schuhmacher. Dass er viel Land haben konnte, begeisterte ihn nicht besonders. Er ging nach Amerika, um dem Gerichtsprozess mit dem Krämer Rebstock zu entkommen, der nun sogar einen Prozess in Colmar anstrebte. Noch vor einem halben Jahr hatte alles so gut ausgesehen. Da wollte er auf Wanderschaft gehen, hatte sich in Elisa verliebt und gehofft, sie würde auf ihn warten. Er wollte später in Landau ein Geschäft erwerben. Und jetzt ging er in die Fremde, um das alles zu vergessen und ein ganz anderes Leben anzufangen. Für ihn war es eher eine Flucht als eine Auswanderung. Der Neuländer hatte ihm klargemacht, dass er nur einmal im Frühjahr nach Heilbronn kam und von dort aus die ganze Reise bis nach Amerika organisierte. Er hatte zugreifen müssen. Die Auswandererschiffe fuhren nur im Sommer über den Atlantik und die Nachfrage war groß. Vielleicht war das wirklich die einzige Chance und der Neuländer würde nicht noch einmal hierherkommen. Sein Vater und der Stadtschreiber befürchteten nicht nur, dass der Krämer ihm das Leben schwer machen würde, sondern dass überhaupt schlimme Zeiten auf die Kurpfalz zukommen könnten. Wenngleich der Vater traurig war, dass Johann für immer fortging, so sprach er ihm doch Mut zu: „Versuche, in Amerika dein Glück zu finden, mein Junge."

Bald darauf waren alle zusammen zum Unteramt nach Billigheim gefahren und hatten die Auswanderung beantragt, Marten und seine Familie, die Stentzens, Vögelys und er. Ob Schultheiß Merckert oder auch Wendel Metzger ein gutes Wort für sie eingelegt hatten, war nicht klar, jedoch zu vermuten, denn es hatte keinerlei Schwierigkeiten gegeben. Alles war schnell und reibungslos vor sich gegangen. Sie zahlten ihre Manumissions- und Abwanderungs-gebühren und bekamen in kürzester Zeit die Genehmigung zur Ausreise mit der Unterschrift des Kurfürsten und des Amtmannes. Danach hatten sie den Reisevertrag mit dem Neuländer abgeschlossen. Alles war sehr schnell gegangen.

Immer weiter fort bewegten sie sich vom Pfälzer Wald, der mit der Entfernung immer diesiger wurde, als sollte er langsam ausgelöscht werden. Hinter Mutterstadt führte die Straße zuerst ein wenig aufwärts, dann aber ständig bergab. Von den Pfälzer Bergen war nichts mehr zu sehen. Hinter einer von Büschen und Bäumen versteckten Siedlung kam bald ein anderes Gebirge wie eine graue Hintergrundkulisse zum Vorschein, der Odenwald. Sie bewegten sich langsam darauf zu. Aber plötzlich war auch dieses Gebirge verschwunden und vor ihnen breitete sich das weite Rheintal aus.

Mannheimer Schanze

Sie kamen an einer stark beschädigten Wehranlage direkt am Rheinufer an, der Mannheimer Schanze. Sie ähnelte den vorgelagerten Bastionen in Landau. Der Rhein, um den es immer wieder Kriege mit den Franzosen gegeben hatte, floss friedlich dahin. Am gegenüberliegenden Ufer des Flusses reihten sich prachtvolle Bauten einer großen Stadt aneinander, die bedeutender sein musste als Landau. Eine Gierfähre hatte gerade dort festgemacht. Christoph staunte. Ein gewaltiges Schloss und hohe Kirchen und Türme wurden vom rot goldenen Sonnenlicht bestrahlt. „Das muss die neue Residenz unseres Kurfürsten Carl III. Philipp sein", sagte sein Vater, der sich daran erinnerte, dass es dieses riesige Bauwerk 1709, als er mit Katharina und den Zengers auswandern wollte, hier noch nicht gab.

Sie stiegen alle vom Wagen, denn sie wollten erst über den Rhein setzen, wenn die anderen Wagen angekommen waren. Der kleine Jakob Stentz konnte endlich seine Gehversuche an Land fortsetzen. „Ich glaube, wir müssen ihm die Windeln wechseln", sagte seine Mutter, holte einen frischen Lumpen aus dem Beutel und ging mit dem Kleinen und Anna Maria ein Stück abseits des Ufers, wo sie ihn aus seinem Duftkissen befreiten und den Inhalt ins Ufergras schütteten. Anna Maria wusch die Windel am Ufer, wrang sie aus und übergab sie der Stiefmutter, die dem Kleinen damit den Hintern abputzte. Ob der kalten nassen Prozedur fing der kleine Jakob jämmerlich an zu weinen. Als er jedoch wieder sauber eingewickelt war und seine Geschwister lustige Grimassen schnitten, beruhigte er sich schnell und lachte mit. „Wasch die Windel noch einmal durch und wring sie dann recht gut aus, Anna Maria", sagte die Stiefmutter, „Hänge sie über den Wagen in die Sonne, damit sie trocknet."

Christoph war inzwischen mit seinem Vater und seinem Freund Heinrich am Rheinufer entlang gegangen, wo ein paar Fischer in blauen Kitteln und schenkellangen Stiefeln ihre Angeln auswarfen. Einer saß auf einem Stein, nahm einen Wels aus, entschuppte und entgrätete ihn, legte das Fleisch in einen neben ihm stehenden Kessel, der mit Wasser gefüllt war und warf die Innereien in hohem Bogen zurück in den Rhein. „Ich koche gleich eine schöne Fischsuppe. Wollt ihr auch?", fragte er. „Ja, das ist eine gute Idee", meinte Johannes. „Wir sind den ganzen Tag von Landau her gefahren. Es wäre gut, etwas Warmes im Bauch zu haben, allerdings kommen noch welche dazu. Wir sind mit Kind und Kegel zweiundzwanzig." „Nein", meinte Christoph, da fehlen noch die drei Kutscher." „Und ich esse für zwei", bemerkte Heinrich grinsend.

„Das kriegen wir schon hin", sagte der Fischer, „wir werden noch ein paar Fischlein fangen und auf einen Schluck Wasser mehr oder weniger kommt es nicht an."

Von Mannheim her kamen zwei Pferdefuhrwerke mit der Gierfähre an und fuhren an Land. Auf ihrem Wagen befand sich keine Ladung. Der Ältere der beiden Kutscher winkte ihnen im Vorbeifahren zu: „Gude! Ihr seht aus wie Auswanderer. Wir kommen gerade vom Neckarhafen. Haben Verwandte hingebracht. Das Heilbronner Schiff hat gerade angelegt."

Wenige Minuten später tauchten von der anderen Seite auch die beiden anderen Fuhrwerke der Impflinger Auswanderer auf. Alle waren froh, wieder zusammen zu sein.

Der Fischer hatte inzwischen die Fischsuppe im Kessel zubereitet, die über dem Feuer köchelte. Es roch kräftig nach Knoblauch und Fisch. Der Duft stieg in die Nasen und machte den Mund wässrig. Sie holten jeder ihre Schüsselchen und Löffel aus dem Gepäck, setzten sich auf Steinen am Sandstrand nieder und schlürften die heiße Suppe, die sie nach der langen Fahrt gut aufwärmte.

Christoph, Heinrich und Anna Maria saßen nebeneinander, löffelten die schmackhafte Fischsuppe und aßen einen Kanten Brot dazu. Vor ihnen lagen der Rhein und das schöne Panorama der Residenz-stadt mit dem kurfürstlichen Schloss, ein Bild des Abschieds, das sie wohl nie vergessen würden.

„Hast du deine Flöte mitgenommen, Annemie?", fragte Christoph. „Oh ja. Ich werde darauf immer die Lieder spielen, die wir zusammen geübt haben."

„Das ist gut. Ich werde das auch tun."

„Schau mal, Christoph, was ich immer bei mir habe!" Heinrich stülpte seine Hosentaschen aus und zeigte, was er mitgenommen hatte: Messer, Feuereisen, Schlappschleuder und ein zusammen-gefaltetes Stück Leinen.

„Was ist das für ein Putztuch?", wollte Christoph wissen.

„Das ist kein Putztuch! Es ist eine Karte von Amerika, mit Philadelphia und New York, mit den Flüssen Delaware und Hudson und über-haupt dem Gebiet, wo wir siedeln wollen. Ich habe sie von der Karte des Neuländers mit Feder und Tinte abgezeichnet."

„Du kennst doch den Neuländer gar nicht", behauptete Christoph. Wie willst du dann an die Karte gekommen sein?" Heinrich grinste: „Du hast ja keine Ahnung!" Er faltete das Tuch auseinander. Christoph staunte, wie sauber Heinrich gezeichnet hatte. Er hatte sogar auf der

Karte vermerkt, wo Sonnenaufgang und Sonnenuntergang waren. „So etwas braucht man unbedingt in einem fremden Land. Stell dir vor, man verirrt sich. Ich will nicht, dass es mir so geht wie Robinson, der nicht wusste, wo er war." Für Heinrich war das ganze Leben ein Abenteuer. Etwas Besseres als das Auswandern konnte ihm gar nicht passieren, musste Christoph denken. Er beneidete ihn. Was hätte er darum gegeben, mit ihm zusammen ein echtes Abenteuer zu erleben, eine unbekannte Wildnis zu durchdringen, am Fluss Feuer zu machen, um die wilden Tiere fernzuhalten. Er konnte sich vorstellen, wie wichtig die Schlappschleuder werden konnte, wenn plötzlich ein Tier in die Flucht geschlagen werden musste und man kein Gewehr besaß.

Johannes zahlte dem Fischer einen annehmbaren Obolus für die gute heiße Suppe. Dann fuhren die drei Wagen auf der Gierfähre von der Rheinschanze aus ans Mannheimer Ufer hinüber.

Dort angekommen, ging es immer nördlich am Rheinufer entlang bis zu der Landspitze, wo der Neckar in den Rhein mündet. Dort mussten sie noch einige Minuten dem Neckar folgen, bis sie den Abfahrtshafen erreichten.

Das Auswandererschiff, ein Oberländer mit zwei Masten und Rudern, wie er auch als Marktschiff oder Diligence benutzt wurde, lag im Hafen bereit.

Der Neuländer Friederich ging vor dem Schiff in legerer Bekleidung, einer Kniebundhose, Wollstrümpfen und einer dicken blauen Wolljacke auf und ab und schaute sich in alle Richtungen um. Über der rechten Schulter trug er eine schwarze lederne Umhängetasche, in der er die Reiseverträge und Namenslisten aufbewahrte. Als er die drei Impflinger Wagen entdeckte, winkte er sie heran, verglich die genannten Namen mit denen auf seiner Liste und ließ sie unterschreiben. Christoph wunderte sich sehr, dass Heinrich dem Neuländer fast kumpelhaft auf die Schulter klopfte und der zu ihm sagte: „Na, Robinson, alles klar?"

Unweit des Kranes, wo Händler an Ständen verschiedene Waren verkauften und einige Auswanderer noch Einkäufe erledigten, standen zwei junge Frauen. Christoph glaubte, seinen Augen nicht zu trauen. Er stieß Johann Jung an und zeigte mit seinem Finger in diese Richtung. „Schau mal, dahinten, ist das nicht ...?"

Johann erkannte sie sofort: „Ja, das ist Elisa!" Er rief ihren Namen und als sie sich umdrehte, rannte er ihr entgegen.

Sie hatten sich in Albersweiler nicht ausgesprochen, aber jetzt umarmten sie sich. „Ich komme mit", sagte sie.

„Warum hast du uns denn nicht vorher etwas gesagt?", fragte Johann. Die Impflinger Verwandten und Bekannten umringten die beiden. Die Frau, die zuvor mit Elisa zusammengestanden hatte, erklärte: „Ich bin Elisas Freundin Sybilla aus Ilbesheim. Ich habe mich mit Friederich verlobt und Elisa erzählt, dass ich mit ihm nach Amerika auswandern werde. Schließlich konnte ich sie überzeugen, mitzukommen. Friederich hat uns geholfen, die Auswanderungs-papiere zu besorgen, und wir sind zusammen hierher gereist. Wir haben alles geheim gehalten, damit nichts schiefgehen konnte. Nicht einmal Elisas Eltern durften das wissen. Sollte sie etwa diesen schrecklichen Mann aus Neustadt heiraten oder gar noch für den Krämer bei Gericht aussagen?“

„Oh Gott, oh Gott!“, meinte ihr Onkel Johannes kopfschüttelnd: „Jetzt muss ich das alles wieder ausbaden und meiner Schwester erzählen, was ihre Tochter vorhat.“ Aber er nahm seine Nichte in die Arme und wünschte ihr alles Gute. „Pass auf sie auf!“, sagte er in ernstem Ton zu Johann Jung.

Auf dem Schiff waren bereits Leute untergebracht, die von Heilbronn losgefahren waren. „Sucht euch einen freien Platz aus“, sagte Friederich in freundlichem Ton zu den Neuankömmlingen. Johann Jung wusste noch immer nicht, was er von ihm halten sollte. Aber dass Elisa dabei war, änderte alles für ihn. Er musste nun keine traurigen Gedanken mehr an die Vergangenheit verschwenden. Auf seinem Gesicht zeigte sich ein zufriedenes Lächeln.

Nachdem das Gepäck der Auswanderer auf dem Schiff verstaut war, nahmen alle noch einmal Abschied voneinander.

Christoph umarmte Anna Maria. Dabei bemerkte er, dass sie die Kette trug, mit der Münze, die er ihr auf dem Markt in Landau geschenkt hatte. Das freute ihn und er sagte: „Wenn ich erwachsen bin, sehen wir uns ganz bestimmt wieder.“

„Ja, das werden wir“, antwortete sie und Tränen kullerten aus ihren großen braunen Augen über ihre Wangen.

Pennsylvania 1733

(gekürzter Auszug aus der Liste, nur mit den Auswanderern aus Impflingen)
Liste der Auswanderer, die in dem Schiff „Elizabeth", von Kapitän Edward Lee , Master aus Rotterdam, angekommen sind, bestätigt 27.August 1733
„List of foreigners imported in the ship Elizabeth, Edward Lee, Master, from Rotterdam. Qualified Aug. 27, 1733.
(Totals: 61 men, 50 women, 81 children, of whom 16 dead, 192 names, 176 living passengers)

JUNG, Johannes, 20, shoemaker
BAUER, Elisa, 22
STENTZ, Henrich, 39, shoemaker
STENTZ, Dorothea, 31
STENTZ, Anna Maria, 11
STENTZ, Maria Cathrina, 7
STENTZ, Maria Dorothea, 4
STENTZ, Hans Jacob, 1½
VÖGELI, Johannes, 28, weaver
VÖGELI, Anna Barbara, 26
WEISS, Franz, 27, smith
WEISS, Barbara, 20

Traut, Hans Martin, 56, farmer
Traut, Juditha, 52
Traut, Johann Theobald, 27, smith
Traut, Margareta Appolonia, 24
Traut, Johannes, 1½
Ley, Johann Georg, 28, miller
Ley, Elisabeth, 18
Ley, Johann Heinrich, 13
HOFFMAN, Hans Peter, 28, farmer
Hoffmann, Maria Appolonia, 24
UNSELD, Georg Friedrich, 34, weaver

Ankunft in Philadelphia[41]

Es war Donnerstag, der 27. August 1733, gegen Mittag. Nach acht Wochen meist stürmischer Fahrt über den Atlantik kam die „Elizabeth" endlich in einem der größten Häfen an der Ostküste von Amerika an. Philadelphia! Riesige Dockanlagen und Tavernen sowie eine unüberschaubare Zahl von Handelsschiffen und Fischerbooten breitete sich vor ihnen aus. Die Sonne meinte es gut und am blauen Himmel bewegten sich weiße Wolken. Dicht an dicht standen die Auswanderer an Deck und jubelten Kapitän Lee zu, der sie sicher ans Ziel gebracht hatte. Tränen der Freude und der Erlösung, aber auch der Trauer flossen, denn viele hatten ihre engsten Angehörigen dem Meer opfern müssen.

Hinter dem Hafen erhob sich die im Jahr 1682 von William Penn gegründete Stadt, die von dichtem Wald umgeben war, aber sich

---

41 Bedeutung: Philadelphia=„Stadt der brüderlichen Liebe", gegründet 1682 von dem engl. Quäker William Penn (14.10.1644 London-30.07.1718 Ruscombe UK).

bereits weit ausgedehnt hatte. Die Auswanderer waren überwältigt. Alles hier sah neu und modern aus, ganz anders als das, was sie aus ihrer Heimat kannten. Keine Stadtmauern, keine Verteidigungsanlagen und bastionierten Türme schlossen die Bewohner ein, sondern sie blickten auf neuartige hohe Gebäude aus rotem Backstein mit Türmchen obenauf und breite Straßen, zu denen jeder offenen Zugang hatte. So sah also ein freies Land aus, in dem Siedler unterschiedlichsten Glaubens mit Ureinwohnern friedlich zusammenleben konnten.

Anna Maria, die neben Heinrich stand, meinte: „Schade, dass Christoph das nicht sehen kann." „Bestimmt wird er das irgendwann mal", erwiderte Heinrich.

Am Kai war es laut, denn dort arbeiteten Hafenarbeiter an Kränen und Transportfahrzeugen und eine große Menschenmenge wartete ungeduldig auf die Neuankömmlinge. Einige hatten kleine oder größere Karren bei sich, manche sogar die großen Conestogawagen, vor denen starke Pferde gespannt waren. Entweder wollten sie Verwandte und Bekannte vom Hafen abholen, oder es waren Händler, die nach günstigen Arbeitskräften suchten, die sie für ein paar Jahre beschäftigen konnten. Manche hatten Schilder bei sich, auf denen stand, was sie suchten, nämlich bricklayer, maid, harvester, shoemaker, weaver, miller. Manche hatten auch die deutsche Bedeutung dazu geschrieben. Heinrich stellte sich auf die Zehenspitzen und versuchte, über die Köpfe der Erwachsenen hinweg seinen Bruder Christopher zu erspähen. Er hatte ja versprochen, sie abzuholen. Aber obwohl er ein recht groß gewachsener Junge war, gelang es ihm nicht. Zu viele Leute standen noch vor ihm und hatten Gepäck auf den Schultern, das die Sicht verdeckte. Alle waren sorgsam darauf bedacht, die Übersicht über ihr weniges Hab und Gut und ihre Angehörigen zu behalten. Besonders die Kleinsten, Jakob und Johannes, machten es schwierig, weil sie beschäftigt werden wollten. Anna Marias Stiefmutter war total überfordert: „Anna Maria und Heinrich, ihr müsst euch um die beiden Quälgeister kümmern!", sagte sie in einem Ton, der keine Widerrede zuließ. Anna Maria und Heinrich sahen das auch ein, denn anders ging es nicht. Alle mussten zusammenhalten. Anna Maria nahm den anderthalbjährigen Jacob auf den Arm und achtete darauf, dass ihre Schwestern, Dorothea und Catharina neben ihr blieben. Heinrich übernahm den kleinen Johannes von Theo, der die ganze Zeit schrie: „Omi, Omi!" und sich kräftig gegen seinen Aufpasser wehrte. Er konnte nicht verstehen, warum seine geliebte Großmutter Juditha nicht bei ihm war. Sie hatte sich doch sonst immer um ihn gekümmert, Lieder für ihn gesungen und ihn getröstet. Später, wenn der Kleine alt genug war, würden ihm seine Eltern, Theo und Margaretha, erzählen, dass die Großeltern sehr krank wurden und zusammen mit 16 anderen kleinen Kindern im Meer die letzte Ruhe gefunden hatten. Zuvor hatten sie noch auf dem Schiff die Nothochzeiten ihrer Töchter erlebt, Elisabeth mit Georg Ley und Barbara mit Franz Weiss.

Jetzt blieb keine Zeit zur Trauer und zum Rückblick. Alle mussten sich auf den Neuanfang im fremden Land einstellen und ihr Bestes geben.

Eine Schar frecher Möwen flog laut kreischend über ihre Köpfe hinweg. Heinrich versuchte, den kleinen Johannes zu beruhigen. „Schau mal da oben, Johannes!" Da lachte und gestikulierte der Kleine. Anna Maria sagte zu ihrem Stiefbrüderchen: „Das sind Möwen, Jakob! Die haben uns vom Meer abgeholt und uns gesagt, dass wir bald ankommen."

„Möwen, Möwen!", rief Jakob und klatschte seiner großen Schwester begeistert mit beiden Händchen ins Gesicht. Dorothea und Catharina fanden das zum Lachen, aber Anna Maria war ganz erschrocken: „Hör auf, Jakob, du tust mir ja weh! Sei wieder lieb!" Jakob lachte und gab ihr ein Küsschen auf den Mund. „Jakob wieder lieb."

„Schau mal da hinten, Anna Maria!" Heinrich zeigte auf ein Schiff, das er gerade entdeckt hatte.

„Ach ja, das ist die „Samuel", meinte Anna Maria, „die haben wir schon in Rotterdam gesehen. Die ist vor uns angekommen."

„Genau. Aber die „Hope", die wir ab und zu auf dem Meer überholt haben, fehlt noch."

„Bestimmt kommt sie auch bald an", erwiderte Anna Maria.

An Deck ging es nur im Schritttempo vorwärts, da jeder noch die vom Kapitän angeordneten Prozeduren durchlaufen musste, um als freier Mensch von Bord gehen zu können. Der Kapitän war verpflichtet, Rechenschaft über seine Fahrt bei der Regierung in Philadelphia abzulegen. Dazu musste er spätestens zwei Tage nach Ankunft des Schiffes die Passagierliste vorlegen. Er ließ nun jeden Einzelnen von einem seiner Offiziere überprüfen, der nach dem Namen fragte und diesen auf einem Stück Papier abhakte oder auch verbesserte. Elisa musste lachen, als sie feststellte, dass sie auf dem Papier nicht Elisabeth Bauer, sondern Eliza Bovern hieß und statt Vögely stand dort Fegley. Der Offizier wollte das gleich verbessern. Da er aber gerade von jemandem angesprochen wurde, blieben die falschen Namen wohl bis in alle Ewigkeit stehen. Nach der Überprüfung der Daten musste dann auch noch das medizinische Personal feststellen, ob man gesund war. Erst dann durfte der Untersuchte unter Aufsicht und in der Gruppe zum Courthouse geführt werden und dort den Oath of Allegiance[42], auf den englischen König George II. ablegen. Dann ging es noch einmal zum Schiff zurück, um das Gepäck abzuholen. Wer den Kapitän bezahlt hatte, war frei und durfte das Schiff verlassen. Wer noch keinen Käufer gefunden hatte, musste warten.

Elisa wurde weitergeleitet zum 1. Offizier, der feststellte, ob die Überfahrt noch bezahlt werden musste. Solche, die mit einem Redemptionervertrag auf das Schiff gekommen waren, wie Johann und sie und viele andere, mussten beiseite treten und auf einen Käufer warten, der sie auslöste, damit der Kapitän sein Geld bekam. Sie hofften beide auf einen Käufer, der sie zusammen freikaufte, aber das war nicht sicher. Auf der langen Fahrt mit dem Schiff hatten sie Zeit genug gehabt, sich auszusprechen und sich wieder zu vertragen, aber während Johann noch immer tiefe Gefühle für Elisa hegte, konnte sie nicht vergessen, wie brutal er sich auf den Krämer gestürzt hatte. Elisa akzeptierte Johann als ihren Cousin, aber die anfänglichen Gefühle für ihn waren erloschen. „Wir müssen beide eine Nachricht an Christopher Ley schicken, liebes Cousinchen, damit wir wissen, wo jeder untergekommen ist, falls wir uns trennen müssen", meinte Johann. Elisa nickte: „Es wird uns wohl nichts weiter übrig bleiben."

Nachdem die meisten Menschen das Schiff verlassen hatten, war es nicht schwer, Christopher, den ältesten Bruder von Georg und Heinrich, am Kai unter den vielen Menschen herauszufinden. Niemand hätte besser auf sich aufmerksam machen können als er. Wie eine große Statue überragte er die Menschenmassen, indem er sich mit einem Schild, worauf „Ley"stand, auf den Kutschbock seines Pferdewagens gestellt hatte.

Heinrich rannte vor Freude wie ein Wilder voraus und konnte seinen Bruder als Erster in die Arme nehmen: „Schön, dass du da bist, Robinson!" Sie wollten sich gar nicht mehr loslassen. Aber dann folgten alle anderen, die Trauts, Leys, Weiss`, Hoffmanns, Stentzens, Vögelis und Georg Unseld und wollten Christopher auch umarmen. Endlich sagte Georg: „Genug mit der Schmuserei, Leute! Wir müssen

---

42 Oath of Allegiance (Treueeid) Übersetzg. aus dem Englischen
"Wir, die Unterzeichnenden, Eingeborene und ehemalige Bewohner der Rheinpfalz und benachbarter Orte, die wir uns und unsere Familien in diese Provinz Pennsylvania, eine der Krone Großbritanniens unterstehende Kolonie, in der Hoffnung und Erwartung, dort eine Zuflucht und eine friedliche Niederlassung zu finden, verlegt haben, versprechen feierlich, dass wir seiner gegenwärtigen Majestät, König Georg dem Zweiten, und seinen Nachfolgern, den Königen von Großbritannien, treu und loyal sein werden, und dass wir uns allen Untertanen seiner Majestät gegenüber friedlich verhalten und die Gesetze Englands und dieser Provinz strikt beachten und befolgen werden, so gut wir können. „

uns doch in die Gruppe einreihen, die zum Courthaus geht. Sie warten schon auf uns."

Die Gruppe, die von einem der Schiffsoffiziere angeführt wurde, lief zuerst durch die Market-Street mit ihren ansehnlichen roten Backsteinhäusern, vorbei an den vielen Verkaufsständen mit Obst und Gemüse. Da es dort ein dichtes Gedränge gab, musste sich die Gruppe aufteilen. Vor dem Courthouse wollten sie aufeinander warten. „Schau mal da, Heinrich!" Anna Maria war ganz erschreckt und wollte ihren Augen nicht trauen. Ein großer beleibter Mann hatte eine Schar dunkelhäutiger Kinder unterschiedlichen Alters um sich versammelt, die recht ängstlich aussahen. Er bot sie zum Verkauf an: „Healthy, hardworking Negro children available for cheap! Gesunde, fleißige Negerkinder günstig zu haben!"

„Oh Gott! Sie tun mir so leid", sagte Anna Maria.

Heinrich beruhigte sie, obwohl er so etwas auch noch nie gesehen hatte: „Das ist hier ganz normal, Anna Maria. Robinson war auch ein Sklavenhändler. Die Schwarzen sind ja keine richtigen Menschen wie wir. Sie sind Sklaven aus Afrika und werden zum Arbeiten verkauft."

Anna Maria empörte sich: „Und Johann und Elisa werden ja auch verkauft, sind sie dann etwa auch keine richtigen Menschen? Sind sie dann auch Sklaven?"

„Das ist doch etwas ganz anderes!", erwiderte Heinrich.

„Ein Glück, dass ihr nicht verkauft werden müsst! Macht hier kein Palaver und beeilt euch lieber!", forderte Theo, der mit seiner Frau Margareta und dem kleinen Johannes auf den Schultern schnellen Schrittes an ihnen vorbeimarschierte.

Sie waren am Courthouse angekommen, einem eindrucksvollen zweigeschossigen Backsteinbau mit drei Gaubenfenstern auf jeder Dachseite und einem Glockentürmchen. An einer Giebelseite befand sich eine Außentreppe bis nach oben. „Bestimmt kann man von dort den ganzen Hafen überblicken", meinte Heinrich. Aber sie hatten keine Zeit und Gelegenheit dazu. „Komm schon, Heinrich, sonst sind wir die letzten und sie schimpfen uns wieder aus!", seufzte Anna Maria. Alle gingen in das Gebäude und die Treppe zum zweiten Stock hinauf. „Na endlich, ihr beiden. Kommt her!", ermahnte sie Henrich. Alle anderen aus der Gruppe hatten sich schon in eine Menschenschlange vor dem Aufnahmezimmer eingereiht.

Mehrere königliche Beamte saßen dort an den Tischen und forderten die Männer und Frauen auf, das wichtige Papier durchzulesen und zu unterschreiben und dann den Eid auf den englischen König, George II. zu sprechen. Da der Eid auf Englisch war und keiner die Worte verstand, übersetzte der jeweilige Beamte den Inhalt auf Deutsch und vermerkte die Anzahl der dazugehörigen Kinder.

Das Wort „Gott" kam seltsamerweise im Eid nicht vor. Aber immerhin waren sie nun Staatsbürger der englischen Kronkolonie Pennsylvania.

Vom Courthouse gingen alle gemeinsam zum Schiff zurück, um das Gepäck abzuholen und sich von Elisa und Johann zu verabschieden.

Aber die beiden waren nicht mehr da. Kapitän Lee wusste zwar, dass sie inzwischen ausgelöst worden waren, aber nicht, zu welchen Bedingungen, an wen und wohin. Darüber brauchte er keine Nachweise zu führen. Sie waren schließlich auch nicht die Einzigen, die mit einem Redemptionervertrag gekommen waren. Der 1. Offizier behauptete: „Soviel ich weiß, ist der junge Mann mit einem Schuhmacher mitgegangen, ich glaube nach Lehigh, und die hübsche junge Frau wurde von einem Mann mitgenommen, der Pfälzisch sprach. Wenn ich mich recht erinnere, wollten sie nach Germantown, also Deutscheschteddel."

„Haben sie denn keine Nachricht an uns hinterlassen?", fragte Henrich Stentz.

Der erste Offizier zuckte mit den Schultern: „Sorry, tut mir leid."

Die Auswanderergruppe machte sich Vorwürfe, weil sie nun nicht wussten, wo die beiden abgeblieben waren. Besonders aber Barbara Vögely, die sich auf dem Schiff eng mit Elisa angefreundet hatte, weinte: „Ich hatte ihr doch versprochen, sie nicht aus den Augen zu verlieren."

Leider hatte keiner von ihnen so viel Geld gehabt, um die Schiffskosten der beiden zu übernehmen. Eine Reise kostete ungefähr drei Jahresgehälter. Sie hatten schon alles, was sie besaßen, in der Heimat verkauft, Häuser, Vieh, Mobiliar und Ackergeräte, weil sie das Geld für den Neuanfang brauchten. Elisa und Johann aber besaßen nichts. Elisa war sogar heimlich von Zuhause weggelaufen.

„Es nützt ja nichts", meinte Henrich Stentz. „Wir können sie jetzt nicht suchen gehen. Sie werden sich sicher von selbst bei uns melden, sie haben ja von Christopher in Tulpehocken und von Pfarrer Stoever gehört."

„So ist es", stimmten schließlich auch die anderen zu. Jeder musste jetzt selbst zusehen, wie er zurechtkam. Johann und Elisa waren noch jung und stark und würden eben für ein paar Jahre dienen. Wer weiß, wozu es gut war. Die beiden waren ja auch selbst dazu bereit gewesen. Die Schwierigkeiten in der Heimat waren für sie unerträglich geworden. Hier hatten sie wenigstens irgendwann die Chance, über ihr Leben selbst zu bestimmen.

Bald verabschiedeten sich alle von den Vögelys und Georg Unseld, die sich entschieden hatten, in Philadelphia zu bleiben. Als Weber fanden sie bestimmt bald eine gut bezahlte Arbeit. Auf einen Käufer mussten sie nicht warten, da sie noch etwas Geld besaßen. Sie würden erst einmal eine Unterkunft suchen und sich später ganz bestimmt melden.

Jedenfalls waren sie sehr zuversichtlich und würden sich auf jeden Fall mit allen in Verbindung setzen, wenn es so weit war.

Die Auswanderergruppe bestand jetzt noch aus elf Erwachsenen und sieben Kindern, die Christopher Ley vorerst auf sein Anwesen in Tulpehocken unterbringen wollte. Da es sehr warm war, und sie etwas sehen wollten von ihrer Umgebung, nahmen sie das Verdeck des Wagens ab und verstauten es sicher am Boden des Wagens. Christopher holte die gefüllten Hafersäcke aus der Futterkiste unter seinem Fahrersitz und hängte sie den zwei kräftigen Pferden um den Hals. Dann meinte er: „Steigt alle schon mal auf, außer Georg. Der soll auf die Pferde aufpassen und Heinrich soll mit mir kommen. Wir müssen schnell noch etwas zu essen besorgen." Immerhin mussten alle hungrig sein und noch besaß niemand englisches Geld. Sie würden sich auch erst daran gewöhnen müssen, so wie er im Jahr zuvor.

Als die beiden zurückkamen, Christopher mit einem Rucksack voll Roggenbrot, Buchweizenkuchen, Käse, Wurst und Äpfel und Heinrich mit Wasser und Bier, waren alle begeistert. Theo und Margaretha übernahmen sogleich die Verteilung. Es war das köstlichste Essen, das sie je gegessen hatten, frisch gebacken und angenehm duftend. Wie schlimm doch die Überfahrt und das Essen auf der „Elisabeth" gewesen war! Zuletzt hatte es nur noch schimmliges Brot und fauliges Wasser gegeben. Und immer lag dieser fürchterliche Gestank von Erbrochenem in der Luft. Davon waren Juditha und Marten auch krank geworden und schließlich gestorben. Aber alles Wehklagen half nichts. Jetzt hieß es, vorwärts denken. Befreit atmeten sie die frische Luft ein, die vom Delaware herüberwehte und nach Meer und Fisch roch.

Christopher schaute auf seine Taschenuhr und äußerte seine Bedenken: „Es ist schon vier Uhr durch. Bis nach Tulpehocken brauchen wir ungefähr acht Stunden. Dann ist es schon dunkel. Es ist nicht gut, nachts durch die Wälder zu fahren. Wir sollten wohl besser in Germantown übernachten. Was meint ihr? Dann fahren wir morgen früh weiter und haben den ganzen Tag vor uns."

„Aber werden wir denn dort auch eine Unterkunft finden?", fragte Georg.

„Bestimmt. Auf der Hinfahrt habe ich auch schon dort übernachtet, bei der Rittenhouse-Mühle."

„Oh ja", meinte Anna Maria. „Vielleicht finden wir dann auch Elisa. Der Schiffsoffizier hat doch gesagt, dass sie von einem Mann aus

Germantown gekauft wurde."

„Ja, vielleicht", stimmten alle zu. „Vielleicht finden wir Elisa noch."

Auf dem Weg nach Germantown

Um nach Germantown zu kommen, fuhren sie am Ufer des Delaware entlang, wo sie noch einmal auf die Schiffe im Hafen zurückblicken konnten und auf die „Elizabeth", die mit ihren drei Masten und den eingezogenen Segeln an ein Stück Fischgräte erinnerte. „Am anderen Ufer liegt übrigens New Jersey", sagte Christopher, „eine andere englische Kolonie." Dann ging es weiter entlang des Flusses nach Shackamaxon[43], dem Gebiet, das früher den Lenni Lenape-Indianern gehörte und wo es reiche Fischgründe gegeben hatte. Dorothea Stentz meinte: „Ganz schön holprig unter dem Hintern" und versuchte, sich und den kleinen Jakob auf ihrem Gepäckbündel besser zurechtzusetzen.

„Ist eben keine gefederte Kutsche, meine Liebe. Die haben wir leider verkauft", sagte Henrich grinsend und drückte seine Töchterchen Catharina und Dorothea, die zu beiden Seiten neben ihm saßen, fest an sich. Heinrich und Anna Maria hatten sich gleich hinter Christophers Kutschbock platziert.

„Schau mal, Heinrich! Ist das ein riesiger Baum dort am Ufer!", bemerkte Anna Maria

Noch ehe Heinrich dazu etwas sagen konnte, erklärte Christopher: „Das ist die alte Ulme, unter der William Penn mit dem Häuptling Tamanend das Abkommen zum Kauf von Pennsylvania geschlossen hat. Das hat mir ein Nachbar erzählt."

„Interessant", bemerkte Heinrich. „Und was hat William Penn dem Häuptling für das Land bezahlt?"

Christopher zuckte die Achseln. Da meinte Georg: „Zehn Flaschen Schnaps!" Die anderen lachten und wetteiferten nun: „Die Indianer haben einen Sack voll Glasperlen gekriegt!" „Drei Schrotflinten!", „Einen sanften Händedruck."

Christopher gefiel das nicht: „Hört auf, euch über die Indianer lustig zu machen, auch wenn es bestimmt so ähnlich war", sagte er, „ihr solltet sie respektieren, denn ihr müsst hier mit ihnen zusammenleben."

„Eye, eye Mr. Ley, ich werde zu jedem Indianer nett sein, das schwöre ich", erwiderte Theo lachend.

„Ich auch! Ich auch!", klang es ringsum.

In einiger Entfernung vor und hinter ihnen fuhren Pferdewagen

---

43 Shackamaxon ist heute der Stadtteil Kensington in Philadelphia. Im Juni 1683 unterzeichnete William Penn mit dem Lenni Lenape-Häuptling Tamanend (Tammany) unter einer großen Ulme das Abkommen zum Kauf von Pennsylvania.

und Kutschen. Die gute Stimmung und das gute Essen verwandelten sich bei den Erwachsenen und kleinen Kindern bald in festen Schlaf, während Heinrich und Anna Maria zwar vor sich hin dösten, aber auch auf die Umgebung achteten.

„Was ist das denn?" Heinrich war auf einmal hellwach: „Schau mal da am Ufer, Anna Maria! Da sind Erdhöhlen. Es sieht aus, als wenn Menschen darin leben."

„Ja, es sieht aus, als wenn Blockhütten im Berg stehen und ganz überwachsen sind mit Gras. Ich kann Eingangstüren erkennen, aber keine Fenster. Vielleicht wohnen die Indianer da drin?"

Christopher musste schmunzeln: „Nein, die Indianer leben da nicht. Ich habe mir sagen lassen, dass die ersten Siedler, die Germantown gründeten, dort überwintert haben. Ihr Schiff war spät im Jahr angekommen und um nicht zu erfrieren, blieb ihnen nichts weiter übrig, als Erdhöhlen zu graben. Erst im nachfolgenden Jahr waren sie in der Lage, Blockhütten zu bauen. Und jetzt gibt es natürlich Häuser aus Stein."

Bald machte die Straße einen Bogen und sie fuhren Richtung Germantown weiter, etwa zehn km durch dichten Wald. Der ungepflasterte Weg war kaum breiter als eine Wagenbreite und führte immer weiter bergauf, kein Vergleich zu den breiten Straßen von Philadelphia. In den Büschen raschelte es. Ein Fasan flatterte erschreckt über den Weg und suchte eiligst einen Weg zurück in den dichten Wald.

„Wir sind gleich in Deutscheschteddel!", rief Christopher, als die ersten Häuser in Sicht kamen. Seit der Ortsgründung durch Franz Daniel Pastorius[44] waren inzwischen fünfzig Jahre vergangen und jetzt lebte bereits die zweite oder dritte Generation der Siedler hier, deren Väter Mennoniten und Quäker aus Krefeld oder aus Schwarzenau waren. Aber auch andere waren inzwischen zugezogen. Einige hatten in Germantown die „Church of Brethren" gegründet und führten ein sittliches und christliches Leben wie unter Brüdern. Die Neutäufer, Anabaptisten, Tunker, wie auch immer sie genannt wurden, konnten hier ihren Glauben leben. In ihrer Heimat waren sie verfolgt worden, inhaftiert und misshandelt, nur weil sie glaubten, dass es richtig sei, dass man erst im Erwachsenenalter getauft werden sollte, wenn man auch die Lehre Christi verstehen konnte. Sie lehnten jede Gewalt ab nach der goldenen Regel: „Was du nicht willst, dass man dir tu, das füg' auch keinem anderen zu." Für sie waren alle

---

44 Franz Daniel Pastorius (26.09.1651 Sommershausen-Dez. 1719/13.01.1720 Germantown) 1. Protestnote gegen die Sklaverei in Amerika am 18.02.1688 (zusammen mit Abraham Isacks op den Graeff, Herman Isacks op den Graeff und Gerrit Hendrich.

Menschen vor Gott gleich. Sie waren Gegner der Sklaverei, so wie schon die ersten Siedler unter Pastorius.

Germantown

Langsam fuhren sie in den Ort hinein. Germantown war kein typisches Bauerndorf. Es befand sich auf einem Hügel und schien kein besonders fruchtbares Ackerland zu haben. An einer langen Durchgangsstraße wechselten sich kleine Bauerngehöfte und ansehnliche Wohn- und Handwerkerhäuser ab. Es gab nur wenige kleine Straßen, die links und rechts abbogen. Manche Einwohner verpachteten oder verkauften ihr Land. Das war auf einigen Schildern zu lesen, die an Häusern oder Zäunen hingen. Im Vorbeifahren konnte man feststellen, dass es hier Zimmerer, Schuhmacher, Bäcker, Verkaufsläden, ja sogar schon eine Druckerei gab.

„Wir wollten doch Elisa suchen", erinnerte Anna Maria. „Da hast du recht, Mädchen. Das sollten wir unbedingt machen", sagte Appolonia Hoffmann. Sie sah ihrem Vater Marten ähnlicher als die anderen seiner Kinder. Das machte Anna Maria traurig. Sie vermisste Marten sehr. Warum nur musste er auf See sterben? Er hatte immer viel Spaß mit allen Kindern gemacht. Elisabeth Ley meinte: „Wir sollten uns mal die Beine vertreten und ein Stück durch den Ort gehen, ist ja erst Nachmittag. Vielleicht finden wir Elisa."

Ein kleiner Markt kam in Sicht. Margaretha rief: „Christopher, halt an! Hier scheint einiges los zu sein. Da drüben wird gerade eine neue Kirche gebaut und auf dem Marktplatz sind eine Menge Leute. Vielleicht können wir sie fragen!"

Christopher stellte seinen Wagen in der Millroad ab, einer Seitenstraße, nicht weit vom Marktplatz.

„Schön und gut, aber wer bleibt bei den Pferden und passt auf die Sachen auf?"

Christopher schaute in die Runde, gab dann aber nach. „Gut, ich bleibe hier. Seid aber alle in eineinhalb Stunden zurück, damit wir weiterkommen."

Wie aber sollte man bei so vielen Leuten im Ort am besten vorgehen, um Elisa zu finden? Die Gruppe teilte sich und ging in verschiedene Richtungen auf die Suche. Familie Stentz ging mit den Kindern zuerst zum Marktplatz. Der Vater trug den kleinen Jakob auf den Schultern, während die Stiefmutter Catharina an die Hand nahm und zu Anna Maria sagte „Fass Dorothea an, damit sie nicht verloren geht! Sie ist ja so ein Wirbelwind!"

Sie sprachen Leute an, die meistens Deutsch verstanden, manche sogar pfälzisch, aber keiner hatte eine Frau gesehen, die auf Elisas Beschreibung passte. Nur eine Obstverkäuferin am Marktplatz schien hilfreich zu sein. Sie sprach gut Deutsch und meinte: „Der Einzige, den ich kenne, der in Germantown Sklaven und Bedienstete hält, ist der Advokat James Logan, der oberste Richter von Pennsylvania. Er vertritt die Söhne Penns in allen geschäftlichen Dingen. Soviel ich weiß, besitzt er zehn weiße und zehn schwarze Diener. Da könntet ihr nachfragen."

„Und wo genau ist das?", wollte Henrich Stentz wissen.

„Am Ende des Ortes. Es ist nicht zu verfehlen, ein großes zwei-stöckiges Backsteinhaus, umgeben von einem Park. Es heißt Stenton. Aber es ist noch ein gutes Stück zu laufen." Sie zeigte mit dem Finger nach rechts um die Ecke.

Es dauerte fast eine halbe Stunde, bis sie entlang der Hauptstraße gegenüber dem besagten Haus mit Park angekommen waren. Zwei schwarze Sklaven hatten gerade das Tor geöffnet und eine vier-spännige Kutsche fuhr eilig in Richtung Philadelphia davon. In ihr saß der vornehme Advokat Logan. Sie konnten nur einen Blick auf dessen vornehm blasses Profil und den schwarzen Hut mit weiter Krempe erhaschen.

Henrich Stentz ging auf die Männer zu und fragte: „Wir suchen eine junge Frau, können Sie uns helfen?"Aber sie schienen kein Wort zu verstehen.

„Entschuldigung, sprechen Sie Deutsch?", fragte Anna Maria. Aber auch das hatte keine Wirkung. Sie schlossen schnell das Tor. Was sollten sie tun? Enttäuscht gingen sie, so schnell es ging, den Weg zurück. Christopher hatte ja gesagt, sie sollten in eineinhalb Stunden wieder zurück sein.

Ein Dienstmädchen kam ihnen entgegen, was unschwer an der einfachen blaugrauen Kleidung zu erkennen war. Sie trug schwer an einem vollen Einkaufskorb. Als sie nahe genug herangekommen war, fragte Henrich: „Entschuldigung. Sprechen Sie Deutsch?"

„Die junge Frau, die eher wie ein großes Mädchen aussah, lächelte und antwortete:

„Ick verstehen ein bisschen Deitsch."

„Arbeiten sie bei James Logan?"

„Yes I do. Why?"

„Wir suchen eine Frau. Sie heißt Elisa Bauer. Ist sie heute von Lord Logan gekauft worden?"

Das Dienstmädchen dachte einen Moment nach.

Dorothea Stentz wiederholte: „Elisa Bauer, 22 Jahre, deutsch. Ist sie hier im Haus?"

Das Dienstmädchen schüttelte den Kopf.

„No, no, nit hier. Mr.Logan only English maids and negroes. But Mr. Logan now in Philadelphia, Chestnuthill to William Penn or Mr.

Franklin in Market Street." Sie zuckte mit den Achseln. „William Penn and Benjamin Franklin have also servants. Sorry, I can`t help."

Niemand von der Gruppe hatte Erfolg gehabt. Enttäuscht nahmen alle wieder ihre Plätze auf dem Wagen ein. „Vielleicht hat sich der Schiffsoffizier getäuscht und Elisa ist ganz woanders untergekommen", meinte Theo.

Catharina und Dorothea fingen an zu weinen: „Elisa war immer so lieb zu uns."

Das stimmte auch. Anna Maria musste daran denken, wie sie sich um ihre Schwestern auf dem Landauer Markt gekümmert hatte, als Christoph und sie nach Queichheim gelaufen waren. Jetzt traten auch ihr Tränen in die Augen.

„Hört auf zu heulen!", herrschte die Stiefmutter die Kinder an. „Es ist ja nicht zu ändern. Elisa wird sich schon irgendwann melden!"

Christopher fand, dass es endlich Zeit war, zur Rittenhousemühle zu fahren, wo sie übernachten und die Pferde unterstellen konnten. Er ließ die Peitsche knallen und die Pferde zogen den schweren Wagen an. Als er in die Marktstraße einbiegen wollte, stand dort eine junge Frau mit drei Knaben unterschiedlichen Alters, die neugierig den vorbeifahrenden Conestogawagen betrachtete. Solche Wagen waren gewöhnlich mit Pelzen beladen, die zum Haus von James Logan fuhren, der im Pelzhandel mit den Indianern zu Reichtum gekommen war. Aber dieser Wagen war anders, er hatte Menschen geladen.

Plötzlich rief die Frau mit den Kindern: „Halt! Bitte anhalten! Dorothea! Doro Bossert!" und sie rannte mit den Kindern hinterher.

Neugierig drehten sich alle um. Dorothea Stentz glaubte, ihren Augen nicht zu trauen. „Elsbet! Elsbet! Halt an, Christopher!" Der Wagen stoppte. Dorothea sprang vom Wagen und die beiden Frauen lagen sich in den Armen.

„Mein Gott! Elsbeth! Wie lange haben wir uns nicht gesehen!"

„Und jetzt treffen wir uns hier in Germantown!"

Dorothea Stentz musste allen erst einmal erklären, dass sie und Elsbeth Cousinen waren, die sich zuletzt in ihrer Jugendzeit gesehen hatten.

„Ihr könnt doch jetzt nicht einfach weiterfahren!", meinte Elsbeth. „Ihr müsst mit zu uns kommen und bei uns übernachten!"

„Habt ihr denn genug Platz?", fragte Dorothea.

„Ich hoffe, euch reicht eine ganze Scheune?" Christopher wendete den Wagen und sie fuhren wieder zurück, bis zum ersten Gehöft, das auch als Haus der „Traut-Brethren" bekannt war.

Bei den Traut-Brethren

Christopher stellte den Wagen auf dem Innenhof des Gehöftes ab, brachte die Pferde in den Stall, wo es zwei andere Pferde und zwei Kühe gab, und warf ihnen Heu vor. Elsbeth sagte zu den Auswanderern: „Einen Moment, wir gehen gleich ins Haus". Dann lief sie eilig in die Werkstatt, die an das Wohnhaus anschloss, um ihren Ehemann Balthasar, ihren Vater, den Schwager Jeremias und den alten Heinrich Holzapfel zu holen, die hier gemeinsam Schuhe anfertigten, Handschuhe, Taschen und sonstige Lederwaren.

„Ihr müsst schnell ins Haus kommen, Männer. Wir haben Besuch, Verwandte aus der Pfalz!"

Der siebenjährige Junge, Balthasar, rannte in den Hausgarten und kam mit der neunzigjährigen Magdalena zurück, die er Granny nannte.

Die Freude war groß, als sich die Hausbewohner und die Auswanderer begrüßten. „Kommt doch ins Haus!", sagte die vornehm wirkende alte Dame. Auffallend war, dass alle Hausbewohner schwarze Kleidung trugen, während die Auswanderer kunterbunt durcheinander aussahen. Elsbeth versuchte erst einmal Ordnung in das Durcheinander von vierundzwanzig Personen, Kindern und Erwachsenen, zu bringen: „Nehmt doch bitte Platz, Leute! Setzt euch an den Tisch oder auf die Fensterbank, wo auch immer!"

„Ich freue mich so, dich wiederzusehen, Onkel Jakob!", rief Dorothea Stentz und umarmte ihren Onkel Bossert, den Vater ihrer Cousine und Bruder ihres Vaters. „Ich freue mich auch, Doro. Als ich dich zuletzt gesehen habe, warst du noch nicht ganz erwachsen!"

Henrich Stentz erklärte seinen Kindern: „Das ist der Bruder von Opa Bossert aus Impflingen!" Der Kleine plapperte: Opa, Opa Boss."

Anna Maria flüsterte ihrem Vater zu: „Die Bosserts sehen sich irgendwie alle ähnlich. Und unser Jakob sieht auch aus wie ein Bossert. Sie haben alle zu große Ohren."

„Da hast du recht", schmunzelte der Vater und fügte unter vorgehaltener Hand hinzu: „Und zu große Klappen." Anna Maria musste kichern, der Vater hatte recht.

Der sehr betagte, groß gewachsene Mann aber blieb stehen und schien eine Begrüßungsrede halten zu wollen. Er sagte: „Herzlich willkommen." Dann schüttelte er den Kopf, schaute in die Runde und fing an zu lachen: „Ich habe keine Ahnung, wer ihr seid, aber irgendwie scheinen wir wohl alle verwandt und verschwägert zu sein. Ich glaube, wir müssen uns erst einmal vorstellen und herausfinden, wie wir zusammengehören."

„Ja, das wäre gut", entgegnete Theo, der neben seiner Frau Margaretha saß, die gerade den kleinen Johannes stillte, damit er aufhörte zu weinen.

„Ich fange mal an", meinte der alte Herr: „Ich heiße Heinrich Holtzapfel und am Fenster sitzt meine Ehefrau, Maria Magdalena, geborene Traut.

„Das ist unsere Granny!", rief der dreijährige Jeremiah dazwischen.

„Nein, nicht wirklich", erwiderte die Neunzigjährige, „Jeremiah darf mich Oma nennen und die anderen Kinder auch. Aber ich bin nicht die Großmutter der Kinder und Heinrich auch nicht der Großvater. Ihr richtiger Großvater war Johannes Traut, der bereits vor fünf Jahren verstarb. Johannes Traut war mein Neffe, der Sohn meines Stiefbruders Hans Velten. Johannes hatte vier Söhne: Balthasar, Johann Heinrich, Jeremiah und Philipp. Balthasar und Jeremiah sind die beiden, die hier neben mir sitzen."

Sie zeigte auf die gut rasierten Männer in schwarzen Anzügen und erzählte weiter: „Johannes, der am 4. Januar verstarb, war 1709 mit dem jüngsten Sohn, Philipp, ausgewandert. Sie siedelten in Upper Dublin. Philipp ist inzwischen auch schon verheiratet und hat einen eigenen Hausstand. Es geht ihm gut. Er besitzt 100 acre Land in Upper Dublin und 130 in Franconia, nicht weit von Germantown. Hin und wieder sehen wir ihn."

Balthasar Traut erhob sich und fuhr mit der Vorstellung fort: „Ich bin Balthasar und meine zweite Ehefrau ist Elsbeth, geborene Bossert." Er machte eine Handbewegung in ihre Richtung und Elsbeth nickte ihm freundlich zu. „Ich habe aus erster Ehe zwei Jungen und mit Elsbeth noch einen. Kommt mal alle drei her und sagt, wie ihr heißt!" Die Kinder machten einen Diener und sagten der Reihe nach: „Balthasar", „Jakob" und „Jeremiah."

Einer der Männer stand auf: „Und ich heiße auch Jeremiah, Jeremiah Traut. Vielleicht sollte ich besser sagen: „Senior Jeremiah. Ich bin der Onkel der drei Buben und noch unverheiratet."

Die erzählfreudige Granny, Maria Magdalena Holzapfel, übernahm wieder: „Ich kann es kaum fassen, dass ich jetzt noch im hohen Alter Verwandte aus Impflingen kennenlernen darf. Mein Vater hieß Balthasar und hatte einen Bruder, der Leonhard hieß. Sie wurden beide in Impflingen geboren. Die Kriege in der Pfalz haben sie auseinandergerissen und so haben wir uns aus den Augen verloren."

Theo erwiderte: „Leider sind unsere Eltern auf der Überfahrt gestorben. Sie hätten sich bestimmt sehr gefreut. Mein Vater, Hans Martin, hat oft von Maria Magdalena gesprochen, der Großtante, die verloren gegangen war."

„Das tut mir sehr leid. Aber so ist leider das Leben."

Ihre Worte klangen traurig, aber sie versuchte zu lächeln und redete weiter: „Eigentlich stammen ja alle Trauts hier von Balthasar oder Leonard ab."

Der alte Holtzapfel nutzte die Gelegenheit, sich wieder einzuschalten: „Wer stammt jetzt von Hans Martin ab?" Nacheinander erhoben sich die Erwachsenen von ihren Stühlen und Bänken und nannten ihre Namen: „Theobald", „Barbara", „Elisabeth" und „Appolonia". „Aha", der alte Holtzapfel schmunzelte. „Wir müssen aber auch noch die Namen der Eingeheirateten kennenlernen. Ich bin ja selbst nur eingeheiratet." Das klang so unglaubhaft mitleidig, dass die Ehepartner der Trauts lachen mussten. Der alte Herr hatte Humor. Nacheinander nannten sie ihre Namen: „Hans Peter Hoffmann", „Franz Weiss", „Georg Ley" und „Margaretha Rebstock". „Ach was da, eingeheiratet oder nicht! Ab jetzt gehört ihr alle zur Familie, auch die Stentzens und die Bosserts und der Kutscher!"

Georg Ley lachte und stellte das richtig: „Der Kutscher ist mein Bruder Christopher, der in Tulpehocken lebt. Er hat uns vom Hafen in Philadelphia abgeholt und wir werden vorerst bei ihm wohnen."

„Egal ob verwandt, verschwägert oder befreundet, wir sind alle eine Familie. Und was nicht ist, kann ja noch werden. Genug Kinder sind ja da."

Sein Blick fiel auf die Kinderschar, die sich inzwischen auf den Fußboden gesetzt hatte und „Ringlein, du musst wandern"spielte. Heinrich, der eigentlich kein Kind mehr war, aber auch noch kein Erwachsener, spielte gezwungenermaßen mit, um sich bei Anna Maria wieder beliebt zu machen.

„Und wie heißt ihr?", wandte sich der alte Herr an die Kinder.

Sie nannten nacheinander ihre Namen: „Heinrich Ley", „Anna Maria Stentz", „Dorothea Stentz", „Catharina Stentz".

„Und die ganz Kleinen heißen Johannes Traut und Jacob Stentz", fügte Anna Maria hinzu.

„Na wunderbar. Dann haben wir uns ja alle vorgestellt. Hoffentlich merke ich mir auch die vielen Namen."

Die Bossert-Cousinen Elsbeth und Dorothea hatten inzwischen in der Küche einen Teller mit Butterbroten und Apfelstücken zurechtgemacht und stellten ihn zusammen mit einem Krug Apfelsaft und Brunnenwasser auf den Tisch.

„Nun, Jacob, kannst du für uns einen Tischspruch sagen?", fragte seine Stiefmutter, Elsbeth Traut, geborene Bossert. Man faltete die Hände und der Sechsjährige sprach:

„Alle guten Gaben,
alles, was wir haben,
kommt, oh Gott, von dir.
Wir danken dir dafür."

„Amen", sagten alle und bedienten sich an den Speisen und Getränken.

Dann ging das Erzählen fröhlich weiter.

Die Zeit verging wie im Flug. Es gab so viele Fragen, die beantwortet werden mussten, warum sie ausgewandert waren, wie die Überfahrt verlaufen war, wie die politische Lage in der Pfalz aussah, wer jetzt Kurfürst war, wie es den Verwandten ging und vieles mehr.

Das Schlimmste schien zu sein, dass bald wieder ein Krieg in der Pfalz ausbrechen konnte. Der polnische König und Kurfürst von Sachsen, August I. war zu Beginn des Jahres gestorben und König Ludwig XV. von Frankreich wollte seinen im Exil lebenden Schwiegervater Stanislaus Leszczinky mit allen Mitteln wieder auf den Thron setzen.

„Gut, dass ihr hier seid", meinte der noch unverheiratete Jeremias, „hier in Pennsylvania seid ihr vor dem Krieg sicher."

Er erzählte auch, wie die Trauts und Holtzapfels 1719 mit der Krefelder Gruppe der Neutäufer unter Peter Becker[45] in Germantown angekommen waren und die „Church of Brethren" gegründet hatten. Sie hielten abwechselnd Messen in den Häusern der Mitglieder. Sein im Januar verstorbener Bruder Johann Heinrich war Stellvertreter von Peter Becker und hatte sich sehr für die Church of Brethren eingesetzt. Peter Becker taufte zum ersten Mal am Weihnachtstag 1723 sechs neue Mitglieder im kalten Wasser des Wissahickon Creek. Siebzehn Brethren einschließlich der Trauts und Holzapfels hatten daran teilgenommen.

1729 kamen die Bosserts und weitere Neutäufer unter der Leitung von Alexander Mack[46] mit dem Schiff „Allen" nach Pennsylvania. Peter Becker gab dann seinen Vorsitz an Alexander Mack ab, der Jahre zuvor in Deutschland die „Schwarzenauer Brethren" gegründet hatte.

In Germantown hatten sich dann die Trauts und Bosserts durch die Brüdergemeine kennengelernt und der verwitwete Balthasar heiratete Elsbeth Bossert. Um mehr Mitglieder zu bekommen, versuchten die „Germantown Brethren" seitdem neue Kirchen in der Umgebung zu gründen. Sie reisten und predigten viel und hatten auch schon weitere Brüdergemeinen gründen können.

Im Lancaster County, Township Cocalico war sogar ein Jahr zuvor von Conrad Beissel[47] ein Kloster gegründet worden, „Ephrata", was nach Meinung der Trauts und Holtzapfels zwar eine lobenswerte

---

45 Peter Becker (1687 Dilsheim-18.03.1758 Harleyville, PA), erster
    Baptistenbruder (Ältester) und Begründer der Church of Brethren in
    Germantown.
46 Alexander Mack (27.07.1679 Schriesheim-19.01.1735 Germantown),
    Begründer der Schwarzenau Brethren, wanderte 1729 mit 20 Krefelder
    Familien nach Germantown aus.
47 Georg Conrad Beissel (01.03.1691 Eberbach-06.07.1768 Ephrata), religiöser
    Führer, gründete Kloster Ephrata, radikaler Pietist, Veganer.

Einrichtung war, weil dort Landwirtschaft betrieben, Kunst und Handwerk gefördert und viel gesungen und gebetet wurde. Aber sie fanden die Vorschriften von Beissel zu extrem. Männer und Frauen lebten dort zölibatär, sogar verheiratete. Die Häuser der Männer und Frauen waren durch den Fluss getrennt. Man schlief auf harten Bänken. Das Kopfkissen war ein Holzklotz. Alle trugen weiße Kapuzenkleider. Beissel komponierte viele Lieder, die vierstimmig gesungen wurden, und erfand sogar eine vegane Diät für die Gemeinde Ephrata. Sie bestand aus Buchweizen, Kohl, Obst, grünem Gemüse, Kartoffeln und Weizen. Verboten waren Fleisch, Milchprodukte, Eier und Honig. Nur bei einer Eucharistiefeier durfte auch Lamm gegessen werden. Alexander Mack lehnte diese Lebensweise ab und litt sehr darunter, dass seine Frau sich für Ephrata entschieden hatte. Johann Heinrich hatte dieses strenge Leben auch ausprobiert und sich letztlich dagegen entschieden. Seine Tochter Eufemia aber lebte noch immer im Kloster und würde wohl auch dort ihr Leben beenden.

Die Sonne hatte das Haus aufgewärmt und den eng beieinander Sitzenden war es recht warm geworden.

„Könnten wir wohl das Fenster etwas öffnen?", fragte Dorothea Stentz und griff gleichzeitig nach der auf dem Tisch liegenden Zeitung, um sich Luft zuzufächeln.

Elsbeth öffnete das Fenster und eine laue Brise strömte durch den Raum. „Kannst du mir bitte The New York Weekly Journal geben, Elsbeth?", sagte Balthasar, „Ich wollte sie aufheben."

Er schien das Gefühl zu haben, eine Erklärung abgeben zu müssen über die Wichtigkeit seines Anliegens, da aller Augen auf ihn gerichtet waren: „Das Journal ist das Beste, was es zurzeit gibt", erklärte er. „Nie zuvor hat jemand es gewagt, die hohen Herrschaften zu kritisieren, ihnen öffentlich Bestechung und Korruption vorzuwerfen und auch nachzuweisen. Aber dieser Zeitungsverleger hat es getan. Er machte sogar vor dem königlichen Gouverneur von New York, William Cosby, nicht halt, einem unangenehmen Zeitgenossen."

„Jetzt soll der Verleger eingesperrt werden, weil er die Wahrheit verbreitet hat", fügte sein Bruder Jeremias hinzu. „Er ist übrigens auch ein Pfälzer und heißt Peter Zenger."

Henrich Stentz glaubte, seinen Ohren nicht zu trauen: „Sagtest du gerade Peter Zenger?

Zenger aus Impflingen? Ich habe ihn als Kind noch gekannt. Er war ein paar Jahre jünger als ich. Um 1710 muss er mit seinen Eltern ausgewandert sein. Die Großeltern mütterlicherseits hießen Wagner."

Theo meinte: „Das ist ja interessant. Ich wünschte, wir könnten unserem Landsmann irgendwie beistehen. Wir müssen mal aufpassen, wie es mit ihm weitergeht."

Es war spät geworden. Nach und nach mussten die Kinder zum Schlafen in die Scheune gehen. Anna Maria und Heinrich sollten auf die Jüngeren aufpassen. Aber sie ließen sich das Toben im Heu nicht entgehen. Sie hatten es lange vermisst und hüpften und kullerten lachend durcheinander. Plötzlich aber machte Anna Maria nicht mehr mit, setzte sich hin und fing an zu weinen. „Was ist los? Hast du dich verletzt?", fragte Heinrich.

„Nein, ich muss daran denken, wie Christoph, du und ich einmal auf Martens Heuboden herumgetobt sind. Und Marten hat gar nicht geschimpft, hat uns nur einen Kamm in die Hand gedrückt. Christoph hat das Heu aus meinem Haar gekämmt und gesagt: „Du hast schöne Haare, Annemie, so wie unser Brauner."

„Ja, das war lustig", meinte Heinrich. „Aber deswegen musst du doch jetzt nicht weinen."

„Nein, aber ich muss immer an Christoph denken und er ist ja schon so lange nicht mehr da. Wir können nicht miteinander reden oder schreiben. Das ist, als wenn er gestorben ist. Vielleicht hat er mich schon vergessen."

„Unsinn, Anna Maria. Das hat er nicht. Er hat doch versprochen, dass er auch auswandert. Er wird schon kommen. Aber das dauert noch. Ist doch nicht einmal ein halbes Jahr vergangen. Mir fehlt er auch."

Anna Maria weinte sich in den Schlaf. Als die Erwachsenen nach Mitternacht in die Scheune kamen, um sich auch schlafen zu legen, fiel das Mondlicht auf die Gesichter der kleinen Schläfer. Da hielt Dorothea Stentz den Zeigefinger vor den Mund und flüsterte: „Schaut mal. Sie schlafen wie die Engel. Jedes mit einem Lächeln im Gesicht, so wie das Christkind in Bethlehems Stall."

Unterwegs nach Tulpehocken

Am nächsten Morgen verabschiedeten sich die Holtzapfels, Trauts und Bosserts von ihren Gästen und Verwandten mit einem guten Frühstück aus Pancakes, Brot und frischer Kuhmilch. Man umarmte sich mit dem Versprechen, sich bald einmal wiederzusehen.

Christopher spannte die beiden Pferde an. Taschen, Rucksäcke und Wäschebündel waren über Nacht auf dem Wagen geblieben. So konnte die Fahrt bald weitergehen, zuerst die lange Hauptstraße hinauf, vorbei am Stenton-Haus von James Logan, dann etwas außerhalb von Germantown links ab durch den Wald, vorbei an der Rittenhouse-Mühle, die am Paper Mill Creek lag. Hier hatten sie eigentlich übernachten wollen, aber dann waren sie wie durch ein Wunder in Germantown auf die Verwandten der Trauts und Bosserts gestoßen. Ganz in der Nähe der Papiermühle befand sich auch der Wissahickon Creek, von dem die Verwandten erzählt hatten, dass Peter Becker dort die ersten neu hinzugekommenen Brethren getauft hatte.

Die Rittenhouse Mühle war die erste Papiermühle in Amerika. Der Erbauer war schon gestorben, aber sie befand sich in Familienbesitz. Die Erben lieferten Papier an den Mitbegründer ihrer Mühle, William Bradford, der in New York die New York Gazette herausgab. Neuerdings bekam auch Peter Zenger, der bei Bradford Drucker gelernt hatte, Papierlieferungen. Peter Zenger war als Vierzehnjähriger für acht Jahre an den Verleger verkauft worden. Peters Vater war auf der Überfahrt verstorben und so musste er für die Mutter und seine jüngeren Geschwister da sein. Jetzt, mit dreiunddreißig Jahren, konnte er seine eigene Zeitung veröffentlichen, The New York Weekly Journal. Aber vielleicht wartete auch das Gefängnis auf ihn. Der Prozess war noch nicht beendet.

Sie folgten einem alten Indianerpfad entlang des Schuylkill Flusses, der inzwischen ein viel befahrener Feldweg war und quer durch das dicht bewaldete Land der Lenni Lenape (Delawaren) nach Westen bis zu den Appalachen führte. Dieser Weg würde sie auch nach Tulpehocken bringen. Noch war das riesige Land von zahlreichen Indianervölkern bewohnt, aber mehr und mehr Siedler kamen hinzu. Pennsylvania wurde im Norden, südlich des Lake Ontario und in Richtung New York von den Irokesen bewohnt, die sich lange vor der Kolonialisierung zum Bund der fünf Nationen[48] vereinigt hatten. Im Süden von Pennsylvania und im anschließenden Maryland, am Susquehanna, lebten die Susquehannock.

Die Könige von Frankreich und England hatten das Land der Ureinwohner zu ihren Kolonien erklärt, ließen Gouverneure und Beamte das Land nach ihren Vorstellungen verwalten und versuchten, aus der Ferne die Fäden zu ziehen, um die Geschichte zu ihrem Vorteil zu beeinflussen. Der Dreieckshandel brachte Sklaven aus Afrika in die Kolonien, Tabak und Baumwolle nach England und Auswanderer in die Kolonien. Die Söhne William Penns verkauften mithilfe von James Logan immer mehr Land und drängten die Ureinwohner zunehmend nach Westen.

Da die Unterdrückung in den Mutterländern groß war, hatten die Auswanderer ihre ganze Hoffnung auf Amerika gesetzt. Dort wollten

---

48 Bund der fünf Nationen=Irokesen der nordamerikanischen Stämme: Mohawk, Oneida, Onondaga, Cayuga, Seneca, Als 6. Nation kamen die Tuscarora dazu.

sie sich ein besseres Leben aufbauen, in Freiheit, Unabhängigkeit und ohne Kriege. Sie hatten das alte Leben hinter sich gelassen und waren bereit für ein neues. Auch wenn aller Anfang schwer war, waren sie voller Zuversicht. Es schien, als wenn ihr Leben nun allein von ihnen selbst abhängen würde.

Sie waren den ganzen Tag unterwegs und beeindruckt von der scheinbar unendlichen Weite des Landes. Die Wälder waren hochgewachsen und dicht. Inmitten der Wildnis bemerkten sie aber auch hin und wieder größere parkähnliche Flächen. Es war zu vermuten, dass die Indianersiedlungen nicht weit entfernt waren, denn manchmal sahen sie im Wald Rauch aufsteigen und hörten einen seltsamen Singsang von ansteigenden und abschwellenden Tönen, begleitet von dumpfen Trommelschlägen. Ansonsten lag eine unaussprechliche Stille über dem Land. Wenn jemand redete, schien man es weithin zu hören. Mitunter war das beängstigend. Plötzlich konnte ein Hirsch mit einem riesigen Geweih über den Weg springen oder eine schrill krächzende Vogelstimme aus dem Nichts ertönen und das Herz zum Stocken bringen.

„Ich habe Angst", sagte die vierjährige Dorothea.

„Du musst keine Angst haben", beruhigte sie Anna Maria und nahm sie auf ihren Schoß. „Wir müssen uns noch daran gewöhnen, dass es hier anders ist als in Impflingen, weißt du." Aber alle beruhigenden Worte halfen nichts, auch wenn die Erwachsenen versuchten, freundlich auf sie einzureden. Solange sie durch den dichten Wald fuhren, sagte Dorothea kein Wort mehr.

Erst als der Weg einen starken Bogen machte und sich wieder dem Schuylkill River näherte, als es heller wurde und die Sicht über die hüglige Landschaft weiter, beruhigte sich die Kleine. In einiger Entfernung war eine Siedlung aus wenigen Häusern zu erkennen. Ein Bauer mit einem Ochsengespann und drei dunkelhäutige größere Knaben waren bei der Getreideernte auf dem Feld.

Das weckte die Aufmerksamkeit der Wageninsassen. Sie beobachteten, wie der Bauer mit einer Art Maschete die dicken Halme, die höher gewachsen waren als er, kurz über dem Boden abschlug. Dann suchten die Burschen die Pflanzen auf, trennten davon etwas ab und warfen es in hohem Bogen auf den Wagen.

„Das sind bestimmt seine Sklaven", sagte Heinrich. Plötzlich sahen sie, wie der Bauer einen der Jungen packte, ihn ohrfeigte und zu Boden schubste. Anna Maria war entsetzt: „Der darf doch den Jungen nicht einfach schlagen!" Am liebsten wäre sie dazwischen gegangen.

„Beruhige dich, Mädchen", meinte Christopher, „es ist hier üblich, Sklaven zu halten, Erwachsene und Kinder. Sie müssen tüchtig arbeiten, damit alle zu essen haben. Und wer nicht vernünftig arbeitet, muss es lernen. Dabei hilft schon mal eine Tracht Prügel."

Die Frauen schienen anderer Meinung zu sein, aber sie brachten das nur durch ablehnendes Gemurmel zum Ausdruck.

Theo meinte: „Möchte nur mal wissen, was die da ernten. Und warum nimmt keiner eine Sense?"

Christopher hätte sich fast vor Lachen verschluckt: „Sense funktioniert da nicht. Ihr kennt dieses Getreide noch nicht. Das ist Mais. Die Indianer haben uns gezeigt, wie es angebaut wird. Bei mir zu Hause wächst es schon. Da könnt ihr mal versuchen, ob ihr es mit der Sense mähen könnt."

„Und wozu ist dieser Mais gut?", wollte Theo wissen.

„Na, ja, für alles Mögliche, für Menschen und Tiere. Die Körner des Maiskolbens sind süß und schmecken sehr gut. Man kann auch Mehl daraus machen. Die dicken Stängel fressen die Kühe gern. Aber ihr werdet das bald selber herausfinden."

„Klingt interessant, großer Bruder", meinte Heinrich.

Nach und nach kamen sie in offenere Gebiete, in denen mehr Ackerbau und Viehzucht betrieben wurde, aber es gab keine größeren Dörfer. Oft waren nur einzelne Bauerngehöfte zu sehen. Geradeaus, nach Westen hin, erstreckte sich am Horizont ein Gebirge, die Appalachen.

Henrich Stentz meinte: „Ich finde, irgendwie ähnelt diese Landschaft mit den Bergen dem Pfälzer Wald, nur dass es hier keine Weingärten gibt."

Die Frauen und Männer gaben ihm recht.

„Lasst uns was singen!", schlug Elisabeth Ley vor und stimmte an: „All mein Gedanken, die ich hab, die sind bei dir". Die Mütter, Margaretha und Dorothea, stillten dabei ihre Söhnchen.

Die Mädchen und einige Männer summten mit, nur Heinrich unterließ es, weil er im Stimmbruch war und Anna Maria ihn in die Seite gestoßen hatte.

So verging der Tag fast wie ein Familienausflug, bei schönem Wetter und in fröhlicher Stimmung.

Nachdem sie noch einmal längere Zeit durch dichten Wald entlang des Schylkill gefahren waren, wurde rechts der Straße der Wald lichter und links bekam der Schylkill einen kleinen Nebenfluss.

„Das ist der Tulpehocken Creek", sagte Christopher, „wenn wir dem folgen, kommen wir nach Hause. Es sind vielleicht noch zehn Meilen."

„Wachsen in Tulpehocken Tulpen, oder warum heißt das so?", wollte Anna Maria wissen.

„Nein, mit Tulpen hat das nichts zu tun", erklärte Christopher. „Das Land gehörte einmal den Lenape-Indianern, die es Tulpewikaki nannten,

Land der Schildkröten. Die Siedler haben es wohl falsch verstanden. Das hat mir einmal Conrad Weiser erzählt, einer der ersten Siedler, der sich in Womelsdorf niedergelassen hat, dem Dorf, das vor uns liegt. Weiser kennt die Indianer sehr gut. Die Lenape bestehen aus drei Stämmen, die übersetzt Schildkröte, Wolf und Truthahn heißen. Der ranghöchste Clan sind die Schildkröten." Das Gespräch wurde jäh unterbrochen. „Was kommt denn da auf uns zu?", fragte Elisabeth Ley überrascht und zeigte auf eine Staubwolke in einiger Entfernung, die immer näher kam. Jetzt wurde auch das Geräusch von Pferdegetrappel immer lauter.

„Oh Gott!", schrie Margareta und hielt sich den Mund zu. Es waren unverkennbar zwei Indianer. Die anderen Frauen verstummten vor Schreck und bekreuzigten sich.

Die Männer holten schnell ihre Gewehre aus dem Gepäck.

„Lasst die Gewehre stecken, nicht schießen!", rief Christopher. Die seltsamen Männer mit den Federn auf dem Kopf bogen zum Glück rechtzeitig links ab und ritten in hohem Tempo zu einem einzeln gelegenen Gehöft hinunter.

Mit angehaltenem Atem schauten alle hinterher und beobachteten, was weiter geschah. Auf dem Hof des Hauses hing eine Frau Wäsche auf und kleine Kinder spielten mit einem Hund.

Scheinbar hatte die Frau gar keine Angst und auch die Kinder nicht. Die Indianer stiegen von den Pferden und aus dem Haus kam ein Mann mit ausgebreiteten Armen auf sie zu.

„Seltsam", meinte Theo, „ich hätte gedacht, jetzt passiert etwas Schlimmes."

Christopher schüttelte den Kopf: „Wir leben hier eigentlich mit den Indianern friedlich zusammen. Ich nehme an, dass die zwei Indianer der Häuptling Shikellamy und einer seiner Söhne sind. Der Mann, der da unten wohnt, ist übrigens Conrad Weiser. Ich glaube, er und Shikellamy sind beste Freunde. Weiser hat als Jugendlicher eine Zeit lang bei den Mohawk Indianern gelebt und spricht deren Sprache. Deshalb wird er jetzt auch oft als Übersetzer in Philadelphia benötigt, wenn James Logan mit den Indianern über Landkäufe verhandelt. Der Häuptling Shikellamy hat sogar einen seiner Söhne James Logan genannt."

„Du kennst dich ja schon bestens aus und weißt eine ganze Menge", meinte Georg.

„Das muss man auch. Man hat nicht so viele Nachbarn hier. Manchmal braucht man sie aber. Dann sollte man schon wissen, wer sie sind und wo sie wohnen und was sonst ringsum geschieht."

„Oh Gott", stöhnte Margareta, „ich zittere immer noch vor Schreck."

Theo beruhigte seine Frau: „Ich glaube, wir müssen noch eine ganze Menge lernen."

Seinem Söhnchen stupste er lachend auf die Nase: „Stimmts, mein Großer?"

Tulpehocken Manor

„Herzlich willkommen. Wir sind zu Hause, auf Tulpehocken Manor"[49], verkündete Christopher voller Stolz. Für die Angekommenen sah es im ersten Moment allerdings nicht nach einem stattlichen Manor, einem Herrenhaus aus.

Eigentlich war alles noch ein Stück Neuland, das zum größten Teil brach lag und gerodet werden musste. Das Manor musste man sich denken. Aber immerhin gab es schon einen Schafstall, eine große Scheune und dahinter Weide-und ein kleines Stück Ackerland, auf dem Kartoffeln und Mais wuchsen, die bald erntereif waren.

Erst vor einem Jahr, im September 1732 , war Christopher mit dem Schiff „Loyal Judith" in Philadelphia angekommen und hatte das alles hier schon mit dem Geld, das ihm sein Bruder Georg und die anderen Auswanderer mitgegeben hatten, geschaffen. Von den Söhnen Penns[50] hatte er 1000 Acre[51] fruchtbares Land am Tulpehocken-Creek kaufen und mithilfe der Nachbarn die große Scheune bauen können, die sie hier Barn nannten. Noch fehlte das Wohnhaus; anfangs hatte Christopher in der Hütte geschlafen, die inzwischen der Schafstall war. Aber wenn die Verwandten jetzt da waren, könnten sie mithelfen und das Wohnhaus würde schneller fertig werden. Dass es noch viel Arbeit geben würde, hatten ja alle im Voraus gewusst. Immerhin hatten sie nun schon einmal ein Dach über dem Kopf und es gab frisches Wasser aus einer Quelle des Tulpehocken Creek, die direkt dort entsprang, wo das Haus erbaut werden sollte. Das war ideal, dann konnte man eines Tages das Wasser direkt aus dem Keller des Hauses beziehen.

Die Angekommenen betrachteten ihre erste provisorische Wohnstätte ohne viel Enthusiasmus. Schließlich klopfte Georg seinen älteren Bruder auf die Schultern und sagte: „Für den Anfang nicht schlecht. Jetzt brauchst du nur noch eine Ehefrau! Immerhin bist du schon 37!"

Christopher ignorierte den Bruder, grinste in sich hinein und wies die etwas unschlüssig Dastehenden an: „Schafft euer Gepäck in den linken Teil der Scheune, da wo das Heu drin ist. Da werden wir für die nächste Zeit alle zusammen schlafen."

Der Barn war in drei separate Teile aufgeteilt und groß genug. Die Pferde und die Ackergeräte wurden rechts untergebracht, der sogenannte Schlafraum mit Heu und Stroh links, und im mittleren Teil gab es

---

49 Tulpehocken Manor ist ein im National Register stehender Ort. George Washington übernachtete mehrmals dort. Heute: Hauptquartier des Hannoveraner Schützenbataillons und eine gehobene Einrichtung, in der u.a. Hochzeiten stattfinden.
50 William Penn hinterließ seinen Söhnen John, Thomas und Richard 1711 Land in Kingston Manor. Sie verkauften es an Christopher Ley.
51 1000 acre=4,04686 qkm.

einen aus rohen Brettern gezimmerten Tisch und Bänke, eine Art Wohn- und Essbereich.

„Dein Barn ist besser, als der von den Trauts in Germantown", sagte Franz Weiss anerkennend.

Christopher nickte zufrieden, spannte die Pferde aus und brachte sie in das abgezäunte Gehege hinter der Scheune, wo sie grasen konnten.

„Ist ja wie auf dem Schiff hier, alle in einem Raum zusammengepfercht", meinte Heinrich enttäuscht.

„Das kannst du doch nicht vergleichen!", entgegnete Anna Maria. „Hier haben wir genug Platz und frische Luft. Und die Kleinen können herumtoben." Das taten sie auch bereits.

„Dass du immer recht haben willst, Anna Maria!", mokierte sich Heinrich.

„Ich will nicht recht haben, ich habe recht, schau doch hin!", entgegnete sie. Dorothea und Catharina spielten mit den beiden kleinen Toddlern. „Wer in meine Arme kommt!", riefen sie und die Kleinen rannten ihnen lachend entgegen, purzelten auf das Gras, krabbelten auf allen Vieren und standen wieder auf.

Manchmal fand Anna Maria es nicht leicht mit Heinrich. Er sah die Welt anders als sie. Mit Christoph war alles so einfach gewesen. Was ihm gefiel, gefiel auch ihr, und umgedreht. Ob er wohl manchmal zur Brücke nach Queichheim lief? Er fehlte ihr so."

Sie wurde aus ihren Gedanken gerissen, als die Stiefmutter fragte: „Und wo sollen wir kochen, Christopher?"

„Na, wo schon?", meinte Heinrich, „am offenen Feuer, wie die Indianer!"

„Er hat recht", bestätigte Christopher mit ernster Miene. „Eine Küche gibt es erst, wenn das Haus fertig ist. Aber ein paar Töpfe, ein Dreibein und etwas Geschirr haben wir schon. Schau mal in die große Holzkiste neben dem Tisch."

„Und haben wir überhaupt etwas zu essen?"

Christopher lachte: „Nein, noch nicht, aber heute wird Essen geliefert." Er schaute auf seine Uhr: „Es muss bald da sein."

Überraschung

Einige Minuten später hielt ein Pferdewagen vor dem Grundstück. Eine junge Frau saß auf dem Kutschbock. Christopher ging ihr entgegen, half ihr herunter, umarmte sie und stellte sie seinen neuen Mitbewohnern vor: „Das ist Barbara, meine Verlobte. Sie hat heute das Essen für uns gemacht."

Barbara Bayer war ein wenig jünger als Christopher, gut gebaut und hatte ein sehr sympathisches Lächeln. Sie lebte nur ein paar

Meilen entfernt in Tulpehocken, auf dem Gehöft der Eltern, zusammen mit ihren jüngeren Geschwistern. Sie schien eine Frohnatur zu sein. Georg schlug seinen Bruder auf den Rücken: „Wie konntest du sie uns vorenthalten, du Bandit!"

„Überraschung", grinste Christopher.

Man machte sich schnell mit Barbara bekannt und die Männer halfen, die in Decken eingewickelten heißen Töpfe in den Barn zu tragen, wo sie auf den langen Holztisch gestellt wurden. Dann sagte Barbara: „Setzt euch schon, damit wir essen können. Es wird sonst kalt!"

„Sprich du ein Tischgebet, Anna Maria!", forderte die Stiefmutter.

Anna Maria hätte zwar das lange Gebet, bei dem man mit den Fingern wackeln muss, aufsagen können, was die Geschwister so liebten, aber sie machte es lieber kurz:

„Was wir brauchen, gibt uns Gott,
Fröhlichkeit und täglich Brot.
Amen."

Barbara hatte ein Gericht aus Kartoffeln, Bohnen und Kürbis bereitet und mit Gewürzen versehen, die die Pfälzer bisher nicht kannten; dazu gab es Wildfleisch mit Wacholderbeeren und Maisfladen.

Alle lobten sie für das sehr schmackhafte Essen, wofür sie sich bedankte und entgegnete: „Das haben wir von den Indianern abgeschaut. Hier kann man nicht kochen, wie in der Pfalz, hier wachsen andere Pflanzen und Gewürze."

„Wo kommst du eigentlich ursprünglich her?", wollte Dorothea Stentz wissen.

„Aus Brettach, bei Heilbronn."

„Dachte ich schon, dein Schwäbeln verrät es."

Kaum hatten alle ihr Essen eingenommen, da hörten sie einen weiteren Pferdewagen näher kommen. Die Kinder liefen neugierig zur Straße. Auf dem Kutschbock saß ein junges Paar. Die Frau hielt ein Baby auf ihrem Schoß.

Die kleine Dorothea rief: „Die Frau sieht aus wie Elisa!" Anna Maria glaubte, ihren Augen nicht zu trauen: „Das ist Elisa!" Die Kinder riefen: „Elisa! Elisa!" Die Frau auf dem Wagen winkte ihnen zu.

Die Erwachsenen verließen ihren Platz in der Scheune und rannten zur Straße, um zu sehen, was da los war.

Christopher kannte Elisa zwar nicht, aber der Mann, der sie herbrachte, war ihm bekannt.

Er hatte ihm vor Kurzem noch mit einigen anderen beim Bau der Scheune geholfen.

„Na, endlich bist du da, begrüßte Adam Schaeffer Christopher lautstark und fast vorwurfsvoll. Wir haben uns schon Sorgen gemacht!"

„Wie Sorgen? Guten Tag erst mal, Adam. Jetzt bin ich aber überrascht!

Ich verstehe kein Wort!" Er reichte Elisa die Hand: „Sehr erfreut."
Adam Schaeffer hatte inzwischen das Baby auf den Arm genommen.

Elisa versuchte zu erklären: „Wir waren heute schon zweimal hier, am Morgen und kurz nach Mittag. Eigentlich hättet ihr doch noch früher als wir aus Philadelphia zurück sein müssen."

Langsam dämmerte Christopher, worum es ging. Aber da sie plötzlich von einem Stimmengewirr umgeben waren, musste das Gespräch erst einmal unterbrochen werden. Die kleinen Stentz-Mädchen hatten sich an Elisa geklammert und der Rest der Auswanderer bedachte sie mit Fragen nach wie, wo, wann, warum. „Kommt, setzen wir uns doch alle wieder an den Tisch, dann können Elisa und Adam uns alles in Ruhe beantworten!", sagte Christophers Verlobte Barbara.

Christopher bot ihnen das Essen und Trinken an, was noch auf dem Tisch stand.

Aber sie lehnten dankend ab. „Danke. Wir haben gerade gegessen."

Christopher erklärte ihnen, dass sie erst vor zwei Stunden angekommen waren, weil sie alle in Germantown übernachtet hatten, bei zufällig wiedergefundenen Verwandten. Eigentlich aber waren sie nach Germantown gefahren, weil sie Elisa finden wollten und der 1. Offizier gemeint hatte, jemand aus Germantown hätte sie freigekauft. Wie man aber sieht, stimmte das nicht ganz.

„Nun ja. Wir sind gestern sofort zurückgefahren", sagte Adam Schaeffer bedächtig und nickte dabei Elisa freundlich zu, die sich inzwischen wieder um das Baby bemühte. „Soll ich dir die Kleine abnehmen, Elisa?", fragte Anna Maria. Elisa übergab ihr die Kleine: „Danke, meine Große. Das ist sehr lieb von dir."

Da die beiden anderen Kleinkinder, Jakob und Johannes, sich bereits fröhlich mit Anna Marias Schwestern auf dem Platz vor der Scheune tummelten, schien das der kleinen Barbara sehr zu gefallen. Sie zappelte aufgeregt auf Anna Marias Arm und wollte unbedingt mit dabei sein. Anna Maria setzte sie auf die Wiese zu den anderen. Da war sie plötzlich der Mittelpunkt der Gesellschaft. Alle Augen verfolgten, was sie tat, wie sie lachte und jauchzte und lustig herumkrabbelte.

Heinrich aber war aufgestanden und ging zu den Pferden. Irgendwie fühlte er sich jetzt mit fast vierzehn Jahren nicht mehr den Kindern zugehörig. Er wollte erwachsen sein und sich nicht mehr von Anna Maria zurechtweisen lassen. Georg, sein großer Bruder, schaute seine Elisabeth kopfschüttelnd an. „Das ist das Alter", meinte sie. „Er hat wieder mal seine dollen fünf Minuten".

Elisa war eine wunderschöne junge Frau. Ihre dunklen leuchtenden Augen zogen die Blicke aller auf sich, und ihr pfälzisches Trachtenkleid mit der weißen Bluse und dem engen schwarzen Mieder tat sein Übriges. Die beiden gaben ein schönes Paar ab, obwohl sie das nicht in so kurzer Zeit sein konnten. Sie kannten sich ja gerade erst zwei Tage. Und ein Kind konnte man nicht in so kurzer Zeit bekommen. „Nun erzählt mal, wie es kam, dass ihr zwei jetzt hier seid!", meinte Theo. „Willst du zuerst erzählen, Elisa?", fragte Adam. Aus dem Blick Adams und dem Klang seiner Stimme war zu schließen, dass er Elisa mochte. Elisa ließ ihm jedoch den Vortritt, wie es sich ihrer Meinung nach gehörte.

„Also gut", begann Adam. „Wie bin ich zu Elisa gekommen? Wo soll ich da anfangen?" Er hätte die Antwort in zwei Sätzen geben können, aber er holte weit aus: „Nachdem meine Frau kurz nach der Geburt unserer kleinen Barbara gestorben war, wurde alles sehr schwer für mich und meine Eltern. Wir leben zusammen in einem Haus. Meine Mutter kümmert sich zwar liebevoll um das Baby, aber inzwischen sind beide, Vater und Mutter, sehr gebrechlich und brauchen selbst Hilfe. Sie gehen ja auch schon auf die 70 zu. Vor ein paar Wochen fuhr ich mit den Eltern und der Kleinen zu einer Messe, die Reverend Stoever in einer Scheune in Womelsdorf abhielt. "

„Reverend Stoever? Du kennst ihn?", unterbrach Theo.

„Oh, ja, zumindest oberflächlich." Adam Schaeffer erzählte, dass Stoever im Frühjahr geheiratet hätte und in Trappe, nicht weit von Tulpehocken ordiniert worden sei. Jetzt hielt er, wo immer es möglich war, Messen ab in der nahen und weiteren Umgebung, in Lebanon, Berks und Lancaster. Der Reverend wusste, dass Ende August wieder Pfälzer aus der Heimat zu erwarten waren. Er hätte sie gern selber begrüßt, aber er musste gerade jetzt nach Virginia zu seinem Vater reisen, der dort ebenfalls Priester einer Gemeinde ist. Der Senior hatte auch noch einmal geheiratet, sogar noch vor seinem Sohn, und war inzwischen sogar Vater einer Tochter geworden."

„Das hätte ich nicht gedacht", wunderte sich Theo.

Adam fuhr fort zu erzählen: „Wir trafen in Womelsdorf natürlich auch Conrad Weiser, den die Eltern und ich aus der Zeit kennen, als wir alle noch im Schoharie Tal bei den Indianern lebten, wo ich übrigens geboren wurde. Nach der Messe unterhielten wir uns eine Weile mit Stoever und Weiser. Sie gaben mir den Rat, nach Philadelphia zu fahren, wenn das nächste Schiff aus Rotterdam kam. Vielleicht konnte ich eine passende Frau mit einem Redemptionervertrag frei-kaufen und als Haushälterin anstellen. Das habe ich dann getan. So habe ich Elisa gefunden, worüber ich sehr froh bin." Elisa schaute etwas verschämt zu Boden und sagte: „Ich erzählte, dass meine Verwandten alle in Tulpehocken bei Christopher Ley unterkommen wollten.“

„Genau, darüber war ich auch sehr froh“ , fügte Adam Schaeffer hinzu, „ich wusste ja, wer Christopher war, und dass er nicht weit von uns ein Haus bauen wollte.“

„Gut, dass es so gekommen ist“, meinte Christopher und alle stimmten zu.

Nach einer Weile fragte Margaretha, Theos Frau: „Sag mal, Elisa, weißt du, was mit Johann passiert ist? Wir wollten uns ja noch von euch beiden verabschieden, als wir vom Courthouse zurückkamen. Aber da seid ihr beide schon nicht mehr auf der Elisabeth gewesen.“

Elisa wirkte sehr bedrückt, als sie erzählte: „Johann wurde von einem Mann aus Schifenthill losgekauft. Er kam mit dem Käufer und sechs Negerkindern, die unterschiedlich alt waren, zum Schiff zurück, um sich von mir zu verabschieden. Ich glaube, sie waren alle Geschwister, wohl immer mit zwei Jahren Unterschied. Das älteste Kind war ein etwa zehnjähriges Mädchen, das er Sybilla nannte. Sie trug ein Baby auf dem Arm. Ich weiß nicht genau, ob die Kinder überhaupt noch eine Mutter hatten oder die Mutter gestorben war. Johann behauptete jedenfalls: „Das sind jetzt meine Kinder.“ Wir verabschiedeten uns und er sagte: „Wir sehen uns irgendwann wieder, melde dich bei den Leys oder Reverend Stoever. Ich werde das auch tun.“ Elisa zuckte mit den Achseln und schüttelte den Kopf: „Ich weiß nicht mehr, was ich über Johann denken soll. Er hat sich so verändert, tut, als wisse er genau, was er vorhat. Aber eigentlich ist er noch ein richtiger Kindskopf mit seinen zwanzig Jahren. Ich hoffe nur, er kommt zurecht.“ Noch immer lastete das Schuldgefühl auf ihr. Sie war der Grund zur Schlägerei im Kaufhaus gewesen und nur deswegen waren nun alle ausgewandert. Sie machte sich Gedanken um Johann, ohne helfen zu können.

Dass Adam Schaeffer sie freigekauft hatte, darüber war sie allerdings sehr froh. Er war ihr nicht unsympathisch und immerhin konnte sie dann ab und zu ihre Verwandten besuchen, die Kinder von Marten und auch die befreundeten Stentzens.

Es gab so viel zu erzählen, dass der Tag nicht reichte und man sich wieder für den kommenden Sonntag verabredete.

KURPFALZ 1733

Herbst 1733, Christoph und sein Vater, nach Landau

Inzwischen war bereits ein halbes Jahr vergangen, seit sie alle fort waren, und Christoph wusste nicht, was mit ihnen geschehen war und wie es ihnen erging. Bis er erwachsen sein würde und sie suchen konnte, mussten noch mindestens sechs Jahre vergehen. Wie sollte er das so lange aushalten? Er musste oft an den Abschied am Mannheimer Neckarhafen denken und an Anna Maria. Sie trug die alte französische Münze, die er ihr an der Brücke in Queichheim geschenkt hatte, als Kette um den Hals. Wie traurig sie ihn angeschaut hatte und wie die Tränen über ihr Gesicht liefen, das würde er nie vergessen.

Manchmal kam ihm der Gedanke, von zu Hause wegzulaufen, besonders wenn der Vater unleidlich war und ihn ausschimpfte, weil er etwas vergessen oder etwas nicht richtig gemacht hatte. Heimlich hatte Christoph schon seinen Reisesack gepackt, in dem auch die Flöte lag. Manchmal, wenn er allein war, holte er sie hervor und spielte das Elslein-Lied, das er zusammen mit Anna Maria bei Marten gelernt hatte:

Ach, Elslein, liebes Elslein mein,
Wie gern wär ich bei dir!
So sein zwei tiefe Wasser,
Wohl zwischen dir und mir.
So sein zwei tiefe Wasser,
Wohl zwischen dir und mir.

Wenn die Mutter das hörte, nahm sie ihn in den Arm: „Nicht traurig sein, mein Junge. Im Leben kommt es oft nicht so, wie man es gern hätte. Dann muss es eben anders weiter gehen. Du wirst noch manches Schwere ertragen müssen. Und wenn der Vater schimpft, nimm es dir nicht so zu Herzen. Weißt du, er ist ja nicht gesund und hat immer Knochenschmerzen. Du musst das verstehen. Er meint es nicht so. Nach Regen kommt aber immer auch Sonnenschein und alles wird wieder gut."

Dass es mit ihrer eigenen Gesundheit auch nicht zum Besten stand, darüber sprach sie nie. Allerdings erinnerte ihn der Vater oft daran: „Christoph, du solltest der Mutter mehr helfen. Du weißt doch, dass sie schwach und krank ist."

Christophs große Brüder, Jakob und Friedrich, kümmerten sich inzwischen fast ganz um den Bauernhof, die Arbeit in den Weingärten und auf dem Acker. Michael sollte demnächst ein ehrbares Handwerk erlernen. Leider stand Henrich Stentz jetzt nicht mehr für eine Schuhmacherlehre zur Verfügung. Wenn Christoph und Michael mit der kleinen Barbara zu Hause waren, gab es oft Streit. Michael hänselte die kleine Schwester und Barbara fing an zu weinen. Christoph tröstete seine kleine Schwester und sagte verärgert zu Michael: „Du hast nichts als Grütze im Kopf! Taugst gerade noch als Marktschreier!" Da hatte es zwar Kopfnüsse gehagelt, aber wenigstens hatte Barbara über die Grütze im Kopf einmal tüchtig gelacht.

Christoph war froh, als der Vater ihn fragte, ob er mitfahren wolle nach Landau, die Post abholen und ein paar Dinge besorgen. Diese Gelegenheit bot sich ihm nicht oft und scheinbar war der Vater heute recht gut gelaunt. Also kletterte er schnell auf den zweirädrigen Karren.

Als sie aus dem Dorf hinausfuhren, schnalzte der Vater mit der Zunge, lockerte die Zügel und ließ den Braunen ein wenig traben.

„Der Mutter würde es bestimmt übel davon werden", sagte Christoph, als das Stuckern unter dem Hintern derber wurde. Der Vater lachte: „Ein Pferd muss auch einmal richtig galoppieren!" Rechts und links der Straße mit den Nussbäumen stellten Frauen und Tagelöhner auf den Feldern Garben auf und Bauern pflügten mit ihrem Ochsengespann die Erde. Den größten Teil der Gegend aber nahmen die Weinreben ein, an denen dicke Trauben hingen.

Als die Fahrt kurz vor dem Ebenberg wieder im normalen Tempo voranging, bemerkte der Vater, dass sein Sohn betrübt in der Gegend herumschaute. „Woran denkst du, Christoph?"

„An nichts, Vater."

„Man denkt immer an irgendetwas."

„Na ja. Ich habe an Anna Maria und Heinrich gedacht."

Der Vater sagte amüsiert: „Wenn ich noch daran denke, was du und Anna Maria immer für Blödsinn angestellt habt, mit Steinen am Seil nach den Hühnern geworfen, so eine dumme Idee!"

„Das war ganz anders, Vater! Du hast das falsch verstanden."

„Schwamm drüber. Erzähl doch mal, was du mit Heinrich in Ottersheim so getrieben hast. Ich war ja nie dabei, wenn du mit Marten dahin gefahren bist."

Christoph druckste ein wenig herum, denn es waren nicht gerade Dinge, die der Vater damals wissen sollte.

„Ach komm schon, Christoph!", ermunterte ihn der Vater, „alle Jungen machen doch Streiche. Ich habe auch welche gemacht."

„Erzähl mal!"

„Zuerst du, mein Sohn!"

Christoph überlegte kurz und fing dann an: „Heinrich und ich haben oft Robinson und Freitag zusammen gespielt. Das kam so, weil sein Bruder Christopher ihm das Buch Robinson Crusoe geschenkt hatte. Der Christopher[52] ist dann nach Amerika ausgewandert und wollte, dass Heinrich und Georg mitkommen. Aber dann ist er doch alleine weggegangen."

„Ach ja. Ich erinnere mich, das gehört zu haben. Aber ich habe den Christopher gar nicht kennengelernt, du etwa?", wollte der Vater wissen.

„Ja, der hat doch zusammen mit Georg und Heinrich in Ottersheim gelebt und ich bin oft mit Onkel Marten dort hingefahren; eigentlich wollten wir zu Theo und Margaretha. Aber die Leys wohnten ja gleich nebenan."

„Das stimmt allerdings. Martens Elisabeth hatte sich ja mit Georg Ley verlobt. Und jetzt sind bestimmt alle Leys und Trauts bei diesem Bruder, dem Christopher. Wenn sie doch bloß einen Brief an uns schicken würden, damit wir wissen, was los ist!"

„Ja, das wünsche ich mir auch, Vater."

„Aber erzähl schon weiter von deinem Heinrich!"

„Na, ja. Heinrich hat manchmal etwas aus dem Buch vorgelesen. Aber meistens haben wir gespielt, wie man auf einer Insel überleben kann. Einmal haben wir uns Tücher von Tante Juditha und Margaretha ausgeborgt und haben sie wie Seemänner um den Kopf gebunden. Dann sind wir den Brühlgraben entlanggelaufen bis zu den Obstwiesen. Da hat Heinrich gesagt: „Hier ist unsere wilde Insel, die wir auskundschaften müssen. Hast du Hunger? Dann lass uns zuerst was Essbares finden! Wir müssen aber sehr vorsichtig sein, denn es gibt hier Kannibalen, weißt du, richtige Menschenfresser." Wir haben uns vorsichtig umgesehen und als wir weit und breit keine Kannibalen entdecken konnten, sind wir auf die Kirschbäume geklettert und haben uns erst mal satt gegessen. Dann hat mir Heinrich gezeigt, wie man aus Ästen und Band Pfeil und Bogen baut und aus Astgabeln und Lederriemen Steinschleudern. Heinrich war Robinson, und damit ich aussah wie Freitag, musste ich mein Gesicht mit Erde schwarz machen. Als wir gerade dabei waren, die Bäume mit unseren Waffen zu beschießen, sprang Heinrich plötzlich auf und rannte davon. Er rief: „Schnell! Lauf, Christoph! Da kommt ein Kannibale!" Ich rannte, was ich konnte, hinter ihm her. Und tatsächlich verfolgte uns ein alter Kerl. Dann kam plötzlich der Bach. Heinrich sprang mit einem großen Satz hinüber, aber ich schaffte es nicht. Heinrich musste mich aus dem Bach ziehen. Wir

---

52 Christopher Ley (1695-1745) besaß Land von den Söhnen Penns in Tulpehocken, kam im Sept.1732 mit dem Schiff Loyal Judith nach Philadelphia. Sein Sohn Michael (1739-1824) war befreundet mit George Washington. „Tulpehocken Manor Plantation" steht heute in der Liste des Nationalen Kulturerbes.

liefen pitschnass davon. Der alte Kannibale stand am Ufer und traute sich nicht zu springen. Aber er drohte mit der Faust und rief hinterher: „Ich habe euch erkannt, ihr Banditen! Das sage ich eurem Vater!" Das war natürlich Unsinn. Heinrichs Vater war schon lange tot und dich hat er gar nicht gekannt."

Der Vater musste lachen: „Das ist ja nicht zu glauben! Und was hat Marten gesagt, als ihr so zurückkammt?"

„Er hat nur gegrinst. Ich musste eine viel zu große Hose von Heinrichs Bruder anziehen und wir mussten zusammen unsere dreckigen Sachen in einem Bottich waschen, so wie Waschfrauen. Wir haben alles zum Trocknen aufgehängt. Zum Glück war es warm und windig und ich konnte die sauberen Sachen beim Nachhausefahren wieder anziehen."

Der Vater schüttelte noch immer den Kopf: „Das ist ja unglaublich! Du hast uns das nie erzählt. Aber auch Marten hat nichts verraten. Na, ja, das war ja auch typisch für ihn."

Eigentlich hätte der Vater jetzt auch eine Geschichte erzählen müssen, doch sie wurden abgelenkt, weil hinter ihnen ein Tross französischer Reiter näher kam, der sie bald überholte und in Richtung Landau davon ritt.

„Das ist aber ungewöhnlich", meinte der Vater. „Normalerweise reiten die Soldaten doch nicht durch die Kurpfalz, sondern bleiben in der Festung."

Als sie am französischen Tor ankamen, sahen sie viel mehr Soldaten als gewöhnlich und eine Menge beladener Bauernwagen, die zum Depot fuhren.

Irgendetwas war im Gange. Der Vater fragte einen Einwohner, den er vom Sehen her kannte, was hier vor sich ging.

„Wir müssen alle noch mehr Soldaten einquartieren und die Franzosen füllen ihre Lager mit allem, was sie kriegen können", antwortete der.

Am Paradeplatz wurde gerade exerziert. Sie konnten das Trommeln hören, das Rufen von Befehlen und das Klacken der Soldatenstiefel. Christoph hätte gern eine Weile zugeschaut, aber der Vater bog schnell in die Seitenstraße zur Post ein, holte wie üblich Briefe und Päckchen ab und auch die Zeitungen, die der Straßburger Postreiter für ihn hinterlegt hatte.

„Baltzer ist noch im Dienstbotenraum!", sagte der Postbeamte.

„Na, dann komm Christoph, schauen wir mal kurz rein!"

Baltzer saß allein an dem runden weiß gescheuerten Tisch und löschte seinen Durst, wie immer, mit einem Humpen Bier. Seine gelbe Postmütze lag auf dem Tisch. Dunkle Schatten umrahmten seine müden Augen und tiefe Falten durchzogen seine Stirn, als hätte er über schwierige Dinge nachzudenken. Als er Johannes und

Christoph sah, erhellte sich sein Gesicht und er sagte hocherfreut: „Aha, Johannes, hast deinen Jüngsten einmal mitgebracht. Setzt euch doch!"

Johannes bestellte ein Bier und einen Apfelsaft und fragte Baltzer, wie er die politische Situation einschätze. Christoph hörte aufmerksam zu, aber wagte nicht, die Unterhaltung zu unterbrechen, wenn er etwas nicht verstand.

Baltzer erzählte: „Ich hatte dir ja schon Anfang des Jahres gesagt, dass Frankreich seine Truppen im Elsass verstärkt, besonders bei Straßburg und Neubreisach. Die Franzosen spielen nicht mit offenen Karten. Der Oberbefehlshaber gegen die Kaiserlichen, Marschall Herzog von Berwick, war am 25. August heimlich, still und leise in Straßburg einmarschiert. Der Kommandant von Kehl erfuhr das erst zwei Tage später. Es sieht ganz so aus, als ob die Pfalz wieder einmal Aufmarschgebiet werden soll. Sie scheinen nur noch auf bestimmte Ereignisse in Polen zu warten." Baltzer sah den Vater bedeutungsvoll an und sagte: „Die Situation ist brandgefährlich, Johannes."

Der Vater stimmte ihm zu: „Ich glaube, du hast leider recht, auch hier in Landau sieht es nach Mobilmachung aus."

Der Postreiter schaute auf seine Uhr. „Entschuldigt, ich muss leider weiter." Er strich Christoph über seinen rotbraunen Haarschopf: „Halt die Ohren steif, Junge und pass auf deinen Vater auf!" Von Johannes verabschiedete er sich mit den Worten: „Hoffen wir, dass alles nicht so schlimm wird, wie wir befürchten."

Nachdem sie noch einige Kleinigkeiten in der Stadt gekauft hatten, fuhren Vater und Sohn mit dem Karren zurück nach Impflingen. Der Vater hätte ihm jetzt eigentlich einen Streich aus seiner Kindheit erzählen können, aber Christoph fragte: „Vater, warum hat der Postreiter gesagt, dass die Situation brandgefährlich ist?"

„Ach Junge, ich will versuchen, es dir zu erklären: Also, in Polen braucht man einen neuen König, weil der alte, August der Starke, gestorben ist. Nun gibt es zwei Bewerber dafür, der eine ist Stanislaw Leszczynski, der eigentlich polnischer König ist, aber schon seit vielen Jahren im Exil leben muss und der andere ist der Sohn vom verstorbenen August dem Starken."

„Und wer bestimmt nun, wer von beiden König wird, der Kaiser?"

„Wenn es nur so einfach wäre!"

Johannes musste an die Auseinandersetzung mit Marten in der Schenke zurückdenken, der gesagt hatte: „Die Franzosen werden alles tun, um Stanislaus auf den Thron zu bringen."

„Hör zu, Christoph, der König in Polen wird zwar von den Adligen gewählt, aber sie sind alle bestechlich, und wenn ihnen der Kaiser oder Ludwig XV. oder sonst jemand eine Menge Geld anbietet, stimmen sie für den, der am meisten bezahlt. Der Kaiser in Wien will lieber den Sachsen auf dem Thron sehen, weil er sich mit Stanislaus, dem Schwiegervater von Ludwig XV., von zwei Seiten von Frankreich umzingelt fühlt. Ludwig XV. wird Krieg führen, wenn sein Schwiegervater nicht wieder den Thron kommt. Das ist die brandgefährliche Situation."

Erst jetzt schien Christoph zu verstehen: „Oh Gott, Vater! Wenn wir doch bloß alle nach Amerika ausgewandert wären. Was sollen wir denn jetzt machen, wenn es Krieg gibt? Vielleicht müssen wir sterben?" Johannes aber meinte: „Man ist nirgendwo auf der Erde sicher, mein Junge. Vielleicht passiert ja auch gar nichts. Wir müssen erst einmal abwarten."

Nachdenklich ließen sie ihre Blicke über die hüglige Landschaft gleiten. Zwei Tagelöhner luden am Straßenrand Garben auf einen Pferdewagen, der schon halb voll war. „Sie treiben jetzt den Zehnten ein, für die Herrschaften in Landau", meinte der Vater in mürrischem Ton.

Am Ebenberg sah alles friedlich aus. Ein Schäfer trieb seine große Herde über die Höhe in Richtung Queichheim. In der Niederung pflügte ein Bauer mit seinem Pferd saftiges Ackerland. Scharen von Rabenvögeln folgten ihm. Der Bauer warf einen Erdklumpen nach ihnen, sodass sie kreischend aufflatterten und sich auf der gegenüberliegenden Straßenseite bei den Weinreben niederließen. Schweigend setzten sie die Heimfahrt fort. Johannes lockerte die Zügel und ließ den Braunen noch ein wenig traben, bis die Anhöhe kurz vor dem Ort zu steil wurde.

10. Okt.1733, Kriegserklärung des französischen Königs

Der im Schloss Chambord im Exil lebende polnische König Stanislaus Leszczynski war nach Polen gereist, um sich erneut der Königswahl zu stellen. Es gelang ihm, am 10. Oktober zum zweiten Mal als König und Großfürst bestätigt zu werden. Doch Österreich, Russland, Kursachsen sowie ein Teil des polnischen Adels erkannten das Ergebnis nicht an und riefen den sächsischen Kurfürsten Friedrich August III. von Sachsen (Sohn des verstorbenen August dem Starken) zum König aus. Noch am selben Tag erklärte Ludwig XV. dem Kaiser Karl VI. den Krieg. Stanislaus musste um sein Leben bangen und als einfacher Bauer verkleidet aus Polen fliehen. Er konnte sich nach Königsberg retten, wo ihm der Soldatenkönig, Friedrich Wilhelm I., König in Preußen, Zuflucht gewährte. Seinen Anspruch auf die polnische Krone gab er jedoch nicht auf.

Ludwig XV.versicherte den Reichsfürsten daraufhin, mit ihnen in

Frieden leben zu wollen, aber er müsse durch ihr Land ziehen und natürlich Kontributionen erheben, weil eine so große Armee nicht ohne diese unterhalten werden könne. Unsichere Zeiten kamen auf die Bevölkerung der Kurpfalz zu.

Zwei Tage später, am 12. Oktober erhielt der französische Marschall Berwick den königlichen Befehl, den Rhein zu überschreiten und die Reichsfestung Kehl einzunehmen. Ebenso sollten die französischen Generäle auch Lothringen und Nancy besetzen. Die Reichsfestung Kehl, nur wenige Meilen von Straßburg entfernt, wurde bereits zwei Wochen später eingenommen, denn sie war auf den Überfall nicht vorbereitet und unzureichend bemannt.

Damit hatten die Franzosen rechtsrheinisch einen Brückenkopf erobert, den sie für weitere Kriegsführungen nutzen konnten. Sie beabsichtigten, den Kaiser unter Druck zu setzen, indem sie weitere Reichsfestungen eroberten. Die nächste Festung würde Philippsburg sein, fast auf der Höhe von Landau. Es dauerte auch nicht lange, da bewegten sich tatsächlich französische Truppen der Infanterie und Kavallerie auf Landau zu. Kriegspferde zogen schwere Kanonen und Mörser hinter sich her. Das dumpfe Stampfen der immer näher kommenden Kriegsmaschinerie war weithin zu hören und versetzte die Bevölkerung in Angst und Schrecken. Die Erinnerung an die vorangegangenen Kriege, an das Morden und Brandschatzen der Dörfer und Städte war noch im Gedächtnis der Pfälzer. Viele verließen ihre angestammten Dörfer mit einigen Habseligkeiten und versuchten, sich auf die rechte Rheinseite zu den Reichstruppen durchzuschlagen.

In Impflingen läuteten die Glocken Sturm und alles eilte zum Kirchplatz.

Schultheiß Merckert versuchte, die aufgebrachte Dorfbevölkerung zu beruhigen:

„Ihr braucht keine Angst zu haben. Die Franzosen ziehen nur durch. Unser Kurfürst Karl III. Philipp hat versprochen, die Pfalz aus dem Krieg herauszuhalten. Niemand ist in Lebensgefahr. Es wird nur Einquartierungen und Fouragelieferungen geben. Geht zurück in eure Häuser und verhaltet euch ruhig."

Wenn die Franzosen diesmal auch nicht mit dem Befehl zum Brandschatzen in die Pfalz kamen, so verwüsteten sie doch auf ihren Märschen Felder, Wälder und Weingärten und drangsalierten die Bevölkerung zusätzlich mit Einquartierungen, Fourage oder Schanzarbeiten. Wem sein Leben lieb war, der gehorchte besser den Befehlen.

Vorerst kam es jedoch wegen des frühen Wintereinbruchs nicht zu bemerkenswerten Auseinandersetzungen zwischen den feindlichen

Lagern. Die französischen Truppen zogen sich auf die linke Rhein-seite ins Winterlager zurück und die Reichstruppen auf die Rechte. Die Bevölkerung aber war sehr besorgt. Das war die Ruhe vor dem Sturm. Alles wies auf einen frühzeitigen Feldzug 1734 hin, der schrecklich werden würde.

30. März 1734

Noch war es nicht zu Kriegshandlungen gekommen. Johannes hatte die Post für Impflingen von Landau abgeholt. Ein ziemlich dicker Brief aus Amerika war für den alten Schäfer Bossert dabei, der leider schon Ende des letzten Jahres gestorben war. Absender war dessen Schwiegersohn Henrich Stentz. Johannes war etwas verstimmt, weil für ihn wieder keine Nachricht von Hans Martin und seiner Familie oder von Johann Jung und Elisa dabei war. Er brachte den Brief sogleich zur Witwe Bossert. Vielleicht erfuhr er auf diese Weise auch einiges über seine Verwandten.

Die alte Witwe war überglücklich, bekreuzigte sich und drückte den Brief von Henrich und ihrer Tochter Dorothea fest an die Brust. Da sie fast blind war, konnte sie den Brief nicht lesen. Sie rief nach ihrem Sohn Georg, der sogleich an der Haustür erschien. Hoch-erfreut öffnete er den Brief und war erstaunt. „Da liegen ja zwei Briefe drin. Einer gehört euch." Er übergab Johannes den dickeren Brief mit der Aufschrift: an Christoph Traut. Anna Maria hatte ihn geschrieben.

Da die Witwe Bossert sozusagen die Stiefoma von Anna Maria war, meinte Johannes: „Ich glaube, ihr wollt bestimmt auch wissen, was Anna Maria an Christoph geschrieben hat. Ich denke, ich gehe erst einmal mit Christophs Brief nach Hause und wir kommen später noch einmal zu euch. Dann können wir uns die Briefe gegenseitig vorlesen.

Der Brief von Anna Maria

Dezember 1733, Hellam am Kreutz-Creek, White Oak
Lieber Christoph,
ich denke jeden Tag an dich. Hoffentlich bist du gesund und deine Eltern, deine Brüder und Barbara auch.
Vater schreibt gerade einen Brief an die Bosserts wegen Erbsachen und ich darf auch an dich schreiben. In der Philadelphia Gazette stand, dass ein Mann, der demnächst in die Pfalz reist, Briefe mit-nehmen will. Wir müssen den Brief in 10 Tagen nach Philadelphia bringen und in einem Kolonialwarenladen abgeben. Philadelphia ist übrigens eine schöne Stadt mit einem großen Hafen und viel

Wald ringsum, mit Läden und einem Markt, ähnlich wie Landau, aber ohne eine Stadtmauer. Hier leben viele unterschiedliche Menschen, Weiße, Indianer und schwarze Sklaven. Alles ist anders und ungewöhnlich.

Ich schreibe nun jeden Tag ein bisschen, damit du viel lesen kannst.

Das Leben in Kreutz Creek

Ein paar Monate haben wir in Tulpehocken gelebt, in der Scheune von Heinrichs großem Bruder Christopher. Aber wir mussten uns bald etwas Eigenes suchen. Christophers Verlobte hatte uns erzählt, dass ihre Verwandten, die Bayer heißen, in „Kreutz Creek"wohnen und dort ein guter Platz zum Siedeln ist. Deshalb sind wir dort hingezogen. Wir leben jetzt an einem kleinen Fluss, der Kreutz Creek heißt, in der Siedlung „White Oak".

Vater hat für uns eine kleine Blockhütte gebaut und einige Männer haben dabei geholfen. Hier gibt es sonst nichts Besonderes, nur ein paar Holzhütten, den Fluss, abgebranntes Rasenland und ringsum Wald, wo die Indianer leben. Draußen pfeift der Wind und es ist schrecklich kalt. Der Winter steht schon vor der Tür. Man muss alle Sachen übereinander anziehen, wenn man rausgeht und nicht erfrieren will. Manchmal habe ich fünf Kittel an. So kalt war es in Impflingen nie. Zum Glück haben wir genug Brennholz, sodass es wenigstens am Herdfeuer in der Küche warm ist. Wir haben bis jetzt nur zwei Räume, die Küche und die Schlafkammer, wo wir alle zusammen schlafen. Das ist schon viel. Manche haben nur einen einzigen Raum. Die Indianer leben in den Wäldern. Ich finde die Männer ein bisschen unheimlich, weil sie Federn auf dem Kopf tragen und sich im Gesicht und am ganzen Körper anmalen. Sie sind auch besonders groß gewachsen. Aber sie sind freundlich zu uns.

Die Männer ziehen meistens nur ein kurzes Stück Stoff an. Sie frieren wahrscheinlich nicht so leicht wie wir. Wenn es zu kalt wird, ziehen sie aber auch lange Hosen mit Fransen an. Sie reden wenig, aber wir können sie mit Zeichensprache verstehen. Wenn sie sagen wollen, dass sie als Freund kommen, heben sie den Mittelfinger und den Zeigefinger hoch, so wie beim Schwören. Und wenn sie Hunger haben, drehen sie ihre Faust vor dem Magen. Manchmal steigt mitten im Wald Rauch auf. Dann weiß man, wo sie wohnen. Sie leben in Langhäusern. Die Dächer sind mit Schilf bedeckt und oben rund wie bei einem Planwagen. Sie handeln mit Fellen und Schmuck aus Leder, Perlen und Federn. Vater verdient sein Geld mit Schuhe machen, wie du weißt. Er geht von Haus zu Haus und von Ort zu Ort und fragt nach. Manchmal holt er aber auch von den Indianern

Felle und Leder. Jetzt stellt er oft Mokkasins her, solche Schuhe, wie die Indianer anhaben, aus weichem Leder, nur die Sohlen sind hart. Ich habe auch solche. Sie sind sehr leicht und viel besser als Holzschuhe. Ich lege dir einen kleinen Federschmuck mit in den Brief, den Vater von ihnen mitgebracht hat. Ich habe für dich auch ein Bild dazu gemalt.

Ungefähr 300 Leute leben in unserer Umgebung, Engländer, Iren und Pfälzer. Die Engländer haben ihre Häuser auf den Pigeon-Hügeln gebaut, wir Pfälzer mehr am Fluss. Pigeon ist Englisch und heißt Taube. Es ist hier alles anders als in Impflingen. Es gibt keine richtigen Straßen, nur Feldwege. Der nächste Nachbar wohnt so weit fort, dass man sein Haus gar nicht sehen kann. Unsere nächsten Nachbarn heißen Schultz, Beyer, Hendricks und Dietz. Sie haben uns anfangs viel geholfen. Wenn eine neue Familie kommt, arbeiten immer alle zusammen, damit sie schnell ein Dach über den Kopf haben. Hier wachsen riesige weiße Eichen und Walnussbäume. Die Männer fällen die Bäume und bauen Blockhütten und Ställe und legen Viehkoppeln an.

In den Wäldern gibt es viele wilde Tiere, Bären, Wölfe, Luchse, Elche, Hirsche, Biber. Neulich haben wir mit den Eltern im Wald Pilze gesucht und dabei Waschbären und Stachelschweine beobachtet. Die Männer gehen auch auf Fasanenjagd. Wir Kinder dürfen nicht allein in den Wald. Vater hat immer seine Flinte dabei. Er sagt: „Nicht alle mögen uns hier. Manche nennen uns Eindringlinge, weil wir an der Grenze zwischen Pennsylvania und Maryland gesiedelt haben und im Indianergebiet."

Wir haben alle von morgens bis abends zu tun. Ich kümmere mich um Catharina, Dorothea und Jacob. Wenn man die Älteste ist, hat man das meiste zu tun. Ich wasche, koche, stopfe, flicke, als wäre ich die Mutter. Catharina müsste jetzt zur Schule gehen, aber es gibt ja noch keine. Da spiele ich manchmal mit ihr Schule und bin die Lehrerin. Ich erinnere mich daran, wie deine und meine Mutter uns immer Tiergeschichten vorgelesen haben, als wir klein waren. Sie hatten sich dazu oft Bücher von Lehrer Schley aus Mörzheim ausgeborgt. Wir haben hier keine Bücher, aber ich kann mich noch gut an die Geschichten erinnern und sie erzählen. Die Stiefmutter hilft meist bei den Männern mit. Sie hat auch schon einen Gemüsegarten angelegt. Im Frühjahr wollen wir Kartoffeln, Buchweizen, Roggen und Mais anbauen. Wir hoffen, dass wir über den Winter kommen. Dass Vater Schuhmacher ist, hilft natürlich, aber arm sind wir trotzdem. Ich kann gar nicht sagen, wie traurig ich bin. Ich glaube, das ist Heimweh. Ich vermisse dich, die schöne Zeit mit Marten und sogar die Schule mit Lehrer Le Beau.

Von Philadelphia nach Tulpehocken und Kreutz Creek

Unser Schiff hieß „Elisabeth" und kam am 27. August in Philadephia an. Da mussten alle im Courthouse den Eid auf den König George II. schwören, damit wir Staatsbürger der englischen Kolonie Pennsylvania werden durften. Dann haben sich unsere Wege getrennt. Die Vögelis und Unseld sind in Philadelphia geblieben und Johann Jung ist nach Lehigh gegangen. Die Trauts, Leys und wir sind anfangs nach Tulpehocken gezogen zu Christoper Ley, dem Bruder von Georg und Heinrich. Meine Familie ist aber bald nach Kreutz Creek weitergereist. Wir waren den halben Tag unterwegs und mussten dann einen Fluss mit einer Fähre überqueren. Der Fluss heißt Susquehennah und ist viel breiter als der Rhein. In der Nähe des Flusses leben auch noch viele Indianer. Von uns bis zum Susquehennah ist es nicht weit. Die Fähre sah so ähnlich aus wie die bei der Mannheimer Schanze.

Weißt du noch, wie wir durch Landau gelaufen sind und das Buch Robinson Crusoe kaufen wollten? Aber wir haben es nicht bekommen. Dein Freund Heinrich hat mir auf der Reise noch viel davon erzählt. Ich glaube, der kennt das ganze Buch besser als die Bibel. Wir wollten sein wie Robinson. Es war so abenteuerlich. Aber jetzt lebe ich selbst wie auf einer Insel. Ich wäre viel lieber wieder in Impflingen. Ich muss immer daran denken, wie wir beide in Landau an der Festungsmauer entlang gelaufen sind bis nach Queichheim und unsere Namen mit einem Stein unter die Brücke geritzt haben. Das ist nun fast ein Jahr her. Da wussten wir beide noch nicht, wie es kommt. In ein paar Jahren, wenn du zu uns kommst, ist es hier bestimmt schon viel besser. Außer meinen Geschwistern habe ich hier keine Freunde. Manchmal hole ich die Flöte und spiele das Elslein-Lied. Aber dann werde ich auch sehr traurig.

Fahrt auf dem Rhein nach Rotterdam

Ich hatte ein Büchlein dabei. Da habe ich jeden Tag etwas hineingeschrieben, zuerst über die Fahrt von Impflingen bis zum Neckarhafen in Mannheim, wo wir noch Elisa und ihre Freundin trafen. Wir sind dann in das Schiff aus Heilbronn eingestiegen und der Agent, Friederich, der uns die Reise verkauft hatte, ist mit uns auf dem Rhein bis nach Rotterdam mitgekommen. Da ist er mit Elisas Freundin ausgestiegen und wir haben sie nicht wiedergesehen. Alle Auswanderer kennst du ja, die Trauts, Leys, Hoffmanns, Vögelis Weiss, Johannes Jung, Elisa Bauer und uns Stentzens. Die jüngsten Kinder waren mit eineinhalb Jahren mein Stiefbrüderchen Jakob und der kleine Johannes von Theobald und Margaretha. Zwei Wochen hat es bis Holland gedauert. Der Rhein fließt durch viele deutsche Länder. Wir mussten über 20 Zollstellen passieren. Am Rhein, oben auf den Felsen, gab es viele Burgruinen. Vater hat mir erzählt, dass Ludwig der XIV. damals die schönen Burgen zerstören lassen hat, hauptsächlich von dem schrecklichen Mélac, dem Mordbrenner, der auch Landauer Festungskommandant war.

Die Stadt Koblenz ist auch eine Festung. Sie liegt am Rhein. Ich glaube, sie ist größer als die Festung Landau. Eine große Burg steht dort auf einem Felsen. Auf dem Rhein habe ich auch gesehen, wie sie ein riesiges Holländerfloß zusammengebaut haben, sogar mit Häusern obendrauf. Das große Floß wird nach Holland gebracht und dort wieder auseinandergenommen, um daraus Schiffe zu bauen. Ich musste denken, ob wohl auch ein paar Baumstämme aus dem Haardtwald dabei waren? Wir haben ja oft gesehen, wie sie das Holz die Queich hinunter getriftet haben bis nach Germersheim. Dein Freund Heinrich wäre am liebsten auf so einem riesigen Floß mitgefahren, aber Georg hat ihn nicht gelassen.

Unterwegs kamen viele Auswanderer dazu. Das Schiff war brechend voll. In Köln mussten wir zwei Tage warten, wegen des Stapelrechts. Waren wurden von unserem Schiff heruntergeholt und auf dem Markt verkauft.

In Holland wird das Land sehr flach und der Rhein teilt sich in mehrere Arme auf. Unsere Fahrt ging bis Dordrecht, kurz vor Rotterdam. Ein Fuhrwerk hat uns zum Hafen gebracht. Dort mussten wir auf die Schiffe warten. Ich habe viel mit Heinrich Ley zusammen gesessen und erzählt. Georg kümmerte sich viel um Heinrich, aber es gab immer Krach zwischen den beiden. Und wenn Elisabeth auch noch auf Georgs Seite war, ist Heinrich fast wahnsinnig geworden. Er kommt irgendwie nicht mit Elisabeth klar. Er hat gesagt: „Lasst mich in Ruhe! Aufpasser kann ich nicht gebrauchen! Ich will auch nicht nach Pennsylvania, sondern nach New York. Ich will nämlich richtig frei sein.

Auf der Elizabeth

Unser Schiff „Elizabeth" lag im Rotterdamer Hafen. Dort warteten viele englische Schiffe, aber bevor sie den Atlantik überqueren, müssen sie immer erst nach Dover in England segeln. Dort werden dann noch Waren aufgeladen und Zollpapiere ausgeschrieben. Die Überfahrt war bereits so schrecklich, dass ich es kaum beschreiben kann. Es war stürmisch und wir konnten nicht an Deck gehen. Das Schiff wurde von den Wellen und dem Sturm so stark hin und her geschaukelt, dass allen übel wurde.

Auf dem Atlantik waren wir mehr als zwei Monate unterwegs, haben immer nur Wasser gesehen. Oft schwankte das Schiff so heftig, dass alle vor Angst schrien und glaubten, wir gehen unter. Es roch immer nach Erbrochenem. Stell dir vor, 192 Leute waren in einem einzigen Raum im Zwischendeck, wo sonst die Schiffsladung liegt, davon waren 81 Kinder! Und dann kam noch die Schiffsbesatzung dazu, Kapitän, Steuermann, Soldaten, Matrosen, Schiffsjungen und viele andere, also noch einmal ungefähr 200 Menschen, sodass vielleicht 400 Menschen auf dem Schiff waren.

Ich hatte Galltinte, Feder und Papier von zu Hause mitgenommen und jeden Tag etwas aufgeschrieben. Manchmal habe ich auch gezeichnet. Auf einem Schiff kann man sonst nicht viel tun. Im Raum, wo wir uns aufhalten und schlafen mussten, standen links und rechts an den Wänden Doppelstock-Kojen. Sie waren wie ein Bretterzaun miteinander verbunden. Man konnte nur von vorn in die Betten klettern. Vom Nachbarn war man durch ein Zwischenbrett getrennt. Die Kinder schliefen meistens oben. In jedem Bett waren drei Leute untergebracht. Wenn schlimme See war, flogen die Sachen von den Betten herunter oder sogar die kleinen Kinder. Alles purzelte durcheinander. Dann gab es Gejammer und Geschrei. Und der Gestank war kaum auszuhalten. Durch die ganze Länge des Raumes standen Tische aus rohen Brettern und Bänke ohne Lehne. Alles war am Boden befestigt, damit nichts umkippen konnte. Dort konnte man sitzen und essen oder sich unterhalten. Die Männer haben aber dort meistens geraucht. Wir waren immer froh, wenn die Luke auf war, damit man frische Luft bekam. Unser Gepäck lag in den Gängen und unter den Betten, überall wo ein bisschen Platz war. Kochen durfte man nur auf dem Oberdeck. Dort standen Wannen, die mit Sand gefüllt waren, und eiserne Dreibeine, wo die Töpfe zum Kochen dran hingen. Wenn es irgendwie ging, blieb man oben an Deck. Viele sind seekrank geworden, ich zu Anfang auch. Manche Leute haben sich gestritten, ja sogar geschlagen. Es ist sehr anstrengend, mit so vielen Leuten wochenlang zusammen zu sein. Man ist immer unausgeschlafen und griesgrämig. Viele wurden krank, mit Erkältung oder Durchfall. Die Kleinen, unser Jakob und Martens Enkel, haben Glück gehabt. Sie waren verdammt anstrengende Buben, gerade aus dem Krabbelalter heraus. Alle haben sich abwechselnd mit den Kleinen beschäftigt, die Leys, Vogels, Trauts, Weiss, Hoffmanns und auch dein Cousin Johann Jung und deine Cousine Elisa.

Manchmal hat dein Onkel Marten ihnen Lieder auf der Flöte vorgespielt. Dann haben sie gelacht und mit den Händchen geklatscht und viele andere Kinder haben auch mitgemacht. Marten konnte ja gut mit Kindern umgehen. Aber dann sind Marten und Juditha so krank geworden, dass sie sich gar nicht mehr erholen konnten. Sie waren ganz dünn und kreideweiß im Gesicht.

Sechzehn Kinder sind auf dem Schiff gestorben, meistens die aller-kleinsten, zwischen ein paar Monaten und fünf Jahren. Aller paar Tage gab es eine Seebestattung. Sie wurden über Bord ins Meer geworfen. Und dann starben auch Marten und Juditha.

Ich kann es immer noch nicht fassen. Vater meint, dass es Auszehrung war. Marten hat kaum noch seine Ration Wasser getrunken. Viel-leicht wollte er sich opfern, damit seine Kinder überleben. Ich habe viel geweint. Gerade Marten war so ein Guter. Wir haben immer eine schöne Zeit mit ihm gehabt. Meine kleine Flöte tröstet mich manchmal. Ich spiele ein Lied und wenn ich die Augen zumache, denke ich, du spielst mit.

Reverend Stoever

Ich weiß nicht, ob du dich noch an den Lehrer Stoever aus Annweiler erinnern kannst. Als seine Frau gestorben war, ist er mit seinen Kindern ausgewandert. Sein ältester Sohn und er sind hier Prediger geworden. Aber wir haben bis jetzt nur den jungen Stoever gesehen. Er hat hier gepredigt und uns von den Trauts und Leys gegrüßt. Sie suchen noch nach einem eigenen Stück Land und werden wohl bald von Tulpehocken wegziehen, nach Muddy Creek. Er hat uns auch erzählt, dass er diesen Sommer geheiratet hat und dass er sich noch gut an unsere Einschulung in Impflingen erinnern kann. Er ist ein großer, gut angezogener Mann, sehr freundlich und lustig, aber er trinkt zu viel Branntwein. Das mag ich an ihm nicht leiden. Wir sehen Pfarrer Stoever sehr selten, weil er der einzige evangelisch-lutherische Priester weit und breit ist. Er muss eine Menge Gemeinden versorgen und immer weit reisen. Kirchen gibt es hier noch nicht. Er predigt meistens in Scheunen und führt Kindstaufen und Hoch-zeiten durch.

Ich muss jetzt aufhören, zu schreiben. Vater und ich wollen nach Philadelphia aufbrechen und der Brief muss fertig sein.

Ich hoffe, dass du meinen Brief erhältst. Wenn du kannst, bitte ant-worte mir. Vielleicht findest du auch jemanden, der Briefe nach Philadelphia befördert.

Ich möchte so gern wissen, wie es dir geht und was in Impflingen alles passiert ist.

Grüße bitte alle, die mich kennen und sage ihnen, dass es mir und meiner Familie gut geht.

Deine Anna Maria

Als Christoph seinen Eltern und Geschwistern den langen Brief von Anna Maria vorlas, standen ihm die Tränen in den Augen und er musste oft unterbrechen. Mit Anna Maria hatte er immer viel gelacht. Jetzt war das Leben ohne sie recht traurig. Aber auch die Mutter musste weinen. Sie hatte Anna Maria von klein auf ins Herz geschlossen, denn ihre verstorbene Mutter, die ebenfalls Anna Maria hieß, war ihre beste Freundin gewesen. Sie hatten viele schöne Stunden zusammen mit den Kindern verbracht. Die Freundin war so alt wie sie gewesen, eine freundliche und sensible Person. Jetzt hatten es die Mädchen gewiss nicht leicht mit der viel jüngeren Stiefmutter, die sehr streng zu den Kindern war. Aber wenigstens waren Anna Maria und ihre Geschwister in Amerika in Sicherheit. Hier würde es bald wieder Krieg geben und man wusste nicht, wie alles ausging.

Für Christoph war es so sicher wie das Amen in der Kirche, dass er eines Tages auswandern würde. Er wollte Anna Maria wiedersehen. Irgendwann würde er sie alle wiedersehen, auch wenn dann alles ganz anders sein würde. Dass Hans Martin und Juditha bereits gestorben waren, wollte er einfach nicht wahrhaben.

Als die Eltern und Geschwister später noch einmal zur Witwe Bossert gingen, um zu hören, was in dem anderen Brief stand, blieb Christoph zu Hause. Niemand sollte sehen, wie sehr er litt. Er ging in den Stall und striegelte den Braunen. Die Tränen rannen über sein Gesicht. Ein Junge sollte eigentlich stark sein. Aber er konnte seine Trauer nicht verjagen wie einen räudigen Hund. Je mehr er versuchte, die Tränen zu unterdrücken, umso unablässiger quollen sie hervor. Es war, als ob ein tiefer Brunnen überlaufen würde. Er schmeckte das Salz auf der Zunge. Schluchzend warf er sich neben das Pferd auf den Boden und trommelte mit den Fäusten auf das Stroh ein. Seine innere Stimme bebte und schrie: „Anna Maria, Annemie, ich vermisse dich so."

2. April 1734, Christoffels Beerdigung in Albersweiler

Man befand sich im Krieg, aber rechts des Rheins war außer der Eroberung der Festung Kehl und ein paar Toten noch nichts weiter passiert. Die Bevölkerung musste dort an den Ettlinger Linien Schanzarbeiten verrichten. Links des Rheins hatte es bisher nur Einquartierungen von französischen Soldaten gegeben. Die waren allerdings mit Angst und Ärgernissen verbunden. Als habe Christophel in Albersweiler die Kampfpause nutzen wollen, hatte er sich schnell noch von der Welt verabschiedet.

Drei Tage lang war der Verstorbene im Haus aufgebahrt worden, damit man Abschied von ihm nehmen konnte. Die beiden französischen Soldaten, die im Haus einquartiert waren, hatten sich früh am Morgen vor dem Leichnam verneigt und das Haus verlassen.

Sie schienen verstanden zu haben, dass ihre Anwesenheit unange-bracht gewesen wäre und würden wohl den ganzen Tag nicht zurück-kommen. Durch die Kosten für die einquartierten Soldaten hatte das Geld nicht mehr für einen Sarg gereicht. Auch die Verwandten der Witwe Anna konnten nichts dazu beitragen.

So musste er am Tag der Beerdigung in einen Sack gehüllt und auf eine Bahre gelegt werden. Zwei junge Männer aus der Nachbarschaft trugen den Verstorbenen hinaus. Als die Kirchenglocken zur vollen Stunde läuteten, setzte sich der Trauerzug in Bewegung. Der Pfarrer schritt langsam voran, gefolgt von der Witwe und der Trauer-gemeinde samt Kindern. Unter den trauernden Verwandten befanden sich die Familien von Wendel aus Kleinfischlingen, Appolonia aus Godramstein, Johann dem Fleischer und Johannes aus Impflingen sowie die Verwandten von Anna aus Albersweiler und viele Bekannte und Freunde aus dem Ort und der Umgebung.

Christoph ging an der Seite der Mutter, die ihren Kopf gesenkt hielt. Ein schwarzes Tuch verdeckte ihr Gesicht und er konnte nicht erkennen, ob sie weinte, so wie die anderen Frauen. Die Situation kam ihm so unwirklich vor, als wäre alles ein schlechter Traum. Männer, die am Straßenrand standen, zeigten ihre Ehrerbietung, indem sie den Hut abnahmen und sich bekreuzigten. Der verstorbene Christophel hatte Christoph nicht sehr nahegestanden. Aber er war immerhin der Bruder von Marten, was Christoph jetzt das Gefühl gab, dass es Marten war, den sie zu Grabe trugen. Tränen liefen haltlos über sein Gesicht.

Die Trauerfeier fand in der Bergkirche zu Albersweiler statt und Christoffels letzte Ruhestätte wurde der Bergfriedhof. Auf dem Weg zum Grab sang die Trauergemeinde Lieder und die Klageweiber weinten und schluchzten unaufhörlich. Der Pfarrer legte Christoffels Lieblingselwetritsche ins Grab, einen Hahn mit einem Fuchsgesicht. Dann verabschiedete sich jeder mit einer Handvoll Erde, die vorsichtig in die Grube auf seinen Leichnam gestreut wurde. Die Totengräber schaufelten alles zu. Von nun an erinnerte nur ein einfaches Holzkreuz an Christophel, der 55 Jahre alt geworden war. „Marten war 56 Jahre alt geworden, musste Christoph denken. Aber wo sich wohl sein Grab befand?"

Die engere Familie versammelte sich nach der Beerdigung zum Traueressen in einem Raum des gerade fertiggestellten „Gasthaus zum Hirsch"[53], um den Verstorbenen zu ehren und zu zeigen, dass das Leben weiterging. Als Christoph unter dem Torbogen zum Gasthaus entlang ging, konnte er die Inschrift lesen: „Dies Haus ist

---

53 Heute: „Gasthaus Pfälzer Hof", Hauptstraße 94, Albersweiler.

erbaut worden durch Wendel Metzger und dessen Hausfrau Maria Juliana geborene Aucherbacherin im Jahre Christi 1733". Der Oberschultheiß Metzger hatte Christoffels Witwe den Saal unentgeltlich überlassen und sie hatte am Tag zuvor zwei Bleche mit Streuselkuchen, Bier und einen Punsch aus Zitronenmelisse in das Gasthaus gebracht.

Man bekreuzigte sich und nahm an dem langen Tisch Platz. Christoph und seine Eltern saßen der Familie von Wendel und Appolonia aus Kleinfischlingen gegenüber, deren fünf Kinder zwischen zwei und zwölf Jahren alt waren.

„Sie sitzen da wie die Orgelpfeifen", musste Christoph denken. Er kannte sie nicht. Der Pastor, der die Grabrede gehalten hatte, erhob sich noch einmal und sprach einen Toast auf den Verstorbenen, der mit den Worten endete: „Gott hat ihn erlöst und zu sich geholt. Lasst uns nun danken und seiner gedenken. Amen." Danach versorgte sich jeder mit Essen und Trinken, das auf der Mitte des Tisches stand.

Christoph schaute zu der Witwe Anna hinüber, die er sehr mochte, weil sie immer eine lustige Person war. Jetzt aber tat sie ihm leid, wie sie so still in ihrem dunklen Kleid am Tisch saß. Sie war gerade erst fünfzig, aber sie wirkte jetzt wie eine sehr alte Frau. Aus dem schmalen Gesicht traten die Wangenknochen hervor. Er hörte, wie sie erzählte: „Die letzten Wochen waren sehr schwer. Nichts hatte Christophel mehr helfen können, weder der Aderlass zur Entgiftung des Körpers noch das Heilwasser von der Kaltenbergquelle. Er konnte keine Nahrung mehr bei sich behalten und wurde immer magerer. Und dass ich dazu noch die Franzosen einquartieren und beköstigen musste, war eine Situation, die ich kaum noch ertragen konnte."

Nach einer Pause füge sie hinzu: „Christoffels letzter Wunsch war es, dass der Krieg nicht stattfinden möge, und seine zahlreiche Elwetritschensammlung wollte er der Verwandtschaft schenken." Die Verwandten bedankten sich dafür und begannen sich Erinnerungen an Christophel auszutauschen, der ein ruhiger, freundlicher und ehrlicher Zeitgenosse gewesen war.

„Schön, euch einmal wiederzusehen", wandten sich Wendel und Appolonia an Christophs Eltern. „Ja, so ist das Leben, jeder hat mit sich zu tun und man kommt nur noch bei Hochzeiten, Taufen oder Beerdigungen zusammen."

„So ist es", entgegnete Johannes. „Zuletzt waren wir bei eurer Hochzeit in Kleinfischlingen. Das war ein Jahr vor Christophs Geburt." Wendel betrachtete Christoph ausgiebig und sagte dann: „Du bist aber groß geworden, seit ich dich zuletzt gesehen habe."

Christoph konnte sich nicht an ihn oder auch nur an einen einzigen der Familie erinnern, obwohl das älteste Mädchen so alt sein musste wie er. Er zuckte nur die Schultern und war verblüfft von der Ähnlichkeit Wendels mit seinem über alles geliebten Marten, den es jetzt nicht mehr gab.

Der Vater meinte zu Wendel: „Du hast Christoph ja auch zuletzt vor fünf Jahren gesehen, bei der Beerdigung meiner Mutter, also Christophs Großmutter Ursula." Dann erklärte er seinem Sohn: „Weißt du, Wendel und ich waren beide Cousins von Christophel und Hans Martin. Als Kinder waren wir oft zusammen."

Wendel bestätigte das und fragte interessiert: „Hatte Christophel eigentlich die gleiche Mutter wie Hans Martin?"Christoph war auf die Antwort gespannt, während die kleineren Kinder, die ihren Kuchen bereits gegessen hatten, langsam unruhig wurden. Die Mütter gaben sich Zeichen über den Tisch und gingen mit den Quälgeistern nach draußen auf den Hof von Wendel Metzgers Gasthaus. Christoph hatte immer den Eindruck gehabt, dass Marten und Christophel so unterschiedlich waren wie Tag und Nacht. Vielleicht hatten sie tatsächlich verschiedene Mütter.

Aber sein Vater antwortete: „Sie hatten die gleiche Mutter, sie hieß Anna Christina und ist jung gestorben. Sie kam aus dem Schwarzwald, aus Ebingen. Du kennst sie nicht mehr."

„Früh gestorben?", fragte Wendel, „Aber wir waren doch oft in Albersweiler und da war immer eine Frau im Haus ..."

„Sie hat die Familie nur versorgt. Der Vater hat nicht wieder geheiratet und ist etwa 1720 gestorben. Später haben Christophel und Anna die Wohnung übernommen."

„Wir mussten viele schlimme Zeiten erleben", meinte Wendel nachdenklich, „meine Eltern sind im selben Jahr gestorben, als ich geboren wurde. Wer weiß, was aus mir geworden wäre, wenn es unseren Großvater Leonhard nicht gegeben hätte ..."

„Da hast du recht, Wendel. Leonhard hat dich sofort als Baby in seinem Haus am Saumarkt aufgenommen. Ich war damals sechs und kann mich noch gut an unseren Großvater erinnern. Schade, dass du ihn nicht mehr in Erinnerung hast.

Leonhard war ein erstaunlicher Mensch, groß und stark und immer fröhlich und hilfsbereit. Er hat viel für die Familie und für Impflingen getan. Wir sind noch heute sehr stolz auf ihn. Viele Jahre hat er sich als Bürgermeister um den Wiederaufbau des Dorfes gekümmert. Nach all den Kriegen gab es noch viele leere Hausplätze und die Zugezogenen aus der Schweiz brauchten Wohnraum. Noch im Alter von über 70 Jahren ist er mit unserer Großmutter Elisabeth in die Schweiz aufgebrochen, um durch eine Geldsammlung für die reformierte Kirche den Wiederaufbau zu unterstützen. Leider starb Leonhard dort und die Großmutter musste allein zurückkommen."

„Ich muss wohl in dieser Zeit woanders untergebracht worden sein", meinte Wendel und nahm einen Schluck Bier zu sich.

„Das stimmt. Ich weiß noch, dass du vorübergehend bei uns in der Familie warst. Du warst gerade drei, so alt wie meine Schwester Katharina. Ich war sechs und musste immer auf euch beiden Hosenscheißer aufpassen."

Johannes winkte seiner Schwester Katharina und ihrem Mann zu, damit sie sich zu ihnen auf die frei gewordenen Plätze setzen konnten. Lange hatten sie nicht miteinander gesprochen, weil Katharina ihrem Bruder die Schuld daran gab, dass ihre Elisa still und heimlich nach Amerika ausgewandert war. Doch jetzt begrüßten sie sich alle freundlich und Christophs Tante meinte schließlich: „Wir haben Nachricht von Elisa bekommen. Es geht ihr gut. Sie lebt jetzt in Pennsylvanien, in Tulpehocken und hat geheiratet. Sie heißt jetzt Schaeffer. Ihr Mann, Adam, hat eine kleine Tochter mit in die Ehe gebracht. Seine erste Frau war im Kindbett gestorben. Er besitzt eine Farm und hat Elisa bei ihrer Ankunft in Philadelphia durch einen Redemptionervertrag beim Kapitän ausgelöst. Er hatte eigentlich nach einem Hausmädchen gesucht, aber dann hat er sie von der Stelle weggeheiratet."

Als Christoph das hörte, war er sehr froh. Anna Maria hatte das in ihrem Brief nicht erwähnt.

„Wer weiß, wozu es gut war, dass eure Tochter ausgewandert ist", meinte Wendel, „jetzt, wo der Krieg hier jeden Moment ausbrechen kann."

„Was hältst du denn vom Auswandern, Wendel?", entgegnete Elisas Mutter.

„Ich hätte wohl besser schon zusammen mit Hans Martin gehen sollen", antwortete der. „Vielleicht würde er dann noch leben. Aber jetzt, in diesen unruhigen Zeiten, ist es ja erst einmal nicht möglich."

Für Christoph hörte es sich so an, als wenn Tante Katharina ihrer Tochter Elisa gern folgen würde und nach Angehörigen suchte, die ebenfalls auswandern wollten. Falls das geschehen sollte, dann durfte er es nicht verpassen.

Er wollte von nun an immer Kontakt zu Wendels Familie in Kleinfischlingen und zu den Bauers in Godramstein halten, damit ihm nichts entging. Er würde sich ihnen anschließen.

Seinen Eltern verriet er seine Gedanken jedoch nicht.

Die Trauergesellschaft verabschiedete sich schließlich mit dem Versprechen, sich in diesen schweren Zeiten gegenseitig beizustehen.

09. April 1734, der Reichskrieg wird beschlossen.

Kaum war Christophel unter der Erde, da wurde am 9. April 1734 der Reichskrieg gegen Frankreich ausgerufen. Die feindlichen Armeen bewegten sich inzwischen entlang des Rheins aufeinander zu. Die Verwandten zu besuchen, schien keine gute Idee zu sein und an Auswandern dachte niemand, da man sich der Gefahr bewusst war. Jetzt konnte man nur hoffen und beten, dass man verschont blieb.

Auf der rechten Rheinseite, in Waghäusel, sammelte sich das kaiserliche Heer mit rund 10.000 Soldaten unter dem Befehlshaber Ferdinand Albrecht II., Herzog von Braunschweig-Lüneburg-Bevern[54], der auf den 71-jährigen Prinzen Eugen von Savoyen wartete, der den Oberbefehl über das Reichsheer erhalten hatte. Es folgten immer weitere Tuppenverbände, sodass die Armee bald 80.000 Mann umfasste.

Da die Unterkünfte in Landau nicht ausreichten, wurde viel Militär der Franzosen in den Dörfern untergebracht, auch in Impflingen und in Christophs Elternhaus.

Mit ernstem Ton wies der Vater, Johannes, seine Kinder an: „Lasst euch nicht das Geringste zuschulden kommen. Tut, was die Soldaten von euch verlangen, ohne Gegenrede, sonst könnte es uns allen übel ergehen!" Dabei hatte er besonders Michael im Blick, der für seine Widerworte bekannt war.

Alle Geschwister, ob erwachsen oder minderjährig, mussten ihren Schlafraum auf dem Dachboden für die Soldaten aufgeben und gemeinsam mit den Eltern in der beengten Kammer übernachten. Nachts schloss der Vater das Zimmer ab, denn obwohl die Soldaten ein freundliches Gesicht machten, konnte man ihnen nicht trauen. Immerhin hatten sie ihnen stolz ihre Gewehre und Blankwaffen aus der Klingenthaler Wappenschmiede von König Ludwig XV. präsentiert.

Die Mutter musste für alle kochen und die Familie aß mit den Soldaten zusammen am Küchentisch. Die Soldaten bekamen natürlich stets die größte Portion und verlangten gewöhnlich noch einen Nachschlag. Christoph wurde nie satt und wagte auch nicht, um mehr zu bitten. Die Mutter musste ja zusehen, dass es für alle reichte. Die Speisekammer wurde immer leerer. Keiner aus der Familie sprach ein Wort, solange die Soldaten im Haus waren. Es war eine traurige, angespannte Stimmung und alle mussten mit Wehmut an die Zeit zurückdenken, als die Verwandten und Freunde noch nicht nach Amerika ausgewandert waren. Wenn die Soldaten abends zurückkamen,

---

54 Ferdinand Albrecht II.war Herzog von Braunschweig-Wolfenbüttel (1680-1735) und der Schwiegervater von Friedrich II.(verh. von 12.06.1733-1786 mit Elisabeth Christine von Braunschweig-Wolfenbüttel).

waren sie meistens betrunken und krakelten herum: „Une bouteille de cognac!" Dann musste Johannes seinen Selbstgebrannten herausrücken. Die großen Brüder waren immer besorgt um ihre fünfjährige Schwester Barbara. Sie musste früher schlafen gehen, damit sie außer Reichweite der Soldaten war.

Die Soldaten, Christoph und Barbara

Einmal, als die Eltern und die großen Brüder noch draußen auf dem Feld und dem Weinberg beschäftigt waren, stapelten Christoph und Barbara im Haus Feuerholz neben dem Herd. Als sie damit fertig waren, holte Christoph seine Flöte und begann zu spielen. Barbara sang: „Ach Elslein, liebes Elselein ..." Als sie mitten im Spiel waren, wurde plötzlich die Haustür laut aufgerissen und die beiden Soldaten kamen johlend auf die Kinder zu getaumelt. Sie klatschten in die Hände und forderten Christoph auf, mehr zu spielen, und Barbara sollte dazu tanzen.

„Danse, poupée, danse!", brüllten sie. Aber die Fünfjährige bekam Angst und fing an zu weinen. Da lachten die Soldaten, hielten die kleine Barbara am Arm fest und drehten sie im Kreis herum, sodass ihr schwindlig werden musste. Christoph wollte seiner Schwester helfen, aber da bekam er eine Ohrfeige: „Continue à jouer, idiot!"

Er war hilflos, sah die Gewehre und Säbel, dachte an die Worte des Vaters und spielte weiter, während die Schwester sich zu Boden warf und laut schrie. Die Soldaten amüsierten sich darüber: „Lève-toi, stupide oie! Steh auf, dumme Gans!" Einer trat ihr mit seinen derben Stiefeln in den Hintern. Da konnte sich Christoph nicht mehr zurückhalten, sprang auf und trat dem Malträtierer tüchtig ans Schienbein. Der Soldat packte ihn am Kragen und schüttelte ihn hin und her. „Arrete! Hör auf damit!", rief sein Kamerad. Da stieß jener Christoph mit aller Wucht von sich, sodass er mit dem Kopf gegen die Küchenwand prallte und zusammensackte. Die Eltern und Geschwister, die von draußen den Lärm gehört hatten, kamen in diesem Moment ins Haus gerannt.

Ohne zu überlegen, stürzten sich der Vater und die großen Brüder auf die betrunkenen Soldaten, nahmen ihnen die Waffen ab und fesselten sie an den Küchenstühlen. Die Mutter stand einen Moment starr vor Schreck, bevor sie begriff, was geschehen war und dass sie sich um ihre Kinder kümmern musste. Zum Glück waren sie noch einmal mit dem Schrecken, ein paar Beulen und blauen Flecken davongekommen.

Der Vater drohte den Soldaten, Meldung bei ihrem Kompaniechef zu machen.

Da flehten diese um Vergebung und versprachen hoch und heilig, dass sie so etwas nie wieder tun würden. Vor den Strafen, die sie erwarteten, wie Auspeitschen, Spießrutenlaufen oder noch Schlimmeres, hatten sie nämlich schreckliche Angst.

In Impflingen wusste keiner, was ringsum vor sich ging. Hin und wieder hörten sie von Flüchtenden, wo sich die kaiserlichen oder französischen Truppen gerade befanden.

Die Franzosen schienen einen Rheinübergang bei Germersheim zu planen, andererseits besetzten sie aber gleichzeitig Trier und Trarbach an der Mosel. Da Trarbach heftige Gegenwehr zeigte, wurde die dortige Grevenburg in die Luft gesprengt. Doch das alles waren nur Ablenkungsmanöver der Franzosen, um die Reichstruppen zu verunsichern und vom eigentlichen Plan abzulenken.

Im Juni kam der Krieg dann richtig in Gang, als der gefürchtete Marschall Berwick von Straßburg aus mit einer Truppenstärke von 100.000 Mann rheinaufwärts marschierte, um den Kaiserlichen die Festung Philippsburg zu entreißen und dadurch einen weiteren wichtigen Außenposten zu gewinnen.

Juli 1734
Lager zu Wiesenthal und Belagerung von Philippsburg

Kaiser Karl VI. hatte seine Reichstruppen zur Verteidigung aufgerufen. Drei Fronten wurden vorbereitet, von Säckingen bis Hornberg im Schwarzwald, von den Ettlinger Linien bis Philippsburg und von Gernsheim bis Mainz. Der 71- jährige Prinz Eugen von Savoyen sollte nun als Oberbefehlshaber die Reichsarmee übernehmen und die Festung Philippsburg verteidigen.

Mehr als 60 fürstliche Persönlichkeiten reisten extra wegen Prinz Eugen ins Lager zu Wiesenthal, um eine siegreiche Schlacht mitzuerleben und am Ruhm teilzuhaben. Unter ihnen waren der Markgraf von Baden (Sohn des Türkenlouis), der Herzog von Württemberg sowie der preußische Soldatenkönig Friedrich Wilhelm I. mit seinem Sohn, dem Kronprinzen Friedrich und dem Generalfeldmarschall Fürst Leopold von Anhalt Dessau.

Das Vertrauen in Prinz Eugen als Oberbefehlshaber war trotz seines hohen Alters ungebrochen. Der Kronprinz Friedrich bekam die Chance, ihn persönlich kennenzulernen und von ihm in der Kriegs- kunst unterrichtet zu werden.

Friedrich Wilhelm I. hatte zu dieser Zeit Schwierigkeiten, sich loyal zu verhalten. Immerhin war die Gemahlin des Kaisers, Elisabeth Christine von Braunschweig, auch eine Cousine 2. Grades seiner Schwiegertochter gleichen Namens und der Kronprinz war mit ihr im letzten Jahr vermählt worden. Er war einerseits kaisertreu, hatte aber auch dem polnischen Exilkönig Stanislaus Leszczynski nach dessen Flucht aus Polen in Königsberg Unterkunft gewährt. Er hatte dem Kaiser 50. 000 Soldaten zur Verstärkung angeboten. Karl VI. lehnte jedoch das Militärangebot ab, um den Preußen keine Zugeständnisse in der Erbfolge von Jülich und Berg machen zu müssen. Er nahm lieber die Hilfe von russischen Truppen an.

Prinz Eugen hatte die denkbar ungünstigsten Voraussetzungen für einen ruhmreichen Sieg. Die französische Armee war nicht nur zahlenmäßig weit überlegen, sondern die Reichsarmee bestand zudem aus einem zusammengewürfelten Haufen verschiedenster Kontingente. 85 000 Soldaten standen 100.000 Franzosen gegenüber. So tapfer die Reichstruppen auch kämpften, sie mussten nach vier Wochen den Franzosen die Festung Philippsburg überlassen. Lediglich der gefürchtete Marschall Berwick war in einem Laufgraben von einer Kanonenkugel tödlich getroffen worden, die ihm den Kopf zerschmettert hatte. Aber das Kommando übernahm sofort Marschall D`Alsfeld.

Die hohen fürstlichen Persönlichkeiten reisten aufgrund der Niederlage von Prinz Eugen nach 12 Tagen enttäuscht nach Hause ab.

Der preußische Kronprinz Friedrich hatte dennoch genug gesehen und erlebt und würde für seine zukünftigen Schlachten die Lehren daraus ziehen.

Prinz Eugen musste sich nach der Niederlage mit seinen Armeen in den Kraichgau zurückziehen. Die Franzosen verfolgten sie zuerst, kehrten dann aber im Herbst wieder zurück. Die feindlichen Armeen zogen kreuz und quer durch die Pfalz und die Bevölkerung musste erdulden, dass ihr Land ruiniert wurde und die verschiedensten Einquartierungen hinnehmen. Auch Christophs Familie erging es so wie allen Verwandten in Impflingen, Albersweiler, Gleishorbach oder Kleinfischlingen. Der Krieg laugte die Bevölkerung und das Land völlig aus. Hunger und Krankheiten machten sich breit. Am Ende hatten die Bauern nicht einmal mehr Saatgut für die Frühjahrsbestellung und der Kurfürst Karl III. Philipp sah sich gezwungen, den Franzosen auch noch die Festung Mannheim zu öffnen, um als Gegenleistung Saatgut an die Bauern verteilen zu können.

Im Oktober gingen die französischen und die kaiserlichen Truppen wieder in die Winterlager. Allein in der Pfalz, zwischen Worms und dem Speyerbach, lagerten acht französische Bataillone[55], weitere vier Grenadierkompanien[56] in Heidelberg, Ladenburg, Neckarau und Wiesloch.

---

55 1 Bataillone= zwischen 300 und 1200 Soldaten.
56 1 Kompanie= zwischen 60 und 250 Soldaten.

1735

Im Mai 1735 hatte es bereits geheime Friedensverhandlungen in Wien gegeben. Es kam am 3. Oktober zum „Präliminarfrieden", zur dauerhaften Einstellung der Kampfhandlungen und einer Art „Vorfrieden". Die Bevölkerung wurde darüber jedoch nicht informiert. Mitte Oktober kam nämlich noch ein russisches Hilfskorps ins Winterquartier und die Bevölkerung musste es unterbringen. Die feindlichen Mächte hatten sich zu ihrem Vorteil geeinigt. Die pragmatische Sanktion wurde von allen Herrschern anerkannt, auch von Frankreich und Preußen. Das bedeutete, dass Maria Theresia, die Tochter von Kaiser Karl VI., den Thron auch als Frau erben konnte. Der zukünftige Ehemann, der Herzog von Lothringen, musste dafür seine Herzogtümer Lothringen und Bar an den entthronten Polenkönig Stanislaus Leszczynski abgeben, der sich offiziell König nennen durfte. Nach dessen Tod würden diese Länder an Frankreich zurückfallen, da seine Tochter Maria mit dem französischen König Ludwig XV. verheiratet war. Polnischer König wurde Friedrich August III.[57], Kurfürst von Sachsen und Großfürst von Litauen.

Der polnische Krieg war damit noch lange nicht beendet. Es gab weiterhin kriegerische Auseinandersetzungen auf italienischem Gebiet, wobei Frankreich sich mit den spanischen Bourbonen gegen Österreich verbündet hatte und um Ländereien und Erbrechte kämpfte.

In der Kurpfalz hatten zwar die beiden Franzosen, die bei den Trauts einquartiert gewesen waren, ihre Pferde genommen und waren auf Nimmerwiedersehen verschwunden, aber dafür mussten sie nun russische Soldaten aufnehmen. Im Allgemeinen hatte die Bevölkerung aber lieber sechs Russen als einen Kaiserlichen oder Franzosen im Hause. Die russischen Soldaten verhielten sich sehr diszipliniert, allein schon wegen der schlimmsten Strafen, die sie sonst erwarteten.

1736

Maria Theresia heiratete 1736 in Wien den Herzog Franz von Lothringen, der nach dem Tod seines Vorgängers Großherzog von Toscana werden würde. Damit waren aber die Zeiten für die Pfälzer nicht einfacher geworden. Während der Kriegshandlungen waren die Felder verwüstet worden und es konnte nichts angebaut werden. Die Menschen hatten gehungert und gefroren. Sie hatten viel Leid erfahren und waren körperlich geschwächt. Und jetzt mussten sie

---

57 Sohn von August dem Starken und ab 1733 sein Nachfolger
    (17.10.1696-05.10.1763).

mit letzter Kraft von vorn anfangen, um nicht unterzugehen.

Kurfürst Karl III. Philipp ließ Saatgut verteilen, um der Hungersnot zu entkommen. Schultheiss Merckert forderte die Impflinger auf, sich das Saatgut für die Frühjahrsbestellung von der Waage abzuholen. Michael und Christoph zogen mit einem Handwagen zum Rathaus. Ihr ältester Bruder, Jacob, der seit ein paar Jahren mit Rosina verlobt gewesen war, hatte inzwischen geheiratet und war auf den Hof seiner Frau gezogen. Seine Schwiegereltern brauchten dringend Unterstützung. Sie waren nicht mehr in der Lage, den Hof allein zu bewirtschaften. Seit Wochen klagte aber auch der Vater über Gicht und kräftige Rückenschmerzen. Er war sehr niedergeschlagen und meinte: „Wir sind jetzt auf dem absoluten Nullpunkt angekommen. Ich hoffe nur, uns bleibt der Bettelstab erspart."

März 1737

Seit der Beerdigung von Christoffel in Albersweiler waren schon dreieinhalb Jahre vergangen. Eigentlich hatte Christoph mit Onkel Wendel in Kleinfischlingen und mit seiner Tante Katharina in Godramstein engen Kontakt halten wollen, weil er ahnte, dass sie vorhatten, auch nach Amerika auszuwandern, und er dann mitgehen wollte. Es gab keinen Tag, an dem er nicht an Anna Maria dachte. Außer dem einen Brief hatte er kein weiteres Lebenszeichen mehr von ihr erhalten und machte sich Sorgen. Hoffentlich ging es ihr gut. Wie sollte er es nur schaffen, zu ihr zu kommen? Noch waren viele Soldaten unterwegs und man hörte nichts von Neuländern oder anderen Werbern. Vielleicht gab es aber auch gar keine Chance, über den Rhein nach Holland zu kommen, wo die großen Auswandererschiffe lagen.

Um den Mut nicht zu verlieren, beschäftigte er sich in Gedanken immer wieder mit der Auswanderung und bereitete sich gründlich darauf vor. Er machte sich in einem Büchlein Notizen darüber, was er alles vor der Ausreise erledigen musste. Alles, was ihm wichtig erschien, legte er in den Rucksack und versteckte ihn ganz unten im Schrank unter seinen Sachen. Nach und nach steckte er etwas hinzu, den Brief von Anna Maria, ein Taschenmesser. Er schrieb sogar schon einen Abschiedsbrief, den die Eltern finden sollten, wenn er nicht mehr da war. Alles war griffbereit, wenn er es brauchte.

Christoph auf dem Weg nach Kleinfischlingen

Eines Sonntags im Juni hielt Christoph es nicht mehr aus und machte sich allein auf den Weg nach Kleinfischlingen. Er musste unbedingt mit Wendel sprechen, den er auf der Beerdigung von

Christophel kennengelernt hatte. Früher war er öfter mit Marten und Juditha in der Bauernkutsche nach Ottersheim gefahren, wo sie Theo und seine Familie besuchten und Christoph mit seinem Freund Heinrich Lay spielen konnte. Mehrmals hatte Onkel Marten ihm gesagt, dass man von Offenbach aus gut nach Kleinfischlingen kommen konnte, wo sein guter Cousin Wendel wohnte. Es war nur zwei Orte weiter.

Christoph war inzwischen ein groß gewachsener Vierzehnjähriger, aber man hätte ihn auch älter schätzen können. Er hatte gerade die Schule beendet und arbeitete tüchtig im Hof und auf den Feldern mit. Es waren keine guten Jahre, die er seit dem Beginn des polnischen Krieges erleben musste; Angst und Hunger waren immer gegenwärtig. Jetzt, wo der laue Sommerwind durch seine schulterlangen rotbraunen Haare pustete, fühlte er sich nach langer Zeit endlich wieder frei. Soldaten waren weit und breit nicht zu sehen, und nur vereinzelt ein paar Dorfleute. Er atmete die frische Luft ein und rannte wie neu belebt durch die Feldwege, zuerst in Richtung Ebenberg, dann unterhalb der Festung Landau vorbei. Irgrndwann sprang er gekonnt über den Birnbach und wunderte sich, dass er nicht hineingeplumpst war, wie damals in den Brühlgraben, als Heinrich und er vor dem Kannibalen weglaufen mussten. Er lief nun Richtung Queichheim. Nichts hatte sich in der Umgebung geändert. Landau und seine drei Dörfer Dammheim, Nußdorf und Queichheim gehörten auch weiterhin den Franzosen. Von den Festungstürmen bei der Reiterkaserne beobachteten ihn die französischen Soldaten. Aber sie störten ihn nicht. So war es immer gewesen. Sie würden nicht auf ihn schießen.

Damals, als er mit Anna Maria von Landau aus zur alten Queichbrücke gerannt war, waren sie an der Auslaufschleuse vorbeigekommen. Diese lag jetzt vor ihm. Rechts erkannte er schon den Kirchturm von Queichheim. Er musste sich also in der Mitte davon halten, wenn er bei der Brücke Halt machen wollte, bevor er über Bornheim nach Kleinfischlingen weiterging.

Er hatte die kleine steinerne Brücke über die Queich mit dem eingemeißelten Namen Quichem schnell gefunden, denn sie war in seinen Gedanken immer gegenwärtig. Unter dem Brückenbogen war auch noch das Herz mit den Eingravierungen zu sehen: A.M.S + C.T. Nov.1732. Er strich mit der Hand zärtlich über die Buchstaben und bekreuzigte sich. Als er die Augen schloss, sah er Anna Maria, wie sie ihn damals anschaute, mit der rosa Schleife auf dem Kopf, die ihr Elisa auf dem Marktplatz ins Haar gebunden hatte. Die Schleife mochte er eigentlich nicht. Aber sie sah damit so hübsch aus, wie eine kleine Braut, und er hatte ihr einen Kuss auf den

Mund gegeben. Er hatte ihr die alte französische Münze geschenkt und sie hatten einander versprochen. Er würde sie eines Tages wiedersehen. „Das gelobe ich hoch und heilig", sprach er zu sich und zu den Vorfahren der Brücke. Irgendwie aber wunderte er sich plötzlich: „Wer waren eigentlich die Vorfahren, die ihm helfen sollten?" Er kannte sie ja nicht.

Dann lief er weiter, quer über die Queichwiesen. Als wäre ein Wunder geschehen, tanzten und flatterten plötzlich vor ihm viele Störche auf. Er hatte bis dahin nicht gewusst, dass sie hier in den Wiesen so zahlreich versammelt waren. Das musste ein göttliches Zeichen sein, alles würde gut werden.

Kleinfischlingen

Nach drei Stunden kam Christoph in Kleinfischlingen an und fragte einen älteren Mann, der einen Korb mit Vogelmiere trug, nach dem Haus von Wendel Traut. Wendel musste gut angesehen sein. Der Mann sagte freundlich: „Das kleine Fachwerkhaus da, neben der Kirche, mit dem großen Torbogen, da wohnt er."

Christoph ging durch die Hoftür auf den Innenhof, der umgeben war von Ställen und einer großen Scheune. Aber alles wirkte irgendwie leer, wie ausgefegt. Kein Pferd wieherte, kein Schaf blökte, keine Hühner rannten umher. Kein Mistberg in der Hofmitte. Stattdessen ein langer Tisch aus Brettern. Er schlug dreimal den Türklopfer gegen die Haustür.

Als Erstes hörte er lautes Bellen, das näher kam. Dann öffnete Tante Apolonia mit einem Baby auf dem Arm und einem Zweijährigen am Rockzipfel die Haustür. Sie sah blass und ratlos aus. Sie schien ihn nicht gleich wiederzuerkennen. Immerhin war aus dem Kind Christoph fast ein junger Mann geworden. Auch für Christoph waren die beiden Kleinkinder Neulinge. Der schwarz-weiße, hagere Mischlingshund sprang an ihm hoch.

„Ach Herrje, Platz, Brutus!", rief da Wendel, der hinzugeeilt war: „Das ist doch Christoph aus Impflingen! Schön, dass du uns besuchen kommst. Es gibt hoffentlich einen guten Grund."

Da Christoph freundlich schaute, war der erste Schreck bald vergessen. Wendel zeigte auf den langen Brettertisch und meinte: „Draußen ist es schöner als drinnen. Kommt, setzen wir uns besser alle dahin."

Auf dem Hof war es angenehm. Die Sonne schien. Die Kinder kamen aus dem Haus und bald war Christoph von den sieben Orgelpfeifen im Alter von ein bis vierzehn Jahren umgeben. Das älteste Mädchen, Katherine, holte einen Topf mit Zichorienkaffee, Becher und einen Teller mit sehr hartem Gebäck aus dem Haus und stellte alles auf den Tisch. Sie waren arme Leute, das sah Christoph wohl. Das Gebäck musste in den Kaffee getunkt werden, damit man es essen konnte. Aber es schmeckte immerhin süß und in diesen Zeiten musste man damit zufrieden sein.

Nachdem Christoph erzählt hatte, dass zu Hause alles in Ordnung sei, die Eltern zwar ihre Wehwehchen hatten, aber die schlimmsten Jahre wohl vorbei seien, erzählten Wendel und Apollonia, wie schwer es war, die letzten Jahre zu überstehen. Der Acker hatte sie nicht mehr ernähren können, das Saatgut fehlte. Sie mussten nach und nach ihre Tiere schlachten und schauen, was sie sonst irgendwo zum Essen fanden. Aber so ging es ja vielen anderen auch. Apolonia wurde erfinderisch, machte Mus aus Brennnesseln oder sogar aus Melde , Salat aus Vogelmiere oder Löwenzahn. Die Wurzeln vom Gichtkraut waren wie Brotersatz. Aber sie wurden von all den Kräutern nie richtig satt. Sie trugen sich mit dem Gedanken, nach Amerika auszuwandern. Noch aber hatten sie sich nicht endgültig entschieden, denn Apolonia erwartete im Januar ein weiteres Baby. Es ging ihr gerade gesundheitlich nicht gut. Ab und zu überreichte die Mutter Katherine das Baby, weil sie sich übergeben musste.

Wendel betrachtete Christoph: „Hast du etwas auf dem Herzen, Junge? Du kannst es mir ruhig sagen."

„Na, ja, stotterte Christoph, ich habe da so ein paar Fragen."

„Rede schon!"

„Weißt du eigentlich etwas über die geheimnisvolle Brücke in Queichheim, Onkel Wendel?" Wendel schien sofort zu wissen, worauf er hinaus wollte:

„Also, der Ursprung unserer Vorfahren liegt zweifellos in Queichheim. Die Brücke ist wie ein Beichtstuhl und die Geister unserer Vorfahren helfen uns, wenn wir fest an sie glauben. Ein gewisser Schultheiss, Valtin Traut, soll die Brücke Ende des 16. Jahrhunderts erbaut haben. Er muss mein Ururgroßvater gewesen sein und auch der von Marten und deinem Vater. Balthasar hieß wohl einer von dessen Söhnen. Er war dann der Urgroßvater, der einen Sohn namens Leonhardt hatte. Leonhardt war mein Großvater und der berühmte Bürgermeister von Impflingen."

Christoph unterbrach Wendel: „Von Leonhard habe ich schon oft etwas gehört. Als Kind musstest du ein paar Jahre bei ihm aufwachsen, stimmts?"

Wendel bejahte und tunkte ein Stück harten Kuchen in den Malzkaffee. „Das war, weil meine Eltern schon gestorben waren, als ich noch ein Baby war."

Dann erzählte er nachdenklich lächelnd weiter: „Ich kenne die Quichem-Brücke. Stell dir vor, kurz bevor der Krieg ausbrach, bin ich dort allein hingegangen. Da traf ich einen Mann mit seinem kleinen Sohn, der inzwischen 9 oder 10 Jahre alt sein muss. Wir unterhielten uns freundlich und dabei hat sich herausgestellt, dass mein Vater und sein Vater Halbgeschwister waren. Großvater Leonhardt hatte nämlich 2 Ehen. Der eine Sohn hieß Johann Valentin, mein Vater Johann Velten. Sie hatten den gleichen Vater, aber verschiedene Mütter, verstehst du?"

„Ja, sehr interessant. Das war dann dein Stiefonkel. Habt ihr jetzt Kontakt zueinander?", fragte Christoph.

„Leider nicht. Ich habe es versucht, aber ihn nicht mehr angetroffen. Nachbarn sagten mir, dass die Familie irgendwohin gereist ist, aber sie wollten zurückkommen."

„Vielleicht ist er ausgewandert", vermutete Christoph.

Die kleineren Kinder von fünf, sieben und zehn Jahren kümmerten sich um den zweijährigen Debald und beschäftigten ihn an der Erde mit Stöckchen und Bauklötzen, was ziemlich laut vor sich ging.

„Wie sieht es eigentlich bei euch mit der Auswanderung aus?", fragte Christoph. Immerhin war das die Frage, auf die er eine Antwort haben wollte und weshalb er eigentlich hergekommen war.

Auch der zwölfjährige Georg und die vierzehnjährige Katherine schauten ihren Vater erwartungsvoll an.

Wendel erzählte, dass sich bereits mehrere Freunde und Bekannte von ihm zur Ausreise entschlossen hatten. Einer von ihnen, der zwanzigjährige Johannes Lingenfelder aus Steinweiler, hatte bereits Kontakt zu den Kindern der verstorbenen Mme. Ferré aufgenommen. Sie besaßen jetzt ein großes Stück Land im Lancaster County, in Straßburg. Sie nannten es Paradise. Man konnte dort sehr gut leben und noch viele Leute zum Arbeiten gebrauchen.

„Sagt ihr mir Bescheid, wenn ihr euch entschlossen habt, fortzugehen?", fragte Christoph. „Ich möchte nämlich gern mitkommen."

Apolonia und Wendel sahen sich etwas verlegen an. Dann meinte Wendel: „Was sagen denn deine Eltern dazu? Wir können dich doch nicht einfach so mitnehmen."

„Ich werde mit ihnen darüber sprechen", versprach Christoph. Aber ihm war völlig klar, dass er mit seinen Eltern darüber nicht reden konnte und wollte.

Am späten Nachmittag machte er sich auf den Rückweg.

„Ich werde euch bald wieder besuchen, wenn ich darf."

„Natürlich, du bist immer gern bei uns gesehen."

Herbst 1737

Christoph wollte eigentlich bis Ende des Jahres noch einmal nach Kleinfischlingen oder auch nach Godramstein gehen. Aber Regen und Schnee wechselten sich frühzeitig ab.

Und die Arbeit auf dem Bauernhof, im Weinberg und auf den Feldern musste dennoch erledigt werden. Jetzt, wo Jacob nicht mehr zu Hause war, musste Christoph ihn ersetzen; das hieß, mit Friedrich und Michael zusammenarbeiten. Christoph war am Ende des Tages meist so erschöpft, dass er sofort einschlief.

Die Einquartierungen während des polnischen Krieges und die Sorgen um das tägliche Brot hatten die Eltern frühzeitig altern lassen. Der Vater litt vermehrt an Gichtanfällen. An seinen Fingerknochen hatten sich schmerzhafte Verdickungen gebildet, die ihn daran hinderten, überhaupt etwas anzufassen, und manchmal schrie er vor Schmerzen und hielt sich den Rücken. Die Mutter konnte vieles nicht mehr allein bewältigen. Sie brauchte viel Ruhe und Unterstützung von Barbara.

Christoph beruhigte sich damit, dass es den Eltern bestimmt bald besser gehen würde und die Auswanderungen nach Amerika auch erst im kommenden Frühling wieder begannen. Die Schiffe fuhren ja bekanntlich nur im Sommer über den Atlantik.

Die Arbeit war schwer, aber mehr noch quälte Christoph der ständige Streit zwischen den Brüdern. Eigentlich war Friedrich nun der Älteste und hatte das Sagen, aber letztlich entschied immer Michael, was und wie alles gemacht wurde. Einmal, als Christoph sich auf die Seite von Friedrich stellte und ihm recht gab, wurde Michael so wütend, dass er auf Christoph losging und brüllte: „Halt du dich da raus, du Verräter! Meinst du, ich weiß nicht, was du vorhast? Ich sage nur Rucksack!" Als der Vater den Streit schlichten wollte, knallte Michael die Haustür zu und verschwand. Christoph wusste nun, dass Michael heimlich seinen Rucksack durchsucht und wohl schon alles dem Vater erzählt hatte.

Über Winter war draußen im Weingarten und auf den Feldern kaum etwas zu tun. Aber es musste aufgeräumt und die Ackergeräte und Wagen in Ordnung gebracht werden. An der Bauernkutsche war eine Speiche gebrochen und musste ersetzt werden. Der Vater sagte: „Seht mal zu, ob ihr etwas machen könnt, Jungs" und lehnte sich zurück in seinen Armsessel. Seine Hände waren nicht mehr in der Lage, diese Arbeit zu machen. Es brauchte Geduld und Geschick, um das alte Teil auszubauen. Das war weder Friedrichs noch Michaels Stärke. Bei ihnen musste alles schnell gehen. Sie konnten zwar hart arbeiten, aber so knifflige Sachen machten sie nervös.

Michael war damit überfordert und warf den Hammer ärgerlich auf den Scheunenboden. „Hör auf damit!", rief Christoph erschreckt, „Ich weiß, wie es geht!" Die Brüder waren froh darüber, hatten keine Gegenrede und meinten nur: „Dann mach es doch!", und verschwanden aus seinem Blickfeld. Christoph sah sich alles in Ruhe an und fand schnell heraus, was er tun konnte. Er schraubte das angebrochene Holz oben und unten aus den metallenen Halterungen, holte ein übergebliebenes Zaunteil aus dem Stall, zeichnete darauf Länge und Breite für die neue Speiche ab und fing an, alles auszusägen und fein abzusanden. Als der Vater das Ergebnis sah, meinte er: „Das hast du wirklich gut gemacht."

Zwei Tage später meinte er sogar: „Christoph, ich habe mich mit Johann, dem Fleischer und seinem Nachbarn, dem alten Hahn, darüber unterhalten, wie gut du die Speiche ins Kutschenrad eingebaut hast. Da sagte der alte Hahn, dass er einen Neffen in Albersweiler hat, der eine Wagnerei besitzt und noch Lehrlinge gebrauchen kann. Das wäre doch ideal für dich, oder? Du lernst was Richtiges und die ewigen Streitereien mit deinen Brüdern haben dann auch ein Ende."

Ob er dann aber allein mit seinen beiden Brüdern klarkommen würde, darüber sprach der Vater nicht.

Januar 1738

Am 19. Januar gab es traurige Nachrichten aus Kleinfischlingen. Wendels Frau Apolonia war im Kindbett gestorben. Drei Tage zuvor hatte sie noch einem kleinen Mädchen, Barbara, das Leben geschenkt.

Die Eltern fuhren mit der Bauernkutsche zur Beerdigung. Christoph hätte sie gern begleitet und dabei herausgefunden, ob Wendel nun noch vorhatte, auszuwandern. Aber er und seine Geschwister mussten zu Hause bleiben.

Nach der Rückkehr erzählten die Eltern, dass Wendel eine Amme gefunden habe, denn wie sollte das Neugeborene sonst überleben? An Ausreise war überhaupt nicht zu denken.

Christoph war sehr traurig über den Tod der Tante, aber auch deswegen, weil er sich vorerst die Auswanderung mit Wendel aus dem Kopf schlagen musste.

2. April 1738, Albersweiler und Anna, Christoffels Witwe

Die Sonne ging über dem Waldeshang bei der Bergkirche im grauen Nebeldunst auf und bezog den Himmel mit einem rosa Pastellton. Anna war früh aufgestanden, hatte die fünf Hühner aus dem Stall gelassen, die Ziege gefüttert und betrachtete das schöne

Naturereignis am Morgenhimmel. Es war noch winterlich kühl, aber es hatte nicht mehr gefroren. Die zuletzt bei ihr einquartierten Soldaten waren schon vor einiger Zeit nach Hause gegangen. Sie war jetzt allein und arm wie eine Kirchenmaus. Aber sie fühlte sich dennoch von einer großen Last befreit.

Sie lauschte einen Moment lang dem morgendlichen Vogelgezwitscher und sog begierig die frische Luft ein. Endlich war wieder Ruhe in das kriegsmüde Dorf und in ihre Seele eingezogen.

Sie entschloss sich kurzerhand, die Hauptstraße entlang des Kanals hinunterzugehen und das Grab von Christophel zu besuchen. Es war sein 4. Todestag. Er fehlte ihr sehr. Seitdem er nicht mehr da war, hatte sie immer in Angst gelebt. Sie wusste nie, was der nächste Tag bringen würde. Die Kriegsgegner hatten sich praktisch die Hand in ihrem Haus gegeben. Alle paar Wochen wechselten sie, mal waren es Kaiserliche, mal Russen, Österreicher oder Franzosen, die sie aufnehmen und versorgen musste. Aber so war es ja allen ergangen, nicht nur ihr. Erstaunlich war, dass Wendel Metzger es in dieser Zeit geschafft hatte, von der Pfalzgräfin Karoline[58] in Zweibrücken die Genehmigung zum Bau des lutherischen Pfarrhauses[59] in der Ortsmitte zu erhalten. Aber die Pfalzgräfin selbst war ja lutherisch und bevorzugte natürlich ihre Glaubensanhänger.

Anna hatte ein besonderes Verhältnis zu ihrem Gott. Sie schaute zu ihm auf und bedankte sich für den wunderschönen Morgen. Die kleinen Fachwerkhäuser, Scheunen, Mühlen und die Wappenschmiede spiegelten sich auf dem Wasser der Queich und des Kanals. Wie oft war sie mit Christophel hier entlangspaziert. Als er starb, war sie gerade fünfzig und der Krieg hatte begonnen. Manchmal bedauerte sie, dass sie keine Kinder und Enkelkinder hatte. Aber wer weiß, wozu es gut war. Wenn man sich in so schlimmen Zeiten noch um den Nachwuchs sorgen musste, war es noch viel schwerer. Auf dem Kanal stakten zwei Männer an Bug und Heck einen langen Lastkahn mit Bauholz in Richtung Siebeldingen. Früher waren diese Transportkähne meist voll gewesen mit Steinen aus dem Albersweiler Steinbruch, und Ochsen und Pferde treidelten die Lastkähne auf dem Leinpfad bis zur Festung Landau. Das kam jetzt nicht mehr so oft vor. Jetzt fuhren sie überwiegend nur bis Siebeldingen und Godramstein, wo es Zimmereien, Sägewerke und Steinmetzlager gab. In Arzheim gab es auch eine Kalkbrennerei, die

---

58 Karoline von Nassau-Saarbrücken (12.08.1704 Saarbrücken-25.03.1774 Darmstadt), auch als „die große Pfalzgräfin" bekannt, regierte nach dem Tod ihres Ehemannes 1731 bis 1740 (Interregnum), da ihr Sohn, Christian IV. noch unmündig war.
59 Das protestantische Pfarrhaus, erbaut 1738 von W. Metzger in der Ortsmitte von Albersweiler, wird 2024 aus Kostengründen verkauft.

Kalk von der kleinen Kalmit verarbeitete. Viele von Annas Vorfahren waren um die Jahrhundertwende wegen der Arbeitsmöglichkeiten in diese Gegend gekommen. Christophel und seine Traut-Verwandtschaft waren immer einheimisch gewesen, hatten Land besessen und konnten davon leben. Warum nur hatte Christoffels Bruder, Hans Martin, mit seinen Kindern der Pfalz den Rücken gekehrt? Er hatte geglaubt, sie würden sich hier bald nicht mehr ernähren können und dass wieder ein Krieg ausbrechen würde. Der Krieg war auch ausgebrochen. Aber nicht die Pfalz, sondern Amerika hatte Hans Martin den Tod gebracht. Irgendwie konnte man seinem Schicksal wohl nicht entgehen.

In solcherlei Gedanken versunken, ging sie durch den Ort. An den Weinstöcken im Löwensteinschen Sankt Johann hingen noch vereinzelte rot bunte Blätter. Der Wind hatte kleine Laubhaufen zusammengefegt.

Leichten Schrittes erklomm sie den Weg zur Bergkirche. Vor dem Holzkreuz, unter dem ihr Christophel begraben lag, blühte noch ein gelbes Löwenmäulchen. Anna schloss die Augen und spürte den lauen Hauch der Sonnenstrahlen auf ihren Schultern, so als wäre er es, der sie wie früher zärtlich streichelte. In Gedanken war sie bei ihm und erzählte, was in der letzten Zeit alles geschehen war. Er ließ sie reden und hörte einfach zu, so wie er es auch immer zu Lebzeiten getan hatte. Ach, es brauchte ja so wenig, um ein bisschen Freude und auch Dankbarkeit zu empfinden. Ihre Augen füllten sich mit Tränen.

Kaum dass Anna wieder zu Hause angekommen war, klopfte es am Küchenfenster, das auf der Straßenseite lag. Johannes Traut, Christoph und die kleine Barbara standen draußen. Sie waren mit der Bauernkutsche aus Impflingen herübergekommen. Anna beeilte sich, das Hoftor zu öffnen. „Das ist ja eine Freude, euch zu sehen! Schnell kommt rein!" Sie umarmte einen nach dem anderen und staunte: „Mein Gott, Kinder, seid ihr groß geworden!"

Der fünfzehnjährige Christoph war größer als sie. Unter seiner Schirmmütze lugten die schulterlangen rotblonden Haare hervor und der erste Bartflaum zeigte sich. Mit den Kniehosen und der Wolljacke sah er schon wie ein junger Mann aus. Sie mochte den Jungen. Er war das Kind, das ihr nicht vergönnt gewesen war.

„Und du, Barbara, du wirst auch schon langsam ein Fräulein! Wie alt bist du denn jetzt? Ach, erst 10 ? Na gut. Nun setzt euch schon an den Tisch."

„Ist alles in Ordnung, Johannes?", fragte sie. Aber da sie von seinem Gesicht keine Antwort ablesen konnte, setzte sie sogleich einen Kessel mit Wasser aufs Feuer, um Tee aufzubrühen. Sie wusste, dass die

Kinder ihn gerne mit einem Löffel Honig tranken, und sie hatte noch einen kleinen Rest davon im Glas. „Ich freue mich, dass ihr mich besucht." Sie schaute die Kinder freundlich an: „Aber was hat euch denn so früh aus der Forzmolle getrieben?" Die Kinder mussten lachen. So war sie nun einmal, typisch Anna, fürsorglich und lustig. „Was macht eure Mutter und eure großen Geschwister? Erzählt doch mal!"

„Ach ja", meinte Barbara: „Mutter ist froh, dass die Soldaten wieder weg sind. Die waren immer so laut und wollten immer viel Schnaps."

„Das stimmt. Und weil sie oben den Dachboden eingenommen hatten", fügte Christoph hinzu, „da mussten wir alle unten in einem Zimmer schlafen. Und Vater schnarcht bekanntlich wie ein Kanonendonner und die Großen stehen ihm darin nicht nach."

Johannes grinste darüber: „Das ist vorbei. Jetzt gehen die Kinder so langsam aus dem Haus. Jakob hat letztes Jahr in den Jentzer-Hof eingeheiratet und Friedrich ist verlobt und auch schon so gut wie unter der Haube. Selbst Michael hat schon ein Auge auf die Barbara Blattner geworfen. Katharina hat wie immer ihre Wehwehchen, aber sie hält sich tapfer und kümmert sich um alles. Wenn man älter wird, wird eben alles schwerer."

Gleich danach wurde er sehr ernst und fragte vorsichtig: „Ich habe ein Anliegen, kannst du Christoph eine Weile lang bei dir aufnehmen? Jetzt wo keiner mehr bei dir im Haus ist, hast du ja Platz. Dann könnte er hier eine Stellmacherlehre bei Meister Hahn machen." Anna überlegte nicht lange. Der Gedanke gefiel ihr. Der Junge war ihr ohnehin ans Herz gewachsen.

„Meinst du, wir können es miteinander aushalten, Christoph?" Sie strich eine graue Strähne aus der Stirn und lachte, wobei eine Zahnlücke im Oberkiefer sichtbar wurde.

„Da bin ich ganz sicher", antwortete Christoph. „Ich kann dir bestimmt auch helfen, wenn etwas zu reparieren ist". Sein Vater bestätigte das: „Er ist wirklich geschickt und gibt nicht so leicht auf, im Gegensatz zu seinen großen Brüdern."

Christoph mochte die Tante. Nie haderte sie mit ihrem Schicksal. Wie auch immer Gott entschied, so war es für sie richtig. Irgendwann gab es eine Erlösung und alles auf Erden war nur eine Prüfung gewesen.

Anna meinte: „Du darfst auch ruhig deine Flöte mitbringen und mir etwas vorspielen, so wie damals, als Christophel noch lebte. Ich muss oft an den Tag denken, als du so schön mit Anna Maria musiziert hast."

Also war es abgemacht. Die gute Tante Anna machte noch eine Pfanne mit Rührei und ein Stück Brot für alle zurecht, bevor Johannes und Barbara allein nach Impflingen zurückfuhren. Christoph nahm seinen Rucksack und einen Beutel mit Wäsche vom Wagen. In den nächsten Tagen würde er in Albersweiler beim Wagener Hahn in die Lehre gehen.

Sommer 1738

Erst Monate später erfuhr Christoph, dass sein Onkel Wendel samt Kindern, Freunden und Bekannten am selben Tag, als der Vater ihn nach Albersweiler brachte, schon auf dem Weg nach Rotterdam gewesen war.[60]

Wendel hatte ihm nicht Bescheid gesagt. Christoph war darüber sehr enttäuscht. Er hatte seine Chance verpasst.

Bald redeten die Leute im Ort Schreckliches über die Auswanderungen nach Amerika. Anna besorgte die Frankfurter Zeitung und tatsächlich mussten sie darin traurige Nachrichten erfahren.

Unter der Überschrift „The year of the destroying angels"(das„Jahr der zerstörenden Engel"[61] wurde über die hohe Anzahl der Menschen berichtet, die bei der Überfahrt nach Amerika ums Leben gekommen waren.

1738 hatten die Engel schrecklich gewütet. Insgesamt waren auf fünfzehn Schiffen 1600 Menschen gestorben.

Die Ursachen für so viele Todesfälle lagen bereits auf niederländischem Boden. Als Hunderte von Pfälzern im April 1738 in Rotterdam ankamen, durften sie die Stadt noch nicht betreten. Sie mussten sich bei den Ruinen der St. Elbrechtskapelle in der Nähe von Kralingen in ein Sperrgebiet begeben, wo keinerlei Vorbereitungen für den vorübergehenden Aufenthalt und die anschließende Einschiffung getroffen worden waren. Es brach eine Epidemie aus. Viele starben und mussten auf dem Friedhof in Kralingen beerdigt werden. Wenn die Eltern starben, blieben ihre Kinder zurück. Der Zustand war schrecklich und unzumutbar für die Auswanderer und die Bewohner des Ortes. Aber bald kamen noch weitere tausend mittellose Auswanderer hinzu. Am 13. Mai sollten die Pfälzer entweder zurückgeschickt werden oder schnellstmöglich nach Amerika verschifft. Schließlich stellte die Rederei Hope Schiffe bereit, die eiligst mit doppelten oder dreifachen Bettgestellen ausgestattet wurden. Viele

---

60 Auszug aus der Schiffsliste Winter Galley (Edward Paynter, Master from Rotterdam, qualified Sept.5 1738, erfasst wurden nur Männer über 16 Jahren: Traut, Johann Wendel Georg -49,Hofmann, Jan Peter-27, Hofmann, Jurg-37, Hofman, Adam-23, Lingenfelder, Johannes-20, Römer, Michael 23, Stahl, Jacob-30, Stahl, Melchior-21,Weis, Melchior-20.
61 Man bezog sich auf Psalm 78, Vers 49: Er ließ seinen glühenden Zorn auf sie los, rasende Wut und furchtbare Plagen, ein ganzes Heer von Unglücksengeln.

Passagiere mussten ihr Gepäck zurücklassen, weil nicht genug Platz da war.

Am 22. Juni waren dann die ersten 5 Schiffe zur Abfahrt bereit, die *Queen Elizabeth*, die *Thistle*, die *Oliver*, die *Glasgow* und die *Winter Galley*. Die *Queen Elizabeth* und die *Winter Galley* fuhren wegen der Zollabfertigung zuerst den englischen Hafen in Deal an.

Die Auswanderer auf der *Winter Galley* hatten Glück im Unglück. Sie kamen am 5. September als Erste in Philadelphia an. Bei der Ankunft meldete der Kapitän 252 Personen. Eigentlich hätten es 360 sein müssen.

Christoph und Anna machten sich große Sorgen um Wendel und seine Kinder, vor allem auch um das Neugeborene. Sie wussten nicht, ob sie überlebt hatten.

Anna weinte und Christoph war kreidebleich geworden. Vielleicht konnte er froh sein, dass er nicht mitgegangen war.

Oktober 1738

Eines Sonntags waren Christoph und Tante Anna mit Körben unterwegs, um Keschde[62] zu sammeln. Anna wollte daraus eine schöne Brühsuppe machen. Wie zufällig kamen sie an dem neuen zweistöckigen lutherischen Pfarrhaus vorbei, das der Oberschultheiss Metzger in Albersweiler bauen ließ. Es fehlte nur noch das Dach. Mit der Simultankirche hatte es viel Ärger gegeben. Die Protestanten und Katholiken machten sich gegenseitig viel Ärger wegen der Belegungszeit der Bergkirche. Das sollte nun bald der Vergangenheit angehören. Die Protestanten sollten nun ein eigenes Pfarrhaus und eine eigene Kirche bekommen. Dafür hatte sich Metzger in Zweibrücken eingesetzt.

Metzger, der gerade den Bau begutachtet hatte, kam ihnen plötzlich schnellen Schrittes entgegen: „Moment mal, ich muss euch etwas sagen, das ihr bestimmt hören möchtet!"

Christoph und Tante Anna blieben erwartungsvoll stehen.

Der Oberschultheiss sprudelte los: „Der junge Reverend Stoever hat mir geschrieben. Sie leben alle! Auch das Neugeborene! Eure Verwandten aus Kleinfischlingen und alle, die mit Wendel ausgewandert sind, waren auf der *Winter Galley*."

„Wirklich?" Christoph und Tante Anna lagen sich in den Armen. „Gott sei Dank, Gott sei Dank!"

Metzger setzte fort: „Der junge Reverend Stoever hat sie schon in Straßburg, Paradise besucht. Sie leben dort auf dem Land der Ferrés. Sie halten alle zusammen und es geht ihnen gut. Wendel hat sogar

---

62 Esskastanie aus der Pfalz

schon eine Frau gefunden, die sich rührend um seine Kinder kümmert. Vielleicht wird es noch eine Hochzeit geben, man muss abwarten."

„Danke, Oberschultheiss, eine bessere Nachricht hätte es für uns gar nicht geben können", sagte Tante Anna, hakte sich bei Christoph unter und sie gingen höchst zufrieden nach Hause.

November 1738

Erst am 18. November 1738 beendete der Wiener Frieden offiziell den polnischen Thronfolgekrieg. Das bedeutete natürlich nicht, dass alles wieder so war wie vor dem Krieg. Mehr als zuvor wurden große Anstrengungen von jedem erwartet, der von seiner Hände Arbeit leben musste.

Christoph war nun schon ein halbes Jahr in der Lehre bei Meister Hahn. Sein Arbeitstag erschien ihm anfangs mit 10 Stunden unendlich lang. Er lernte viele Arbeitsgeräte kennen, die er zum Hobeln, Bohren oder Stemmen brauchte. Besonders gefiel ihm die Arbeit nach Modellen und Zeichnungen, und wenn er sich einmal darin vertieft hatte, verging die Zeit sehr schnell. Bald fertigte er vom Gerätestiel bis hin zu hölzernen Eggen alles an, sogar Schlitten oder Möbelstücke. Er baute aus Eichenholz Untergestelle für Ackerwagen oder Karren und aus Nadelholz oder Pappel die langen Ernteleitern. Die Stellmacherei war beim Bau von Fuhrwerken immer auf die Arbeit anderer Handwerker angewiesen. Das war ein großer Nachteil. Damit ein Wagen einsatzfähig werden konnte, musste der Schmied die eisernen Achsen für das Untergestell liefern, sie richten und einbinden und später warme Reifen auf die Räder ziehen und sämtliche Beschläge anbringen.

Oft kamen auch die Holzlieferungen nicht rechtzeitig. Dann gab es keine Arbeit und der Meister schickte ihn nach Hause. Dafür musste er dann an einem anderen Tag länger arbeiten, manchmal sogar am Sonntagnachmittag.

Meister Hahn war seit einem Jahr Witwer. Er war ein ruhiger Typ. Seine Werkstatt war sein Ein und Alles. Da konnte er sich ablenken. Seine großen Kinder waren schon aus dem Haus, nur eine Tochter von 12 Jahren lebte noch bei ihm. Sie war ziemlich selbstständig, kümmerte sich um den Haushalt und tat, was ihr der Vater auftrug. Wenn sie sich langweilte, kam sie einfach in die Werkstatt und fing in ihrer altklugen, aber auch naiven Art ein Gespräch mit Christoph an. Sie hätte auch mit Heinrich reden können, der ebenfalls eine Lehre angefangen hatte. Aber ihn mochte sie scheinbar nicht und der gab sich auch keine Mühe, mit einem kleinen Mädchen zu reden. Der Meister sagte einmal kopfschüttelnd zu Christoph: „Meine Marie muss wohl einen Narren an dir gefressen haben."

Marie war etwa so alt wie Christophs Schwester Barbara und irgendwie tat sie ihm leid, so ohne Mutter und Geschwister. Also unterhielt er sich mit ihr, während er weiterarbeitete.

Einmal fragte er, was sie in der Schule gerade lernten. Da erzählte sie ihm die Fabel vom Hahn, der im Misthaufen nach etwas Essbarem suchte. Er fand einen Diamanten, aber der nützte ihm nichts. „Das Stücklein Brot, das dich ernährt, ist mehr als Gold und Perlen wert", wiederholte sie dann mehrmals mit Begeisterung. Christoph aber musste daran denken, wie er als kleiner Junge zusammen mit Anna Maria den Geschichten ihrer Mütter gelauscht hatte. Er wurde sehr traurig und nachdenklich. „Kennst du auch Tiergeschichten?", fragte sie dann. Und da Christoph sich tatsächlich an viele Fabeln erinnern konnte, erzählte er ihr diese nach und nach. Bei der Geschichte vom Pferd und dem Esel fing sie am Ende laut zu weinen an, denn der Esel war gestorben, weil das stolze Pferd ihm keine Last abgenommen hatte. Da versuchte er, sie zu trösten: „Mein Gott, Marie, das ist doch nur eine Geschichte."

„Nein, das ist die Wahrheit!", rief sie und rannte aus der Werkstatt. Meister Hahn unterbrach seine Arbeit, hob die Achseln, und sagte zu Christoph: „Meine Marie hat nah am Wasser gebaut. Man muss aufpassen, was man zu ihr sagt."

Als sie wieder einmal keine Arbeit hatten und der Meister seine Lehrlinge früher nach Hause schickte, meinte sein Kumpel Heinrich: „Komm, lass uns mal in die Kanalschenke gehen. Da treffen sich immer die Halfen und Holzfäller. Da ist immer was los."

In der Schenke war es sehr laut. Die Zoten- und Witzeerzähler standen an der Theke und versuchten, sich gegenseitig zu übertönen. Einer von ihnen, ein kräftiger Kerl mit einem dicken Vollbart, den sie Seebär nannten, war schon recht betrunken. Er zog die Aufmerksamkeit aller auf sich, indem er lallend auf Christoph zu taumelte und ihn fest und freundschaftlich an seine Brust drückte. Christoph konnte kaum noch atmen. Die Luft war ohnehin kaum noch zu gebrauchen von all dem Tabaksqualm. Er musste husten. Da fragte der Seebär: „Sag mal, raucht dein Pferd?" Als Christoph nichts darauf erwiderte, meinte er: „Nein? Dann brennt dein Stall, Junge!" Die ganze Schenke prustete vor Lachen. Christoph lachte zwar mit, denn als Spielverderber oder Sauertopf wollte er nicht gelten. Aber als angenehm empfand er die Situation nicht.

„Komm, ich gebe dir einen aus!", meinte der Seebär und klopfte ihm auf die Schulter. Dieser Satz wiederholte sich noch mehrmals bis zum Nachhausegehen.

Christoph wusste am nächsten Morgen nicht mehr, ob Heinrich ihn nach Hause gebracht hatte, oder ob er es allein geschafft hatte. Auf jeden Fall aber war er irgendwie in seinem Zimmer bei Tante Anna angekommen. Er hatte nur schreckliche Kopfschmerzen und schämte sich sehr, als seine Tante ihm ein kaltes nasses Tuch auf die Stirn legte und einen Eimer aus seinem Zimmer hinaustrug.

Später entschuldigte er sich bei ihr und schwor: „Nie im Leben will ich wieder so viel trinken." Tante Anna entgegnete nur: „Dein Wort in Gottes Ohr!"

Mitte Dezember 1738 , von Albersweiler nach Impflingen.

Meister Hahn schloss seine Stellmacherei eine Woche vor Weihnachten und würde sie erst wieder im Neuen Jahr öffnen. In dieser Zeit gab es ohnehin nichts zu tun. Er bot Christoph an, ihn und seine Tante Anna mit dem Karch nach Impflingen zu bringen. Er selbst würde dort seinen alten Onkel Haan, der am Saumarkt wohnte, besuchen und dann wieder zurückfahren.

Natürlich war auch das Töchterchen Marie dabei. Es hatte noch keinen Schnee gegeben, aber der Wind war kalt und biss in die Nasen. Sie hatten alle dicke Mützen und Handschuhe an und warme Decken umgehängt. Marie saß zwischen Christoph und Tante Anna. Da war sie am besten geschützt. Meister Hahn dirigierte auf dem Kutschbock seinen alten Gaul bei der Wappenschmiede aus Albersweiler hinaus. Dann ging es durch die Feldwege, unterhalb der Queich und des Kanals, in Richtung Siebeldingen. Die Haardt-Berge lagen schnell hinter ihnen. Er fuhr nicht oft von seiner Stellmacherei fort. Daher gefiel ihm der kleine Ausflug. Auch Marie war begeistert. „Der Kanal ist ja viel breiter als die Queich!" , rief sie und beobachtete interessiert, wie die langen, mit Holz beladenen Kanalschiffe von zwei Männern vorwärts gestakt wurden. Das Wasser floss von Albersweiler bis Landau abwärts und machte dadurch den Transport leicht. Aber es gab einige Schleusen zu überwinden. Bei jeder mussten die Schiffe warten, bis der Schleusenwärter den richtigen Wasserstand für die Weiterfahrt bestimmt hatte und sie durchließ. Von Landau kommend, war der Transport schwieriger.

Auf dem Leinpfad des gegenüberliegenden Dammes trieb ein kräftiger Halfen mit einem dicken Vollbart drei Pferde voran. Seine Peitsche knallte zischend durch die Luft. Der Kahn war mit Eisenschrott beladen.

„Oh nein!", entfuhr es Christoph. Er hätte sich am liebsten in eine Maus verwandelt. Aber der Halfen hatte ihn schon entdeckt, winkte und rief herüber: „He, Christophorus! Lass dich mal wieder in der Schenke sehen!"

Christoph winkte zurück und rief: „Ja, irgendwann." Aber eigentlich hatte er das nicht vor.

„War das ein Freund von dir?", fragte Marie neugierig. Bevor Christoph antworten konnte, sagte Tante Anna lachend: „Der hat Christoph einmal als Paket verschnürt nach Hause gebracht."

Christoph wusste, was sie meinte, Meister Hahn wohl auch, aber Marie wollte es genauer wissen: „So wie ein Weihnachtspaket?"

Christoph zuckte mit den Schultern: „Ja, Marie, genauso und noch mit einer hübschen Schleife dran."

„Ach, du spinnst, das glaube ich nicht!", erwiderte sie empört. „Du machst dich nur lustig über mich." Eine Weile lang war sie beleidigt und sprach kein Wort mehr.

Christoph musste an Anna Maria denken. Sie hätte sich nie so bockig verhalten. Damals, als sie auswanderte, waren sie beide etwa so alt wie diese Marie hier, noch richtige Kinder. Und doch konnte er sie nicht vergessen. Wie sie jetzt wohl aussah? Er hatte sie schon fünf Jahre lang nicht mehr gesehen.

Tante Anna erzählte inzwischen: „Der Halfen, den wir gerade gesehen haben, ist ein rechter Abenteurer. Als er jünger war, ist er oft als Flößer auf dem Rhein gefahren, mit diesen Riesenflößen, wisst ihr, auf denen ganze Häuser stehen und die bis nach Holland fahren."

„Ach ja", meinte Meister Hahn. „Ich habe davon gehört. Einmal hat es eine schlimme Havarie mit einigen Toten irgendwo am Niederrhein gegeben. Diese Riesenflöße sind eine große Gefahr für die Fluss-schifffahrt. Bestimmt hat sich der Seebär deswegen davon zurück-gezogen."

Christoph hörte interessiert zu, beteiligte sich aber nicht am Gespräch. Eigentlich war ihm der Halfer nicht sehr sympathisch. Aber ein mutiger Kerl musste er wohl sein.

Sie entfernten sich immer mehr von der Queich, kamen durch Arzheim, rechter Hand hatten sie eine Sicht auf die kleine Kalmit mit der Kapelle obenauf. Dann ging es weiter durch die flache Landschaft mit Weingärten und Feldern, die jetzt grau und trostlos aussah und kein Ende nehmen wollte. Manchmal führte eine schmale Brücke über einen Bach.

„Seid ihr eingeschlafen?", fragte Meister Hahn und drehte sich nach ihnen um.

„Vielleicht könntet ihr ja ein Lied singen?"

Marie hatte wieder zu sich gefunden. „In der Winterschule haben wir ein schönes Weihnachtslied gelernt."

„Dann sing es uns doch vor!", forderte Christoph sie auf. Sie begann zu summen.

Da meinte Tante Anna: „Ach, das Lied kennen wir doch alle. Dann können wir uns ja gut auf Weihnachten einstimmen."

Das taten sie dann auch: „Es kommt ein Schiff geladen bis an sein höchsten Bord ..."

Und das machte es nicht besser. Christophs Gedanken waren schon wieder bei Anna Maria und dem Schiff, mit dem sie über den Atlantik gefahren war, obwohl das Lied gar nichts damit zu tun hatte. Jetzt war gleich Weihnachten und wie sollte er jemals zu ihr kommen?

Er war froh, als sie Impflingen erreicht hatten.

Meister Hahn bog in die Kirchstraße ein und setzte Christoph und Tante Anna vor dem Trautschen Tor ab. Am nächsten Morgen würde er nach Albersweiler zurückfahren und die Tante wieder mitnehmen. Zu Christoph sagte er: „Na dann bis nächstes Jahr!" Marie winkte, als der Vater den Karch wendete, um zum Saumarkt zurückzufahren.

„Komisches Mädchen", meinte Christoph und sah dabei seine Tante so an, als erwarte er ihren Zuspruch. Aber Tante Anna wiegte nur ihren Kopf: „Das ist in diesem Alter wohl normal."

Die Eltern und Geschwister waren überrascht, als Christoph und die Tante plötzlich im Haus auftauchten. Sie hatten nicht mit ihnen gerechnet. Aber die Freude war groß.

„Dann werden wir ja ein schönes Weihnachtsfest haben", sagte die Mutter, als sie ihren Christoph umarmte.

1739

Die Lehrzeit bei Meister Hahn ging im neuen Jahr weiter. Inzwischen hatten Christoph und Heinrich so viel gelernt, dass kaum noch etwas Neues zu erwarten war. Die Arbeit wurde zur Routine, und wenn einmal keine Arbeit da war, tauchte ganz bestimmt des Meisters Lieblingstochter auf und fragte Christoph Löcher in den Bauch. Sein Vorrat an Tiergeschichten ging langsam zu Ende und er wusste nicht, was er mit diesem anstrengenden Mädchen anfangen sollte. Einmal sagte er zu ihr: „Marie, geh doch mal zu Heinrich. Mit dem kannst du doch auch reden!"

„Warum sollte ich das?", fragte sie.

„Weil ich nachdenken muss."

„Hast du Probleme?"

„Wer hat denn keine Probleme?", konterte er. Er musste immer wieder daran denken, was Michael ihm erzählt hatte, als er ihn zurück nach Albersweiler brachte.

Marie rückte näher und schaute ihn erwartungsvoll an. „Vielleicht kann ich dir helfen?"

Christoph war zuerst irritiert: „Weißt du, Marie, das Leben ist oft anders als im Märchen."

„Ich weiß." Sie wartete darauf, dass er anfing zu erzählen. Seltsamerweise überwand er sich und erzählte: „Wir hatten ein schönes Weihnachtsfest in Impflingen mit den Eltern, den Geschwistern und anderen Verwandten. Im Neuen Jahr hat mich mein Bruder Michael in der Bauernkutsche nach Albersweiler zurückgebracht und mir traurige Dinge erzählt: Meinen Eltern geht es gesundheitlich sehr schlecht. Über Weihnachten haben sie sich zwar zusammengerissen, damit ich nichts merke. Tatsache aber ist, dass der Vater nur noch mit dem Mundwerk gut drauf ist, sonst kann er gar nichts mehr. Alles fällt ihm aus der Hand. Er hat einen guten Vorrat von Laudanumflaschen versteckt, für sich und für die Mutter, damit sie die Schmerzen ertragen können. Oft nehmen sie beide heimlich einen Schluck davon. Aber meine Geschwister, die noch zu Hause leben, bemerken es doch. Der Vater rennt oft aufs Örtchen und die Mutter muss sich übergeben. Es ist schlimm. Meine Geschwister leiden mit, aber sie können nichts ändern. Und ich kann auch nichts tun, bin ja weit weg von ihnen. Kann sie nicht einmal unterstützen bei der vielen Arbeit auf dem Hof oder auf den Feldern."

Das seltsame Mädchen legte die Hand auf seine und sagte: „Das tut mir leid für dich.

Aber wenn deine Eltern so krank sind, werden sie bestimmt bald sterben. Bei meiner Mutter war das auch so."

Christoph war sprachlos. Sie sagte das mit einer solchen Überzeugung, als wäre der Tod schon beschlossene Sache. Als er sie vor Schreck darüber mit großen Augen ansah, fügte sie noch hinzu: „Alle Eltern müssen doch einmal sterben, oder? Aber dann bist du wenigstens frei und kannst machen, was du willst."

Wie kam ein zwölfjähriges Mädchen nur zu solchen Lebensansichten? Es hörte sich so hart und herzlos an. Am liebsten hätte Christoph ihr eine Ohrfeige gegeben. Aber sie war ja die Tochter des Meisters. Zum Glück kam auch gerade Heinrich zu ihm: „Du musst mir beim Einbau der Achse helfen."

Christoph war froh darüber. Damit war die Unterhaltung mit Marie für diesen Tag zum Glück beendet.

Dennoch musste er am Abend noch über ihre Worte nachdenken: „Dann bist du wenigstens frei und kannst machen, was du willst." Natürlich wünschte er nicht, dass die Eltern bald starben, aber würde es sie nicht geben, konnte er ohne schlechtes Gewissen auswandern. Dann brauchte er auf niemanden Rücksicht zu nehmen. Damit hatte sie schon recht.

Sommer 1739

Heinrich versuchte des Öfteren, Christoph in die Kanalschenke mitzunehmen. Aber er hatte Tante Anna etwas versprochen und wollte sie nicht noch einmal enttäuschen. Er schämte sich noch immer für sein dummes Verhalten.

Heinrich gab jedoch nicht auf. An einem heißen Sommertag hatte er ihn überredet: „Bist du ein Mann oder eine Maus, Christoph? Komm schon! Du musst dich ja nicht gleich betrinken!"

„Na gut. Es ist ziemlich heiß und ich habe Durst. Auf ein Bier dann."

Es war Christoph schon klar, wem er dort begegnen würde. Aber noch einmal ließ er sich nicht überrumpeln.

Der Seebär stand wie erwartet gut gelaunt am Tresen, mit einem frisch gefüllten Humpen Bier. Die um ihn Stehenden spornten ihn an: „Erzähl schon weiter!" Er hatte Christoph noch nicht bemerkt und so konnte dieser, wie alle anderen, ruhig seiner Geschichte folgen.

„Ja, der Anton Kühlwetter arbeitete auch auf so einem Holländer-floß. Ich kann es immer noch nicht fassen, dass er vor ein paar Tagen in Unkel zum Tode verurteilt wurde. Ich kannte ihn gut. Wir sind einige Male zusammen auf so einem Riesenfloß von Namedy bis Dordrecht gerudert. Eigentlich war der Anton ein guter Kerl. Er hat mir sogar einmal das Leben gerettet. Eine Stromschnelle hatte das Floss erfasst und es am Unkelstein ans Ufer krachen lassen. Hätte er mich nicht rechtzeitig von meinem Ruderplatz weggezerrt, wäre ich zerquetscht worden wie eine Laus. So war nur mein Ruderplatz flöten gegangen."

„Warum wurde er denn dann gehängt?", fragte jemand.

„Na, ja. Er soll in der übrigen Zeit ein Dieb und Wegelagerer gewesen sein. Davon weiß ich aber nichts. Man hat wohl viel Raubware bei ihm gefunden."

„Kommt es denn oft zu Unfällen auf so einem Riesenfloß?", wollte jemand wissen.

„Viele der Ruderknechte, die eine Floßfahrt nach Holland planen, machen vorher ihr Testament. Da könnt ihr euch vorstellen, wie gefährlich so eine Reise sein kann. Eine große Gefahr sind die Stromwindungen, z. B. bei der Loreley. Manches Floß ging da schon zu Bruch und viele ertranken in den Fluten. Aber dort fahren ja noch keine so großen Flöße."

„Eigentlich passiert selten etwas Schlimmes", setzte der Seebär seine Rede fort, „denn ein Wahrschauer mit zwei Ruderern muss immer in einem Nachen dem Floß vorausfahren. Alle Schiffe und was sonst noch auf dem Wasser ist, müssen gewarnt werden. So ein Koloss würde sonst alles in tausend Stücke reißen. Der Wahrschauer ruft und winkt gleichzeitig mit einer Flagge, die 16 rot-weiße Felder hat. Für die Albersweiler Männer war der Seebär ein interessanter Kerl, ein Abenteurer, mit allen Wassern gewaschen und auch Christoph hörte ihm nun interessiert zu: „Die riesigen Baumstämme kommen meist aus dem Schwarzwald. Aber sie werden auch von anderswo getreidelt, vom Main oder Neckar. Man braucht hauptsächlich Eichen und Fichten. Die Fichten bilden die erste Lage für das Floss, weil sie leichtes Holz haben. Eichen werden dann obendrauf befestigt. Ihr müsst euch vorstellen, dass ein Holländerfloß eine schwimmende Stadt ist, mit Ställen und Wohnhäusern darauf. Es hat einen Tiefgang von 2 Metern. 500 Leute können darauf arbeiten. Man lebt sehr gut auf dem Floss. Außer den Ruderern gibt es auch Bäcker, Fleischer und Köche. Täglich wird ein ganzer Ochse gebraten. Zwei Metzger haben nichts anderes zu tun, als das Fleisch zuzubereiten. Im Stall stehen stets 5 bis 7 Ochsen und in der Provianthütte lagern 50 000 Pfund Brot, 20 000 Pfund Fleisch, 12 bis 15 Zentner Butter, 10 Zentner Dörrfleisch sowie Hülsenfrüchte, Salz, Bier und Wein."

Christoph trank sein Bier und verinnerlichte alles, was er gehört hatte: Die Reise würde acht bis zehn Tage dauern. Für Essen und Trinken war gesorgt und er konnte dabei noch Geld verdienen. Er musste nur noch wissen, wie und wo er auf so ein Floss gelangen konnte.

Oktober 1739

Das Jahr war wie im Flug vergangen. Aber es war nicht viel passiert, wenn man von Sonnenaufgang bis Untergang arbeiten musste. Die Tage waren irgendwie alle gleich. Oft war Christoph an Samstagen nach der Arbeit zu Fuß nach Impflingen gelaufen. Aber das brachte weder für ihn noch für die Familie einen großen Nutzen. Sonntags wurde ohnehin nicht gearbeitet und es schien, dass er durch seine kurzfristige Anwesenheit nur mehr Arbeit für die anderen verursachte. Er sah nun wohl, dass die Eltern erschöpft waren und dass es Zeit wurde, dass ihre Kinder die ganze Verantwortung übernahmen. Als dann der Oktober kam, gerade noch war die Traubenernte im Sonnenschein eingefahren, da schlug das Wetter von einem Tag zum anderen um. Der Himmel wurde weiß, die Luft neblig und es stürmte und schneite ohne Unterlass. Eisige Kälte überzog das Land. Die Queich und der Kanal froren zu und der ganze Ort mit seinen Straßen und Wegen war unter meterhohen Schneewehen verschwunden. In den Geraidewäldern hörte man es, wie Schüsse knallen, wenn die Kälte die Rinde der Bäume aufsprengte. Auch anderswo in den römisch deutschen Ländern und den benachbarten Staaten hatte der Winter große Schäden verursacht. Überall waren Flüsse und Seen vereist. Es gab keine Transportwege mehr, weder zu Land noch zu Wasser. Das ganze Leben kam zum Stillstand. Tante Anna meinte: „Es sieht aus, als würde eine neue Eiszeit kommen, so wie 1708/09, als die Vögel tot vom Himmel fielen. Christoph, du

kannst jetzt nicht nach Impflingen gehen. Wir müssen im Haus bleiben."
Christoph schaufelte unentwegt Schnee, aber er wurde gar nicht
mehr Herr der Lage. Auf dem kleinen Hof der Tante türmten sich
die Schneeberge und waren schon größer als er selbst. Tante Anna
sagte bedrückt: „Da hilft kein Jammern und Klagen, kein Bitten und
Beten. Wir müssen uns in unser Schicksal fügen und abwarten, bis
Gott die Situation ändert. Hoffen wir nur, dass er uns bald davon
erlöst."

Aber das geschah erst einmal nicht. Für die nächsten Monate waren
sie von der Außenwelt abgeschlossen, ebenso wie viele andere
Nachbarorte. Die Nahrungsmittel waren nach dem polnischen
Krieg und den anschließenden Elendsjahren knapp. Auch die Ernte
von diesem Jahr hatte nicht die Ergebnisse wie vor dem Krieg
gebracht. Tante Anna war froh, dass sie überhaupt noch Grütze
kochen konnte; manch einer musste jetzt hungern. Christoph aber
dachte manchmal daran, dass auf den Riesenflößen täglich ein Ochse
geschlachtet wurde und er wünschte sich so sehr eine sättigende
Fleischmahlzeit. Er brütete vor sich hin: „Warum war das ganze
Leben nur so unbefriedigend? Warum gab es so wenig Freude? Die
Kindheit mit Anna Maria war das Einzige, woran er gern dachte.
Sie haben so viel gelacht und hatten zusammen eine glückliche Zeit.
Wenn sie doch nur zurückkommen könnte. Er sehnte sich danach.
Wenn er seine Flöte spielte, wurde er jedoch noch trauriger und er
spürte den großen Verlust. Die Kindheit war lange vorbei, im
kommenden Jahr wurde er 18. Jetzt lag es an ihm, alles zum Besseren
zu wenden. Seine Lehrzeit bei Meister Hahn ging zu Ende. Er
musste sich entscheiden, ob er bei ihm weiterarbeiten wollte.

Wegen der Unwetterlage verbrachte Christoph viel Zeit mit Tante
Anna. Ihr konnte er sich rückhaltlos anvertrauen. Sie redeten über
Dinge, über die er normalerweise mit niemandem sprechen würde,
denn Tante Anna sprach ihm nicht zum Munde und hielt mit ihrer
Meinung nicht zurück. Ihre Antworten kamen von Herzen und
entsprangen ihrer Lebenserfahrung.

„Glaubst du, dass man alles erreichen kann, wenn man es wirklich
will?", fragte Christoph.

„Ach Junge, wenn es nur so einfach wäre. Denk doch nur einmal an
deinen Onkel Marten. Er wollte doch wirklich ein neues Leben in
Amerika anfangen, aber es war ihm nicht vergönnt. Es geschieht
immer Gottes Wille."

„Marten war wohl schon zu alt", erwiderte Christoph. „Was man
vorhat, muss man in jungen Jahren machen."

„Ich will dich nicht entmutigen, Christoph, ich weiß schon lange,
dass du nach Amerika willst wegen der Anna Maria. Meinen Segen

hast du und vielleicht hilft sogar Gott dir dabei."

„Tante Anna, ich glaube, der liebe Gott wird mich verstehen. Es geht doch um eine gute Sache. Ich kann die Anna Maria nicht vergessen."

Dezember 1739

Christoph war wegen der schweren Schneefälle schon ein paar Wochen nicht bei seinen Eltern gewesen. Es lag noch immer tiefer Schnee und es war schrecklich kalt. Aber er machte sich Sorgen und wollte wissen, ob zu Hause alles in Ordnung war. Tante Anna versuchte, ihn von seinem Vorhaben abzuhalten. Sie wollte nicht, dass er sich in Gefahr brachte. So mancher war in diesen Tagen schon unterwegs erfroren. Aber er ließ sich nicht aufhalten. Er hatte extra für den Weg nach Hause Schneeschuhe gebaut, die er nun auch ausprobieren wollte. Sie sahen zwar aus, wie riesige ovale Fußabtreter mit Löchern drin, aber sie erfüllten ihren Zweck. Er war sehr stolz darauf, denn er hatte sie immerhin selbst gemacht, aus Holz- und Bastresten und kreuz und quer verschnürten Bändern. Obendrauf hatte er stabile Lederlaschen gesetzt. Er konnte mit seinen normalen Schuhen in diese hineinschlüpfen und sie gut befestigen. So war es möglich, durch den tiefen Schnee zu gehen, ohne einzusacken. Tante Anna gab ihm zu guter Letzt noch eine Fellmütze mit Ohren-klappen, die einer der einquartierten Russen bei ihr zurückgelassen hatte, und einen warmen Mantel, den ihr Christoffel einst getragen hatte.

So und mit einem Rucksack ausgestattet, in dem eine Wegzehrung lag, tappte Christoph gut gelaunt davon.

Es war ein ruhiger Tag und kaum ein Lüftchen wehte. Die Sonne stand tief am Himmel und schien auf die weiße, scheinbar endlose Weite. Christoph war ganz allein. Kein Mensch war zu sehen und alles kam ihm so unwirklich vor. Vor ihm lag eine völlig unberührte Landschaft, er war der Einzige, der Spuren im Schnee hinterließ. Sein Herz klopfte. Er spürte eine unbekannte Aufregung. Schon oft war er diesen Weg gegangen, aber heute sah er alles mit anderen Augen. Der Schnee glitzerte, als wären überall winzige kleine Diamantsplitter gestreut worden und er befand sich mittendrin. Nie zuvor hatte er das Gefühl, eins mit der Natur zu sein. Die Schneeschuhe trugen ihn gut. Er konnte damit nicht rennen, aber sie brachten ihn sicher nach und nach ans Ziel. Als er zur kleinen Kalmit aufschaute, schien die Sonne oben auf der Kapelle wie ein gleißender Stern, der seine goldenen Strahlen über die Landschaft verstreute. Christoph war davon wie geblendet. Sollte das eine Bedeutung für ihn haben? War das ein göttliches Zeichen? Was geschah mit ihm? Wurde er jetzt irre oder langsam erwachsen? Erinnerungen traten in sein

Bewusstsein, die er längst vergessen hatte. Als eine Schar blauschwarzer Krähen krächzend über den blauen Himmel davonflog, musste er an den Tag denken, als er mit dem Vater allein nach Landau gefahren war. Damals waren sie sich so nahe gekommen wie nie zuvor und danach. Christoph hatte ihm die Geschichte mit Heinrich und dem Kannibalen anvertraut und der Vater hatte herzlich darüber gelacht. Eigentlich wollte er ihm auch eine komische Geschichte aus seiner Kindheit erzählen. Aber sie waren abgelenkt worden. Diesmal, wenn er zu Hause war, wollte er ihn daran erinnern.

Aber die Welt war nicht mehr die Gleiche, als er am Abend zu Hause ankam.

Der Vater war am Vormittag gestorben, kurz vor seinem 57. Geburtstag.

Kreutz Creek und Codorus 1740

Anna Maria war 1740 achtzehn Jahre alt. Seit ihrer Ankunft in Kreutz Creek waren sieben Jahre vergangen und aus dem Mädchen war eine junge Frau geworden, vielleicht ein wenig zu dünn und zu blass, aber trotz der ärmlichen Bekleidung aus Jute, mit dem Gürtelband um die Taille, sah sie recht ansehnlich aus. Ihre dunklen Haare hatte sie zu einem langen dicken Zopf gebunden, der auf dem Rücken herabhing. Gern hätte sie auch so ein hübsches Dirndlkleid besessen wie Elisa, aber sie wusste, dafür waren sie zu arm und Stoffe aus Leinen oder Wolle gab es hier weit und breit nicht. Die Bewohner von Kreutz Creek trugen alle nur Blusen, Röcke oder Hosen aus Jute und wenn es kalt war, zogen sie einige Sachen übereinander an. Je nach Größe oder Alter der Geschwister wurden diese immer weiter gegeben. Wenigstens hatte sie da ein wenig Glück. Sie war die Älteste und Größte und bekam immer eher als die anderen etwas Neues, wenn auch nichts Schönes. Die meisten ihrer Sachen trugen Catharina und Dorothea auf. Mit ihren großen braunen Augen schaute Anna Maria noch immer lebhaft in die Welt, aber manchmal auch etwas traurig. Sie hatte sich alles anders vorgestellt. Ihre Kindheit war viel zu schnell verloren gegangen, war in der Pfalz geblieben.

Jetzt war sie alt genug, sodass die Eltern beschlossen hatten, Anna Maria bald zu verheiraten. Auch die Bayers wollten ihren Sohn Albinus aus dem Haus haben. Mit Anna Maria würde er eine ansehnliche und fleißige Ehefrau bekommen. Sie waren beide jung und konnten etwas Gutes aus ihrem Leben machen. In Codorus, gleich um die Ecke von Kreutz Creek, hatte Albinus eine Arbeit in der Schmiede gefunden.

Anna Maria war verzweifelt. Das Elternhaus verlassen, wäre nicht das Schlimmste, aber sie fürchtete sich vor dem, was danach kommen würde. Albinus war kein schlechter Kerl, wahrscheinlich mochte er sie auch, denn in letzter Zeit ließ er sich öfter in Kreutz Creek sehen. Aber sie hätte gut und gerne auf ihn verzichten können. Ihre Gedanken waren immer nur bei Christoph. Im Vergleich zu ihm war Albinus ein Langweiler, mit dem sie nichts anfangen konnte. Außer der Armut hatten sie nichts Gemeinsames. Am liebsten wäre sie heimlich fortgerannt, nach Philadelphia und dann mit einem Schiff zurück in die Heimat, nach Impflingen. Aber solche Gedanken waren nicht real. Sie konnte dabei ihr Leben aufs Spiel setzen. Um sie herum war Wald und Wildnis, in der noch die Susquehannok, ein Indianerstamm der Irokesen, lebte. Es würde ihr wahrscheinlich nicht einmal gelingen, mit der Wrights Ferry über den Susquehannah zu kommen. Wenn ein Sklave oder Redemptioner weglief, wurde er gesucht und bald wieder gefasst. Für sie war es nicht anders. Als Frau war auch sie rechtlos und dem Schicksal hilflos ausgeliefert. Sie drehte verzweifelt an der Halskette mit der Münze, die ihr Christoph geschenkt hatte.

Zu Anfang, als sie in Kreutz Creek ankamen, hatte sie Christoph einen langen Brief geschrieben. Aber er hatte nicht darauf geantwortet. Oft musste sie daran denken. Aber vielleicht war es gar nicht möglich, einen Brief von der Pfalz nach Amerika zu schicken. Es kostete auch Geld und jemand musste ihn mitbringen. Vielleicht hatte Christoph sogar geantwortet, aber sein Brief konnte sie nicht erreichen, war verloren gegangen, vielleicht untergegangen mit einem Schiff.

Als sie in Amerika ankam, dachte sie noch, alles würde sich zum Guten wenden. Und eines Tages würde Christoph bei ihr sein. Aber das Leben war immer schwieriger geworden, als wenn alles nach einem unabänderlichen Plan verlaufen musste. Sie war im Tagesablauf so fest eingebunden wie ein Rad im Wagen, ohne dass nichts lief. So vergingen Wochen, Monate und Jahre. Einmal noch mit Christoph über die Felder laufen, am Quodbach entlang und sich frei wie ein Vogel fühlen, das war Vergangenheit oder nur noch ein Traum, von dem sie nicht ablassen konnte.

Als ältestes Kind musste Anna Maria viel Verantwortung übernehmen, die Babys wickeln und füttern, auf die Geschwister aufpassen und bald auch den Haushalt übernehmen, kochen, waschen und im Garten arbeiten. Sie musste schnell erwachsen werden.

Wie gern wäre sie selbst noch zur Schule gegangen, aber es gab hier keine. Nur die Iren und Engländer, die hinter dem Fluss auf den Pigeon Hills lebten, hatten bereits eine Schule. Aber da wurde nur Englisch unterrichtet und das nützte ihr und ihren Geschwistern nichts. Sie musste daran denken, wie schön es war, als Christoph und sie noch klein waren und ihre Mütter ihnen Geschichten vorgelesen oder erzählt hatten. Sie begann, die Rolle der Lehrerin zu übernehmen und brachte ihrer Schwester Dorothea und danach auch Jakob das Lesen, Schreiben und Rechnen bei. Da sie nicht das Geld für Bücher, Stifte und Papier besaßen, schrieben sie mit Kreidesteinen auf Steintafeln. Kalkstein gab es reichlich in der Umgebung und das Geschriebene war auch wieder gut mit einem nassen Tuch abzuwischen.

In Kreutz Creek war jedes Familienmitglied nach Kräften gefordert, nachdem noch vier weitere Kinder das Licht der Welt erblickt hatten. Jetzt waren sie insgesamt zehn, die Eltern, Anna Maria (18), Catharina (17), Dorothea(14), Jacob (8), Philipp (5), Leonard (4), Judith (2), und Mary (1), und es war zu erwarten, dass sich die Familie noch weiterhin vergrößerte, denn die Stiefmutter, Dorothea, war erst 38 Jahre alt.

Der Vater ging von Haus zu Haus und flickte Schuhe zusammen. Aber der Verdienst reichte kaum zum Essen. Viele Siedler fuhren lieber einmal im Jahr nach Philadelphia und kauften dort neue Schuhe. Nur im Notfall brauchten sie einen Flickschuster. Die Stiefmutter hatte einen kleinen Garten hinter dem Haus angelegt, in dem Kartoffeln, etwas Gemüse, Kürbisse und ein paar Kräuter wuchsen. Aber da sie nicht so viel Land wie andere besaßen, mussten sie in der Umgebung noch Pilze, Beeren oder Kastanien sammeln gehen.

Noch immer lebten sie in dem kleinen Blockbohlenhaus in zwei Räumen, das der Vater mithilfe der Nachbarn gebaut hatte. Alle schliefen in einem einzigen Raum, immer zwei auf einer Strohmatte, der andere Raum war Küche und Aufenthaltsraum. Sie besaßen nur das Notwendigste an Geschirr, Tellern und Töpfen. Es war Anna Maria klar, dass es der Familie besser gehen würde, wenn sie aus dem Haus ging und für ihr eigenes Leben sorgte. Dann war wenigstens ein Esser weniger da.

Anderen Familien, z. B. den Schultzes, ging es viel besser. Johann Schultz war der Erste, der sich in Kreutz Creek ein Haus aus Stein bauen lassen konnte. In den Giebel ließ er eine Inschrift einsetzen: „Anno 1734 habe ich Johann Schultz und Christina, seine Ehefrau, dieses Haus erbaut". Sein Bruder, Martin Schultz[63], baute 1736 ein 1 ½ stöckiges Steinhaus. Er war einer der angesehensten Siedler und Anna Marias Familie war mit den Schultzes auch gut befreundet.

Reverend Stoever Jr.

Der junge Reverend Stoever war der einzige lutherische Priester weit und breit. Er kam überall in Pennsylvania herum, von Philadelphia,

---

63 Das „Martin Schultz Haus" besteht heute noch (Emig Street, Hallam, York County). Martin Schultz wurde später Arzt und dann Dr. genannt.

über Muddy Creek nach Tulpehocken, Codorus und Kreutz Creek und sogar bis nach Maryland. Er hatte alle Halbgeschwister von Anna Maria getauft und er würde auch kommen, wenn sie heiraten wollte. Wenn er für eine Taufe oder Vermählung mit Pferd und Kutsche nach Kreutz Creek kam, war das stets ein besonderes Ereignis. Abends gingen sie dann ins Martin Schultz Haus, wo der Reverend immer übernachtete. Man konnte viel Neues erfahren, denn er war auch sehr gesprächig, besonders, wenn es nicht an Alkohol fehlte.

Man erfuhr von ihm, wie es den anderen Auswanderern inzwischen erging, den Trauts, Hoffmanns und Leys, Elisa und vielen anderen. Aber er erzählte auch gern aus seinem eigenen Leben und aus der Zeit, als sie noch in Annweiler lebten. Als Stoevers Mutter in Annweiler gestorben war, wanderte der Vater, der bis dahin Schulmeister gewesen war, mit seinen bereits erwachsenen Kindern nach Pennsylvania aus. Zuerst arbeitete er als Pfarrer in Virginia, wo er ein zweites Mal heiratete und noch einmal Vater einer Tochter wurde, die Elisabeth hieß. Seine zweite Frau und ein Sohn starben 1734.

1735 reiste Stoever Sr. noch einmal nach Holland und Deutschland zurück, um Gelder für Schulen und Kirchenbauten zu sammeln. Außerdem wollte er noch einige Zeit bei seinem Schwager Fresenius, dem berühmten lutherischen Theologen, sein Wissen aufbessern. Leider starb der Senior 1738 bei seiner Rückkehr auf dem Atlantik, womit alle seine guten Vorhaben zunichtegemacht wurden. Reverend Stoever Jr. entschied sich ebenfalls für das Priesteramt. 1733, ein paar Monate, bevor die Trauts und Stentz nach Pennsylvania kamen, hatte Stoever Junior geheiratet und die Ordination als Priester in dem Ort „Trappe", erworben. Rev. Stoevers Frau Katharina stammte aus Lambsheim.

Momerntan wohnte Stoever Jr. in Earl Town und hatte einen Sohn, hatte jedoch vor, bald nach Lebanon Township umzuziehen.

Grundsätzlich hatte Stoever keine Vorurteile. Er taufte und verheiratete jeden, der ihn darum bat. Er weigerte sich auch nicht, die Kinder von Thomas Cresap zu taufen, der so viel Unglück über die Siedler in Kreutz Creek gebracht hatte.

Die Kirchenbucheintragungen in vielen Gemeinden Pennsylvanias und Marylands stammten zum größten Teil aus der Feder von Johann Caspar Stoever Junior.

Anna Maria hatte das Abendessen für die Familie vorbereitet, eine Kastaniensuppe, wie man sie aus der Pfalz kannte, und dazu Maisfladen. Die Schwestern und die Mutter arbeiteten noch im Garten. Bevor Anna Maria sie alle zum Essen holte, blieb sie einen Augenblick vor der Haustür stehen und atmete tief durch. Ein angenehm warmes Lüftchen umwehte ihr Gesicht. Sie setzte sich auf die Bank unter dem Küchenfenster und schloss die Augen. Aber der Gedanke an die bevorstehende Heirat mit Albinus schreckte sie wieder auf. Anna Maria war verzweifelt.

Sie sah aus einiger Entfernung dem Spiel ihrer kleinen Brüder zu. Sie schrien durcheinander und rannten mit Steinen in den Händen hin und her. Der achtjährige Jakob zeichnete mit einem Stock einen Kreis auf die Erde und versuchte, den Jüngeren, Philipp und Leonhard, zu erklären, was sie tun sollten. Es schien, dass sie auf ihn hörten. „Er hat es einfacher als ich", musste Anna Maria denken, „er kann sich nicht mehr an seinen Geburtsort erinnern, ist jetzt hier zu Hause. Er weiß nicht, was Heimweh ist."

Als Jakob seine Brüder aufforderte, die Steine in den Kreis zu werfen, erinnerte sich Anna Maria plötzlich an jenen schrecklichen Tag im November 1736.

Rückblick: November 1736

Die Indianer der „Six Nations"[64] hatten ihre Zustimmung gegeben und Samuel Blunston, ein Agent von Thomas Penn, konnte daraufhin 65 Siedlern in Kreutz Creek am 30. Oktober 1736 die offizielle Genehmigung zur Ansiedlung überreichen. Alle atmeten auf und glaubten, damit sei alles geklärt und die Überfälle der Cresap Bande würden endgültig vorbei sein. Immer wieder waren sie ausgeraubt worden und verloren die wenigen Habseligkeiten, die sie aus ihrer Heimat mitgebracht hatten und an denen ihre Erinnerung hing. Einmal warf die Bande sogar eine Familie aus ihrem Haus und verjagte sie nach Codorus.

Es war ein warmer Novembertag. Anna Maria war mit ihrem damals vierjährigen Stiefbrüderchen Jakob an den Kastanienbäumen entlang zum Fluss hinuntergegangen. An einer Ausbuchtung des Kreutz Creek wollte sie mit ihm runde Steine sammeln, die ihre Geschwister zum Murmelspiel nehmen konnten.

Jakob war ganz begeistert, als er ein buntes Steinchen nach dem anderen fand. Das kleine Körbchen, das sie mitgenommen hatten, war fast voll. Aber er hatte so viel Spaß beim Suchen, dass er gar nicht aufhören wollte.

Plötzlich waren Schreie und Schüsse zu hören, die näher kamen. Anna Maria konnte erkennen, dass eine Reitertruppe von etwa zehn Männern über die Kreutz Creek Brücke galoppiert kam. Es war wahrscheinlich die Cresap Bande.

Instinktiv fasste sie Jakob an die Hand und riss ihn mit sich, um sich

---

64 1720 bestanden die Six Nations aus den irokesischen Stämmen: Seneca, Cayuga, Onondaga, Tuscarora, Oneida und Mohawk. Sie lebten auf dem heutigen Gebiet des US Bundesstaates New York und in Kanada (Quebec und Ontario).

zu verstecken. Dabei fiel das Körbchen mit den Steinen um. „Meine Steine! Meine Steine!", rief der Vierjährige. Er begriff die gefährliche Situation nicht. Als Anna Maria den Bruder weiterziehen wollte, machte er sich stocksteif und warf sich zu Boden. „Steh auf, Jakob! Steh schon auf!", schrie sie vor Angst, denn die galoppierenden Pferde konnten sie beide zu Tode trampeln. Anna Maria war nicht in der Lage, den Bruder zum Aufstehen zu bewegen.

Plötzlich, wie aus dem Nichts erschien Albinus von irgendwoher, riss Jakob an sich und rief Anna Maria zu: „Schnell! Dort ins Gebüsch!" Albinus legte seinen Finger auf den Mund und starrte Jakob an, der endlich zu verstehen schien. „Wir müssen erst einmal hierbleiben", sagte er. Sie hatten es gerade noch geschafft, sich hinter einem dicken abgeblühten Rhododendronbusch zu verstecken, als die Männer mit lautem Geschrei in einer Staubwolke vorbeiritten.

Albinus und Anna Maria waren damals beide 14 Jahre alt. Albinus war nicht das, was man sich unter einem gut aussehenden Jungen vorstellt. Er war klein und untersetzt und hatte ein breites Gesicht mit vielen Pickeln auf der zu großen Nase. Seine dunklen Haare standen strubblig vom Kopf ab. Er war ziemlich wortkarg. Aber sie mussten ja auch still sein. Sie konnten hören, wie in der Siedlung geschossen und geschrien wurde. Kinder weinten und Männer und Frauen bettelten um ihr Leben. „Go to hell!" und „Hit the road!" hörten sie die Bande schreien. Türen knallten, Fensterglas zersprang. Die Siedler wurden brutal verprügelt. Die Bande nahm ihnen ihr letztes Hab und Gut weg und ritt davon. Sie überfielen die Siedler, weil sie sich angeblich im Indianerland aufhielten und die Grenze[65] zu Maryland überschritten hatten. Thomas Cresap war ein Angestellter von Lord Baltimore, dem Gouverneur der Kolonie Maryland, die dem englischen König George II gehörte.

Einer der Siedler war während des Überfalls nach Lancaster gelaufen und hatte dem Sheriff von dem erneuten Überfall berichtet.

Der Sheriff und seine Helfer setzten ein paar Tage später Cresaps Hütte in Brand, um ihn festzunehmen. Dabei schoss Cresap um sich und es hatte Tote und Verletzte gegeben. Die ganze Bande wurde des Mordes angeklagt und kam ins Gefängnis von Philadelphia. Als man Thomas Cresap durch die Straßen abführte, soll er laut gesagt haben: „Philadelphia ist die schönste Stadt von Maryland."

Nach zwei Jahren kam Cresap allerdings wieder frei. Lord Baltimore und der englische König hatten sich dafür eingesetzt. Er stand nun weiterhin in Diensten von Lord Baltimore. Sein Wohnsitz war jetzt weiter westlich, am Monocacy, wo er eine Art Gasthaus mit Über-

---

65 Erst 1765 wurde die genaue Grenze zwischen Pennsylvania und Maryland festgelegt (Mason-Dixon Line).

nachtung errichtet hatte und mit den Indianern des Gebietes die Handelswege erweiterte. Angeblich hatte er dem Lord Baltimore auch Vorschläge gemacht zur endgültigen Festlegung der Grenzen zwischen Maryland und Pennsylvania.

In Pennsylvania galt Cresap als Verbrecher, in Maryland war er ein großer Held.

Anna Maria hoffte nur, dass die Zeit der Überfälle für immer vorbei war.

Auch wenn Anna Maria den Albinus nicht sonderlich mochte, musste sie doch zugeben, dass sie ihm sehr dankbar sein musste. Wahrscheinlich hatte er ihr und Jakob damals vor 4 Jahren das Leben gerettet. Aber musste sie ihn deswegen gleich heiraten?

Anna Maria und ihr Vater hatten ein gutes Verhältnis zueinander. Der Vater ließ nichts auf seine älteste Tochter kommen. Er stand ihr immer bei. Aber als sie ihm beichtete, dass sie Albinus eigentlich nicht mochte und auf Christoph warten wolle, zeigte er kein Verständnis: „Das sind doch Hirngespinste, Anna Maria!"

„Aber Vater, wir haben einander versprochen!", erwiderte Anna Maria enttäuscht.

Johannes nahm sie in den Arm: „Damals wart ihr Kinder! Und Kinder versprechen sich oft etwas, was sie später gar nicht halten können."

„Nein, Vater, Christoph wird kommen, sobald er eine Chance hat. Ich glaube an ihn.", entgegnete sie voller Überzeugung.

„Anna Maria, hör zu! Es war doch Krieg in der Pfalz! Und wenn es Christoph gar nicht mehr gibt? Wenn er tot ist? Was machst du dann?"

Anna Maria fing an zu weinen: „Wie kannst du nur so etwas sagen? Für mich wird er immer leben!"

„So ein Unsinn! Deine Mutter ist auch gestorben! Keiner lebt für immer. Aber das Leben geht immer weiter. Ich habe eine andere Frau genommen. Und ich habe sie jetzt genauso gern wie früher deine Mutter. Du kannst das auch!"

Anna Maria schüttelte den Kopf und wischte mit der Schürze über ihr Gesicht.

„Hier!" Der Vater zog ein Tuch aus seiner Hosentasche und reichte es ihr: „Hör schon auf zu heulen! Du hast gar keinen Grund dazu. Ich weiß, dass Albinus ein guter Kerl ist. Du musst ihn nur richtig kennenlernen."

Anna Maria wusste, dass sie keine Chance hatte, ihr Leben zu ändern. Es war für sie entschieden worden. Um Abschied zu nehmen von Christoph, schrieb sie ein Gedicht für ihn, in dem sie versprach, immer zu ihm zu gehören.

Für immer

Wo du auch bist, ich bin immer bei dir.
Ich bin die Sonne, die Wolken, der Wind.
Mag auch das große Meer uns trennen,
Ich sehne mich jeden Tag nach dir.
Unsere Träume dürfen nicht sterben.
Und sollte auch unser Leben vergehen,
So bleibt uns die endlose Ewigkeit.
Ich weiß, wir werden uns wiedersehen,
Dort, bei der alten Brücke der Queich.

USA 1995

Sich durch den riesigen Frankfurter Flughafen durchzufinden, das war für Ingo schon etwas kompliziert. Zum Glück war er nicht allein. Paul fand sich jedenfalls gut zurecht in dem ganzen Wirrwarr. Für Ingo war es der erste Flug in seinem Leben. Er hatte Flugangst, und dann sollte es auch gleich noch stundenlang über den Atlantik gehen. Es war 10:00 Uhr, als die „Condor" zum Flug nach „Baltimore Washington International Airport"abhob. Am liebsten hätte Ingo nach Pauls Hand gegriffen, aber der hätte es vielleicht falsch verstehen können. Also unterließ er es und riss sich zusammen. Als die Stewardess das Anlegen der Sicherheitswesten vorführte, machte Paul einen total entspannten Eindruck, als wäre es das Normalste von der Welt und kaum war der Vortrag zu Ende, öffnete er seinen Laptop und surfte im Internet. Sie hatten Plätze im mittleren Teil des Fliegers. Wenn Ingo aus dem Fenster schaute, blickte er auf die Tragfläche. Vielleicht war das gut für ihn. Dann merkte er die Höhe nicht so.

Sie hatten bis zum Abflugtag arbeiten müssen und nicht genug Zeit gehabt, sich auf die Reise vorzubereiten.

Ingo nahm den Reiseführer von Maryland aus seinem Rucksack, der gerade noch als Handgepäck durchgegangen war. Er las: „Baltimore liegt an der Chesapeake Bay, einer malerischen lang gestreckten Bucht im Binnenland von Maryland, etwa 300 km von der Atlantikküste entfernt. Kleine Fischerdörfchen und schöne Badeplätze umsäumen die Bucht."

Paul beschäftigte sich mit dem gleichen Thema im Internet und sagte laut:

„Baltimore ist 60 km von Washington, 125 km von Philadelphia und 80 km von Frederick entfernt. Annapolis war übrigens die erste Hauptstadt der USA, bevor es ab 1800 Washington D.C. wurde."

„Aha", entgegnete Ingo, während er sich die im Reiseführer befindliche

Landkarte anschaute. „Die Entfernung von Baltimore nach Frederick scheint übrigens fast die gleiche zu sein wie von Washington D.C., nach Frederick. Da hätten wir doch auch direkt nach „Washington International Airport" fliegen und uns das Weiße Haus und das Kapitol anschauen können."

Paul schüttelte den Kopf: „Klar, mein Freund, aber wir haben leider nur ein begrenztes Budget und der Condor-Flug nach Baltimore war wesentlich günstiger. Außerdem kann man im Leben sowieso nicht alles sehen."

Sie dösten eine Weile vor sich hin und ließen ihren Gedanken freien Lauf. Paul musste an seine Mutter denken, die sich intensiv mit der Familiengeschichte und den Auswanderungen beschäftigt hatte. Um den Stammbaum der Trauts und Stentz zu vervollständigen, hatte sie eine umfangreiche Korrespondenz mit Ian aus Frederick geführt, einem Nachfahren der 1733 Ausgewanderten. Paul hatte sich bei ihm gemeldet, und nun waren sie bei ihm eingeladen.

Ingo dachte an Anna Marias langen Brief von 1733. Als Elfjährige hatte sie ihn an Christoph geschrieben. Daher kannte er den Anfang ihrer Auswanderungsgeschichte. Die Erzählung von Pauls Mutter hatte ihm die Zusammenhänge so nahegebracht, dass er manchmal das seltsame Gefühl hatte, eine Wiedergeburt von Christoph zu sein, der loszog, um seine über alles geliebte Freundin Anna Maria wiederzufinden. Anna Marias Brief musste Christoph sehr viel bedeutet haben, denn hätte er ihn sonst bei seiner späteren Auswanderung nach Preußen mitgenommen und sein Leben lang aufbewahrt? 250 Jahre später hatte Ingo, der damals noch ein Kind war, den Brief gefunden. Nicht, dass er abergläubisch gewesen wäre, aber mysteriös war die Geschichte schon. Sie hatte sich durch die Jahrhunderte erhalten und war nun an ihm hängen geblieben.

Er konnte inzwischen wie durch ein Zeitfenster blicken und sich eine Vorstellung von Christoph und Anna Maria machen. Er sah sie beide vor sich. Dabei wusste er doch kaum etwas über ihr wirkliches Leben. Das Gefühl, dass die beiden zusammengehört hätten, ließ ihn nicht los. Und immer wieder erinnerte ihn das Bild von der kleinen Inge mit der rosa Schleife auf dem Kopf: „Tu es! Finde heraus, wie das Leben der beiden weiter verlief!" Allerdings warf das viele Fragen auf: Hatte Christoph seiner Anna Maria je geantwortet? Hatte er wirklich versucht, nach Amerika auszuwandern? Hätte es überhaupt eine Chance gegeben, dass sie wieder zueinanderfanden? Was hätten sie tun können? Was haben sie unterlassen? Hat die Zeit etwa alle Wunden geheilt? Haben sie einander einfach vergessen? Das konnte sich Ingo allerdings nicht vorstellen. Wer vergisst schon seine erste große Liebe? Diese Erfahrung hatte er ja selbst schon gemacht, aber auch, dass der Schmerz des Verlustes mit der Zeit nachlässt und zur schönen und traurigen Erinnerung wird.

Wie gern hätte er den beiden ein Happy End gewünscht. Als sie sich trennen mussten, waren Christoph und Anna Maria noch Kinder. Das elfjährige Mädchen musste sich der Entscheidung ihres Vaters und der Stiefmutter beugen, die ihr ganzes Hab und Gut verkauft hatten, in der Hoffnung, sich und ihrer Familie in Amerika ein menschenwürdigeres Leben zu verschaffen.

Als Christoph viele Jahre später nach Preußen auswanderte, hatte er wohl ähnliche Gründe. Irgendwann ging es wohl nicht mehr um die eigenen verlorenen Träume, sondern um das Überleben der Nachkommen.

Jetzt, wo Paul und Ingo nach Maryland eingeladen worden waren, wollte Ingo natürlich unbedingt den Ort kennenlernen, wo Anna Maria gelebt hatte, Hellam am Kreutz Creek. Er wollte aber auch herausfinden, wie es all den Auswanderern, die Pauls Mutter erwähnt hatte, den Kindern von Hans Martin, Christophs Cousine Elisa und seinem Freund Heinrich Ley ergangen war, nachdem sie alle aus Impflingen, Ottersheim und Gleishorbach ausgewandert waren.

Er hoffte, dass Ian, ein Nachfahre von Hans Martin, Paul und ihm behilflich sein konnte beim Aufsuchen der Orte, in denen sie alle eine neue Heimat gefunden hatten. Sie lagen in den Bundesstaaten Pennsylvania und Maryland. Es war anzunehmen, dass Ian diese Orte schon erkundet hatte, denn es schien, als habe er seine Familiengeschichte zur Lebensaufgabe gemacht. Seit vielen Jahren beschäftigte er sich schon mit den Nachforschungen.

Nach ein paar Stunden Flug schaltete sich der Lautsprecher ein und die Stimme des Kapitäns ertönte: „Liebe Fluggäste. Hier spricht ihr Kapitän. Wenn sie einen Blick aus dem Fenster werfen, können sie unter uns Grönland sehen."

„Was ist los, Paul?" Ingo schreckte aus seinen Gedanken auf und rieb sich die Augen. „Sitzen wir im falschen Flieger? Gibt es jetzt eine Bruchlandung auf dem Packeis?"

Paul musste lachen und antwortete amüsiert: „Die Route geht immer über Grönland."

„Wieso das denn?"

Paul musste grinsen, als er erklärte: „Na ja. Die Erde ist nun mal rund. Wir müssen mit der Erdkrümmung fliegen. Deine Karte zeigt das nur zweidimensional. Aber so ist es nicht in Wirklichkeit. Du musst dir den Globus vorstellen."

„Klar, danke", sagte Ingo, „Das weiß ich auch." Aber eigentlich war es ihm peinlich. Da lebte man auf der Erde, Satelliten flogen durchs

All, bemannte Raketen würden demnächst auf dem Mars landen und er machte den Eindruck, dass er nicht einmal wusste, dass die Erde rund war.

Als der Flieger nach acht Stunden auf dem Flughafen „Washington Baltimore" landete, war es 18.00 Uhr auf Ingos Armbanduhr. Wegen der Zeitverschiebung von 6 Stunden war es tatsächlich aber erst 12:00 Uhr mittags. „Auch nicht schlecht, dachte er: „In meinem Magen zwickt es. Statt Abendessen gibt es nun hoffentlich gleich Mittagessen."

Der Flughafen „Baltimore Washington International Airport" lag außerhalb der Stadt, etwa eine halbe Stunde südlich von Baltimore, bei dem Ort Glan Burnie im Anne Arundel[66] County. Sie hätten von hier aus auch direkt nach Frederick weiterfliegen können. Aber Ian und seine Frau Laura hatten darauf bestanden, Paul und ihn von Baltimore abzuholen. Auch wenn der Flughafen Frankfurt Main wesentlich größer war, so war es doch gut, dass Laura und Ian hinter dem Flugsteig mit einem Schild auf sie warteten, auf dem der Name Trout stand. Da Ian ein recht großer Mann war, war das nicht zu übersehen. Laura war aber auch nicht zu übersehen, obwohl sie mindestens einen Kopf kleiner und zehn Jahre jünger war. Sie war sehr schlank und sportlich, trug enge Jeans und ein hellblaues T-Shirt. Schulterlange blonde Haare umrahmten ihr Gesicht und ihr Lächeln war hinreißend. Ihre großen dunklen Augen funkelten lustig und quirlig in die Welt.

Paul und Ingo wurden freundlich umarmt, so als hätten sie sich nach langer Zeit endlich wiedergesehen. Pauls Gene mussten wahrscheinlich verrückt spielen. Vielleicht erkannten sich seine und die von Ian nach 300 Jahren Abstinenz auf Anhieb wieder. Vielleicht aber war das auch nur typisch amerikanisch. Jedenfalls schien die Chemie zwischen allen zu stimmen.

Ob es auch äußerliche Gemeinsamkeiten zwischen Paul und Ian gab, war fraglich. Sie betrachteten sich einen kurzen Moment gegenseitig.

Ian, der mit 62 Jahren gerade erst in Rente gegangen war, sah sportlich aus, hatte rötlich braune kurz geschnittene Haare, eine markante große Nase, auf der eine dicke Hornbrille saß, durch die grüne Augen hindurchschauten, die von Lachfältchen umgeben waren. Er war schlicht angezogen, weißes Hemd und graue Hose, der Typ „netter Onkel". Paul meinte: „Die Äußerlichkeiten sollten eigentlich nicht bedeutend sein. Aber immerhin habe ich ja auch rotbraune

---

66 Anne Arundel (1615/16-1649) , bzw. Anne Calvert, Baroness Baltimore , war die Ehefrau von dem 2.Lord Baltimore (Cecil Calvert), dem Inhaber der Kolonie Provinz Maryland mit der Hauptstadt Annapolis.

Haare." Ingo fand, dass tatsächlich eine gewisse Ähnlichkeit zwischen Ian und Paul bestand.

Und wer wusste schon, wie lange sich Genmerkmale durchsetzten? Wie ihre Vorfahren ausgesehen hatten, wussten sie schließlich nicht. Es gab ja keine Bilder oder Fotos von ihnen. Und wie wäre eigentlich die verwandtschaftliche Verbindung zwischen ihnen vor 300 Jahren gewesen?

Ian meinte, wenn er selbst Hans Martin gewesen wäre und Paul dessen Cousin Johannes, dann wäre ihr gemeinsamer Großvater Hans Leonhard[67] gewesen.

Aber das waren momentan unnütze Gedanken. Kaum aus dem Flieger und schon rein in die Stammesgeschichte?

Laura schüttelte den Kopf: „Oh no, guys, stop talking. How about lunch?"

Das war eine wirklich gute Idee.

Baltimore

Ian und Laura hatten vorab gefragt, was sie während ihres Aufenthaltes unbedingt sehen wollten und Paul und er hatten sich für die Orte entschieden, in denen Christophs Verwandte und dessen Freunde, Anna Maria und Heinrich, ausgewandert waren. An Baltimore hatten beide gar nicht gedacht. Da sie nun aber einmal auf dem Flughafen Baltimore angekommen waren, schien es nur logisch, erst einmal die Stadt zu besichtigen und etwas zu essen. Außerdem hing es ja auch von den Gastgebern ab und sie mussten sich ein wenig nach ihnen richten.

Baltimore lag eingebettet in einer hügligen grünen Landschaft und erwies sich als eine beeindruckende Handels- und Hafenstadt, die etwa so groß sein musste wie Frankfurt am Main.

Laura sagte: „Baltimore wird auch Charm Town genannt", was völlig nachvollziehbar war. Breite mehrspurige Straßen führten durch die Stadt, die schon eher als kleine Metropole gelten konnte. Sie fuhren an riesigen alten Backsteinvillen vorbei, an dicht aneinander gebauten Reihenhäusern und Wohnblocks, Universitätsgebäuden, zahlreichen Hotels, Restaurants, Spielcasinos, an Theater, Museen, am Zoo, am Aquarium. Es ging durch Geschäfts-, Armen- und Touristenviertel. Zahlreiche Sternenbanner schmückten die Stadt. An der Wand eines Museums, in der Nähe des Bahnhofs „Penn Station" überspannte es sogar eine ganze Hauswand. Die Stadt war laut und belebt.

In der Nähe einer Metro-Station in Downtown fand Ian einen Parkplatz

---

67 Hans Leonhard Traut (1620-1692) war Bürgermeister von Impflingen.

und sie schlenderten von dort durch die Geschäftsstraßen zum „Inner Harbour" hinunter, um dort einen kleinen Mittagssnack einzunehmen.

Die Auslagen in den Geschäften waren für die Männer nicht besonders interessant, während Laura ab und zu vor einem Schaufenster stehen blieb.

Schließlich musste sie unbedingt in ein Schuhgeschäft hineingehen. „Ich brauche dringend ein paar neue hiking boots für die Catoctin Mountains."

Die Männer warteten draußen und Ian meinte: „Das kann jetzt dauern. Frauen und Schuhe!" Er schaute Paul und Ingo abwägend an und fragte dann: „Was wisst ihr eigentlich über die Geschichte von Maryland?" Als Paul antwortete: „not much", lieferte Ian auf der Stelle einen Vortrag, dabei war er nicht einmal Reiseleiter so wie Paul. Ian hatte sich ein beneidenswertes Wissen angeeignet, das er auch gern an den Mann bringen wollte: „Die Province Maryland war zu Beginn des 17. Jahrhunderts eine britische Kolonie unter King Charles I. Der hatte einen Staatssekretär namens George Calvert, besser bekannt als der I. Lord Baltimore. Den und seinen Sohn beauftragte der König, einen Zufluchtsort für Katholiken in der Neuen Welt zu finden. Das geschah dann auch, hier an der Chesapeake Bay. Die Stadt selbst wurde allerdings erst hundert Jahre später gegründet und nach dem ersten Lord Baltimore benannt. Bis zum Unabhängigkeitskrieg[68] war Baltimore die Hauptstadt von Maryland und wurde immer von den Calverts regiert, die sich Lord Baltimore nannten. Der letzte Lord war der 6. Lord namens Frederick. Die Stadt Frederick wurde nach ihm benannt, obwohl er ein recht unbeliebter Zeitgenosse gewesen sein soll, der sein Geld in liederlicher Weise in England und Europa verprasste und sein Land von anderen verwalten ließ. Lord Baltimore und alle königstreuen Barone wurden durch den Sklavenhandel reich. Sie hatten die prachtvollsten Häuser und lebten im Luxus. Sie ließen riesige Tabakplantagen anlegen. Der Tabak wurde auf Schiffe verladen und nach Europa verkauft, hauptsächlich aber nach England.

Ian schien plötzlich einen Geistesblitz zu haben und fragte interessiert: „Hat einer von euch vielleicht den Roman „Roots"gelesen?"

Paul antwortete: „Das Buch nicht, aber ich habe den Film gesehen, über das Leben von Kinta Kunte."

„Richtig. Darin wird das Leben eines Sklaven aus Gambia erzählt, der verschleppt und auf einem Sklavenschiff nach Annapolis gebracht wurde. In dieser Zeit lebten auch unsere ausgewanderten Vorfahren. Aber soviel ich weiß, hatten sie nichts mit dem Sklaven-

---

handel zu tun. Im Gegenteil. Sie bestellten ihre kleinen Felder und bearbeiteten sie selbst. Mag sein, sie hatten zusätzlich ein, zwei Arbeitskräfte, vielleicht sogar Sklaven. Aber wir konnten keine Nachweise darüber finden. Die Sklaverei lehnten sie auf jeden Fall ab. Zum Glück verloren die Loyalisten[69] ihre Macht nach dem Unabhängigkeitskrieg und ihre Ländereien wurden konfisziert. Die Sklaverei wurde allerdings erst 100 Jahre später, nach dem amerikanischen Bürgerkrieg[70], abgeschafft."

Laura kam mit einem Paar Sportschuhen aus dem Laden zurück und hatte gerade noch die letzten Worte ihres Mannes vernommen. Sie katapultierte die Männer wieder in die Gegenwart zurück. Während sie weitergingen, meinte sie: „Die Gegensätze zwischen Schwarzen und Weißen sind noch immer ein großes Problem. Besonders Baltimore steht in der Kriminalitätsrate ganz weit oben. Es gibt zu viele schwarze Jugendliche, die keine Chance im Leben sehen. Sie schließen sich in Gangs zusammen und machen Randale, brennen Autos an, demolieren Geschäfte. Aber niemand erklärt der Öffentlichkeit, wo die Ursachen dafür liegen."

Ian räusperte sich: „Sie sind arm, chancenlos und nehmen Drogen. Was kannst du dagegen tun? Solange man Armut und Drogenkonsum nicht bekämpft, wird sich nichts ändern. Mit Aufklärung allein ist auch nichts geholfen. Man müsste sich weltweit zusammenschließen und gegen die Drogenkartelle vorgehen."

„Ich würde gern was ändern, wenn ich wüsste, wie", meinte Laura.

Menschen unterschiedlichster Nationalität und Hautfarbe begegneten ihnen, eilten hin und her und schienen guter Laune zu sein. Die Mittagssonne schien angenehm. Es war ein friedlicher Tag, nichts von Feindseligkeit war zu spüren. Trotzdem hätte Ingo sich nicht gewundert, wenn jemand plötzlich seinen Rucksack gestohlen hätte.

Er fragte: „Gibt es hier eigentlich noch Menschen indianischen Ursprungs?"

„In Maryland leben noch die meisten, etwa 120.000", sagte Laura. Lange Zeit hatten sich viele nicht zu ihrem Ursprung bekannt, weil sie fürchteten, mit den schwarzen Sklaven gleichgesetzt zu werden. Maryland hat vor ein paar Jahren einen „American Indian Day" eingeführt, einen Tag der Indianer, das ist der Tag nach Thanksgiving[71]. Sie gingen etwas nachdenklich direkt auf eine Gruppe Wolkenkratzer am Hafen zu. „Der fünfeckige Turm ist unser „World Trade Center",

---

69 Loyalisten waren amerikanische Kolonisten, die der britischen Monarchie die Treue hielten, im Gegensatz zu den Patrioten.
70 Amerikanischer Bürgerkrieg: 1861-1865.
71 Thanksgiving (Erntedankfest) in den USA=4. Donnerstag im November.

sagte Ian.

„Ich hatte immer gedacht, es gibt nur das World Trade Center in New York."

„Oh nein. Es gibt mehrere. Baltimore hat auch eins, wie du siehst.

Sie ließen das World Trade Center erst einmal hinter sich und gingen zur Waterfront hinunter, vorbei an kleinen Läden und Pubs. Straßenentertainer zeigten ihre Kunststücke und Musiker spielten Jazz-Musik. Ians Schritte wurden plötzlich schneller. Sie machten an einem recht modernen Pub halt. In der 1. Etage befand sich eine Dachterrasse im Freien. Dort bestellte er für alle Krabbenfrikadellen mit Tomaten und Knoblauch, dazu „French Fries" und „Coke". Es schmeckte ausgezeichnet. Aber Ingo hätte ohnehin alles schmackhaft gefunden, was seinen Hunger besänftigen konnte. Der Wind kam von der Chesapeake Bay herüber und sie genossen die Seeluft und die Sonne sowie die Aussicht auf den kleinen Hafen mit dem World Trade Center und den vielen hübschen Segelbooten. Im Hafenbecken lag ein roter Zweimaster mit dem Namen Chesapeake, der zum Maritime Museum gehörte und dahinter, zur Stadt hin, waren die hohen roten Backsteingebäude von „Barnes & Noble" zu sehen, die wie ein restauriertes Fabrikgebäude aussahen. „Das ist der größte Bookseller in den USA", eine Kette, sagte Laura. „Ian hat einige Jahre dort gearbeitet. Aber als Kunde kann man da den ganzen Tag verbringen, Bücher lesen und dabei Kaffee trinken oder auch Musik hören. Ich habe dort fast alle Bücher von Cooper[72] gelesen, wenn ich warten musste, bis Ian Dienstschluss hatte. Die Lederstrumpferzählungen kennt ihr bestimmt: Der letzte Mohikaner, Wildtöter, Pfadfinder, die Ansiedler?"

„Ich habe die Filme gesehen", antwortete Paul. Ingo verstand, dass er einiges nachzuholen hatte. Er kam irgendwie nicht aus dem gleichen kulturellen Ursprung.

„Wenn man von der amerikanischen Geschichte etwas verstehen will, sollte man sich unbedingt mit Coopers Büchern beschäftigen. Weißt du übrigens, dass Cooper bei der Natty Bamppo Person, also Lederstrumpf[73], einen deutschen Siedler aus der Pfalz beschrieben haben soll?"

Paul war überrascht: „Oh, das wusste ich nicht."

Laura hatte ihren Stuhl in die Sonne gedreht, die Augen geschlossen und meinte: „Lasst uns noch ein bisschen relaxen. Wer weiß, wie lange das Wetter noch hält."

---

72 James Fenimore Cooper (15.09.1789 New Yersey-14.09.1851 New York), amerik. Schriftsteller.
73 Vorbild für Lederstrumpf soll der aus Edenkoben ausgewanderte Johann Anton Hartmann gewesen sein. In seinem Geburtsort steht ein Denkmal von ihm, der Lederstrumpfbrunnen.

Ian bestellte noch ein paar Getränke für alle. „Wie bist du eigentlich zur Ahnenforschung gekommen?", wollte Paul wissen und Ian war gern bereit, das zu beantworten: „Als Amerikaner hat man irgendwo anders in der Welt seine Wurzeln. Für unsere Statistiker ist das immer noch sehr wichtig. Laura ist irischstämmig, ich deutschstämmig, wie du weißt. Aber wir sprechen nicht mehr unsere angestammten Sprachen. Seit mehr als 250 Jahren leben meine Vorfahren in Frederick und Umgebung. Ich habe herausgefunden, dass mein Stammvater Hans Martin aus Impflingen ist. Leider muss er schon kurz vor der Ankunft in Philadelphia gestorben sein. Ich habe in den alten Kirchenbüchern der reformierten Kirche von Frederick aber viele Hinweise zu seinen Kindern gefunden. Sie gehörten mit zu den ersten Siedlern hier. Mich hat die Tatsache, dass sie in großen Gruppen gekommen sind, anfangs sehr erstaunt. Sie brachten ihre Verwandten und Freunde aus der Heimat mit, die Leys, Hoffmanns, Weiss und wie sie alle hießen. Sie bildeten hier wieder eine neue Gemeinschaft. Selbst der Schullehrer und der Pfarrer kamen aus der Pfalz, wenn auch nicht alle auf einmal. Manchmal lese ich in den alten Kirchenbüchern, wie in einem Geschichtsbuch. Von den Vorfahren, die in der Pfalz oder in Preußen geblieben sind, weiß ich nur wenig, z. B. von Christoph und Daniel, die sich in Preußen angesiedelt hatten, wie ich von euch weiß. Ich glaube, Christophs Vater und Hans Martin waren Cousins."

Paul bestätigte das.

„Wo liegt eigentlich dieses Königsaue?", wollte Laura wissen und rückte ihren Stuhl aus der Sonne. „Ian hat mich beinahe verrückt gemacht damit. Er konnte es einfach nicht in Google Maps finden."

„Das ist kein Wunder", meinte Ingo. Königsaue ist auf keiner aktuellen Karte mehr zu finden. Dieser Ort ist in den 1960er-Jahren wegen Braunkohleabbau aufgegeben worden. Ich bin dort geboren und zur Schule gegangen. Jetzt sind dort zwei künstliche Seen entstanden, der Concordiasee und der königsauer See, nur wenige km vom Harz entfernt, in Sachsen-Anhalt."

„Das ist ja sehr interessant. Du musst uns mehr davon erzählen", sprudelte Laura heraus.

Ingo kratzte sich am Kopf: „Königsaue lag in der DDR. Paul lebte in der BRD. Vielleicht gibt es irgendwann einmal die Möglichkeit, dass ihr das alles kennenlernt, sozusagen eure „deutschen roots".

Ian zahlte und klatschte in die Hände: „Das World Trade Center[74] wartet schon auf uns. Und nach Hause müssen wir auch noch."

Ein paar Schritte weiter standen sie erneut vor dem 27 Stockwerke

---

74 Der Terroranschlag auf das World Trade Center in New York war am
    11.09.2001

hohen Gebäude. Paul und Ingo schoben die Köpfe in den Nacken und schauten senkrecht nach oben.

Dann fuhren sie mit dem Lift auf die Aussichtsplattform und genossen eine beeindruckende Rundumsicht auf die Stadt und die Chesapeake Bay. Die kleinen Segelboote im Inner Harbour sahen von oben aus wie kleine Papierschiffchen und die Menschen bewegten sich wie Ameisen durch die Straßen und Gassen. Nach Südosten konnten sie bis zum Outer Harbour sehen, dem Welthafen mit seinen großen Überseeschiffen, Kränen und Hafenanlagen. Ian streckte den Finger aus und sagte: „Da kamen einst auch viele Einwandererschiffe an. Baltimore soll der zweitgrößte Hafen für Auswanderer aus Deutschland gewesen sein. Auch der Lehrer Schley aus Mörzheim kam hier mit einer Gruppe Auswanderer an, so um 1745. Da sah Baltimore natürlich noch ganz anders aus. Der Sklavenhandel blühte und Maryland gehörte noch zur englischen Krone."

Irgendwie war Ingo beim Zuhören in die Rolle des Christoph geschlüpft, der nun, 250 Jahre später, nach Amerika kommen sollte, um seine Anna Maria wiederzufinden, sowie seine Verwandten und seinen Freund Heinrich. Mit den heutigen Verkehrsmitteln würde das sicher einfach sein, alle wiederzufinden. Nicht weit von hier hatten sie alle gewohnt. Allerdings hatte Ingo noch ein bisschen mehr Wildnis erwartet und die Reise in die Vergangenheit wurde erst einmal eine Reise in die Zukunft, große Menschenmassen, viel zu viele Autos auf den Straßen, riesige Hochhäuser und Fabrikanlagen, Flugzeuge am Himmel.

Seit Lebzeiten von Christoph und Anna Maria hatten sich die Zeiten gewaltig verändert, von Kaiser- und Königreichen bis hin zur Demokratie, vom Leben in Blockhütten im Wald bis zu Wohnungen im Wolkenkratzer mit Blick über weit ausladende Vorstädte und Industriegebiete.

Nachdem sie sich einen ausgiebigen Rundblick über Baltimore und seine Vorstädte erlaubt hatten, die bis in die Chesapeake Bay hineinreichten, gingen sie zurück zum Auto am U-Bahn-Parkplatz und machten sich auf den Weg nach Frederick.

Interstate 70 und Blue Ridge Mountains

Sie verließen die „Charm-Town" in nordwestlicher Richtung und fuhren in der Nähe eines Parks und einer Park-and Ride-Stelle auf die Interstate 70 nach Frederick. Die Landschaft ringsum war hüglig und die Autobahn führte entsprechend bergauf und bergab. Paul und Ingo hatten auf den Straßen hauptsächlich Limousinen erwartet, wie Chevrolets oder Cadillacs, aber es fuhren dort erstaunlich viele VWs, BMW, Porsche, Audi und Mercedes. Die Interstate 70 unterschied sich, außer vom niedrigeren Tempolimit (zwischen ca. 100 und 120 km/h), der breiteren Fahrspur und den grünen (statt blauen) Hinweisschildern, nicht von einer deutschen Autobahn. Sie war zwei- oder dreispurig, mit Leitplanken, Autobahnbrücken, Überwachungskameras, mit schnell wachsenden Bäumen auf den Hängen, die meistens die Sicht auf die Umgebung verdeckten. Ian meinte: „Die deutschen Autobahnen waren Vorbilder für die Interstates. Präsident Eisenhower hatte sie nach dem Krieg in Deutschland gesehen und danach den Autobahnbau in den USA veranlasst. Am bekanntesten ist wohl die „Route 66"[75], sie ist aber keine zusammenhängende Autobahn, sondern besteht aus einzelnen Straßen, die sich von der Ostküste bis zur Westküste fortsetzen, von Chicago bis Santa Monica in Kalifornien.

Sie fuhren durch Carrol County, das im Norden durch die Mason-Dixon-Linie von Pennsylvania getrennt wird. Sofern die Bäume die Sicht freiließen, sahen sie Mais- und Weizenfelder, kleine Wäldchen, glitzernde Flusstäler, einzelne Gehöfte, kleinere Dörfer und sanft ansteigende Berge. Die Landschaft war recht dicht besiedelt, ähnlich wie in Rheinland-Pfalz. Dabei ist Maryland fast doppelt so groß. Einmal entdeckten sie auf einem Hügel eine große Rinderfarm, ein Bauerngehöft mit etlichen langgestreckten Stallungen und zwei hohen Silotürmen. Auf dem dazugehörigen Weideland grasten braun-weiß gescheckte Rinder. Die Zeit der Büffelherden war lange dahin.

Mehrere Ausfahrten wiesen auf den „C&O-Canal[76]"hin. Ian erklärte: „C und O steht für Chesapeake und Ohio Canal". Er wurde im 19.Jahrhundert erbaut. Ich denke, wir müssen unbedingt einen Ausflug dorthin machen. Vor allem das Monocacy Aquädukt müsst ihr gesehen haben."

Laura fing an, eine bekannte Melodie zu summen, und zeigte dabei auf eine lange Gebirgskette am Horizont. „Blue Ridge Mountains mit dem Catoctin Mountain", sagte sie.

Paul meinte: „Ich fühle mich fast wie zu Hause. Die Gebirgskette ähnelt aus der Ferne dem Pfälzer Wald, wenn man von Mannheim nach Neustadt fährt. Vielleicht empfanden die Vorfahren, als sie hierherkamen, das auch so."

„Die Landschaft hat sich zwar durch Rodungen und Ansiedlungen

---

75 Route 66: ca. 2.450 Meilen (rd. 4.000 km) lang von der Ostküste zur Westküste. Baubeginn: 1926, heute eine Zusammensetzung aus verschiedenen bereits vorhanden gewesenen Straßen. Präsident Eisenhower veranlasste 1956 den Ausbau als Interstate Highway.

76 Chesapeake and Ohio Canal, 300 km lang, wurde gebaut, um Kohle von den Allegheny Mountains bis zur Chesapeake Bay zu verschiffen. In Betrieb von 1836-1924. Heute fahren dort keine Schiffe mehr.

verändert, aber die Berge sind doch geblieben und sehen heute wohl noch so aus wie damals. Und was haben sie wohl für Lieder damals gesungen?", fragte Laura und redete gleich weiter, „na ganz bestimmt nicht Take me home country roads. Dieses Lied war von John Denver[77]"

Ian wusste natürlich noch weit mehr über die Blauen Berge: „Catoctin ist nicht nur der Name für den Berg, sondern auch der Name für den Indianerstamm, der dort lebte. In Maryland gibt es eher kleinere Hügel. Die richtig hohen Berge der Appalachen liegen weiter südlich, in Carolina. Lange vor der Kolonialzeit lebten hier Irokesenstämme, wie Shawnees, Seneca oder Tuscarora und es gab da, wo jetzt Frederick liegt, schon Wegkreuzungen von Ost nach West und von Nord nach Süd. Es waren alte Handelsrouten oder Kriegspfade. Die Indianer folgten immer den Flüssen. Der Trail von Ost nach West verlief vom Susquehannah in Pennsylvania über den Monocacy in Maryland bis zum Potomac nach Virginia. Über den Potomac erreichten sie auch die Chesapeake Bay und Baltimore. Auch die Indianer, die am Delaware lebten, benutzten diese Wege."

„Und die ersten Siedler?", fragte Paul, „wie kamen die nach Frederick?"

„Natürlich auch über die alten Indianerwege, die mit der Zeit verbessert wurden. Eine Route wurde als Great Wagon Road[78] bekannt, die von Pennsylvania bis Nord-Carolina und Georgia führte. Sie müssen auch Flösse gebaut haben oder mit Fähren über die Flüsse gekommen sein, bevor es Brücken gab. Die erste ausgebaute Straße aus Stein gab es übrigens erst ab 1795, die Turnpike Road[79], da waren unsere ersten Auswanderer schon gestorben. Zuvor gab es nur ein Patchwork von Feldwegen, die zu den einzelnen Siedlungen führten. Sie waren in schlechtem Zustand, oft sogar unpassierbar. Die Siedler mussten trotzdem nach Philadelphia gelangen, um ihre Waren loszuwerden oder einzukaufen. Sie transportierten mit ihren Wagen alles, was man sich vorstellen konnte: Äpfel, Schinken, Fleisch, Kuchen, Butter, Käse, Cider, Mais, Leder, Whiskey und vieles andere oder trieben ganze Tierherden zum Verkauf auf den Viehmarkt. Anfang des 18. Jahrhunderts soll ein Siedler namens Hendrick, der am Conestoga Creek lebte, im Gebiet von Lancaster, eigens dafür einen speziellen Planwagen entwickelt

---

77 John Denver=Henry John Deutschendorf jr. (31.12.1943 Roswell/Mexiko bis 12.10.1997), Sänger u.Songwriter.
78 Die Great Wagon Road begann im Hafen von Philadelphia, führte durch die Städte Lancaster und York, folgte den Flüssen Susquehannah, Monocacy (Maryland) und Potomac(Virginia), bis Nord Carolina und Georgia.
79 Turnpike Road: ab 1795 erste ausgebaute Straße aus Stein zwischen Philadelphia und Lancaster, etwa 62 Meilen (ca.100 km), zollpflichtig.

haben, den Conestoga wagon[80]. James Logan[81]soll übrigens eine größere Anzahl davon gekauft haben."

Laura schmunzelte, da sie das ratlose Gesicht von Ingo bemerkt hatte: „Du denkst jetzt bestimmt an den Sänger Johnny Logan?" Sie fing an, die Melodie von „Hold me now" zu summen. Ian schob seine Brille zurecht und schaute kurz in den Rückspiegel: „Na, ja, Schmuse-Johnny, Lauras Favorite."

Laura summte weiter vor sich hin. „Ich mag seine Lieder, du auch?" Paul stimmte ihr zu.

Dann setzte Ian fort: „Also, James Logan, nicht zu verwechseln mit eurem Schmuse-Sänger, war einer der wichtigsten Staatsmänner in der amerikanischen Geschichte, ein hochgelehrter Mann, der sich noch auf allen Wissensgebieten seiner Zeit auskannte und selbst ein Wissenschaftler war. Aber was ich eigentlich sagen wollte: Diese Conestoga-Wagen waren sehr wichtige Transportmittel, bevor es richtige Straßen gab, und dieser James Hendricks muss ein sehr geschickter Handwerker gewesen sein. Seine Eltern waren Holländer. Mag sein, unsere Vorfahren haben Hendricks in Lancaster kennengelernt, bevor sie nach Frederick zogen."

Als sie einen voll besetzten Bus mit einem Greyhound Logo überholten, und Ingo sich noch eine Weile danach umschaute, meinte Laura: „Viele Leute fahren heutzutage quer durch das Land mit dem Greyhound. Man kann damit aber auch nur von Baltimore nach Frederick oder umgedreht fahren. Dazwischen hält er nicht. In East Street haben wir eine Greyhound Station." Ingo überlegte, ob er und Paul vielleicht von Frederick aus nach Philadelphia mit dem Greyhound fahren könnten. Aber Ian nahm ihm sofort den Wind aus den Segeln: „In der Zeit, wo ihr bei uns seid, wird nicht mit dem Greyhound gefahren. Das haben wir überhaupt nicht eingeplant und das ist auch zu unbequem. Außerdem ist unser Benzin viel billiger als das in Europa."

Eine Weile schwiegen sie und schauten sich die vorbeifliegende Kulturlandschaft an, Hügel, Felder und Wiesen, auf denen Rinder weideten. Ingo versuchte, sich vorzustellen, dass hier vielleicht einmal Indianer Jagd auf große Büffelherden gemacht hatten. Man konnte so etwas oft in Indianerfilmen sehen. Aber diese Landschaft passte

---

80 Conestoga wagon: länger als 5,50 m, etwa 3 m hoch, bis 6 Tonnen belastbar, Hinterräder großer als vorn, oft Gespann von 6 Pferden oder Ochsen.
81 James Logan (20.10.1647 Irland-31.10.1751 Philadelphia), Staatsmann, Sekretär von William Penn, George Washington und Benjamin Franklin, Bürgermeister von Philadelphia, zw. 1734 und 1736, Gouverneur von Pennsylvania, Präsident des obersten Gerichtshofes, gründete Bibliothek u. Universität von Philadelphia.

eigentlich nicht so recht dazu. Hier hatte es wahrscheinlich nie Büffelherden gegeben. Überhaupt war es schwierig, sich vorzustellen, wie es hier ausgesehen haben konnte, bevor die Kolonisierung begann.

Bevor sie Frederick erreichten, war es dunkel geworden. Rechter Hand leuchteten die Lichter des Flughafens auf. Bald danach überquerten sie den Monocacy River und waren in der Stadt angekommen. Ian bemerkte: „Im nördlichen Teil von Frederick befand sich die erste Siedlung; sie nannte sich, wie der Fluss, Monocacy. Und wisst ihr, warum sich unsere Vorfahren gerade dort niederließen?" „Vielleicht, weil es da besonders schön war?", lachte Paul.

„Oh yes, das auch", holte Ian aus und war voll in seinem Element. „Aber ich glaube, wegen Lehrer Schley, der hier an einer Wegkreuzung das erste Haus gebaut hatte. Und was glaubt ihr, was für ein Haus das war?" Paul und Ingo zuckten die Schultern. „No idea."

„Er richtete in dem Haus zuerst einen Pub ein! Damit lockte er wohl mehr Leute in diese Gegend. Schley las ihnen dort die Bibel vor und bald unterrichtete er auch ihre Kinder. Er lebte bis zu seinem Tode hier. Er wurde ein sehr geachteter Mann, und ohne ihn wären meine Vorfahren hier wohl auch nicht sesshaft geworden. Wenn wir etwas über die Trouds herausfinden wollen, kommen wir nicht an Thomas Schley vorbei."

Laura gähnte: „Ian, lass gut sein mit Erklärungen. Diese ganze Genealogie macht mich immer müde, und wir müssen ja noch ein kleines Stück wach bleiben." Sie gähnte noch einmal. Ingo verkniff sich das ansteckende Mundaufreißen, indem er seine Hand quer unter die Nase legte.

Die Fahrt von Baltimore nach Frederick hatte ca. 1½ Stunden gedauert. In den Häusern der Stadt brannten die Lichter. Als sie Downtown über eine große Kreuzung fuhren, sagte Ian: „Hier stand das erste Haus, das von Lehrer Schley. Es wurde leider Anfang des 20. Jahrhunderts abgerissen."

Paul und Ingo waren froh, als sie endlich angekommen waren, dass Laura ihnen gleich ihr Zimmer zeigte, eine Flasche Wasser in die Hand drückte und sie darauf hinwies, dass Eiscubes und etwas zu essen im Kühlschrank seien. Es war fast Mitternacht und durch die Zeitverschiebung hatten sie einen 30-Stunden-Tag gehabt, der sehr interessant, aber auch sehr anstrengend war. Ein weiterer Vortrag zum Einschlafen war nicht mehr nötig. Ingo und Paul fielen wie Klötze ins Bett und schliefen sofort ein.

Frederick, ausgiebiges Frühstück

Laura und Ian waren noch dabei, das Essen in der Küche vorzubereiten.

Ingo und Paul wollten mithelfen, aber Laura lehnte dankend ab: „Nein, nein, setzt euch einfach auf die Terrasse, genießt die Sonne, wir machen das schon."

Am Abend zuvor hatten sich Ingo und Paul keine Vorstellung mehr vom Haus und der Umgebung machen können. Erst jetzt sahen sie, dass das Haus am Ende einer langen Straße stand, in der sich zahlreiche neue Wohnhäuser aneinanderreihten, umgeben von hohen alten Bäumen, meist Ahorn, Eichen oder Kiefern.

Ingo stellte erstaunt fest: „Wo sind die Vorgärten? Es sieht aus, als wären die Häuser alle mitten im Wald gebaut worden."

„Wird wohl so sein", bestätigte Paul. „Andere Völker, andere Sitten." Sie setzten sich an den Terrassentisch.

„In Deutschland habe ich so ein Haus noch nie gesehen", meinte Ingo, „sieht aus wie eine Mini-Südstaaten-Villa", nur dass alles aus Holz ist".

„Ja, sehr interessanter Baustil", pflichtete Paul ihm bei. „Die Terrasse ist so lang wie das ganze Haus, überdacht und die Säulen und Zaunteile sind fest mit dem Boden verbunden. Ich werde nachher ein Foto vom Haus machen. Vielleicht baue ich noch einmal."

„Ihr lebt hier sehr schön und euer Haus gefällt mir sehr gut", sagte Ingo zu Laura und nahm ihr, als sie aus der Tür trat, das Tablett mit dem Geschirr ab.

„Ach Gott, es ist nur ein ganz normales Prefab, ein Fertighaus", winkte Laura ab, „kann man in jedem Building Centre kaufen, ist in zwei Tagen aufgebaut."

Paul und Ingo verteilten das Geschirr auf dem Tisch, während Laura und Ian die vorbereiteten Speisen und Getränke aus der Küche holten: Pancake, Peanutbutter, Bratkartoffeln mit Ei, gebratenen Schinken, Würstchen, Pilze, Tomaten, Orangensaft mit Eiswürfeln und Kaffee. Für Ingo und Paul hätte ein Brötchen mit Butter und Marmelade gereicht. Ian aber lachte: „Machen wir heute erst mal einen gemütlichen Brunch." Während sie aßen, zwitscherten ringsum die Vögel, was sehr angenehm war. Aber plötzlich übertönten krächzende Laute den Gesang. Es waren hübsche, blau gefiederte Vögel, die aussahen wie eine Art aus Blaumeise und Eichelhäher, die recht unmusikalisch waren. Laura sagte: „Sie heißen „Blue Jays" und sind sehr intelligente Vögel. Sie können andere Vogelstimmen nachmachen und verstecken Nüsse, Eicheln und andere Früchte im Boden, für schlechte Zeiten, so wie die Eichhörnchen."

Als Ian sich einen großen Bissen Bratkartoffeln in den Mund schob, ergänzte Laura: „Ian ist auch so ein Eichhörnchen. Ihr solltet sein Arbeitszimmer sehen! Da liegen die Archivkopien stapelweise bis unter der Decke. Und das hat alles nur mit „Troud"zu tun. Was hat

Troud eigentlich für eine Bedeutung im Deutschen?", fragte sie dann Paul.

Der erwiderte, nachdem er sich fast an einem Stück Pancake verschluckt hatte: „Troud, so wie ihr euch schreibt, bedeutet Forelle, aber der ursprünglich deutsche Name, Traut, heißt so viel wie familiär, vertraut. Der Name ergibt im Amerikanischen einen ganz anderen Sinn."

Sie lachten. „Na ja", meinte Ian, während er sich ein Stück Tomate in den Mund schob: „Es gibt wesentlich schlimmere Verunstaltungen, oder?"

Dann fragte er: „Wusstest ihr, dass die Deutsch-Amerikaner heute noch immer die größte ethnische Gruppe in den Vereinigten Staaten sind? Von unseren rd. 300 Millionen Einwohnern hat jeder Sechste deutsche Wurzeln, d. h., 50 Millionen sind deutscher Abstammung. Das hat natürlich einen großen Einfluss auf die amerikanische Kultur gehabt, vom Weihnachtsmann bis hin zur Pressefreiheit. Ob nun Broadway-Musik, Kindergärten, Sozialversicherung, Gewerkschaften, Autobahnen oder Schulen und Universitäten. Alles das lässt sich von deutschen Ursprüngen ableiten. Ich denke nur an Elvis, den King of Rockn`Roll, dessen Vorfahren noch Pressler hießen oder Levi Strauss, den Erfinder der Jeans, den Ketchup Mogul Heinz, Präsident Eisenhower, dessen Vorfahren Eisenhauer hießen und aus dem Odenwald kamen oder auch Wernher von Braun, der im weitesten Sinne den Amerikanern den Mondflug ermöglichte. Leider wurde der gute Ruf der Deutschen durch die Kriege stark beschädigt. Ab 1917 war der „Deutsch-Amerikanische Tag"deshalb abgeschafft worden. Erst Präsident Reagan, der übrigens irische Vorfahren hatte, hat ihn 1987 wieder als Feiertag eingeführt. Der „German American Day"[82] wird jedes Jahr am 6. Oktober gefeiert." Während Ian sich jetzt sein Spiegelei reinschaufelte, ergänzte Laura: „Momentan ist ein regelrechter Boom unter den deutschstämmigen Prominenten ausgebrochen. Viele nehmen zusätzlich zu ihrer amerikanischen Staatsbürgerschaft die deutsche Staatsbürgerschaft an."

„Die Zeiten ändern sich eben", übernahm Ian wieder das Gespräch: „Man kann nur hoffen, dass daraus nicht wieder ein radikaler Nationalismus entsteht. Ich bin Amerikaner. Ich brauche keine zwei Nationalitäten. Wie seht ihr das?" Paul musste erst seinen Kaffee hinunterschlucken und die Tasse abstellen, bevor er antwortete: „Na ja, ich hatte deutsche Eltern und habe auch nicht die Absicht, eine andere Staatsbürgerschaft anzunehmen. Meine Generation, die nach dem 2. Weltkrieg geboren wurde, musste den Stolz auf ihre

---

82 Am 6. Oktober 1683 ließen sich die ersten 13 Familien aus Krefeld in Philadelphia nieder und gründeten Germantown.

Nationalität ablegen und immer schön bescheiden bleiben. Deutsch zu sein, kam nicht gut an."

Nach kurzer Überlegung sagte auch Ingo seine Meinung: „Ich hatte bisher zwei verschiedene Staatsbürgerschaften. Bis 1989 war ich Bürger der Deutschen Demokratischen Republik, danach Bürger der Bundesrepublik Deutschland. Das hing aber nicht von mir ab. Die politische Entwicklung hat das so bestimmt. Ich finde es vorteilhaft, dass Europa enger zusammengewachsen ist. Ich fühle mich gut in der Doppelrolle Europäer und Deutscher."

Nachdem sie ihren reichhaltigen Brunch beendet hatten, klatschte Ian gut gelaunt in die Hände und sagte: „Na, dann wollen wir mal eine schöne City-Tour machen und sehen, was von den Spuren der Pfälzer Vorfahren übrig geblieben ist."

Stadtbesichtigung

Zuerst wollten sie die reformierte Kirche besuchen, die auch Schley-Kirche genannt wird, und danach den Ortsteil Taskers Chance, wo die Troud-Vorfahren Land besessen hatten. Da sie im nördlichen Stadtteil Antietam wohnten, unweit des Tuscarora Creeks und es bis Downtown zu weit für einen Spaziergang gewesen wäre, fuhren sie zuerst ein Stück mit dem Auto. Eine ziemlich lange Straße führte durch hübsche, begrünte Stadtteile mit neuen Einfamilienhäusern. Ältere Häuser erinnerten an den deutschen Baustil. Paul und Ingo waren beeindruckt von der angenehm farbenfrohen Stadt, in der die rötlichen Töne der Häuser überwogen. Es gab viele Backstein-gebäude. In der Nähe des Baker Parks mit dem hohen viereckigen Turm stellte Ian das Fahrzeug ab und sie gingen zu Fuß in die Innenstadt, wo mehrere Kirchtürme eng beieinanderstanden, weshalb Frederick auch „town of clustered spires[83]" genannt wird.

Die Stadt war sehr belebt. Ein wahres Völkergemisch schien das gute Wetter zu nutzen. In der Marketstreet gab es viele kleine Läden und Restaurants. Ingo betrachtete intensiv die Gesichter der entgegenkommenden Menschen. Aber ein indianisches Gesicht bemerkte er nicht. „Mit Federn auf dem Kopf lief natürlich auch keiner mehr herum. „Wahrscheinlich würde man die Ureinwohner auf den ersten Blick auch kaum noch erkennen", musste Ingo denken. Die Afroamerikaner waren allerdings nicht zu übersehen. Sie waren recht zahlreich in der Stadt.

Ian meinte: „Von unseren 65.000 Einwohnern sind rund 60 % Weiße, 30 % Afroamerikaner, der Rest sind Spanier, Asiaten und sonstige. Nur 0,3 % sind Ureinwohner (Indianer), also etwa 200

---

83 Stadt der gebündelten Kirchturmspitzen.

Menschen."

„Dass so viele Menschen unterwegs sind", meinte Ian, „liegt auch daran, dass es in der Umgebung viele Museen gibt, die mit dem amerikanischen Bürgerkrieg zusammenhängen. Die Besucher wollen etwas erfahren über die Schlacht vom 9. Juli, die Washington D. C. rettete, über Gettysburg, Harpers Ferry oder das Monocacy National Battlefield. Frederick hat deswegen auch viele Hotels und Unterkünfte."

Laura zwinkerte Ingo und Paul bedeutungsvoll zu. „Wisst ihr, Ian ist ein Geschichtsbuch auf zwei Beinen. Mit ihm spart man sich einen Museumsbesuch." Ian schien die Bemerkung absichtlich zu überhören. Er schaute zum Himmel, als wolle er herausfinden, ob es heute noch regnen würde. Aber es war herrlichstes Wetter, strahlend blauer Himmel, nicht eine dunkle Wolke.

„Du wirst noch Löcher in den Himmel gucken, nur damit es regnet", kicherte Laura. Es klang seltsam komisch, fast vorwurfsvoll.

Inzwischen waren sie an der evangelisch reformierten[84] Kirche in der Church Street angekommen. Das Gotteshaus aus rotem Backstein fiel besonders auf wegen der zwei weißen Kirchturmspitzen und dem Portal aus vier weißen Säulen. Alles war in Rot und Weiß gehalten. Die Eingangstüren waren weiß gestrichen. Die Kirchturmspitzen wirkten auf Ingo wie Leuchttürme. An der rechten Außenwand der Kirche konnte man eine Gedenktafel zur Geschichte der Kirchengemeinde lesen sowie eine Erinnerung an Johann Thomas Schley. Die Überschrift lautete: THE CONGREGATION IN FREDERICK.[85]

„Hier hat er also gewirkt", meinte Paul und fühlte ein wenig Stolz auf seinen Landsmann aus dem 18. Jahrhundert.

„Diese Kirche ist eine Nachfolgekirche. Sie wurde 1764 gebaut", sagte Ian, „die Erste war aus Holz." Aber das konnte eigentlich jeder selbst von der Gedenktafel ablesen.

Sie gingen die Treppenstufen hinauf und betraten die Kirche.

Frederick Reformed Church

Ingo war erstaunt, weil es innen völlig anders aussah, als in den dunklen deutschen Kirchen. Die Wände und die Decke waren leuchtend weiß und auch das Licht, das durch die bunten Glasfenster ins Innere auf den blauen Fußboden fiel, machte den Raum angenehm

---

84 Evangelical Reformed United Church of Christ.
85 Auszüge aus:THE CONGREGATION IN FREDERICK: circa 1745-Founded by GERMAN REFORMED settlers, led by schoolmaster John Thomas Schley, the Founder of Frederick City.
HOUSES of WORSHIP: 1743-Log Church south of Thurmont in the Monocacy settlement shared with the German Lutherans and the Moravians, Schleys schoolhouse used as our first Frederick location.

hell. Alles wirkte, wie von einem exklusiven Designer eingerichtet, zumal eine ebenso blaue Wandleiste sich zur Deckenabgrenzung um den gesamten Innenraum zog. Das Gestühl und der Altar waren von angenehmem rötlich braunem Holz. Die Wände schlicht und einfach gehalten, nicht mit so viel Brimborium wie in den katholischen Kirchen. Sein Blick fiel auf die Orgel mit ihren hellen, silbern glänzenden Pfeifen, die ein Drittel des Raumes, neben dem Altar einnahmen. Erst danach betrachtete er das einfache Bild von Christus in einer Art Priestergewand, mit Krone und Heiligenschein, der seine Gemeinde mit ausgebreiteten Armen empfing. Von irgendwoher war der Pfarrer gekommen und stand plötzlich neben ihnen, ein großer hagerer Mittfünfziger im dunklen Anzug und weißem Hemd.

Er hatte eine auffallend große Nase und schmale Lippen in einem blassen Gesicht. Für Ian war er ein guter Bekannter, denn er hatte ihm schon oft bei seinen Nachforschungen geholfen. Er schüttelte allen freundlich die Hände und zeigte sich hocherfreut, dass Ian Gäste aus Deutschland mitgebracht hatte, denen er erklären konnte, wie stolz man hier in Frederick auf den Begründer der Stadt und der reformierten Kirche war. Er nahm die Deutschen ins Visier und sprach langsam und deutlich, so als müsse er sich stets vergewissern, ob sie seinen Worten auch folgen könnten. Paul und Ingo machten also die entsprechenden Kopfbewegungen, die den Priester veranlassten, weiterzureden.

„Johann Thomas Schley war ein ganz besonderer Mensch, der viel für die Entwicklung von Frederick getan hat. Er hat nicht nur das erste Haus hier gebaut und den Ort gegründet, er war auch Schullehrer und Priester in einer Person. Nach Aussagen des damaligen Pastors Schlatter aus Philadelphia war Schley überhaupt der beste Lehrer in ganz Amerika. Er ließ ein Schulhaus bauen, in dem sonntags auch Gottesdienst abgehalten wurde. Vier Jahre lang führte er selbst die Sonntagsschule durch, da es noch keinen sesshaften reformierten Priester gab. Zu Beginn der Kolonisation fehlte es an allem und Schley musste viel improvisieren. Er entwickelte Unterrichtsmaterial, schrieb kleine Bibelgeschichten und illustrierte sie. Er war auch ein guter Musiker und verfasste einen umfangreichen Band mit Kirchenmusik-Hymnen, die er teils aus dem Halleschen Gesangsbuch, teils aus dem Pfälzischen Gesangsbuch abschrieb. Aber er komponierte auch selbst über 100 Hymnen und war der Organist der Kirche. Er gab auch das erste deutsch-englische Wörterbuch heraus. Als er 1790 im Alter von 78 Jahren starb, war er ein hochgeehrter und angesehener Mann. Seine Sammlungen und die von seiner Familie befinden sich heute leider nicht mehr in dieser Kirche, sondern in den Archiven der Historical Society of Frederick.“

Als Ian den Priester fragte, ob sie noch einmal Einblick in die alten Kirchenbücher erhalten könnten, wurden sie in einen Nebenraum gebeten, in dem Tische und Stühle für Gemeindetreffen standen. Dort konnten sie die gewünschten Unterlagen einsehen. Der Pfarrer verließ aber den Raum nicht, sondern blieb in ihrer Nähe, sortierte ein paar Gesangbücher und schrieb ab und zu etwas auf ein Blatt Papier.

Ian schlug gezielt ein paar Seiten auf, die auf die Traut-Vorfahren hinwiesen, und auf deren Freunde. Dabei war auffällig, dass sie alle von Pfarrer Stoever getauft und verheiratet worden waren.

Aus den Kirchenbüchern von Frederick[86] ließ sich schlussfolgern, dass die Kinder von Hans Martin sich untereinander gut verstanden haben mussten. Sie hielten zusammen, lebten alle am gleichen Ort und hatten sich gegenseitig zu Taufpaten benannt. Ian meinte: „Da kann man wohl mit Sicherheit davon ausgehen, dass auch die Trouds und Schleys sich gut kannten, wenn ihre Kinder am selben Tag getauft wurden. Thomas Schley muss auch die Traut-Kinder zusammen mit seinen eigenen unterrichtet haben. Bestimmt haben die Kinder auch miteinander gespielt. Dass Archive so etwas überliefern, ist natürlich sehr unwahrscheinlich. Das muss man sich dazu denken.“

Ingo interessierte sich natürlich besonders für irgendeinen Hinweis auf Anna Maria Stentz, die 1733 den Brief an Christoph geschrieben hatte. Es gab im Kirchenbuch sogar Einträge zu Kreutz Creek. Einige Einwohner von dort hatten hier in der Kirche einen Ehepartner aus Frederick geheiratet. Aber zu Anna Maria Stentz war nichts zu finden. Der Priester erklärte: „Pfarrer Stoever d.J. hatte zu jener Zeit

---

86 getauft: 7. Juli 1734 Maria Elisabetha Hoffmann (V: Hans Peter Hoffmann, M: Appolonia/Traut),
Patin: Elisabeth Traut, Schwester von Appolonia und Ehefrau von Georg Ley.
getauft: 16.März 1735 Maria Appolonia Traut, V:Theobald Traut (1738 verst.) M: geb. Rebstock)
Patin: Maria Appolonia Hoffmann, Schwester von Theobald.
Die ersten beiden Kinder von Georg Ley und Elisabeth wurden noch von Pastor Stöver in Lancaster getauft, Maria Rosina 1734 und Johann Jacob 1736,
getauft: 11. Dezember 1738 Anna Elisabeth Ley, in Frederick getauft, damals noch in der 1. Holzkirche.
geb: 27. Mai 1746 Maria Barbara Schley
geb: 15. Dezember 1746 Adam Ley (V: George Ley, M: Elisabetha, geb. Traut)
getauft: 11.August 1751 Johann Jacob Schley
getauft: 11.August 1751 Georg Friedrich Ley
Weitere Namen im Kirchenbuch: Unseld, Weiss, Hoffmann, Sturm, Brunner, Schmidt, Keller. Einige von ihnen besaßen ebenfalls Land auf Taskers Chance.

eine ziemlich große Kirchengemeinde. Er kümmerte sich um Frederick, Lancaster und viele kleine Siedlungen am Susquehanna, in der Gegend des heutigen York County. Kreutz Creek ist zwar nicht allzu weit entfernt und er war auch dort. Aber diese Anna Maria Stentz hatte ja nicht in Frederick gelebt, sondern im heutigen Hallam am Kreutz Creek. Und das gehört zu York in Pennsylvania. Wenn man dort keine Nachweise über die Stentz-Familie findet, muss man vielleicht im Archiv von Harrisburg, in der „State Library" weitersuchen."

Das Schley-Haus

Nach dem Besuch der Kirche meinte Ian: „Lasst uns noch zu dem Platz gehen, wo das Wohnhaus der Schleys gestanden hat. Es ist keine fünf Minuten von hier, an der Ecke Maxwell Ave/E. Patrick Street. Laura schien froh zu sein, wieder an der frischen Luft zu sein. Sie schlenkerte mit den Armen und tat, als müsse sie sich wiederbeleben. Archive, Museen und Kirchen waren nicht ihr Ding. Aber immerhin war sie mitgegangen. Sie bogen an der nächsten Straßenecke ab und waren schon in der Maxwell Ave angekommen. Diese gingen sie hinunter, vorbei an einigen Firmengebäuden und trafen auf die E Patrick Street.

Dort, wo das Haus einst gestanden hatte, gab es jetzt eine betonierte Parkfläche und daneben ein Möbelgeschäft, „Vintage Moden". Eine Gedenkplakette oder einen Hinweis auf das Schley-Haus konnten sie nirgendwo entdecken.

„Hat Schley eigentlich eine Bedeutung im Deutschen?", fragte Laura. Paul musste lachen. Seine Antwort kam ihm selbst komisch vor. „Schlei ist auch ein Fisch. Ich glaube, er heißt im Englischen „tench". „Das passt ja bestens", kicherte Laura. „ Alles Fische, oder? Egal ob Traut oder Schley, Troud oder Tench, alles Fische."

„Schley ist für uns so interessant, weil unsere Troud-Verwandten ihn aus der Pfalz gekannt haben", meinte Ian. Hans Martins Kinder waren mehr oder weniger im gleichen Alter wie Schley. Aber auch Johannes Jung, Elisabeth Bauer, und Christoph müssen ihn gekannt haben. Sie gehörten ja alle der reformierten Kirche an."

„Weißt du auch, wie das Schley Haus ausgesehen hat, das hier stand?", fragte Paul.

„Das Haus soll mit dem Giebel zur E Patrick Street gestanden haben, also heute mit Sicht auf den Fußgängerüberweg und das gegenüber liegende Möbelgeschäft „Dreamhouse Furniture". Ich habe zu Hause ein Foto vom Schley Haus. Aber wenn ihr möchtet, können wir uns ein ähnliches Haus aus dieser Zeit ansehen, das „Brunner-Haus". Es ist heute ein Museum. Die Brunners haben auch auf Taskers Chance Land besessen und die Trouds natürlich gekannt."

Ganz in der Nähe roch es nach Essen. Laura schaute auf die Uhr. „Was denkt ihr, sollten wir der Nase nach gehen?"

Großen Hunger hatte eigentlich nach dem ausgiebigen Brunch noch keiner. Aber eine kurze Pause wäre passend, da sie jetzt gerade den kleinen Cafegarten entdeckt hatten. Es gab dort kühle Getränke und eine gute Auswahl an leckeren Bagels. Allerdings war der Cafegarten ziemlich voll und sie mussten an dem letzten noch freien Tisch Platz nehmen. Die Kellnerin nahm zügig die Bestellung auf, vier große Coke und vier unterschiedliche Bagels. Dann bat sie um Verständnis, dass es wohl etwas länger dauern würde, da gerade eine große Gruppe vor ihnen angekommen sei. Sie brachte aber umgehend die Getränke, die in der Nachmittagshitze recht willkommen waren. Nachdem alle einen großen Schluck Coke genommen hatten, erzählte Ian weiter: „Nicht nur der Lehrer Schley, sondern auch die Stoevers begleiteten also unsere Trouds ihr Leben lang, zuerst in der alten Heimat und dann hier in Frederick. Der Senior Stoever war bis 1728 Schulmeister in Annweiler, dem Nachbarort von Albersweiler, wo Hans Martin geboren wurde und seine Kindheit verbrachte."

„Ich weiß, entgegnete Paul, „in der Nähe von Annweiler liegt übrigens die Burg Trifels, wo im Mittelalter die Reichskleinodien aufbewahrt wurden und man den englischen König Richard Löwenherz gefangen hielt. Wusstest du das?"

Laura kicherte, als Ian verwundert fragte: „King Richard the Lionheart, from the Robin Hood film?"

„Oh yes, mit Sean Connery! Er ist einer meiner Lieblingsschauspieler", fügte Laura hinzu. Irgendwie schienen plötzlich alle das Gespräch übernehmen zu wollen und Ian chancenlos zu lassen. Selbst Ingo, der sich sonst sehr zurücknahm, da er nicht in die Ahnenreihe der Trauts passte, hatte etwas zu sagen: „Wenn ihr uns besuchen kommt, müssen wir unbedingt die Burg Trifels besichtigen. Mein guter Freund Paul ist ja Reiseleiter." Er klopfte Paul bei diesen Worten auf die Schulter und grinste bedeutungsvoll.

„Klar", sagte Paul, „Ich hoffe, dass ich euch auch so gut unterhalten kann, wenn ihr zu uns kommt."

Laura hatte inzwischen einen Stadtplan aus ihrer Tasche gekramt und auf dem Tisch ausgebreitet.

„Schaut mal!", sagte sie, „wir sind nicht weit weg vom Carroll Creek. Und dahinter liegt Taskers Chance." Man konnte auf der Karte sehen, dass der Carrol Creek etwas außerhalb von Frederick in den Monocacy fließt und der von Norden kommende Monocacy

Frederick wie ein Schlossgraben umgibt. In südwestlicher Richtung erreicht er den Potomac, den Grenzfluss zwischen Maryland und Virginia.

Inzwischen brachte die Kellnerin das Essen und sie ließen sich die mit Creme fraiche, Salat, Zwiebeln und Schinken belegten Bagles schmecken.

„Lasst uns noch kurz zum Monocacy fahren und dann nach Hause", schlug Laura vor. „Man muss es ja nicht übertreiben. Morgen ist auch noch ein Tag."

Am Monocacy

Sie fuhren vom Stadtzentrum in Richtung Flughafen, im Osten der Stadt, wo der Monocacy einen kleinen Teil von Frederick durchfließt.

Auf einer Brücke blieben sie stehen und schauten auf den Fluss hinunter, der sich mit seinem schmutzig grauen Wasser durch die grüne Landschaft schlängelte. Ian sagte: „Die Shawnee haben ihm den Namen gegeben. Monocacy soll so viel wie „Fluss mit vielen Schleifen" oder „wohlbehüteter Garten" heißen."

„Na ja", bemerkte Laura: „Leider ist er nicht mehr so gut behütet. Baden kann man schon lange nicht mehr darin. Er ist sehr stark verschmutzt, voll von Bakterien, Nitraten und Phosphor. Manchmal kann man den Gestank nicht aushalten. Das kommt alles von den Farmen, der Gülle und den Düngemitteln."

„Das ist wohl ein weltweites Problem", pflichtete Paul ihr bei. „Unser größter Fluss, der Rhein, war bis vor ein paar Jahren auch so verschmutzt, dass kein Fisch mehr darin leben konnte und auch die Trinkwasserversorgung war gefährdet. Da der Rhein durch mehrere Länder fließt, die alle in der EU organisiert sind, mussten sich alle beteiligen. Dabei haben wir gute Fortschritte gemacht. Zusammenarbeit lohnt sich eben."

Ian erklärte: „Meine Frau ist schon seit ein paar Jahren in so einer „environment organisation." Es klang nicht sehr enthusiastisch.

Nach einer Gedenkpause wandte sich Laura wieder Paul zu: „In Frederick haben zwei Fischer eine Organisation gegründet zur Reinhaltung des Monocacy. Ich habe mich dieser Organisation angeschlossen, weil ich etwas Vernünftiges für unsere Zukunft tun möchte. Ich finde es äußerst wichtig, Umweltverschmutzungen aufzudecken und zu beseitigen.

Am Abend saßen sie noch lange bei einer Flasche Rotwein auf der Terrasse und unterhielten sich. Bisher hatte sich Ingo immer zurückgehalten. Sein Englisch war nicht so gut wie das von Paul. Er konzentrierte sich lieber aufs Zuhören. Doch nach zwei Gläsern Wein unterhielt er sich gut mit Laura.

„Wo hast du eigentlich deine Wurzeln?", fragte er.

„Ich bin hier in Frederick aufgewachsen."

„Und woher kamen deine Vorfahren?"

„Das weiß ich nicht genau. Vielleicht aus Schottland, vielleicht aus Irland. Ich habe nicht so großes Interesse an meinem Stammbaum wie Ian. Mein Geburtsname ist Fraser, meine Mutter war eine geborene Fitzpatrick und der Name meiner Großmutter väterlicherseits war MacGregor. Die Großmutter hat schon in Frederick gelebt. Sie hatte mir einmal erzählt, dass die Vorfahren aus Schottland vertrieben wurden. Es hing wohl mit der Highland Clearance im 18. Jahrhundert zusammen, als den armen Schotten das Land wegen der Schafzucht weggenommen wurde. Tausende wurden einfach auf Schiffe verfrachtet und nach Australien oder Nordamerika ausgesiedelt."

Ingo nickte nachdenklich und erwiderte:

„Vielleicht ist es das, was man Schicksal nennt. Manchmal geschieht etwas, was nicht vorhersehbar war und dann muss man Wege gehen, die man nie erahnt hätte."

Laura stimmte zu: „Ich denke, du sprichst da aus Erfahrung. Als Deutschland wieder vereinigt wurde, da hast du auch Geschichte miterlebt. Da war plötzlich alles anders. Aber ich denke, nicht zu deinem Nachteil, oder?"

„Nein, natürlich nicht. Aber jeder von uns erlebt doch Geschichte und wir werden davon beeinflusst. Die Wiedervereinigung war ein Glücksfall, der nicht oft vorkommt. Die Trennung in Ost und West hatte 40 Jahre gedauert. Für mich war es eine Familienzusammenführung. Ich war 30 Jahre von meinem Bruder getrennt. Von da ab brauchte keiner mehr zu flüchten und sein Leben aufs Spiel zu setzen. Aber man darf gar nicht daran denken, wie viele Menschen heute noch aus Kriegsgebieten fliehen und auf ein sicheres Land hoffen. Wie viele Tausende sind schon dabei umgekommen, im Meer ertrunken."

„Bei uns ist die Grenze zwischen Texas und Mexiko auch so eine üble Sache", meinte Ian.

„Leider kann man nichts tun, um das ganze Elend, das es auf der Welt gibt, abzuschaffen."

Damit war Ingo bis auf Weiteres aus dem Gespräch hinauskatapultiert, und Laura ging auf ein Duell mit ihrem Ehemann ein.

„Man kann schon etwas tun", konterte sie, „allerdings nicht, wenn man nur in der Vergangenheit herumwühlt."

„Ja, glaubst du denn wirklich, dass du mit deinem Umwelt-Verein viel änderst, Laura?"

„Vielleicht nicht viel, aber wenn jeder ein wenig mithilft, werden wir eine ganze Menge ändern."

„Aber es wird nicht jeder mithelfen. So ist die Natur des Menschen. Die meisten tun nur, was sie tun müssen. Ich bin der Meinung, jeder sollte sich erst einmal um sich selbst kümmern."

„Nur an sich selbst zu denken, ist kurzsichtig. Wenn sich jeder aus der Verantwortung stiehlt, überlassen wir unsere Welt denen, die alles zugrunde richten. Aufklärung ist notwendig. Wir haben doch alle ein Gehirn zum Denken."

Ingo und Paul sahen sich etwas verwirrt an. Laura war ganz rot im Gesicht geworden, aber ihre Tirade ging weiter:

„Jeder kann auf seinem Gebiet etwas tun, Ian! Denk nur an Winona La Duke[87]. Sie kann Leute mitreißen und hat schon viel verbessert in den Reservaten. Man muss sich nur etwas zutrauen."

„Dann trau dir was zu, Laura! Tritt in die Green Party ein und arbeite mit deiner Winona La Duke zusammen. Tu es einfach, wenn du denkst, es bringt was. Ich habe es satt, ständig mit dir darüber zu diskutieren."

Laura brabbelte etwas Unverständliches und schwieg dann. Bestimmt war es ihr unangenehm, im Beisein ihrer Gäste weiter zu streiten. Wahrscheinlich aber gab es zwischen ihr und Ian grundsätzlich etwas zu klären.

„Tut mir leid", sagte Laura nach einer Weile. „Es war nicht meine Absicht, euch die gute Stimmung zu verderben."

„Ach was!", winkte Paul ab und lachte dabei: „Es war doch sehr interessant, einmal dein Temperament kennenzulernen."

„So ist sie nun einmal", lachte da auch Ian und nahm Laura in den Arm.

Der Tag war lang genug und als Laura sagte: „Gute Nacht. Ich denke, wir sollten jetzt schlafen gehen", widersprach keiner.

Carrol Creek und Taskers Chance

Am nächsten Morgen machten sie sich nach einem kleinen Frühstück zeitiger auf den Weg. Jeden Tag brunchen, musste nicht sein. Ian parkte das Auto in der Bentz Street. Von da aus war es nur ein kurzer Weg über die Carroll Creek Bridge in den Carrol Creek Park.

Unter einem Park hatte Ingo sich eigentlich ein paar mehr Bäume vorgestellt. Es war eher eine Uferpromenade entlang eines Kanals mit mexikanischen, griechischen und mediterranen Restaurants.

---

87 Winona la Duke (*18.08.1959 Los Angeles) indianische Aktivistin aus dem Stamm der Lakota, Umweltschützerin, Ökonomin, Politikerin, Schriftstellerin (eigentlich Bi-Ne-Se-Kwe, „Donnervogelfrau"),Vizepräsidentin der Green Party, kämpfte gegen die Sterilisierung der indigenen Frauen, um Rückkauf von Land für die Stämme, tritt für den Umweltschutz ein. Campagne: Honor the Earth (non Profit Organisation zum Schutz der Erde)

Viele Menschen, besonders Familien mit Kindern, spazierten dort auf beiden Seiten entlang. Die Bewohner von Frederick waren sehr stolz auf diese Anlage, denn früher hatte der Carroll Creek im Stadtgebiet von Frederick oft Überschwemmungen verursacht. Durch eine enorme technische Meisterleistung wurde hier ein hochwassersicheres Kanalsystem gebaut und dadurch für die Einwohner ein etwa 3 km langer citynaher Erholungsbereich geschaffen, mit drei Fußgängerbrücken, einem Amphitheater, Wasserfällen und Fontänen.

Die Sonne ließ den eingemauerten Fluss, auf dem herrliche Seerosen und Wasserlilien wuchsen, wie ein silbernes Band langsam dahinfließen. Hin und wieder blieben sie stehen, um die Enten zu beobachten.

Als sie glaubten, genug gesehen zu haben, gingen sie zurück zum Auto und Ian fuhr den Carrol Parkway entlang. Dabei erzählte er: „Taskers Chance war früher ein riesiges Stück Ackerland, das zwischen den Flüssen Tuscarora Creek, dem Monocacy und dem Carrol- und Rock Creek verlief. Das war fast die ganze Fläche des heutigen Frederick und 26 Eigentümer teilten sich dieses Land. Wir sind gerade erst auf einem großen Teil vom früheren Taskers Chance entlang spaziert. Heute ist alles bebaut und nicht mehr so leicht herauszufinden, wo sich die einzelnen Parzellen unserer Vorfahren befanden. Zu Hause habe ich allerdings eine alte Aufzeichnung von 1725. Da könnt ihr später einmal nachschauen, wenn ihr wollt. Heute ist Taskers Chance nur noch der Name für einen kleinen Stadtteil im Westen, oberhalb des Rock Creek. Der Name Taskers Chance stammte von dem einstigen Besitzer, Daniel Dulany, dessen Frau eine geborene Tasker war. Die Dulanys und Taskers gehörten im 18. Jhd. zu den vier reichsten Familien in Maryland. Sie waren der englischen Krone sehr verbunden. Daher wurden Dulanys Ländereien nach der amerikanischen Revolution, die zur Unabhängigkeit der 13 englischen Kolonien führte, auch konfisziert."

„Wer hoch klettert, kann tief fallen, vor allem, wenn sich die Zeiten ändern", bemerkte Laura, stopfte sich ein Stück Marshmallow in den Mund und reichte die Tüte weiter.

Nachdem Ian das Auto in einem kleinen Wohngebiet geparkt hatte, spazierten sie durch das weiträumige, im Grünen gelegene Taskers Chance mit seinen kleinen, neuen Häusern, Senioren Apartments, Parks und grünen Wiesen am Ortsrand. Die Wiesen wurden vom Rock Creek begrenzt. Ian meinte: „Hier lag der westlichste Punkt von Taskers Hill, aber Hinweise auf unsere Vorfahren muss man in anderen Stadtteilen suchen. Peter Hoffmann und Appolonia hatten ihr Land „Rose Garden" genannt. Der Name hat sich erhalten, aber viel weiter oben im Norden, als „Rose Hill Manor"[88] im Stadtteil Canterbury Station. Dort gibt es jetzt einen Park mit einem Museum. Aber das Haus der Familie Brunner ist nicht weit von hier. Es ist ein Museum geworden und heißt „Schifferstadt"[89].

„Wo haben unsere Auswanderer eigentlich gesiedelt, bevor sie nach Frederick kamen?", wollte Paul wissen.

„Zuerst waren Hans Martins Söhne und Töchter alle zusammen in Muddy Creek, in Lancaster, zusammen mit anderen von der „Elisabeth". Als sie hörten, dass es am Monocacy eine Siedlung gab, die vielversprechend schien, weil man dort in absehbarer Zeit günstig Land erwerben konnte, machten sie sich auf den Weg dorthin. An einer Wegkreuzung waren Gebäude errichtet worden, in denen man Essen und Unterkunft erhalten konnte. Der Eigentümer war Thomas Cresap, der in den dreißiger Jahren mit einer Bande die Siedler am Kreutz Creek überfallen hatte. Nach seinem Gefängnisaufenthalt in Philadelphia hatte er sich am Monocacy niedergelassen, westlich der Grenze von Maryland. Mithilfe der dort lebenden Susquehennok ließ Cresap die alten Indianerpfade verbessern. Von Monocacy aus, vorbei an der Soners Mühle, etwa bei der Mündung des Tuscarora, führte die „Great Wagon road" durch Taskers Chance. Hier vergab Daniel Dulany ab 1746 das Siedlungsland.

Cresap und Dulany arbeiteten beide für Lord Baltimore als Landspekulanten.

Wahrscheinlich war die Familie von Franz Weiss die Erste, die auf der Great Wagon Road

in Monocacy ankam. 1737 folgten ihnen Georg Lay und Elizabeth. Ihr drittes Kind wurde dort 1738 geboren. Reverend Stoever fuhr regelmäßig die Route entlang des Monocacy und hielt Kontakt zu den Pfälzern.

Als das Land in Taskers Chance angeboten wurde, war es Hans Peter Hoffmann, der im Namen seiner Angehörigen das Land von Dulany erwarb, das er „Rose Garden" nannte.

Einige Jahre später lebten alle auf Taskers Chance, Barbara mit Franz Weiss, Appolonia mit Hans Peter Hoffmann und Elisabeth mit Georg Ley. Theobald und Heinrich Traut starben allerdings schon 1738 und 1746. Der Name Traut überlebte dennoch, da schon Enkelkinder geboren waren."

„Ich weiß", sagte Paul, „der eineinhalbjährige Sohn von Theobald hatte die Überfahrt nach Amerika überlebt."

---

88 Die Nachfahren von H.P. Hoffmann verkauften Rose Garden 1778 an den ersten Gouverneur von Maryland, Thomas Johnson. Heute heißt das Land Rose Hill Manor und ist ein Park mit Museum.

89 Frederick hat nicht nur mit Mörzheim eine Städtepartnerschaft, sondern auch mit Schifferstadt.

„Die Witwen von Theo und Heinrich lebten noch eine Zeit lang auf Taskers Chance, heirateten aber wieder und bekamen weitere Kinder. Heinrichs Witwe überlebte ihn noch um 47 Jahre. Sie heiratete ein Jahr später Georg Friedrich Haffner und bekam noch 6 Kinder. Nachdem auch Franz Weiss früh gestorben war, heiratete seine Witwe einen Müller, der am Ende drei Mühlen in Lewistown besaß."

„Das hört sich alles sehr erfolgreich an", meinte Ingo.

Ian wiegte bedenklich seinen Kopf: „Aber man muss auch bedenken, dass sie das Land erst urbar machen mussten. Das war eine schwere Arbeit und sie hatten auch viel Ärger.

In Archivakten habe ich gelesen, dass sie lange Zeit von dem Sheriff, der die Steuern eintrieb, betrogen wurden. Er hatte sich das Geld in die eigene Tasche gesteckt. Stephen Ramsburg, ein einflussreicher Bekannter von Georg Ley und Elizabeth, hatte den Mut, die Unterschlagung 1748[90] der Maryland Assembly mitzuteilen und nannte dabei auch die Namen der Betrogenen. Die Deutschen klagten, dass sie schon in ihrem Heimatland ausgepresst wurden und wenn das so weiter ginge, würden sie fortgehen.

Glücklicherweise geschah das nicht, aber die Männer starben fast alle von der schweren Arbeit noch in jungen Jahren."

„Weißt du auch, was aus Heinrich geworden ist, dem jüngeren Bruder von Georg Ley, der mit Christoph befreundet war?", wollte Ingo wissen."

„In den Unterlagen über Taskers Hill erscheint er nicht", meinte Ian. „Ich muss zu Hause in meinen Unterlagen nachsehen. Soweit ich mich erinnere, ist er später nach Virginia gegangen und hat dort geheiratet und Kinder gehabt."

Schifferstadt Museum

Das Schifferstadt-Museum lag umgeben von Wiesen und Bäumen. Weit und breit war kein anderes Haus zu sehen. Schon von Weitem konnten sie zwei deutsche Fahnen aus den oberen beiden Fenstern flattern sehen, was etwas unwirklich erschien. Aber immerhin handelte es sich hier um das Erbe von deutschen Pionieren. Ein hübscher

---

90 Das Land von Georg Ley und Elizabeth grenzte nordöstlich an das von Stephen Ramsburgs, einem angesehenen Mann, der während des Franzosen- und Indianerkrieges Captain in einer Companie war. Ramsburg teilte die Unterschlagung der Maryland Assembly mit und nannte dabei auch die Namen der Betrogenen: Jacob Fout, Peter Apple, Heinrich Traut, Melcar Wherfield, Christian Thomas, Peter Hoffmann, Christian Getsondanner, Henry Roads, Conrad Kemp, Franz Weiß, Jakob Smith , Georg Ley, Isaac Miller, Thomas Johnson, John Smith, John Brownwe, Jakob Browner, Ken Backdolt, Nicolas Reisner, David Delaitre, Martin Wisell, Casper Windred und Peter Shaffer.

kleiner Garten mit Blumen und Gartenkräutern umgab das Haus, wie zu alten Zeiten, oder wie es noch vielfach heute in ländlichen Pfälzer Gegenden zu sehen ist. Das Brunner-Haus gehört in Maryland als Schifferstadt-Museum zum Kulturerbe. Joseph Brunner kam ursprünglich aus Schifferstadt. Die Stadt Frederick hatte 1974 das Haus in der Rosemont Avenue gekauft und darin ein Museum eingerichtet.

Das zweistöckige Haus aus Sandstein war 1746 erbaut worden und es gab zwei kleinere jüngere Anbauten. Der einzige Schmuck des Hauses waren die steinernen Rundbögen über den quadratischen Türen und Fenstern. Kleine Butzenglasscheiben zierten die fünf Fenster auf den Längsseiten und vier auf der Giebelseite. Im spitzen Dachteil des Giebels befanden sich zwei extra kleine Fensterchen. Seltsamerweise gab es keine Fensterläden, auch keine Stallungen und Scheunen. Diese musste es aber einst gegeben haben. Ursprünglich besaß die Familie Brunner hier 123 ha Land.

Ian musste bei der Besichtigung des Hauses nichts erläutern. Jeder ging in seinem eigenen Tempo durch das Haus und las die Erklärungen. Die Wände waren ziemlich dick, ca. zwei Fuß (60,9 cm). Ursprünglich beheizten vier eiserne Öfen das Haus. Ein einziger Ofen war noch vorhanden, auf dessen Platte die Jahreszahl 1758 stand. Um den Feuerplatz herum gab es eingebaute Wandschränke. So ähnlich wie dieses Haus konnte man sich also auch die Häuser der Traut-Vorfahren vorstellen, nur vielleicht etwas kleiner und nicht so reich ausgestattet. Aber bestimmt hatten sie dieses Haus mehrmals betreten. Der Name Brunner war allen auch im Kirchenbuch aufgefallen, in Verbindung mit Reverend Stoever. Die Brunners Kinder wurden 1733, 1735, 1737 und 1739 geboren, wahrscheinlich auch in Monocacy, wo die Trauts zuvor gesiedelt hatten.

Von Frederick nach Kreutz Creek

Ian hatte vieles über die Traut-Vorfahren erzählt. Aber über die anderen Personen, die mit ihnen 1733 ausgewandert waren, wusste er so gut wie nichts. Paul und Ingo aber hatten sich vorgenommen, auch herauszufinden, wie es der Stentz-Familie ergangen war, insbesondere aber Christophs Freundin Anna Maria.

Vielleicht konnten sie in der Kirche von Kreutz-Creek Nachweise darüber finden. Sie hatten Laura und Ian den alten Brief der damals elfjährigen Anna Maria an Christoph gezeigt und beide waren genauso berührt davon.

Laura ließ sich wohl eher von Gefühlen mitreißen, Ian war der geborene Forscher. Wenn er sich erst einmal an irgendetwas festgebissen hatte, wühlte er sich solange durch alte staubige Archivakten und Geschichtsbücher, bis er herausgefunden hatte, was er suchte.

„Na, dann auf nach Kreutz Creek!", sagte er, „ist ja nicht so weit, 1½ Stunden hin, das wird eine schöne Tagestour."

Zuerst fuhren sie auf der 15 N hinter Frederick durch eine langsam ansteigende dicht besiedelte Landschaft, in der beidseitig einige Kies- und Sandgruben zu sehen waren, später führte die Autobahn an Ackerland, Obstplantagen und kleinen Wasserläufen vorbei. Eine Brücke führte über den Tuscarora Creek. Die Blue Ridge Mountains mit dem Catoctin-Berg kamen immer näher. Paul und Ingo konnten sich vorstellen, dass die ersten Siedler hier ein Heimatgefühl entwickeln konnten. Nicht nur die Erziehung prägt einen Menschen, auch die Landschaft spielt eine große Rolle.

Paul saß auf dem Vordersitz neben Ian, Ingo auf dem Rücksitz neben Laura, die demnächst auf den Catoctin wandern wollte. Bestimmt war das ziemlich anstrengend.

Also fragte Ingo: „Wie hoch ist eigentlich der Catoctin?"

„1.880 Fuß", antwortete sie lächelnd.

Das hörte sich erst einmal ziemlich hoch an. Als Ingo das in Meter umrechnete, kam er allerdings nur auf 570 m.

Er erwiderte: „Ich bin einmal auf den Brocken gestiegen. Das war kurz nach der Wiedervereinigung, 1990. Der Brocken ist 1142 m hoch, also doppelt so hoch wie der Catoctin. Ich bin da in der Nähe aufgewachsen und konnte den Berg immer nur aus der Ferne sehen. Er lag im Grenzgebiet und niemand durfte dort hin."

Laura meinte: „Gut für dich, dass es so gekommen ist. Mit dem Catoctin Mountain ist es ein bisschen ähnlich. Weißt du, dass Camp David[91] ganz in der Nähe liegt? Manchmal darf man auch nicht dorthin. Dann riegelt die CIA alles ab."

„Aha, das wusste ich nicht", erwiderte Ingo.

Ian war ziemlich still und starrte verbissen auf den vor ihm fahrenden Truck.

Sie fuhren bei offenen Fenstern. Es war wieder so ein warmer Tag. Die Luft war trocken. Ein Traktor, der ein Feld umpflügte, hatte eine Staubwolke aufgewirbelt. Ehe sie reagieren konnten, hatten sie den Staub im Auto eingefangen. Ian räusperte sich und fing an zu husten. Laura kramte in ihrem Picknickkorb und reichte jedem eine Flasche Wasser. „Vielleicht sollten wir anhalten?" „Nicht nötig!" Paul öffnete die Flasche für Ian, er nahm einen kräftigen Schluck und fuhr dabei weiter.

Vor ihnen lag Thurmont, eine hübsche Kleinstadt, die sich in einem Talkessel erstreckte. Linker Hand erhoben sich die ca. 500 m hohen

---

91 Rückzugsort des Präsidenten der USA, streng bewacht vom Geheimdienst, die Umgebung kann kurzfristig für die Öffentlichkeit gesperrt werden.

Catoctin-Berge, die sich im Nordwesten wie eine Wand um die Stadt herum zogen. Die Berge wirkten höher, als sie waren, weil sie sich relativ steil aus der Landschaft heraushoben. Am Fuße der Berge, auf den welligen grünen Hängen, waren Weingärten und Obstplantagen angelegt, überwiegend aber Apfelbäume. Ein Werbeschild wies auf den „Apple-Cider" hin, der typisch für diese Landschaft ist.

„Ein bisschen wie Rheinland Pfalz und Hessen zusammen", sagte Paul. „Aber die Kurpfalz bestand ja vor 300 Jahren auch noch aus Teilen, die heute Hessen und Baden-Württemberg sind. Da war es nicht verwunderlich, wenn sich einige Bräuche hier erhalten hatten."

Ingo versuchte, sich vorzustellen, wie es wohl ausgesehen hatte, bevor die Siedler herkamen. Noch immer trugen die meisten Flüsse, Täler und Berge die Namen, die ihnen die indigenen Völker gegeben hatten. „Was ist eigentlich aus den Menschen geworden, die ursprünglich hier lebten?", fragte Ingo. Laura meinte: „Wenn man bedenkt, dass den Ureinwohnern nicht nur ihr Land weggenommen, sondern dass sie zu 90 % durch Krankheiten und Kriege ausgerottet wurden, bekommt man ein sehr ungutes Gefühl."

Ian zögerte zuerst mit seiner Antwort. Aber dann holte er zu den üblichen ausführlichen Erklärungen aus: „Anfangs lebten die Indianer und die Siedler in gutem Einvernehmen. Aber dann kamen immer mehr Weiße und die Indianer mussten sich nach Westen zurückziehen. Die Siedler folgten, sie brauchten immer mehr Land. Wenn sie aufeinandertrafen, gab es oft blutige Auseinandersetzungen. Und dann wurden die Indianer auch noch durch die Kriege zwischen Engländern und Franzosen aufgerieben. Vor ungefähr 200 Jahren wurden Reservate eingerichtet. Man musste die Indianer und die Siedler auseinanderhalten. Die Reservate befinden sich jetzt noch in den Gebirgsstaaten Arizona, Utah, Montana und South Dakota. Natürlich wollten die Indianer nicht freiwillig dorthin gehen. Sie mussten in den Reservaten mit Stämmen zusammenleben, die früher ihre Erzfeinde gewesen waren. Bis heute leben die meisten Indianer immer noch in diesen Reservaten, haben wenig Chancen im Leben, viele sind arbeitslos und alkoholabhängig. Sie sind sehr arm und schaffen es nicht, sich außerhalb der Reservate ein normales Leben aufzubauen, jedenfalls das, was wir als normal ansehen. Sie haben eine ganz andere Mentalität. Das muss man auch bedenken. Sie leben von heute auf morgen. Die meisten interessieren sich nicht für materielle Dinge. Sie haben kein Interesse, zu arbeiten. In den Reservaten gibt es Supermärkte und Restaurants, wie in allen amerikanischen Städten und eine Selbstverwaltung, eigene Polizei und eigene Gerichte. Die Kinder gehen zur Schule und werden in

Englisch und in ihrer indianischen Sprache unterrichtet. Einzelne Ureinwohner haben natürlich auch Chancen, sich zu integrieren, z. B. die Irokesen. Sie haben keine Höhenangst und werden gern zu Arbeiten beim Hochhausbau genommen, z. B. in New York. Auf Höhen von über 200 m herum zu balancieren, macht ihnen scheinbar nichts aus. Es ist nicht so einfach mit den Ureinwohnern. Trotzdem lässt sich wohl mit der Zeit eine selbstbewusstere Entwicklung bei ihnen erkennen."

Laura unterbrach ihn: „Ja, aber wie sollen sie selbstbewusst werden, Ian? Wir haben ihnen alles genommen und haben ihnen unsere sogenannte Zivilisation aufgezwungen. Sie sollen werden wie wir. Es gibt so viel Unrecht. Natürlich tut Winona La Duke alles Mögliche für ihren Lakota-Stamm und auch für die anderen Indigenen. Ich bewundere sie sehr dafür. Aber sie braucht mehr Verbündete. Die Indianer sind doch eine Minderheit und brauchen die Unterstützung aller Amerikaner. Auch wenn sie heute angeblich die gleichen Rechte wie jeder andere US-Bürger haben, werden sie ungerecht behandelt. Es gilt bei uns noch immer das Recht des Stärkeren. Am Anfang der Kolonisation hat man Handel getrieben mit ihnen, hat sich nicht in ihr Stammesleben eingemischt, hat sie sein lassen, wie sie sind, und alles ging gut. Aber es ist immer schlimmer für sie geworden. Heute wird in den Bergen ihrer Reservate Uran abgebaut. Sie können sich nicht dagegen wehren, werden verseucht, sterben früh oder begehen Selbstmord. Die Selbstmordrate ist höher als bei anderen Volksgruppen und steigt immer noch an."

„Und wie willst du das alles ändern? Glaubst du, Winona kann das? Nicht einmal der Präsident ist dazu in der Lage. Wir können doch nicht die Zeit zurückdrehen und den Indianern ihr Land zurückgeben."

Laura zuckte die Achseln. „Wir tragen Verantwortung, Ian. Man kann sich nicht einfach die Decke über die Ohren ziehen. Man muss Verbündete suchen und gegen Ungerechtigkeiten etwas tun. Man muss sich organisieren. Vereine und Parteien müssen aktiver werden und die Regierung zum Handeln bringen."

„Hindert dich jemand dabei, aktiv zu werden?"

„Irgendwie schon. Warum kannst du dich nicht mit mir verbünden?"

„Laura. Ich bin nicht du. Tu was du für richtig hältst, aber verlange nicht von mir, deiner Meinung zu sein."

Sie schwiegen beide.

Paul und Ingo hätten gern mehr über Winona La Duke und über Lauras Probleme erfahren, aber sie zogen es vor, sich zurückzuhalten. Während sie noch durch Thurmont fuhren, wechselte Ian das Thema:

„Thurmont wird auch als Tor zu den Bergen bezeichnet. Ein Teil des Territoriums gehört dem Präsidenten der USA, wegen seines Landsitzes „Camp David". Oft finden hier inoffizielle Absprachen höchsten Ranges statt. Die Wanderer müssen dann vorgeschriebene Wanderwege benutzen. Wisst ihr, wie Camp David aussieht? Nein? Also, ein Schloss ist es nicht, aber eine Reihe von hübschen und bequemen Blockhäusern. Ich war leider noch nicht dort eingeladen. Der Bau des Camps geht auf Präsident Roosevelt[92] zurück, der Polio hatte und deswegen im Rollstuhl sitzen musste. Später hatte sich Präsident Eisenhowers Vorschlag durchgesetzt, nämlich „Camp David", nach dem Namen seines Enkels zu benennen. Viele internationale Gespräche auf höchster Ebene finden noch immer hier statt, z. B. der G8 Gipfel."

Laura meinte: „Dann kommt es hier natürlich auch zu Protestaktionen und viel Polizeiaufgebot, nicht nur, weil diese Treffen unnütze Gelder in Hunderte von Milliarden verschlingen und 10-bis 20.000 Polizisten im Einsatz sein müssen. Nein, die Demonstranten sind der Meinung, dass es unrechtmäßig ist, dass die reichsten Industrienationen sich anmaßen, über die Geschicke der gesamten Welt zu entscheiden. Sie glauben, dass dadurch eher Kriege, Ausbeutung, Armut, Umweltzerstörung und Flüchtlingselend gefördert werden, statt beseitigt."

Paul meinte: „Ich muss zugeben, dass ich mir bis jetzt nie viele Gedanken über Politik gemacht habe. Es ist mir nie schlecht ergangen und ich habe die Politik den Politikern überlassen. Aber man weiß ja, dass die auch Fehler machen."

Inzwischen hatten sie Thurmont und die Weingegend verlassen. Vor ihnen lag Emmitsburg, ein kleiner Ort, direkt an der Grenze zu Pennsylvania, in dem sich ein modernes „Sleep-Inn-Hotel" befand.

„Attention!", rief Laura plötzlich. Paul und Ingo schauten sich verwirrt um; aber außer Wiesen und Berge konnten sie nichts Gefährliches entdecken. Laura fand das lustig und klärte sie auf: „Wir überqueren gleich die Mason-Dixon-Line! Das ist so ähnlich, wie den Äquator zu überschreiten. Auf der Landkarte sieht man die Grenze als schnurgerade Linie, auch als Grenze zwischen den Nord-und Südstaaten. Wir sind gerade darüber hinweggefahren. Jetzt sind wir in Pennsylvania."

Sie fuhren auf einer Umgehungsstraße in Richtung Gettysburg weiter. Der Verkehr wurde dichter. Das war kein Wunder. Zahlreiche Schilder wiesen auf den „National Military Park" hin, auf die

---

92 Präsident Roosevelt hat 1942 dieses Gelände als Erholungsgebiet ausgesucht. Er hatte es „Shangri-La" genannt (Halbparadies,nach dem Roman „Lost Horizon").

Schlachtfelder aus dem amerikanischen Bürgerkrieg, wo zahlreiche ausgedehnte Gedenkstätten und Museen auf ihre Besucher warteten. Die unterschiedlichen Standpunkte zu Sklaverei und Einheit des Landes hatten 1861 zwischen Nord-und Südstaaten zum Ausbruch des Bürgerkrieges geführt. Vor allem Gettysburg war die Hochburg der Touristenattraktion. In Gettysburg fanden vom 1. bis 3. Juli 1863 die blutigsten Schlachten statt, die schließlich den Sieg für die Union brachten, also für die Einheit des Landes und die Abschaffung der Sklaverei.

„Wer den amerikanischen Bürgerkrieg verstehen will, muss hier gewesen sein", meinte Ian. „So kurz mal einen Abstecher machen, hereinschauen und weiterfahren, macht keinen Sinn. Man braucht mehrere Tage zur Besichtigung der Schlachtfelder, der Hauptquartiere, Wachtürme, Denkmäler, Kanonen und Waffen aller Art."

Ingo musste an die Filmserie „Fackeln im Sturm" denken, an Orry Main (Patrick Swayze) und George Hazard (James Read), die Freunde, die in diesem Bruderkrieg zu Gegnern werden mussten. Auch wenn die Handlungen und die Personen im Film fiktiv waren, so konnte man sich doch ein ungefähres Bild von der Rassengesellschaft jener Zeit machen, von den reichen weißen Landbesitzern und den rechtlosen schwarzen Sklaven. Die Indianer waren zu jener Zeit schon in ihren Reservaten, wurden aber auf beiden Seiten in den Kampf geschickt.

Einige voll besetzte Busse fädelten sich vor ihnen, aus Richtung Baltimore kommend, ein und nahmen die Sicht auf die Hinweisschilder. „Pass auf, Ian! Du musst jetzt auf den Highway 30 abbiegen, in Richtung York!", rief Laura.

Nach Kreutz Creek, Codorus, Wrightsville

Nur wenige Fahrzeuge waren auf dem Lincoln Highway unterwegs. Die Catoctinberge lagen hinter ihnen und die Landschaft wurde ringsum flach bis hüglig. Felder, Wiesen und Industriegebiete wechselten sich ab, zwischendurch ein Wäldchen, eine kleine Siedlung, ein einzelnes Gehöft.

„Schaut mal nach links!", rief Laura, „Morton buildings, da werden alle Arten von Häusern gefertigt, auch Inneneinrichtungen, swimming pools, Wintergärten und vieles mehr."

Ingo und Paul konnten sich denken, warum sie das erwähnte, und Paul hätte sich dort auch gern einmal umgesehen. Vielleicht baute er wirklich noch einmal ein Häuschen und konnte Ideen mitnehmen. Aber geplant hatten sie ja etwas anderes, nämlich die Umgebung kennenzulernen, in der Anna Maria Stentz und ihre Familie gelebt hatte und vielleicht auch Nachweise über sie zu finden.

Sie überquerten ein paar Flüsschen oder Bäche, die wahrscheinlich unter der Straße kanalisiert hindurchliefen. Kurz vor New Oxford fiel rechts der Straße eine Gaststätte mit dem Namen „Bourbonmühle"auf. Ian meinte: „Klingt besser, als es ist. Hier gibt es nur Sandwiches, Burger und Salate, wir können später bestimmt etwas Besseres finden."

In New Oxford, am „Abbots Town Square", wies Ian auf ein altes großes Backsteinhaus hin: „Das ist ein Kaufhaus für Antiquitäten. Im Juni gibt es hier in der Stadt einen riesigen Antikmarkt mit mehr als 150 Verkäufern. Wir waren nur einmal dort. Zu viele Leute und Durcheinander. Da willst du nicht ein zweites Mal sein."

Laura fingerte aus dem Picknickkorb eine Tüte Marshmallows von Mellow Mellow heraus und reichte sie herum. Dann meinte sie: „Ich habe gestern Abend noch etwas in der Zeitung gelesen über die „Sieben Tore der Hölle". Die Gemeinde Hallam veröffentlichte eine Seite, auf der die Mythen entlarvt werden." Als Laura merkte, dass Ingo und Paul keine Ahnung hatten, wovon sie sprach, erklärte sie: „Kann sein, dass wir in Hallam, also in Kreutz Creek oder Codorus Leute mit Schaufeln antreffen, die nach den „Sieben Toren der Hölle[93] suchen. Aber inzwischen haben sich schon Bewohner beschwert und die Polizei schreitet, wenn nötig, gegen diese Leute ein. Die sieben Tore der Hölle sind eine Legende, die besagt, dass man direkt in die Hölle kommt, wenn man die sieben Tore in der richtigen Reihenfolge hinter sich lässt. Aber nur das erste Tor kann man bei Tageslicht sehen. Es liegt auf privatem Land auf der Troud Run Road. Nachts werden die anderen Tore sichtbar. Wer durch alle sieben Tore gegangen ist, landet in der Hölle. Zurück ist noch niemand gekommen. Aber schon einmal hat sich die Erde geöffnet und eine ganze Straße verschluckt, die Toad Road[94], die entlang des Codorus Creek nach Codorus verlief, wo heute noch der Codorus Furnace[95]zu sehen ist. Tatsache soll sein, dass ein Dr. Harold Belknap an der Toad Road wohnte, der Drohschilder für Eindringlinge fertigte. Der Legende nach soll er ein Excentriker gewesen sein, aber nachweislich ein gutherziger Mensch. Heute gibt es noch Tore an der alten Kreuzung von Trout Run[96], Range Road und Toad Road. Der Trout Run befindet sich im dichten Waldgebiet, wo sich Ruinen einer alten Feuersteinmühle befinden."

---

93 „Seven gates of hell", Legende, dtsch: Sieben Tore der Hölle, abgeleitet von Hellem, Hellem ist eine Falschinterpretation von Hallamshire (engl.Grafschaft).
94 Deutsch: Krötenstraße.
95 Eisenofen von 1765, Besitzer war James Smith/York=Unterzeichner der Unabhängigkeitserklärung.
96 Trout run=Forellenlauf.

„Hört sich interessant an, schon wegen des Trout Run", meinte Paul. „Aber in der Hölle möchte ich nicht enden."

Ingo sagte: „Danke für die Legende. Den gruseligen Ort sollten wir unbedingt aufsuchen."

„Auf jeden Fall!", bestätigte auch Ian.

Bis York waren es nur noch wenige Meilen. Die Äcker und Wiesen wurden bald verdrängt von Industriegebieten, Autodealern, Zementfabriken, einem Reparaturhof für Trucks und schließlich mehrere gewaltige Steinbrüche. Alles Grün war verschwunden, stattdessen riesige Gruben oder platt gewalzte graue Flächen. Die Erde hatte tiefe Löcher und Narben.

„Sieht nicht gerade umweltfreundlich aus", bemerkte Laura.

„Aber hier wird Kalkstein für die Bauindustrie gewonnen", erwiderte Ian , „und Häuser müssen nun mal gebaut werden." Nach einem Räuspern fügte er hinzu: „Man findet hier übrigens auch schöne Edelsteine, z. B. roten Jaspis."

„Aha", bemerkte Laura und drehte schweigend an ihrer Halskette. Immerhin hatte Ian ihr diese gerade erst zum Geburtstag geschenkt.

„Was ist das denn!", rief Paul plötzlich erstaunt. Auf der rechten Seite, mitten in der Landschaft, stand ein zweistöckiger weißer Schuh mit brauner Sohle, in dem es Fenster und Türen gab.

„Das ist Haines Schuhhaus[97]. Es steht heute unter Denkmalschutz", sagte Ian, „Aber Schuhe kann man da jetzt nicht mehr kaufen, vielleicht ein Eis."

„Mir kommt das Schuhhaus vor wie eine Erinnerung an den Schuhmacher Henrich Stentz, Anna Marias Vater", meinte Ingo.

„Na, ja, das ist deine Version und warum auch nicht", erwiderte Laura.

Sie fuhren an der nächsten Ausfahrt ab. Die Kreutz Creek Road bog beim Tourist Inn auf die Old Church Lane ab. Paul schaute auf die Uhr. Sie hatten genau 1 ½ Stunden bis hierher gebraucht. Kreutz Creek war heute ein Stadtteil von Hallam, in Hellam Borough und eingemeindet in York. Aber hier, südwestlich vom heutigen York, lag der Ursprung der Stadt. Es war noch früh am Tag und sie entschlossen sich, zuerst die Kreutz Creek Kirche[98] zu besuchen. Sie stellten das Auto auf dem Kirchplatz ab. Die Kirche war ein hübscher kleiner Nachfolgebau aus rotem Backstein, mit einem weißen Glockenturm und rotem Helm. Er glich eher einer Kapelle. Die ersten Kirchen hatten Lutheraner und Reformierte zusammen genutzt.

---

97 Mahlon Haines ließ 1948 das Schuhhaus bauen (7,6 m Hoch, 5,2 m breit, 15 m lang) anfangs Schuhhaus, dann Eisdiele, jetzt airbnb.
98 Kreutz Creek Presbyterian Church in Hellam Township, erbaut 1860. Der erste Kirchenbau existierte von 1745 bis 1797. Der zweite Kirchenbau aus Kalkstein (bis 1860) hatte keinen Turm und keine Glocke.

Jetzt war es ein presbyterianisches Gotteshaus. Auf der Giebelseite befand sich eine rotbraune Eingangstür mit weißer Umrahmung und einem großen Rundfenster darüber, dazwischen die weiße Gedenktafel mit A.D. 1860. Rechts und links der Tür gab es je zwei übereinander liegende eckige Fenster unterschiedlicher Größe und in den Längswänden jeweils sieben Fenster und eine Tür.

Die Kirche war für Besucher geöffnet und sie gingen hinein. Die Einrichtung war einfach gehalten. Auf rötlich gemustertem Teppichboden standen acht hellblau gestrichene Bankreihen, getrennt durch einen Mittelgang. Viel Licht kam durch die zahlreichen Fenster und machte den Raum hell und freundlich. Der Blick fiel auf die Orgel, die die gegenüberliegende Wand einnahm, darunter stand das Jesuskreuz und auf der Kanzel die geöffnete Bibel.

In dieser Kirche hatte keiner der ersten Siedler geheiratet oder seine Kinder taufen lassen. Aber dennoch spürte man, dass sie vor mehr als 250 Jahren hier irgendwo gewesen sein mussten.

Einem Wandhalter konnten sie Informationsblätter und Hinweise zur Geschichte der Kirche entnehmen. Sie setzten sich einige Minuten auf die Bänke und überflogen das Material. Daraus erfuhren sie, dass der erste Pastor von Kreutz Creek Jacob Lischy hieß, der von 1744 -1769, Conewago, Bermudian und York County versorgte. Vor ihm hatte Reverend Stoever diesen Gebieten und noch weiter entfernten gedient. Von Lischy und Stoever existierten Aufzeichnungen in Form von Büchern oder CDs.Um mehr über das Leben von Anna Maria Stentz zu erfahren, müsste man auf deren Aufzeichnungen[99] zurückgreifen, also Bücher oder CDs im Internet bestellen, bei Verlagen in Harrisburg oder Salt Lake City. Jetzt unterwegs war das etwas zu kompliziert.

Da schauten sie sich besser ein wenig im Ort um.

Laura meinte: „Ich habe den alten Friedhof schon entdeckt, als wir herfuhren. Er befindet sich auf der anderen Straßenseite, entlang des Lincoln Highway. Da stehen eine Menge alter Grabsteine auf der Wiese. Vielleicht kann man die Namen auf den Grabsteinen lesen. Ich glaube, man kommt durch eine Unterführung dorthin."

„Ich sterbe gleich vor Hunger", meinte Ian. „Jetzt zum Friedhof zu gehen, wäre fatal!"

Ingo und Paul stimmten ihm zu. „Erst mal einen Pub aufsuchen."

Sie ließen das Auto bei der Kirche stehen und gingen die Church Street zurück zum Tourist Inn. Im Restaurant bekamen sie außer einer guten Auswahl an Essen sogar einige Prospekte zur Freizeit-

---

99 Aufzeichnungen von Rev. Lischy und Rev. Stoever gibt es in Form von Büchern oder CD`s bei Verlagen in Harrisburg PA und Salt Lake City, Utah.

gestaltung in Kreutz Creek und York. Da gab es Wanderungen rund um die Pidgeon Hills, nach Wrightsville, Besichtigung des Codorus Hochofens, Besuch der Hallam Wasserfälle und vieles andere. Wahrscheinlich kamen hier auch öfter Besucher her, die sich nicht nur für ihre Vorfahren und die Geschichte von Kreutz Creek interessierten.

Über die Familie Stentz konnte man natürlich in diesen Prospekten nichts finden. Henrich Stentz wurde darin nicht erwähnt, obwohl er hier 25 Jahre seinem Schuhmacherhandwerk nachgegangen war. In einem der Prospekte wurde allerdings etwas berichtet über die Anfänge der Stadt und ein paar Namen der ersten Siedler genannt. Der Schuhmacher Samuel Landys besaß hier das erste Geschäft, ebenso der Schneidermeister Valentine Heyer und der Schmied, Peter Gardner. Die erste Schule entstand 1745, in der Nähe des heutigen Schulgebäudes. Der erste Lehrer war Johann Adam Luckenbach, der hier von allen nur der dicke Schulmeister genannt wurde. Er starb 1785 . Er und Pastor Lischy waren befreundet und hatten schon zuvor in Muddy Creek zusammen gearbeitet. Dass es von 1733 bis 1745 keine Schule in Kreutz Creek gab und dass Anna Maria deshalb ihren Geschwistern das Lesen und Schreiben beibrachte, wurde da natürlich nicht erwähnt. Anna Maria blieb der Nachwelt nicht in Erinnerung. Sie war nur eine arme, einfache Frau. In ihrem Brief von 1733 hatte sie den Namen „White Oak"erwähnt.

Was sie fanden, war eine Oak Street, eine Querstraße zur Market Street. Dort standen jetzt hübsche Einfamilienhäuser, aber keine Eichenbäume. Die Familie Stentz war gut mit den Brüdern Johann und Martin Schultz befreundet, die hier die ersten Steinhäuser gebaut hatten. Späterhin wurden die Schultz und Stentz auch durch Heirat der Kinder miteinander verwandt. Martin Schultz war es auch zu verdanken, dass die Söhne Penns dem Ort 50 Morgen Land zum Kirchenbau überließen. Das Kirchenland grenzte direkt an das Schultz-Land. Das Haus der Stentzens musste nicht weit davon gestanden haben, in der Nähe des Flusses. Dort wachsen heute noch Eichenbäume.

Als sie durch den Ort spazierten, begegneten ihnen nur wenige Menschen, aber keine mit Schaufeln oder Spaten, wovor Laura gewarnt hatte. Sie achteten weiterhin auf die Straßennamen. Einige waren nach den einstigen Bewohnern oder Mitgliedern des Kirchen-kuratoriums benannt worden, wie Dietz, Frey oder Emig. Aber es gab auch eine Ferré Lane und eine Beaver Street. Ingo und Paul sahen sich an und dachten sofort an die Geschichte von Mme Ferré und dem Indianerhäuptling Beaver.

Und da Laura und Ian diese Story nicht kannten, erzählte Paul die

Geschichte, die im weitesten Sinne auch mit den Traut Vorfahren zusammenhängt. 1738 wanderte nämlich ein gewisser Wendel Traut aus Kleinfischlingen aus und ließ sich auf dem Land der Ferrés nieder. Aber erst einmal zu Mme Ferré und Beaver:

„Die Familie Ferré war hugenottischer Abstammung. Da Ludwig XIV. die Hugenotten verfolgte, waren sie in die Pfalz, nach Landau geflohen, wo der Vater eine Seidenfabrik betrieb. Aber bald besetzten die Franzosen auch Landau. Der Mann starb und die Witwe musste erneut mit ihren Kindern fliehen. Sie nahmen den Weg über den Rhein nach Rotterdam und dann nach England. Die Witwe Ferré hatte eine Audienz bei der englischen Königin Anne. Danach erhielt sie von William Penn Land in Pennsylvania.

1712 kam sie von Philadelphia nach Lancaster. Es war schon Abend, aber sie machte sich mit einigen Begleitern auf den Weg ins Pequea Valley. Es wurde dunkel und sie waren immer noch mitten im Wald, fern jeder Zivilisation, an der Spitze eines Berges, in einem Gebiet, in dem es auch wilde Tiere gab.

Plötzlich tauchte ein Indianer aus dem Dunkel auf und alle erschraken. Aber der Indianer, der nur wenige Worte kannte, sagte: „Indianer nicht tun Böses Weißen. Weiße gut zu Indianer, kommt zu unserem Häuptling, kommt zu Beaver." Sie gingen mit ihm in Beavers Haus. Und Beaver, mit der Menschlichkeit, die jene Zeit auszeichnete, übergab seinen Wigwam. Am nächsten Tag sahen sie, wie schön die Umgebung war. Überall in den Wäldern konnten sie indianische Wigwams erkennen, Rauch stieg auf, nichts war zu hören außer dem Gesang von Vögeln. Schweigend betrachteten sie die wunderschöne Aussicht, die die Natur ihnen bot."

Laura war begeistert: „Das ist eine sehr gute Geschichte. Aber leider ist es ja nicht so geblieben."

Ob diese Straßen tatsächlich nach dem Indianerhäuptling Beaver und Mme Ferré oder deren Nachkommen benannt worden waren, darüber waren sich Ingo und Paul nicht sicher.

Nachdem sie fast eine Stunde kreuz und quer durch Kreutz Creek spaziert waren, das Martin-Schultz-Haus in der Emig Straße und das von Johannes Schultz am Stony Brook angesehen hatten, waren sie über die Wiesen an hohen Bäumen vorbei zum Kreutz Creek Fluss gelaufen. Viel mehr Vergangenes war hier auf Anhieb nicht mehr zu entdecken und so entschieden sie sich, unweit der Kirche durch die Unterführung noch zum alten Kreutz Creek Cemetery zu gehen. Dort nannte sich eine Straße Pleasant Valley Road. Ein großes Schild mit dem Namen „Kreutz Creek Cemetery" und eine unüberschaubare Anzahl unterschiedlich großer Grabsteine breitete sich vor ihnen auf einem Wiesenhügel aus, der an einem Waldrand endete. Ein Hauptweg teilte den Friedhof.

„Oh Gott, wie wollen wir da finden, wonach wir suchen?", meinte Ingo.

Aber sie stellten bald fest, dass die meisten Grabsteine die Namen Fisher, deHoff und Mundis trugen und nur bis ins 19. Jahrhundert zurückreichten.

Hier war es vergebens, nach dem Namen Stentz oder ihren Zeitgenossen zu suchen.

Paul meinte: „Vielleicht sind sie auch anderswo begraben worden. Rund um York scheint es ja viele Friedhöfe zu geben", worauf Ian zu Bedenken gab: „Sie waren doch sehr arm. Vielleicht konnten sie sich nicht einmal einen Grabstein leisten. Wie heißt es noch in Deutsch? Dem ersten ..."

„Dem ersten der Tod, dem Zweiten die Not, dem dritten das Brot", antwortete Paul.

„Na gut", entschied Laura. „Wir könnten ja noch ein Stück weitergehen, den Hügel hinauf. Dort gibt es einen Weg nach Codorus."

Ian schaute auf sein Handy und meinte: „Wir sollten lieber das Auto nehmen. Zu Fuß brauchen wir von hier aus mehr als zwei Stunden, und dann noch zurück? Dann können wir Wrightsville und den Susquehennah vergessen."

Codorus

Die Route verlief bergauf durch ein Waldgebiet, vorbei an einzelnen Häuschen und Bauerngehöften, durch eine idyllische Landschaft aus Feldern und Wiesen. Irgendwann bogen sie links ab auf die Codorus Furnace Road, die durch den Wald führte. Die Straße folgte dem Codorus Fluss. Bei einigen alten Industriegebäuden gab es einen Parkplatz. Sie mussten noch einige Meter auf dem Waldweg entlanggehen, bis sie vor dem eindrucksvollen Codorus Furnice[100] standen.

Einige Leute hatten sich bereits um den Guide versammelt, der die Führung machen würde. Nach einer kurzen Begrüßung fing er an, zu erzählen:

„Der Codorus Furnace gehört zur Gemeinde Hellam. 1991 wurde er in das National Register of Historic Places aufgenommen. Außer dem Eisenofen (ca. 1836), gehören dazu noch das Kohlehaus (ca. 1836), Ruinen von Werkshäusern (ca. 1836), das Haus des Eisenmeisters und das Ofenbüro (ca. 1780), ein Abort, eine Schmiede (1800) und Ruinen unbekannter Strukturen. Der Hochofen ist 9.15 m

---

100 Codorus Furnace, errichtet 1765 von William Bennett, betrieben von James Smith, einem Unterzeichner der Unabhängigkeitserklärung, während der Revolutionskriege. Dies ist das älteste verbliebene Denkmal der Eisenindustrie in York County.

hoch. Ganz oben wurde über ein Transportband Eisenerz, Kohle und Kalk eingeführt. Das Roheisen floss durch eine Tür an der Vorderseite heraus und wurde in Formen zu Kanonenkugeln oder Kochgefäßen gegossen. Die Schlacke wurde durch eine entgegengesetzte Klappe abgeführt. Sehr wichtig war der Blasebalg, der den Ofen mit Luft versorgte, um den Inhalt zu erhitzen. Der Blasebalg war mit einer rotierenden Achse verbunden, die durch ein Wasserrad im Codorus in Bewegung gesetzt wurde. Dieses Wasserrad ist noch in der Nähe des Parkplatzes zu sehen."

Ingo konnte dem Vortrag nicht immer folgen. Seine Gedanken drifteten in die Vergangenheit ab, in die Zeit der ersten Siedler, als es diese Industrie noch nicht gab. Da lebten hier noch die Susquehannok oder Lenape in ihren Wigwams. Sie ernährten sich von den Fischen im Codorus, sammelten Beeren und Pilze und jagten Tiere in den Wäldern. So war es auch noch, als Anna Maria hier lebte. Wahrscheinlich kannte sie diesen Platz hier im Wald. Vielleicht aber hatte es in Codorus vor der Hochofenzeit schon einen oder mehrere Schmiede gegeben, die anfingen mit der Eisenerzeugung. Immerhin hatten das ja auch schon die Völker der Eisenzeit gekonnt und auch die Indianer waren in der Lage, Eisenpfeile und Tomahawks herzustellen.

Kohle, Kalk und Eisenerz waren zu jener Zeit hier noch oft an der Oberfläche zu finden.

Ingo war froh, als der Vortrag zu Ende war und Laura ihn freudestrahlend aus seinen Gedanken aufweckte. Sie hatte den Guide nach dem Weg zum Trout Run und der Range Road gefragt und von ihm ein seltsames Lächeln, aber auch einen Hinweis bekommen. Ein Waldweg führte sie zu einer eigenartigen quadratischen Lichtung mitten im Wald. Es gab dort ein eingezäuntes Privatgrundstück, das durch ein eisernes Tor verschlossen war. „Das ist vielleicht das erste Tor zur Hölle", meinte Laura. Aber irgendwelche Angstgefühle hatte keiner und sie wollten auch nicht auf verbotenes Terrain eindringen, um den Beweis anzutreten. Durch ein paar Lücken in den Baumreihen war ein kleiner See mit einem Steg zu erkennen, an dem ein einzelnes Haus stand und eine größere Scheune mit Autos. „Das ist eher ein himmlisches Grundstück", meinte Ian. Mehrere Acker- und Weideflächen lagen dahinter, umgeben von der Range Road und der Trout Run Road. Es konnte sein, dass es bei der Range Road eine versunkene Straße gegeben hatte. Ein abzweigender Weg machte zumindest einen mysteriösen Eindruck. Es gab dort ein paar Gebäudereste oder Ruinen. Vielleicht waren es auch Trümmer einer alten Mühle.

„Wenigstens haben wir den Trout Run gefunden, ein schönes Bächlein", meinte Ian und schlug Paul und Ingo lachend auf die Schulter. „Lasst uns zurück zum Auto gehen."

Wrightsville

Sie fuhren die Furnice Road zurück, bogen mehrmals in andere Straßen ab und überquerten den Lincoln Highway. Nach fünfzehn Minuten waren sie bereits in Wrightsville angekommen. Das Auto wurde in der Hellam Street in der Nähe des „Burning of the bridge Diorama"[101] abgestellt. Als sie die Straße hinuntergingen, vorbei an kleinen blau und rot gestrichenen Geschäfts- und Wohnhäusern, hatten sie bereits von fern einen überwältigenden Ausblick auf zwei Brücken, die von Wrightsville[102]aus über den Susquehannah führten. Am anderen Ufer war die Stadt Columbia zu erkennen. Zur Zeit der ersten Siedler hatte es hier nur die Wrights Fähre gegeben und Anna Maria und ihre Familie waren mit ihrem wenigen Hab und Gut über diesen breiten Fluss gekommen.

Die Stadt Wrightsville ist heute hauptsächlich ein Erinnerungsort für den Bürgerkrieg 1861 bis 1865. Mehrere Museen und Denkmäler in der Stadt wiesen darauf hin.

Um einen besseren Eindruck von der Größe des Susquehannah zu haben, schlug Ian vor, ein Stück auf dem Fußweg der „Veterans Memorial Bridge"entlangzugehen, der 2090 m langen eisernen Bogenbrücke. Links davon, in einer Entfernung von ungefähr 100 m, überspannte die „Wright ferry bridge",mit dem Lincoln Highway, den Fluss. Sie konnten über die Brüstung der Memorial Bridge auf Baumkronen herabschauen. Es schien, als ob Bäume von einem zum anderen Ufer durch den Fluss wuchsen. Tatsächlich standen die Bäume aber auf Resten einstiger Brückenpfeiler. Ein paar kleine Boote fuhren dort unter der Brücke hindurch. Ian erzählte: „Mehr als ein Jahrhundert lang hatten diese Pfeiler Brücken getragen und die Counties Lancaster und York miteinander verbunden. Die berühmteste Brücke war eine überdachte Holzbrücke gewesen. Sie war damals die längste Brücke der Welt. Sie brannte im Bürgerkrieg 1863 ab. Ende Juni hatten 12.000 Mann der Südstaatenarmee die Stadt York eingenommen und wollten über die Brücke in die Nord-staaten vordringen. Doch alle Pläne von General Lee scheiterten. Das Feuer, dem die Brücke zum Opfer fiel, veränderte den Lauf der Geschichte zugunsten der Nordstaaten."

„So einen breiten Fluss habe ich noch nirgendwo gesehen", sagte

---

101 Ein kleines Museum, in dem die Geschichte vom Abbrennen der Brücke im Bürgerkrieg gezeigt wird.
102 Veterans Memorial Bridge, (Columbia Wrightsville bridge), Route 462, 2090 m lang.
Wrights Ferry Bridge (Highway US 30)1720 m lang.

Ingo erstaunt.

Paul musste ihm zustimmen: „Dagegen ist unser Rhein ein Baby."

„Der Susquehennah ist allerdings nicht schiffbar, er ist nicht sehr tief", bemerkte Laura. Dennoch schien er eine beträchtliche Strömung zu haben. Immerhin bewegten sich die Boote gut flussabwärts.

„Man hatte im 19. Jhd. für den Transport Kanäle gebaut", sagte Ian, „aber später wurden diese wieder zugeschüttet und die Eisenbahn darauf verlegt."

Laura sah Ingo und Paul an: „Ach ja, Eisenbahn, das war das Stichwort, ich meine „Underground Railroad". Ihr wisst bestimmt nicht, worum es sich da handelt, oder?"

Ingo und Paul zuckten mit den Schultern und Laura erzählte:

„In letzter Zeit hört man viele Geschichten über die „Underground Railroad". Das war eine geheime Organisation zur Befreiung der Sklaven im 18./19. Jahrhundert, hier in Wrightsville. Wer weiß, ob die Stentz-Familie nicht auch damit etwas zu tun hatte. Immerhin sind Kreutz Creek und Wrightsville keine 8 km voneinander entfernt. Viele Freiwillige haben dabei in geheimen Aktionen geholfen. Man spricht auch von unterirdischen Tunneln, die in die Freiheit führten. Die flüchtigen Sklaven wurden hier in der Gegend versteckt und man half ihnen, über den Susquehennah in die Nordstaaten und nach Kanada zu gelangen. Ohne Hilfe hätten es die meisten nicht geschafft. Sie mussten ständig Angst haben, entdeckt zu werden. Sie versteckten sich hier in dieser Gegend, in Hellam, in York, in Kreutz Creek und Codorus. Ich denke, die Legende von den sieben Toren der Hölle hat einen wahren Hintergrund und steht im Zusammenhang mit der Underground Railroad. Für mich bedeutet es, dass die Flüchtenden durch die Hölle gehen mussten und nicht nur durch ein Tor, sondern durch sieben Tore. Und wer es durch die Hölle schaffte, fand die Underground Railroad und kam nie wieder zurück."

„Ein interessanter Zusammenhang", meinte Paul und Ingo pflichtete ihm bei.

Sie wollten alle noch ins Diorama Museum gehen und sich einen Film über den Brand der Veteranenbrücke anschauen. Aber als sie hinter einer Menschenmenge zurückgingen, entdeckte Ingo etwas, das ihn ganz aus der Fassung brachte. Er sagte zu den anderen: „Entschuldigt, aber ich brauche noch etwas frische Luft. Ich warte hier, bis ihr wieder aus dem Museum zurück seid." Dann beeilte er sich, einer jungen Frau zu folgen, die vor ihm ging und ihm bekannt vorkam.

Sie trug ein geblümtes Sommerkleid, hatte schulterlange schwarze Haare und sah etwas exotisch aus. An ihrer Hand hielt sie ein kleines

Mädchen, das eine rosa Schleife auf dem Kopf hatte. Waren die Bilder in seinem Kopf lebendig geworden? An Wunder glaubte er eigentlich nicht, aber es musste eines sein.

Als die Frau bemerkte, dass ihr jemand folgte, drehte sie sich um, blieb stehen und war etwas verwirrt. Ingo sagte: „Entschuldigung. Ich glaube, wir kennen uns." Er blickte in strahlende dunkle Augen und ein Lächeln huschte über ihr Gesicht. Sie erkannte ihn: „Ja, ich erinnere mich.Wir haben uns vor einiger Zeit in Deutschland gesehen, in Mörzheim." Ingo streckte ihr die Hand entgegen: „Ich bin Ingo." Sie schlug ein: „Mary Ann". Sie hatte eine angenehme Stimme. Er sagte: „Ich würde sie gern näher kennenlernen, ist das möglich?" Sie schaute ihn etwas verlegen an. Er spürte, dass etwas nicht stimmte.

„Wo ist denn jetzt ihr Kind?" fragte er erschreckt.

„Welches Kind?", sagte sie, „ich habe kein Kind."

„Na, das kleine Mädchen mit der großen rosa Schleife."

„Das muss ein Irrtum sein."

Sie sahen sich ratlos an und schauten sich um. Auf der anderen Straßenseite gab es einen Spielplatz. Plötzlich rief Ingo: „Da drüben ist es doch!"

Tatsächlich saß dort ein kleines Mädchen auf der Schaukel, bewegte sich auf und ab durch die Luft und lachte. Es hatte dunkle Zöpfe und eine große rosa Schleife auf dem Kopf.

„Seltsam", sagte Mary Ann und lächelte Ingo nachdenklich an. Sie stand in der Sonne und hielt ihre Hände über den Kopf, weil sie geblendet wurde. Plötzlich blitzte ein Lichtstrahl von ihr auf. Er kam vom silbernen Medaillon der Kette. Ingo konnte deutlich erkennen, dass es eine alte französische Münze war mit dem Abbild von Ludwig XIV.

Mary Ann bemerkte seine Verwirrung: „Es ist ein altes Erbstück und schon lange in unserer Familie", meinte sie.

„Sie müssen mir unbedingt davon erzählen", erwiderte Ingo.

Nachtrag

Dafür, dass sie beide keine Begabung zum Schreiben verspüren, bitten Ingo und Paul um Verständnis und Entschuldigung. Da sie aber das Buch zu Ende bringen möchten und noch einiges über das Leben von Christoph und Anna Maria herausfanden, sehen sie sich veranlasst, einen kurzen, sachlichen Nachtrag hinzuzufügen.

Anna Maria Stentz, Bayer und Sohn Philip

Anna Maria heiratete am 23. Sept.1740 Albinus Bayer in Codorus. Pastor Stoever traute sie.

Ihre ersten beiden Kinder starben nach kurzer Zeit.

Am 26.Mai 1745 wurde das dritte Kind, Philip Bayer (Philip Bowyer), von Reverend Lischy getauft.

1761 starben Anna Maria und Albínus. Beide waren erst 39 Jahre alt. Die Todesursachen sind nicht bekannt. Man kann nur spekulieren. Sie lebten im Grenzgebiet. Es war die Zeit des Franzosen- und Indianerkrieges.

Der Sohn Philip Bayer (Philipp Bowyer) war 16 Jahre alt, als er Vollwaise wurde und den Beruf eines Schuhmachers lernte. Sein Großvater, Henrich Stentz, war bereits 1758 verstorben und dessen Witwe, Dorothea Stentz, geb. Bossert, hatte selbst noch zahlreiche Kinder durchzubringen. Bis Philip volljährig war, hatte er verschiedene Erwachsene als Vormund. Er schloss seine Lehre ab und heiratete frühzeitig (Elisabeth in Massanetta, County Shenandoah)

3 Jahre nahm er am Unabhängigkeitskrieg teil und scheint dabei von seiner Familie getrennt worden zu sein.

Er hatte 9 Kinder (u.a. Söhne: William C. Bowyer und Joathan N. Bowyer, Tochter Elisabeth 1768-1847)

Im hohen Alter von fast 90 Jahren bat er bei einem Gericht in Virginia um finanzielle Unterstützung. Er muss nach 1835 völlig verarmt, vereinsamt und blind gestorben sein.

Wahrscheinlich aber hat Philip bis heute Nachkommen.

Christoph Traut und Sohn David

1745, kurz nachdem auch Christophs Mutter verstorben war, heiratete er Anna Maria Hahn in Impflingen oder Albersweiler. Sie hatten 8 Kinder, von denen nur das Leben eines Sohnes bekannt ist, das von David. Er wurde am 25.10.1748 in Impflingen geboren. 1769 wanderte Christoph mit seiner Frau nach Preußen/Königsaue aus. Ein Jahr später folgte ihm David.

Christoph starb am 29.11.1774, mit 52 Jahren, in Königsaue.

David starb am 26.09.1797, mit 49 Jahren, in Königsaue. Er gilt als Urvater des preußischen Traut-Stammes und hat bis heute zahlreiche Nachkommen.

Danke für Auskünfte und genealogische Unterlagen
Gerhard Traut, Mörzheim
Ilse Diederichs (geb. Traut) verst.: 07.05.2021

Danke an die Archive und Museen
Stadtarchiv Aschersleben
Landesarchiv Speyer
Landesarchiv Magdeburg
Stadt-und Bergbau Museum Stassfurt
Heimatstube Nachterstedt

Danke für die heimatkundliche Unterstützung
Eva und Ulli Asmussen
Gudrun Steuerwald
Astrid Brune
Frank Bohnstedt

Danke für Mitlesen und konstruktive Kritik
Dörthe Schuda
Sandra Bohnstedt

Danke
auch an meinen Ehemann, Peter Hannon, der mit mir viele Fahrten
zu den historischen Orten unternahm und mich literarisch unterstützte.

Quellen und Literatur

(Hierbei beschränke ich mich nur auf die wichtigsten Veröffentlichungen.)

Records of Rev. John Casper Stoever, Baptism and Marriage 1730-1779 (Harrisburg PA, Harrisbug publishing Co.1896)

Pionieers of Old Monocacy the early settlement of Frederick County, Maryland 1721–1743 (Grace L. Tracey and John P.Dern)

History of the Kreutz Creek Charge of the reformed Church (Rev.Walter E.Garrett,A,B,2009)

Zusammenfassende Darstellung der Chronik des Dorfes Königsaue 1751-1964 von Gerhard Krämer (Volksdruckerei Aschersleben)

Schneidlingen einst und heute DER BAU (Jörg Schmidt)

Friedrich II (von Ewald Frie)

Friedrich der Grosse (von Johannes Kunisch)

Fürst Leopold I von Anhalt Dessau (1676 -1747) Der alte Dessauer ,Ausstellung zum 250.Todestag

800 Jahre Anhalt (Verlag Janos Stecovics)

Über Frauen um Friedrich II. den Großen (Renate du Vinage)

Die heimliche Gefährtin Friedrichs von Preußen (Anna Eunike Röhrig, Tauchaer Verlag)

Matthias von Oppen, Stiftsherr, Portenar und Domdechant in Halberstadt (Aufsatz von Elmar Krautkrämer)

Das Klingenthal und seine Blankwaffen Manufaktur (Auflage von Christine Appel,Klingenthal)

Kurze Geschichte der pfälzischen Flüchtlinge (Daniel Defoe, dtv)

Geschichte der Stadt Landau und der Dörfer Queichheim, Dammheim und Nußdorf (von Johann von Birnbaum, 06.07.1763 Queichheim)

Impflingen: Ortsplan 1686

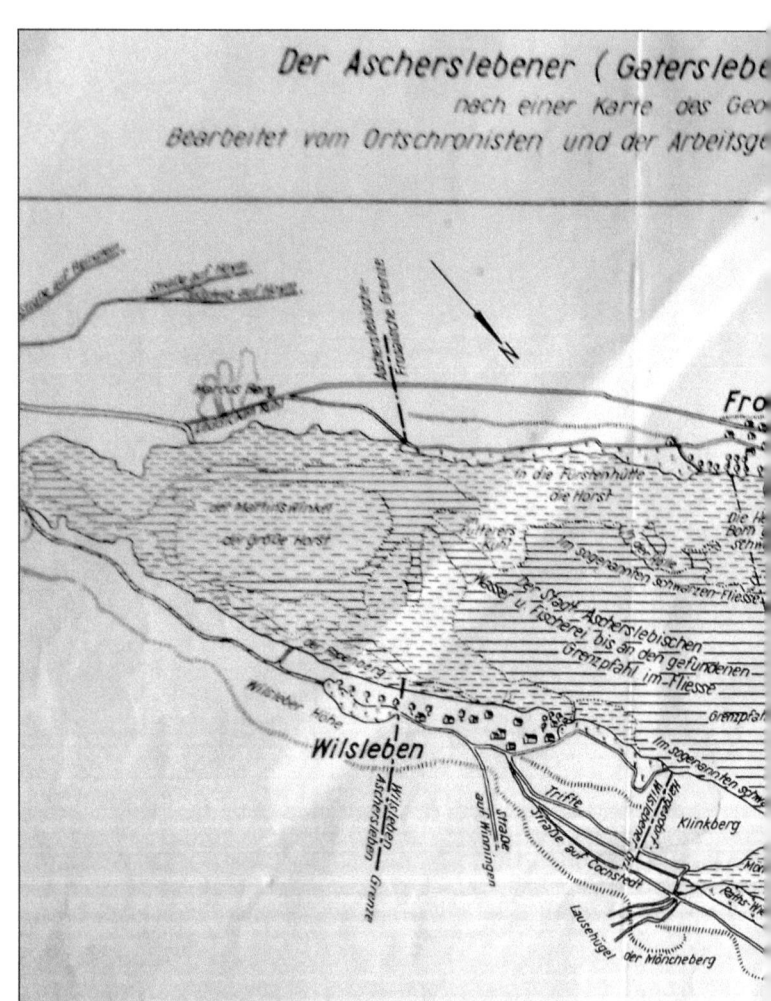

Der Ascherslebener (Gatersleb
nach einer Karte des Geo
Bearbeitet vom Ortschronisten und der Arbeitsge

Fro

Wilsleben

Im sogenannten Kirchthal-Stau...

Wasserader die Fische...

Ganse-Dieck

Nachterstedt

Nietenthalsche Berge

Im den Grundern Wasser

Die Bärenhorst

Birkenhorst

Der Ganse Horst

Fliesse

Im sogenannten schwarzen Wasser

Gaterslebische Wasser

und Fischerey bis vor den Damm

Victorseck

Friedrichsaue

die Dreckhorst

Degenberg

Stein Furte

Lütgen Angerscher Teich

spitze horst

Lütgen Anger

die Cronshorst

Der Harchen Bern

das Winningsche Wasser

Im sogenannten Lütgen Wald

der Cold Tog

Schadeleben

Amt Gaterslebische Wiese

große Straße auf Halberstadt, Quedlinburg

(von Stassfurth)

Winningsche Wiese

Wüste Dorfstätte Hasseldorf

Dorfstätte ...esdorf

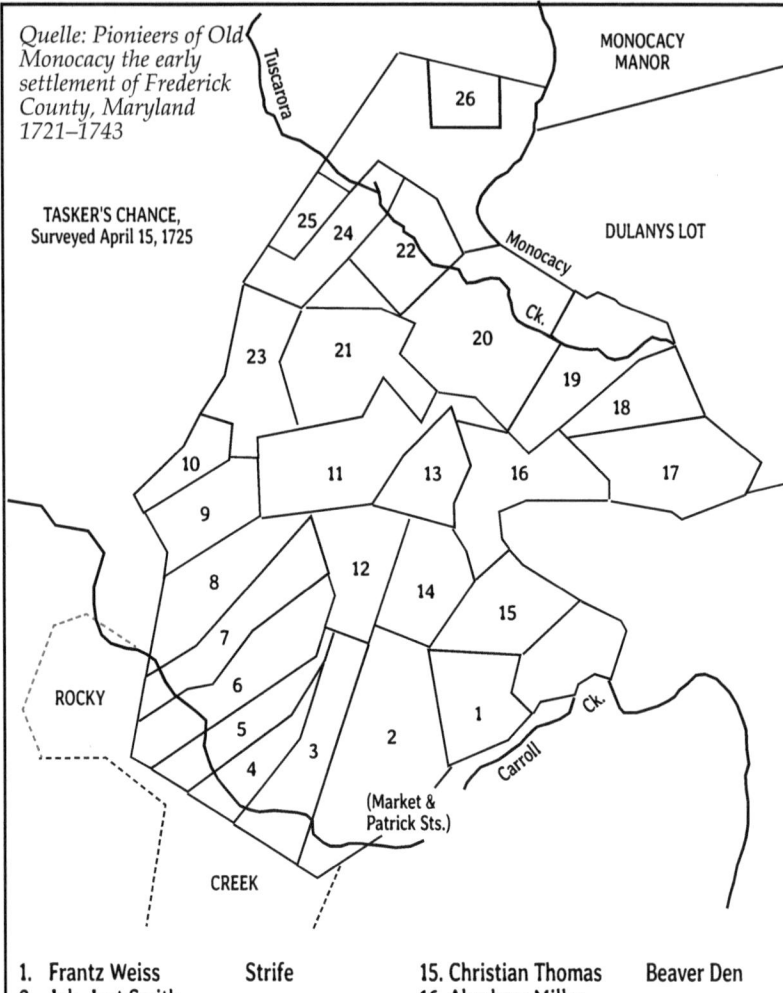

Quelle: Pionieers of Old Monocacy the early settlement of Frederick County, Maryland 1721–1743

MONOCACY MANOR

TASKER'S CHANCE, Surveyed April 15, 1725

DULANYS LOT

Monocacy

Ck.

Tuscarora

ROCKY

(Market & Patrick Sts.)

Carroll Ck.

CREEK

1. Frantz Weiss   Strife
2. Joh. Jost Smith
3. Caspar Myer   Long Acre
4. Henry Sinn   Loom
5. Henry Brunner   Carroll Creek
6. Joseph Brunner   Schiefferstadt
7. John Brunner   What You Will
8. Jacob Brunner   Rich Level
9. Conrad Kemp   Kemps purchase
10. Gilbert Kemp   Water Land
11. Henry Roht   olis
12. Peter Hofmann   Rose Garden
13. Nicolaus Fink
14. Jacob Storm   Indian field
15. Christian Thomas   Beaver Den
16. Abraham Miller
17. Melchior Werfel, Stephen Ramsburg   Dear Bought
18. Jacob Stoner   Mill Pond
19. Jacob Stoner   Bear Den
20. Stephen Ramsburg   Mortality
21. Henry Neff
22. John George Loy
23. James Smith
24. Conrad Keller
25. Henry Trout
26. James Stoner   The Barrens

Gisela Bohnstedt-Hannon wurde 1947 in Königsaue, Sachsen-Anhalt geboren. Nach ihrem Pädagogikstudium in Halle/Saale absolvierte sie ein Fernstudium in Lyrik/ Prosa am Literaturinstitut Leipzig und blieb bis 1989 im Schuldienst. Später arbeitete sie im öffentlichen Dienst als Angestellte in Nürnberg und Koblenz. Seit 2002 wohnt sie in Münstermaifeld.

Buchveröffentlichungen:

Die Hasenodyssee
(*Ostermoor, Möhrenau, Greifenland*),
3 Kinderbücher mit CD,
Projekte Verlag Cornelius 2012

Der Vogelnarr,
Biografieroman, Rhein-Mosel-Verlag 2020